I0654734

El frío del olvido

Wilson Rogelio Enciso

El frío del olvido
Todos los Derechos de Edición Reservados
© 2019, Wilson Rogelio Enciso
Portada: © 2019, Cam Quevedo
Pukiyari Editores

Prohibida la reproducción total o parcial de este libro.
Este libro no puede ser reproducido, transmitido,
copiado o almacenado, total o parcialmente, utilizando
cualquier medio o forma, incluyendo gráfico,
electrónico o mecánico, sin la autorización expresa y
por escrito del autor, excepto en el caso de pequeñas
citas utilizadas en artículos y comentarios escritos
acerca del libro.

ISBN-13: 978-1-63065-116-9
ISBN-10: 1-63065-116-8

PUKIYARI EDITORES
www.pukiyari.com

Para mi madre, esposa e hijos, quienes con sus aportes y apoyo han hecho posible esta aventura. Un reconocimiento especial para mi editora, Ani Palacios, bajo el sello de Pukiyari Editores, toda vez que sin su confianza y mirada crítica y talentosa hubiese sido imposible alcanzar estos logros literarios.

Cuando el agua viene sucia del aljibe

Olegario Arturo Mencino de honda tristeza murió.
Cumplió legado destino y mediana su obra dejó.
Sin castigo alguno el autor de sus culpas quedó,
mientras la indómita tríada,
con fiero viento de estrellas,
social contagio causó.

Índice

Prólogo

Poco a poco en el tiempo que los días le ofreció en descanso, el escritor colombiano Wilson Rogelio Enciso fue recopilando las historias guardadas en sigilo para florecerlas cuando dispusiera el momento preciso en que se podía dedicar de lleno a la publicación de sus obras.

Ya se puede observar, por esta enumeración literaria en sus ya doce novelas, que apareció el momento preciso para entrar en la misma historia del país de una manera imaginaria y a la vez real, como un cultivador del costumbrismo, esa literatura que nace de la propia raíz de la tierra como lo fueron Carrasquilla, Marroquín, Eugenio Díaz, José María Vergara, entre mucho otros. El autor toma las modalidades locales, de pueblo, de raza, pero, lo más importante sobre todas ellas, es que tiene la característica fundamentalmente humana.

La novela se cierne en sus propias fantasías de amor y desamor transportada por la afinidad intelectual que va llevando la historia, desenredando la madeja de letras, para construir esas palabras que invitan al lector a vivir el éxtasis de ir formando huellas en cada uno de sus personajes, bellamente descritos por la sensibilidad anímica siempre relativa y abierta a todas las controversias, y que surge espontáneamente en forma cálida de sentimiento y exquisitez absoluta.

Estas historias de pueblo nos enmarcan al fiel reflejo de un país: El cura párroco, el gamonal del pueblo, el todopoderoso apellido Mencino, la bella muchacha de los amores, la política imperante de la época descifrada por las ansias del poder y las manipulaciones. Todo conlleva desde la burla proferida por el gamonal al sacerdote que infringe una severa maldición llamada la "Triada Maldita del Poderoso Tres", que se extenderá por generaciones a la familia del gamonal… hasta que ya la paz vuelva a su cauce.

Transcurre este primer episodio en una cálida población a orillas de un gran río llamado Magdala. Posteriormente se traslada a la fría capital del país donde la familia Mencino se afinca viviendo todo tipo de calamidades, penurias y los propios desaciertos infundados por las composturas del protagonista.

Del armario hay que sacar muchos cajones en los cuales va corriendo la historia en una ciudad donde se buscan los prosaicos oficios cotidianos, la ciudad más ordinaria que inicia ese trabajo soberbio y casi misterioso al choque del ambiente social de la época.

"El frío del olvido" es la novela en que el autor nos sumerge en ese realismo imaginario, de fantasía, pero que lo vivimos a través de cada página y devoramos con avidez, pues nos vapulea en sus tormentas y nos hace soñar en sus romances; es casi que un poema de la carne, como un nihilista sentimental y, a la vez, un sibarita que no calla cada una de las anécdotas y justifica la creencia de la historia misma.

Cuando no se amortaja el escrito, el aire de las horas transcurre sin piedad donde la palabra y el paisaje expresado forman un horizonte de vivencias que podría decir: es muy a la realidad de hoy en día en los pueblos donde el gamonal sigue en su codiciado mandato y la bella muchacha tiene que aceptar los cortejos de turno. Es como una técnica pictórica – musical donde la mente nos implica a convertirnos en alguno de sus personajes.

Mi agradecimiento al maestro Wilson Rogelio Enciso por permitirme escribir el prólogo de este libro que es una caligrafía mental que impresionará profundamente al lector bajo la acción del tiempo y la retórica que le da a su novela en ánforas libres de toda modernidad.

Jorge Mariano Camacho Sarmiento
Periodista, escritor y poeta colombiano, ganador del primer premio "Bitácora Poética", Destellos Radio, Palma de Mallorca, 2016; mejor poema 2015, Palma de Mallorca, España, 2015; tercer lugar Certamen mundial de Poesía, Argentina, 2015; tercer premio Concurso Internacional de Poesía, La Coruña, España.

PRIMERA PARTE

Orquídeas en el paraíso

En busca de refugio

«Sí, pronto, muy pronto, tal vez, cumpla los cincuenta... ¡la media centuria! Ni los tempraneros achaques, ni la evidente disminución de la vitalidad, ni siquiera la inexorable merma de mis capacidades básicas me producen tanta angustia, ni me causan tanta decepción, melancolía y desesperación, como lo hacen estas tres abominables penas que carcomen mi atormentado espíritu: el desamor de Adelaida Durán, mi esposa; la ingratitud de mis hijos; pero, sobre todo, Magnolia: tu aleve y nunca esperada traición con ignota partida a lontananza.

Primero fue Adelaida. Ella, por más de treinta años de asfixiante coexistencia, nunca pudo, o, quizá, poco y nada le importó quererme, mucho menos brindarme su decidido apoyo, sin encono, sin oposición a ultranza. ¡Qué difícil experiencia! Desde su juventud, luego en su madurez y, ahora, en el atosigo de su temprana vejez, un ignoto sentimiento de rabia y frustración, paulatina y creciente, doblega sus sentimientos, acciones, palabras y miradas. En particular, cuando se trata de mis cosas, o de mi familia materna, incluso de nuestro hogar e hijos. Inefable ardor el suyo con el cual delezna con furia e inocultable placer mis planes, ideas, sueños e ilusiones. Los que quise, sin lograrlo, que también fueran los suyos.

A veces percibo, o me parece percibir, o quisiera percibir, su lucha interna en contra de aquella montaraz pasión que anega sus vísceras. Sin embargo, es muy poco lo que alcanza. Es más poderosa la fuerza de su desamor que la brizna de afecto por mí en su corazón. Un indecible e incontenible placer motiva su empeño por causarme daño. ¡Y lo logró! ¿Que por qué nunca me amó? No lo sé. Creo que esa es su particular forma de amar. Castigo que ella le otorga al ser que siempre le procuró y dispuso tierna compañía. Pago por el sencillo amor que recibió, a pesar de todo. Aleve respuesta al sincero afecto que le profesé. Fueron horas enteras de mudo diálogo, de ausente presencia, miradas perdidas en la profundidad de los olvidos, entre dos que se amaban, a su manera, pero a solas. Caricias y besos cohibidos; pasiones y ensueños inhibidos en el umbral agónico de una prometida perenne compañía.

Que por qué seguimos y hemos soportado, ¡tanto tiempo!, esta tortuosa senda, ¿tal vez equivocada? Tampoco lo sé. A lo mejor, en lo más recóndito de su alma hubo amor. O, quizá, tan solo fue equitativa necesidad humana, aunque diferente, a la por ella percibida de parte mía. ¡Me habitué al desamor! Sin embargo, el acíbar letal que, en silencio abyecto, ¡todo este tiempo!, libé con ardor y dolor intenso en el infecto cáliz de su fiero desdén, envenenó de muerte mi existencia, ya débil, motivada, ahora, tan solo por la inexorable y ¡demorada! sombra del, ojalá, presto exhalo.

Sin embargo, no la imputo. ¡Nadie es culpable! A estas calendas de mi vida absurdo es instar buscar responsables. Además, ¿qué ganaría si los hallara?, ¿en qué modificaría tan lúgubre historia? Tampoco quiero encontrar salida alguna distinta al bucólico ocaso de mis días, ¡al adiós próximo de mi vida!

Después fueron mis hijos. Jamás pretendí obtener de ellos alguna retribución posterior a su crianza y formación. Solo busqué e impulsé su crecimiento en todo. La única retribución que Adelaida y yo esperábamos de ellos era su respeto, amor, comprensión. Pero ¡no! Al crecer, todo en ellos fue ingratitud, afrenta injusta, encono, maltrato, manifiesto desdén e inexplicable deseo de vengarse y acometer a sus padres; cual si fuéramos sus acérrimos enemigos. ¿Por qué? Aún no lo sé, y tal vez nunca lo sepa… o entienda. O lo quiera saber o entender. Lo único que hicimos con Adelaida; en lo poco que estuvimos comprometidos, además de procurar mantenerlos alejados de nuestras desavenencias; fue apoyarlos, quererlos e impulsarlos por la senda que creímos era la mejor para sus vidas. El resultado: ingratitud que hiere lenta y dolorosamente mientras lacera el alma que se marchita sin que haya lenitivo capaz de revivirla. ¡Bífido puñal clavado en la mitad del pecho! Vida partida en dos, letal sangrante herida.

Para un hombre indefenso, solo y triste, la ingratitud prodigada por los seres que ama es el peor de los castigos posibles. Padecer letal, imposible de resistir, menos de sobrellevar. Pese a todo, los entiendo y perdono; y estoy seguro de que Adelaida hizo lo mismo hace mucho tiempo. Hoy, compungido, le pido a Dios que les dé su orientación; que los ayude, y, sobre todo, que los proteja, que los aleje del sufrimiento fatal que corroe el paso de mis cansados días.

En busca de refugio para mis pavesas; tras haber decidido acallar mis penas en la oscura noche del silencio, en las espesas sombras del fracaso; un empalagoso, lluvioso y bello día de octubre apareciste tú…

Emergiste de entre la cuarentenal bruma que precede al ocaso, ¡preciso!, cuando se es más fácil, vulnerable e ineludible presa de las falcónidas. ¡Lo reconozco! Nunca me ofreciste nada. En nada te comprometiste. Por el contrario: fuiste muy clara desde el principio, aunque nunca con palabras. Todo lo sellabas con estridente silencio. Tu amor era, y seguiría siendo por siempre, libre, transeúnte, complicado, sin dueños, montaraz, casquivano, lejano y, en particular, incondicional. Sin embargo, así de ti me enamoré. Y quise y trabajé duro, y por ti. Me propuse, ¡qué terco!, reconstruir tu vida junto con la mía. Pensé: Esta es la segunda oportunidad que me prodiga el cielo. El Ave Fénix surgido de la desgracia del amor que, hasta entonces, andaba ensañado contra los dos, haciendo complicadas, y muy difíciles, nuestras encontradas vidas, nuestros destinos paralelos.

Estaba seguro de ti. Finqué todo mi empeño en restaurar nuestras agobiadas almas. Insté esculpir en la catedral de mármol que tienes por corazón y sentimientos, la más sublime e inmortal estrofa de amor y de alegría; un romance que oliera a lírica, a poesía; un canto de amor y fantasía.

Magnolia: me hiciste creer que al fin la dicha plena conseguía. Libé de tu amor y embriagué con su buqué todos mis sentidos, sin persuadirme cuán grande era tu perfidia, cuán refinada tu hipocresía, fraguada en el exquisito acíbar de tus ardorosos y criminales labios.

Y, cualquier día; cuando estaba de ti letalmente enamorado, cuando menos estaba preparado; me diste en el alma, en el corazón, en los sentimientos, con la más vil de las traiciones. Fue un engaño sutil, duradero, inenarrable. Un sainete con el cual faltaste al respeto, a la confianza, al futuro tuyo y mío, sin más escrúpulos que esa divina coquetería tuya, y esa falsa ingenuidad de mujer esquiva y sin sentires.

Por ti, por ellos y por ella, hoy muero desangrado en vida, dentro de este cuerpo cobarde al abandono».

Aljibe

Esa era la elegía de Olegario Arturo Mencino, ubicado en la posición: 1.2.1.3.1.4.2., su código genealógico, dentro de la descendencia de su familia, por línea materna. Su llorado mensaje, compuesto hacia finales de febrero y comienzos de marzo del 2007, tras reanudar la búsqueda de una "forma técnica" para acallar el grito silente de su alma de muerte herida. ¡Sí!, aquel hombre buscaba partir de este artero mundo de forma inédita, como lo fue toda su vida.

Lo motivaban sus reiterados y estruendosos fracasos con su familia, en el amor, en los negocios, con la suerte, en el trabajo; con todo y, desde luego, con ella: Magnolia. La mujer que dejó de ver hacía menos de dos interminables, insoportables e invivibles meses. Aunque tampoco quería saber de ella, pese al intenso amor que aún ardía, y ardería por siempre, en su derruido corazón. Al intuir su engaño, y después de su repentina y no avisada partida, Olegario Arturo intentó olvidarla. Arrancarla de sus vísceras. Desde luego, sin conseguirlo.

Pese a ser el segundo de la tercera generación, línea materna, Olegario Arturo llevaba como único apellido el de su bisabuelo Bernardo Mencino, nacido en 1899 y asesinado en 1963 por disposición de su concubina: Ester Julia Sagrario; nunca judicialmente probado. Aquella mujer lo habría mandado a matar para no devolverle las escrituras que le hizo "en confianza" cuando Bernardo se enteró de que Tránsito Arellano, su formal y desterrada esposa, iba camino a Oroguaní para reclamarle lo que por ley le pertenecía.

Gilda Mencino, madre de Olegario Arturo, tuvo sus hijos sin haberse casado; como también lo hizo Alcira Mencino Arellano, su progenitora. Gilda, al momento de registrar a su hijo en la parroquia, y después en la alcaldía de Oroguaní, solo le colocó su apellido: el Mencino, igual que a sus otras dos hijas, la mayor y la menor, esta última de padre diferente. Olegario Arturo fue, entonces, un hijo natural más, como solían llamar a los vástagos de las madres solteras cuando los respectivos padres no los reconocían, los rechazaban o hasta negaban. Por aquellos tiempos, muy común, aceptado y hasta bien visto socialmente para demostrar hombría, poder y preeminencia en Oroguaní. Pequeña municipalidad ubicada en el centro-occidente del país, departamento Central, de aquella republicana nación subcontinental. Villorrio bucólico y caluroso del casco urbano hacia el río Magdala, y templado, incluso frío, hacia la cordillera de Oriente. Pródigo en recursos naturales, con tierras fecundas para la ganadería y la agricultura, en especial en cuanto a cafetales, cañaduzales y platanales.

Olegario Arturo, para entonces, tenía decidido morir. Además de las tres primeras frustraciones, inherentes a su esposa, hijos y Magnolia, una cuarta se arraigó en sus entrañas. Esta última agonía, de índole social, le prosperaba día a día al comprobar su imposibilidad de poderles brindar a su difícil esposa, esquivos hijos, enferma madre y anciana abuela, esta última ¡ahora inválida y casi ciega!, un bienestar, así fuera básico. Y ello, pese a sus descomunales esfuerzos, ingentes sacrificios y hondas privaciones. Pretendidas y ofrecidas bienandanzas que ni aquellos, ni él, tuvieron en su estrecha niñez, en su difícil juventud, menos, todavía, en su agobiante madurez y oteada álgida vejez. El reflujo de su malograda intención contagió, no solo sus vísceras, también lo hizo de forma paulatina con su compostura mental y juicio, de manera más que callada, nunca comunicada. Todo aquello motivó en Olegario Arturo, aún más, su obsesión y decisión por la muerte. Fue, entonces, cuando, en su lógica, pensando con el deseo, creyó tenerlo claro:

No tengo otra alternativa. Lo dedujo tras agotar, sin éxito, todas las opciones formales, lícitas y corrientes. Solo le quedaba esa oblicua y oscura salida: *¡El pago de mi vida por parte de terceros!*

Sin embargo, no pensaba suicidarse de manera tradicional. Si lo llegaba a hacer, impediría el pago de los tres seguros de vida que suscribió con tal propósito. Pólizas en las que dejó como beneficiarios, en principio, a su esposa, hijos y madre. Contrato que incluía cláusulas de exclusión y no pago, muy claras, en ese sentido. El monto de los tres seguros ascendía casi a sesenta y cinco mil dólares norteamericanos. La única forma para que su familia obtuviera dicho monto, y lo disfrutara, sería cuando él faltara por muerte natural, ¡o accidental! Olegario Arturo buscaba "morir de forma técnica". De alguna manera para que los aseguradores no tuvieran motivo para negar u objetar el desembolso para sus beneficiarios. Lo venía cavilando desde hacía casi diez años cuando arribó a los cuarenta.

Con la irrupción de Magnolia en su vida, tal obcecación se apaciguó y agazapó en su alma. No obstante, ahora, y ante la partida inesperada de su postrero amor, tan morboso influjo cobró vigorosa y urgente vigencia. Para morir de forma técnica Olegario Arturo planeó y puso en marcha dos escalofriantes estrategias, cada una de estas con simples pero tremebundas tácticas. La primera consistía en intentar ocasionarse un paro cardiaco, incentivado de manera paulatina, subrepticia y constante, a partir de una alimentación fuera de casa, rica en sal, grasas, azúcares y harinas. Aderezada con pocas horas de sueño y nada de descanso, ningún tipo de ejercicio, sedentarismo y altos niveles de estrés laboral, familiar y sentimental.

Esta primera estrategia, con tan peculiares formas pensadas de ejecución, la suspendió cuando volvió el amor a su corazón, en esa nefasta y postrera vez por cuenta de Magnolia. Por esa azarosa y escondida razón retomó la prescrita dieta alimenticia, los cuarenta y cinco minutos de ejercicios, tanto en la mañana como en la tarde, así como la ingesta en ayunas, diaria y juiciosa, de la omega 3 y del jugo de guatila con guayaba verde.

La segunda estrategia, suspendida su ejecución final a la par con la primera, y por igual razón, consistía en buscar la forma de morir en un aparente accidente. Lo pensó hacer, primero, mediante una caída desde lo alto del techo de la casa de tres pisos en la cual vivía. Accidente que acaecería mientras arreglaba o aseaba el tanque de la reserva de agua. O mientras cambiaba, allí mismo, alguna supuesta teja rota.

También llegó a planear, con escalofriante meticulosidad, un aparatoso y letal accidente en su Fiat UNO PIU, modelo 97, durante alguno de sus frecuentes desplazamientos por la oriental avenida de Circunvalación.

Para esta última intención seleccionó, estudió y definió el sitio y la ocasión. Sería en el sentido de norte a sur, antes de llegar al viaducto intercambiador de la calle Sesenta. Planeó aprovechar el descenso que comienza en el puente peatonal y que a la altura de la Universidad Manuelita Sánchez alcanza su máximo ángulo de inclinación, por ende, la posibilidad de desarrollar gran velocidad.

¡Por lo menos ciento diez kilómetros por hora!, se decía cada vez que por ahí transitaba, calculando con fúnebre deleite que cinco metros antes de llegar al puente haría un brusco giro a la derecha, se subiría a la zona verde en donde era más bajo el sardinel, rompería el alambrado de púas y lanzaría su vehículo al vacío.

Solía disfrutar imaginándose la macabra sensación que experimentaría al caer por espacio de casi sesenta metros, antes de estrellarse contra el pavimento de la calzada que permite el acceso a las carreras Quinta y Séptima. Lo tenía claro. Lo iba a realizar un día muy especial. Por ejemplo, cuando recibiera un buen trabajo extra; o tras firmar algún contrato; o cuando le sucediera algo agradable y muchas personas pudieran declarar que ese día Olegario Arturo Mencino estaba feliz, animado, dicharachero, contento, lleno de vida. Sí, él, el introvertido, callado, siempre ceño fruncido, poco amiguero, pero bastante consultado y solicitado, no solo por lo discreto y reservado, sino por la calidad y oportunidad en la entrega de los trabajos que le encomendaban. Sí, él, más conocido como El Corrector en los círculos editoriales y políticos; su indirecta clientela ubicada en las inmediaciones del barrio Santa Bibiana, en los edificios del congreso, la alcaldía capital, la casa del gobierno nacional y la catedral primada. Olegario Arturo, durante el lapso que mantuvo relaciones con Magnolia, dejó de comentarles muchas de sus cosas a las escasas personas con las que hablaba, nunca tuvo amigos diferentes al padre Alirio Cifuentes, al que le decía:

—Ya cumplí. Sin importar que lo haya hecho bien, regular o mal. Ya cumplí. Por lo tanto, no tiene sentido continuar con tan estéril lucha.

No obstante, en lo profundo de su atribulada mente, algo le inquietaba, con mayor insistencia desde cuando cumplió los treinta. Necesitaba descubrir la razón de su aciago y contradictorio sino. Lo mortificaba ignorar el motivo por el cual todo le salía mal. La explicación por la cual la pobreza cerraba de manera perenne e inexorable el círculo sobre su existencia. La causa que le impedía obtener público reconocimiento, autoridad, manifiesta estima y, desde luego, justa recompensa por lo que hacía. Dentro de lo lícito, lo intentó todo, sin escatimo ni reparo alguno, con ahínco, fervor y devoción en lo que se proponía, en lo que trabajaba sin descanso de sol a sol, de manera honesta, eficiente y tenaz. También laceraban su espíritu y doblegaban su dignidad de esposo, padre y amante, los fracasos, no declarados, aunque evidentes, en su matrimonio, con sus hijos y, en la última década, con ella: ¡Magnolia Chauta! Lo intentó casi todo. Quería y buscaba, con denuedo, respuestas explicativas a su destino, a su suerte. Cuestiones, hasta entonces, irresueltas, respuestas no encontradas que quizá hubiese sido mejor dejar así. Pero, esa tarde, fue Gilda, su progenitora, quien, sin proponérselo, le señaló una nueva y fatal senda. Ella lo hizo cuando él fue a visitarla al apartamento que con gran dificultad económica y privaciones personales y familiares le pagaba en el sur de la ciudad. El pago del apartamento de su progenitora era otra de las razones, otra de las causas generadoras de los agrios enfrentamientos que Olegario Arturo solía tener con Adelaida Durán, su difícil esposa.

Aquella tarde del aún joven mes de marzo de 2007, Olegario Arturo encontró a Gilda llorosa, compungida y con visibles y evidentes síntomas de depresión. Esa mañana ella visitó a Alcira, a su noventona madre, en el paupérrimo ancianato en el cual Eneida del Pilar, hermana menor de Gilda, finalmente la recluyó cuando la anciana le dejó de ser útil en los quehaceres de su casa. Domésticas faenas que la más vieja de las Mencino hizo con denodado, puntual y maternal empeño, desde luego sin paga diferente a la comida y al techo, desde mediados de los años ochenta cuando aún le quedaban fuerzas para hacerlas. El lamentable estado en el que la encontró era la causa principal de la aflicción de Gilda. Eneida tomó tan lamentable decisión cuando su madre se le convirtió en una carga, por demás incómoda y costosa, en especial por la agudización de la demencia senil y la osteoporosis que la dejó medio inválida.

Se justificaba Eneida, muy seguido, que le tocó hacerlo al no recibir el apoyo económico de su hermano mayor Beto Alfonso, supervisor en una empresa privada de vigilancia, quien se escudó en la poca paga que recibía. Tampoco de sus sobrinos. Acudió a todos ellos y les dio un ultimátum: si no le colaboraban para pagar siquiera dos muchachas de servicio que ahora se requerían en su casa para atender con dignidad a Alcira, la llevaría a un ancianato. Así lo hizo, en uno por demás menesteroso. Asimismo, le impuso a Gilda que de su paupérrima pensión del Seguro Social tenía que destinar casi el cuarenta por ciento para el pago de la mensualidad, así como otro diez por ciento para la compra de los pañales que exigían en ese lugar.

Esa tarde Gilda, con lágrimas en los ojos, le comentó a su hijo sobre el lamentable estado en el que se encontraba su madre del alma en ese hospicio. Le hizo saber que esa situación le generaba un monstruoso remordimiento de conciencia, fraguado con un gran enojo ante su impotencia para resolverle a su madre tan miserable situación; para sacarla de tan inmerecida encrucijada. Para ella era imposible, ahora y en lo sucesivo, hacerse cargo de nuevo de su madre, como lo hizo por más de cincuenta años. Su situación era pobrísima y, además, su avanzada edad y la inexorable llegada de los primeros y certeros achaques de su ancianidad se lo impedían. En esa oportunidad, aquella setentona mujer también le hizo saber a su hijo que tenía algo que la afectaba mucho más que esos accesos súbitos, de corta duración, con angustia de muerte y dolor violento que desde el esternón se le extendían, de vez en cuando, por el hombro, brazo, antebrazo y mano izquierda. Maluquencia que algún médico del Seguro Social, "durante su vergonzoso y descarado proceso de privatización y canibalismo del que fue preso", como lo consideraba Olegario Arturo, con gran indiferencia le dijo que tal vez era:

—Una especie de angina, ¡achaques propios de la edad, señora!

Se refería Gilda al dolor y a la desazón de saber que era poco lo conseguido, a pesar de haber trabajado tanto, de haber sufrido innumerables privaciones y angustias a lo largo de su vida, de haber sido exageradamente honesta; una mujer de bien; una hija, hermana y madre abnegada y responsable. A esa altura de su vida no tenía más que aquel pequeño ingreso, equivalente a poco menos que un salario mínimo oficial, y que, de no ser por algunas ayudas que él le prodigaba, no le alcanzaría ni para los medicamentos vitales que tenía que comprar de su parte, ante la reiterada y corrupta gestión del Seguro Social, de no proveerlos en su totalidad, como estaba mandado y era menester. Por aquella época solía acaecer que de cada tres remedios que le recetaba el galeno para controlarle la depresión, la taquicardia y la osteoporosis; esta última dolencia que comenzó a horadarle su hombro derecho; por pura casualidad, dos nunca los encontraba en la farmacia. Y a veces ninguno. Para su infortunio, el famélico ingreso que ella recibía, aunado con el desmejoramiento de su salud, le impedía disponer y tener a su lado a su viejita, para estar pendiente y poderla cuidar.

—O al menos para escucharle sus angustiadas historias regresivas —le manifestó a su hijo Olegario Arturo—. O para tenerla siempre con ropa limpia, digna... y darle la comida que a menudo se le antoja y que allá, en el ancianato, por supuesto, no le suministran, y ni siquiera le hacen caso.

Le confesó Gilda a su hijo que allá a la abuela Alcira solían regañarla por todo. Que la estrujaban seguido para que dejara de quejarse y reclamar que le pusieran sus pantuflas, o su manta, cuando le colocaban trapos y zapatos viejos, de otras personas, ni siquiera los propios, los que le llevaban sus dos hijas. Le contó a Olegario que la anciana se quejaba porque no la cambiaban, ni la movían de esa silla de plástico donde yacía postrada, por más cansada o dolida que manifestara que se encontraba en aquella o en esta otra posición. Lo hacían solo hasta cuando a bien tuvieran las personas que en ese lugar atendían a los ancianos. Empleados estos sin ninguna preparación ni formación en cuidados geriátricos, menos en sensibilidad humana. A veces esperaban la llegaba de algún inesperado familiar o visitante para cambiarlos de ropa.

—Olegario Arturo —le comentó Gilda—, me parece injusto lo que el destino nos ha deparado... a toda mi familia, comenzando con mamá, luego conmigo. Y, parece ser, que igual marcada suerte la tienen ustedes: mis tres hijos y nietos; y no solo en lo económico...

Gilda hizo una pausa en su disertación, cohibida ante la actitud silente, como enajenada, de su hijo. No le parecía bueno atribularlo con sus reflexiones y pesares. Ella sabía la situación que él vivía, no solo en el plano familiar y sentimental, sino, en especial, en lo económico. *Podría decirse que, una vez más, con algunas diferencias, la cruel historia de la familia Mencino se repite, y en esta oportunidad de manera más que ensañada contra mi hijo,* pensó Gilda, dispuesta a callar, a no decirle nada más. Sin embargo, fue él quien la exhortó a continuar. Esa vez le pareció que lo hizo con mayor e inusitado interés. Incluso, le formuló preguntas, y lo siguió haciendo con más frecuencia y mayor dedicación de tiempo.

Olegario Arturo Mencino atisbó una pista en lo que le contaba su progenitora. Un hilo conductor que lo podría llevar, con dificultad y riesgos, él lo intuía, a la fuente de las funestas respuestas que buscaba desde hacía algún tiempo. A un agreste, vituperable y a su vez ineludible y único sendero que hubiera sido mejor, tal vez, nunca haber conocido. ¡A su compleja y nada fácil descendencia familiar materna! Eso, al final, lo condujo a las incontrolables, nefastas e inexorables fuerzas, además de letales e invisibles, que obraban sobre todos y cada uno de los integrantes de su familia. Por ende, influía, movía, de manera definitiva, en sus respectivas actuaciones y acciones. Por lo menos en lo inherente a su línea materna, cuya génesis era su bisabuelo Bernardo Mencino. El mismo que vertió desde su infecto aljibe la contaminada sangre que corría por sus venas, y por las de una gran parte de sus coterráncos.

Esa tarde, fuera de algunas preguntas aisladas, Olegario Arturo dejó que su madre se desahogara y le contara las tristes condiciones del lugar en donde tenían confinada a Alcira. Todo lo que le relató lo impactó honda y amargamente, además de anegarle de angustia y represada rabia su frágil alma, ante su impotencia para resolverle a su bien amada mamá señora tan lamentable e injusta situación. Sin embargo, intentó mostrarse impertérrito... hasta cuando Gilda le comentó sobre el terrible hedor que pululaba en el pequeño antejardín de la casa hospedaje en el que amontonaban durante todo el día, cuando no llovía, a los treinta y siete viejitos que allá cuidaban. Fetidez producida por el desaseo al que eran sometidos y vilipendiados los inermes ancianos. Estos tenían que hacer dos y tres veces sus necesidades fisiológicas en el mismo pañal, antes del siguiente cambio. Argumentaban y justificaban los empleados, respecto a tal medida, que era porque algunas familias incumplían con la establecida cuota de pañales, o algunos ni siquiera los llevaban, razón por la cual les tocaba racionar los pocos que recibían.

—Situación que afecta a todos —justificó la administradora del inicuo negocio, mal llamado hogar geriátrico, incontrolado por las autoridades; a pesar de ser, según la reciente y voluminosa Constitución Política de finales del siglo XX: *"Un derecho fundamental para los ciudadanos mayores, y en especial para los inermes; y un deber, obligación, responsabilidad indelegable del Estado y sus autoridades".*

Olegario Arturo no soportó más. Suspiró profundo y dejó fluir su tristeza fraguada en las robustas lágrimas que besaron, serpenteantes y salobres, sus cansadas mejillas y resecos labios. Gilda calló. Entonces solo se escuchó en el pequeño equipo de sonido que su hijo le regaló la canción *Los caminos de la vida*, que venía en el disco compacto de Los Diablitos. Canción que cada vez que él iba a verla, le pedía que se la colocara, en la opción repetir. Le gustaba que esa melodía se reprodujera una, y otra, y otra, y otra vez. Tres días después, Olegario Arturo volvió a visitar a su madre. Estaba dispuesto a que ella le hablara de su descendencia, por línea materna, hasta donde su memoria se lo permitiera. Durante los tres siguientes meses, y hasta pocas horas antes del suceso que le ocasionó la muerte a Alcira Mencino Arellano, Gilda, cada tres días, en las tardes, incluso al anochecer, le reconstruyó a su hijo gran parte de la historia de los Mencino. En más de una ocasión, durante el relato, sus ojos se les aguaron.

Valentino Mencino

Lo primero que concluyó y sacó en limpio Olegario Arturo, de todo lo narrado por su madre, y ayudado por el Excel, fue una especie de árbol genealógico por línea materna. Ubicó en una hoja de cálculo, en la primera columna de descendencia, el nombre de su bisabuelo Bernardo Mencino, así como el de las siete mujeres con quienes él engendró dieciocho hijos; o al menos los que recordaba, o de los que Gilda tenía alguna noción. Con Tránsito Arellano, su legítima esposa, bisabuela de Olegario Arturo, Bernardo tuvo tres hijas: Alcira, Oliva, quien murió de un año, y Laura Marcía. Alcira fue la primogénita del matrimonio, quien, junto con el último de los hijos de Bernardo, Armando, fueron los únicos a quienes su padre les compartió de forma voluntaria su apellido y marca: ¡el Mencino!

Armando era hijo de Ester Julia Sagrario, postrera concubina y presunta, jurídicamente nunca comprobado, victimaria intelectual de Bernardo.

Bernardo nunca quiso reconocer a Laura Marcía y, desde luego, le negó su apellido. ¿La razón? Porque Ederminia Sanmiguel, otra de sus concubinas, le dijo que aquella no era hija suya, sino de un trabajador de La Guasimalera, a quien Tránsito atendió en respuesta frontal y artera a los abiertos, indiscriminados y descarados deslices y aventuras de su marido. Laura Marcía, una vez fue inhumado el cuerpo de Bernardo, se auto colocó el apellido Mencino.

—Impediré, a toda costa —manifestó víctima de la avaricia—, que nuestra inmensa herencia paterna vaya por completo a mi hermana Alcira y a mi medio hermano Armando.

Según sus inflados y fantásticos cálculos, por referentes pasados, la herencia que dejaba Bernardo era cuantiosa, casi incalculable. Como lo creía la mayoría, quienes desconocían la aciaga historia de aquel triste patriarca durante el último tercio de su amarga vida.

—Soy tan legítima y legal heredera como ustedes dos —le alegaba y le enrostraba a su hermana mayor, recriminándole con altanería cada vez que podía.

Con ese argumento llegó a Oroguaní, con abogado, altiva, desde muy lejos, al siguiente día del entierro de Bernardo. De inmediato se dirigió al juzgado promiscuo municipal en donde entabló sendos, tortuosos, pero, en particular, interminables, manoseados e infructuosos litigios.

Durante el relato que sobre los Mencino le hizo a su hijo, Gilda evocó vagamente lo relacionado con su bisabuelo Valentino. Lo que sí recordó con precisión fue haberle escuchado decir a su tía y madrina Bermina

Mencino, "Mamá Mina", como se acostumbró a decirle:

—Mi padre Valentino Mencino nació en 1863, en plena república liberal, teórica y tenuemente basada en la soberanía popular como fuente secular del poder e instada para que se solidificara con la promulgación de la gran constitución de Lago Negro —Gilda poco entendía lo que eso significaba, pero esas palabras le quedaron por siempre en su memoria.

Cien años después del nacimiento de Valentino, por coincidencia, tanto en día como en mes, fue asesinado Bernardo, su amado y malcriado hijo menor, y a quien llamaba, con marcada sobreprotección, El Cuba.

Varias historias, como esta, sobre la república liberal, Gilda le oyó con fascinación infantil a Bermina, la media hermana mayor de su abuelo Bernardo, y también madrina y tía de Alcira. Por esa misma fuente Gilda supo que Valentino nunca se casó. Que con su primera mujer: Zoila Abigail, una maestra de escuela, quien murió a los treinta y tres años, cuando su hija Bermina cumplió los trece, Valentino tuvo, después de Bermina, otro hijo varón de nombre Isaac. Asimismo, que cinco años después de morir Abigail, con Petronila Tosán engendró a su tercera hija:

—A Saray, y, dos años más tarde, al Cuba —precisó Gilda y puso en su boca las palabras de Bermina, recordando la forma particular como esta lo decía—: «Pero, como quiera que Petronila era una mujer "alegre", despreocupada e irresponsable, papá Valentino no quiso que Petronila se lo criara. Por esa razón se lo quitó y me lo entregó, para que, al ser su hija mayor, la "mujer" de la casa, me encargara de él».

A diferencia de su difícil y frustrada vida afectiva; pues la mayoría de las mujeres que se le acercaron, todas, excepto Zoila Abigail, dejaron ver triste y presto el verdadero y único interés que las motivaba: ¡su riqueza!; Valentino logró amasar una fortuna representada en tierras, mulas y morrocotas de oro, pese a la convulsionada y artera guerra partidista que desangró al país, en particular en el campo, desde la segunda mitad del siglo XIX.

—Él logró acopiar una fortuna incalculable gracias a su denodado empeño, a su gran iniciativa, a la consagración y sagacidad para los negocios, así como a la insuperable fuerza de trabajo, correlativa con la fortaleza física que poseía —le dijo Gilda a su hijo.

—Yo vi a mi padre luchar de cuadril, en simultánea, con dos hombres muy fuertes llegados de la ciudad capital —Bermina le contó a Gilda—. Estos eran campeones nacionales de ese deporte, y él los venció en menos de tres minutos. En esa oportunidad le propusieron representar de forma oficial al país en unos juegos en otra nación. Pero, no aceptó. Argumentó que: «Eso es una perdedera de tiempo». Que, si aceptaba la invitación a las justas deportivas, le implicaba descuidar sus fincas y mulas, las cuales, con toda seguridad, se irían a pique, pues, solía decir: «El ojo del amo engorda el ganado». Aquella vez también me dijo mi padre: «Eso de los juegos es una actividad improductiva, para gente sin oficio. Además, con lo que me puedan dar por mi participación, si gano, ni siquiera alcanzaría para medio recuperar las pérdidas que, con toda seguridad, voy a tener en la hacienda por irme de patialegre por allá».

A los catorce años, tras quedar huérfano, Valentino comenzó a trabajar de arriero. Sus padres murieron inermes, solía decir Bermina, en el fuego cruzado entre conservadores y liberales, en una de las tantas batallas de la mutante e interminable, especialmente rural, Guerra Civil Republicana.

—Aún vigente —le reiteraba Mamá Mina a Gilda—, así las aparentes razones y los contrincantes sean diferentes, más no las víctimas.

Valentino produjo y transportó azúcar, panela y café desde Oroguaní hasta Facanativá. Nunca fue a la escuela, pero, aprendió a leer y contar lo necesario, con lo cual supo atender y acrecentar sus negocios. Jamás tomó ni fumó. Solo tuvo dos mujeres y dos hijos con cada una de ellas. Hijos que reconoció y registró como legítimos, por ende, les dio, sin condición alguna, su apellido: el Mencino.

—Mientras la mayoría de campesinos se aniquilaban mutua y salvajemente —le contó Bermina a Gilda—; por ser ricos unos, o por ser pobres aquellos otros; instados estos por la iglesia, y casi todos por los respectivos directorios políticos de las provincias, los que a su vez obedecían órdenes provenientes de la ciudad capital; mi padre Valentino, a los casi treinta años, tras aprender y practicar muy bien el negocio y las rutas, así como a tratar y negociar con los distribuidores, ya era propietario de tres de las mejores fincas cañameleras de Oroguaní, y de una recua de ochenta y siete mulas.

—Olegario Arturo —le complementó Gilda—, según me dijo mi madrina Bermina, Valentino cada vez que recibía el pago por sus productos, en morrocotas de oro, lo dividía en tres partes. La primera era el equivalente a la mitad del ingreso. Parte que destinaba, en exclusiva, a la compra de insumos, reposición y mantenimiento de medios de producción y pago de mano de obra productiva. La segunda, que equivalía a un tercio del ingreso, la atesoraba para expandir el negocio. Y, la última, es decir, el sexto restante, para los costos no productivos y gastos de manutención familiar.

El tercio que atesoraba lo depositaba entre tinajas de barro que enterraba en ignotos lugares. De ahí solo sacaba la cantidad exacta que llegara a demandar la transacción cuando compraba una nueva finca, un nuevo trapiche, otra bodega, o más mulas… Y, después del asesinato del general Urrutia, a comienzos del siglo de la ignominia nacional, para apalancar su proyecto político.

—La defensa de la patria y sus vernáculos recursos —era una de las frases predilectas de Valentino Mencino.

—Estrategia que usó papá Valentino para incrementar los medios de producción y comercialización, y hacer crecer el negocio agrario y, desde luego, al gran Partido Liberal —le justificó con orgullo Bermina a su ahijada sobrina Gilda.

A finales del siglo XIX, y durante las primeras dos décadas del XX, Valentino fue el hombre más acaudalado de la zona centro-occidental del país. Llegó a ser propietario de las más grandes y mejores fincas cañameleras y cafeteras de Oroguaní. Sus predios ocuparon el setenta y cinco por ciento del territorio rural de esa municipalidad. Para 1918, cuando nació Alcira, su primera nieta conocida, hija de Bernardo, Valentino tenía muy claro, y comprobado, que la proyección de sus negocios de azúcar y café estaba en la especialización y mejoramiento permanente de la producción. Entendió que debía aprovechar para tal objetivo la bondad de la tierra, casi virgen, el tríadico clima y el tesoro hídrico de la zona. Por esa razón se dedicó en exclusiva a la producción. Les dejó a sus arrieros la comercialización, es decir, el transporte a lomo de mula. Estos le compraron, a muy buen precio para las dos partes, la recua de ciento ochenta y tres bestias que para entonces tenía. Los compradores se comprometieron a trabajar en exclusiva con él, ya no como sus peones, sino como trabajadores independientes. Algunos años después, y tras construirse el carreteable que comunicó a Oroguaní con la vía principal del departamento, vía esta que atravesó cuatro de sus mejores fincas, las mulas perdieron espacio y cobertura frente a los camiones. En ese momento Valentino tenía asegurada la expansión de la comercialización de sus productos: azúcar y café; con la significativa disminución, no solo de costos por este concepto, sino de los riesgos operativos más importantes.

Incrementó con ventas de activos: las mulas, la liquidez de su negocio. Esto favoreció y disparó la productividad azucarera, cafetera y ganadera y, con todo ello, el gigantesco reconocimiento, su influencia y prestigio social en la región. Como, también, la rivalidad y el odio enconado en su contra. Situación que engendró y le implicó una implacable persecución por parte de sus contradictores políticos, arengados semanalmente desde el púlpito, no solo en la iglesia de Oroguaní, sino en las de todos los municipios vecinos, incluidos Facanativá y la ciudad capital.

—Los curas del occidente del céntrico departamento, desde luego apoyados por sus jerarcas eclesiásticos de Facanativá y la capital —le dijo Bermina a Gilda—, acusaban a mi padre de haberse aprovechado de las circunstancias de la guerra.

El clero le endilgaba a Valentino que se apoderó de las mejores fincas de Oroguaní, antes en manos de hombres católicos y al servicio de la providencia, quienes, por estar en lucha frontal contra las fuerzas del mal, se debilitaron económicamente y, en consecuencia, y para mantenerse firmes en sus principios católicos y continuar con la prolongada batalla contra el demonio encarnado en los liberales, en algún descuidado momento tuvieron que regalar sus tierras a irrisorios precios; incluso a los liberales.

—Acusaron a mi padre hasta de tener supuestos pactos y alianzas con el diablo —le reiteraba Bermina a Gilda—. Sostenía y pregonaba la curia: «Además de ser liberal, Valentino Mencino es un amancebado hereje al que tenemos que combatir, destruir y quitarle sus mal habidos bienes, para ponerlos de nuevo al servicio de Dios».

En alguna oportunidad Bermina le comentó a su padre:

—Papá, el señor cura párroco, en el sermón del domingo anterior, lo señaló, una vez más, no solo como el principal causante del empobrecimiento y desplazamiento de los hombres de bien y al servicio de Dios en toda la campiña, sino como el ejecutor, impulsor y directo responsable de introducir, pregonar, propagar y defender los mayores males para las sanas costumbres, la moral, la economía, la cultura y la fe de la sociedad. Imagínese, papá, que, según el señor cura, a usted, dizque: «La iglesia, no solo lo condena y Dios lo castigará de manera ejemplar por la perdición del pueblo; sino que lo hace responsable por todas y por cada una de las maldiciones que vendrán y, desde luego, por la confinación en el infierno a la que están abocados, ante la magnitud del pecado, todos sus seguidores e impíos beneficiarios, si no se arrepienten, reconsideran y reencausan a tiempo sus almas, vidas y haciendas hacia la senda católica».

—En esa oportunidad —le dijo Bermina a Gilda—, mi padre manifestó que tal barrullo y efectivo ardid se debía, no solo al uso de la política como instrumento de poder económico y dominación social, sino a la influencia que sobre esta tenían los curas como estrategia infalible para perpetuar y acrecentar, aún más, su poderoso feudo.

—Pero, no —le confesó Valentino a su hija Bermina—. Yo compro las fincas que ponen en venta, en especial, las de los pocos conservadores que aún quedan en Oroguaní. Pues, casi todos se trasladaron, con familia y enseres, o a la capital, algunos, o a los pueblos vecinos, con predominio conservador, la mayoría. A los que me vendieron sus propiedades les pagué el precio justo y oportuno que pidieron.

—Que el problema era otro —le contó Bermina a Gilda lo que Valentino le respondió—, y tenía que ver con los curas, entre muchas razones, porque él no estaba casado por la iglesia, como se la pasaban exigiendo que lo hiciera. Vivía en unión libre. Tampoco comulgaba con su filosofía de sometimiento espiritual y material. Pero, sobre todo, por no haber aceptado compartir sus ganancias y patrimonio con ellos, a cambio de poder político.

—En la venta de cada propiedad que hacen los azules, y los liberales adeptos al clero —le explicó esa vez Valentino a su hija Bermina—, los vendedores tienen que disponer la mitad para la iglesia. Los curas están urgidos de recursos para financiar la guerra y fortalecer su institucionalidad. En todos los negocios que he realizado de compra de fincas, casas y bodegas con conservadores y liberales adeptos, entre las cláusulas siempre ha estado estipulada tal obligación: que el comprador entregue la mitad del precio pactado, no al vendedor, sino de manera directa a la casa cural. Conservo enterrados, junto con mis morrocotas y escrituras, los recibos eclesiásticos de cada una de aquellas transacciones.

—Mamá Mina, ¿y qué le respondió en cuanto a las otras acusaciones y maldiciones? —le preguntó Gilda a su tía madrina Bermina, Mamá Mina, como le decía.

—Que en relación con los males que le endilgaban los curas —respondió Bermina—, así como los godos, se trataba del progreso que implicaba el poner a producir al máximo las fértiles y casi inexploradas tierras, así como generar riqueza, con la posibilidad de beneficiar a la mayor cantidad posible de conciudadanos, sin distingo de color partidista, clase social, e incluso, credo religioso. Lo cual, para la iglesia, y para sus piadosos adeptos, era muy mal visto, porque lo que él pagaba y distribuía entre los trabajadores y nuevos dueños, en otras partes donde mandaban en exclusiva los curas junto con los azules, y antes, en Oroguaní, era obligatorio entregarlo a nombre de la fe, en la casa cural, supuestamente para alcanzar la salvación del alma. Contribución que tenían que hacer, sin falta, en morrocotas de oro, y, en ausencia del preciado metal, su valor, equivalente en tierras, ganados o víveres.

Gilda también recordó y le refirió a su hijo Olegario Arturo que su tía madrina Bermina le compartió historias sobre la Guerra de los Muchos Días. Le contó la forma en que las mujeres y los niños tenían que esconderse entre los cañaduzales, cafetales y zarzos de los trapiches y casas. También, que les tocaba enterrar la comida y demás víveres para que no se los llevaran cuando se enteraban de que los azules, azuzadas sus almas por el reverendo padre, y armadas sus manos, oficialmente, desde la capital del país, iban a llegar a las fincas de su padre Valentino en busca de rojos.

—A los viejos, para matarlos mediante fusilamiento, ahorcamiento o decapitación (corte franela) —le dijo Gilda a Olegario Arturo, tal y como se lo dijo su tía Mamá Mina—. A los jóvenes, para obligarlos a pertenecer a sus huestes, y a seguirlos a cambio de perdonarles la vida y garantizarles la salvación de sus almas. A las mujeres, sobre todo a las jóvenes, para violarlas.

Entre las historias que le contó su tía madrina, la que más impresionó a Gilda, la que nunca pudo olvidar, fue la de Dionisia Rozo. Una mujer muy pobre, sin familia alguna. Toda su parentela fue asesinada una noche por parte de una horda de liberales que incendiaron la casa de la finca donde vivían. Tan común crimen se cometió, al parecer, en retaliación por una reciente incursión hecha por parte de los azules en San Vicente, el pueblo vecino. Allá fueron masacrados los últimos veintidós liberales que se negaron a dejar abandonadas sus parcelas y propiedades en aquella conservadora y cristiana municipalidad.

En ese entonces Dionisia solo tenía trece años. Ella se salvó de la hecatombe porque antes de que llegaran los rojos, su madre, por castigo ante su rebeldía, le ordenó ir sola hasta la quebrada a recoger agua en una tinaja de barro para lavar la loza de la comida. Desde allá, escondida entre las ramas altas de un guamo al que alcanzó a subirse al escuchar el macabro griterío de sus familiares, Dionisia presenció, desamparada, no solo la violación de las mujeres, tras lo cual las asesinaron, sino la muerte de sus padres, hermanos y obreros de la finca.

Aquel predio, así como las dos casas del pueblo de propiedad de la familia Rozo, pasaron, por orden del alcalde, el juez y el notario, ante la solicitud eclesiástica y la bendición de monseñor, el de Facanativá, por conducto del señor párroco de Oroguaní, a manos del clero. Eclesiástica organización que los puso a producir; luego los vendió para la gracia y alabanza divina. Tal decisión, la tradición del dominio de las propiedades de los Rozo, se dio ante el altísimo riesgo que implicaba, justificaron los bondadosos interesados, si se le permitía a Dionisia, la única heredera sobreviniente, que los mantuviera, no solo por ser menor de edad, sino mujer. Desde entonces Dionisia vivió y murió pidiendo limosna en el atrio de la iglesia, eso sí, protegida política y espiritualmente, más nunca económica ni mucho menos socialmente, por el señor cura párroco municipal. Este, junto con Dionisia, eran las personas que más odiaban y atacaban, de manera abierta y oficial, cada uno a su manera, a los liberales de Oroguaní, mayorías en el municipio.

—Dionisia les comunicó a los azules de San Vicente, el pueblo vecino, donde ya no quedaba ningún liberal después del genocidio de los veintidós —le dijo Bermina a Gilda—, que un domingo, para la misa de once de la mañana, estaba previsto que asistieran a la iglesia casi todos los principales dirigentes rojos de la región. Uno de ellos iba a bautizar a su hija menor. Les manifestó Dionisia a los azules que: «esta, en mi forma de ver las cosas, constituye una oportunidad que podemos aprovechar para acabar y erradicar de Oroguaní, y de su zona de influencia, a esta parranda de malditos liberales».

—La idea tuvo la bendición de los jerarcas católicos de la región y, por ende, la del señor cura párroco de Oroguaní —solía argumentar y comentar seguido Dionisia, tras aquellos infaustos hechos.

—Los azules sanvicentinos esperaron a los liberales en el atrio de la iglesia de Oroguaní —le manifestó Gilda a su hijo, fiel a lo escuchado a su tía madrina—. Al concluir el sacramento, vino la masacre. Ahí murieron dieciséis personas; entre ellas, tres menores de edad, incluida la recién bautizada.

—Alma de Dios quien, al haber recibido el santo sacramento del bautismo, se fue derechito al cielo —dijo esa vez el sacerdote que la bautizó minutos antes de ser ultimada.

Los rojos oroguanenses, en retaliación, al enterarse de que Dionisia fue quien dio la voz de alerta a los azules, una noche oscura la esperaron cerca de una quebrada, camino al rancho en donde vivía. Allá fue asaltada, violada, golpeada y lanzada desde el puente a la quebrada.

—No murió —recordó Gilda tal y como se lo dijo su madrina—. Se salvó, pero, quedó ciega y aún más enardecida contra los liberales.

—¿Cuál fue la suerte final de Dionisia? —le preguntó Olegario Arturo a Gilda.

—Según contaba Mamá Mina, veintiocho años después de aquel suceso, al ganar las elecciones presidenciales el liberal Ernesto Quiroga Herrera, Dionisia sufrió un ataque cardiaco al enterarse de la derrota de Gilberto Valencia y de Alfredo Vásquez Cobo, candidatos conservadores. «¡Por culpa de monseñor en la ciudad capital, que no se puso los pantalones y dejó que el gran Partido Conservador fuera dividido a las elecciones!», vociferó la ciega, minutos antes de fallecer.

Luego Gilda le precisó a su hijo:

—Según me contó mi tía madrina, Dionisia murió maldiciendo a los liberales en el propio atrio de la iglesia, asistida en lo espiritual por el nuevo y moderado, en lo político, cura párroco. El quinto, después del que celebró el bautismo aquel.

—Madre, ¿y qué le pasó a ese cura? —preguntó Olegario Arturo.

—Según mi tía madrina Mina —respondió Gilda—, el padre que celebró el bautismo que precedió a la matanza de liberales en el atrio de la iglesia de Oroguaní, tres meses después de aquellos luctuosos hechos, de manera inexplicable desapareció sin que nadie, nunca, diera razón, o quisiera hablar, de su paradero y fatal suerte a manos de los vengativos rojos.

Bernardo Mencino

Valentino nunca dejó que a su Cuba le encomendaran oficio alguno, o que le asignaran responsabilidades. Por el contrario, exigía que se le congraciara siempre y que le otorgaran lo que pidiera. Al cuidado inexperto de su media hermana Bermina, y malcriado en todo sentido por su padre, Bernardo tuvo una infancia de derroche, ostentosidad, excesos, libertinaje, aberrante dependencia y, desafortunadamente, absoluta falta de respeto, consideración y recato, cero valores y descarada negligencia hacia el trabajo y las actividades productivas. Por seguridad, prestigio y engreimiento, Valentino evitó enviarlo a la escuela. Les pagó a varias mujeres con algún grado de instrucción para que le enseñaran lo básico y se defendiera con su riqueza cuando él faltara.

—Para eso doblé sin descanso el lomo toda mi vida —argumentaba, siempre molesto, cuando alguien le tocaba o insinuaba algo al respecto.

Bernardo aprovechó poco de sus innumerables institutrices, excepto en lo pertinente a la literatura y las matemáticas. Tenía gran capacidad y gusto para leer, y casi un don para los números. Sus profesoras poco y nada le duraban por lo malcriado, desobediente, grosero y atrevido que era. Peor fue, después de cumplir los trece años, cuando se le alborotó la libido y alguien, para su desgracia y miseria, le enseñó el juego del póquer. Y es que Valentino le daba mensualmente para sus gastos personales una verdadera fortuna.

—Como para que se compre las siete mejores mulas cargueras de cualquier recua conocida —decía sonriente y con celebrada complicidad cada vez que se la entregaba—, o, si lo prefiere: el mejor caballo de paso de toda la región.

Fortuna que en menos de quince días Bernardo dilapidaba en parrandas, en jóvenes, casi niñas, y bellas mujeres que hacía traer, incluso desde la capital. A estas les pagaba grandes cantidades de dinero.

—Y hasta morrocotas de oro les daba —recordaba con rabia Bermina mientras le contaba la historia a Gilda—, a las que lo prendaban entre las seleccionadas para su desfogue sexual cada fin de semana.

—Según Mamá Mina —le dijo Gilda a su hijo lo que a su tía madrina le oyó decir muchas veces—, lo demás lo perdía en las mesas de juego que hizo instalar en cada una de las tres grandes y lujosas casas de su papá, ubicadas en la zona urbana, y otras, en las dos más bonitas y ensoñadoras fincas que más le gustaban.

Desde la Guasimalera, uno de aquellos predios que goza de una privilegiada localización, Bernardo solía observar y disfrutar del paisaje engalanado por un poético recodo del río Magdala. Donde Loma Angosta, en las estribaciones occidentales de la cordillera de Oriente, declina silente su accidentado ímpetu de caprichosos picos y riscos. Allí nace el valle que hacia occidente se prolonga, con extravagante fertilidad, en ese entonces muy poco explotado, hasta las feraces estribaciones de la cordillera Medular. En esta última se anidan, con inigualable imponencia, elegancia y brava majestuosidad, los indómitos nevados del Tomima, Ruiseñor y María Isabel. Silenciosos, solitarios y ardorosos penachos visibles, también, desde Los Azahares, el otro productivo y romántico latifundio de su predilección.

—Sí, hay que reconocerlo —le enfatizó Gilda a su hijo—, a mi abuelo, desde mi madrina y tía Bermina, Mamá Mina, como me enseñé a decirle, hasta sus innumerables y encarnizados enemigos, rivales y contradictores que por problemas de deudas de juego, mujeres, política y, por supuesto, religión, se granjeó desde muy joven, todos le exaltaban y daban su respectivo mérito: Bernardo Mencino, alias El Depredador, además de refinado en sus modales, enamorado, jugador, derrochador, apasionado y parrandero, era en extremo sensible a la belleza, a la naturaleza y a los parajes bucólicos.

Gilda hizo una pausa antes de continuar su relato. Quería asegurarse de que su hijo captara la semblanza que de su abuelo ella le estaba dibujando en su mente.

—Empleaba con certeza sus palabras, en especial con las mujeres, así como con sus contradictores —continuó Gilda—. Con ellas, para conquistarlas, enamorarlas, seducirlas, y hasta para dejarlas viendo un chispero, una vez obtenía lo suyo. Con los hombres, para imponerles sus pensamientos y caprichos. O para causarles grandes pero elocuentes y refinados agravios verbales, por lo general de corte político o religioso.

Volvió a pausar su relato. Olegario Arturo estaba atento, imprimiendo en su espíritu cada frase y, de vez en cuando, garrapateando algunas en una libreta.

—Fue un romántico empedernido y nostálgico —reanudó Gilda—. Le gustaba la literatura. Amaba a Rubén Darío, José Martí, Asunción Silva, Julio Flórez y Ramón de Campoamor, entre otros. Los leía con avidez en las tardes, antes de las partidas de póquer, en cualquiera de las dos fincas de su predilección.

Como Gilda sabía que a su hijo le gustaba la poesía y la literatura en general, dejó esta información para el final. Buscaba impresionarlo y, tal vez, que supiera de dónde venía tal inclinación.

—Me contó mi tía madrina Bermina que mi abuelo solía hacer sus lecturas sentado en una perezosa con vistas al río Magdala, siempre frente a los nevados. De estos decía que: «Cuando quieren dejarse ver, evidencian con descaro sus apasionados, tormentosos y perennes amores con las inquietas, como infieles, nubes». En aquellos poéticos parajes mi abuelo escribió algunas estrofas con las que conquistó a mi abuela Tránsito, su bella y joven esposa… quien lo cautivó antes de él cumplir los diecinueve.

Por esa misma fuente Olegario Arturo supo que, para celebrarle los quince años a Bernardo, Valentino le regaló una imponente y fina bestia de color blanco con manchones grises opacos en el pecho, frente y ancas.

—Fue, para la época, según Mamá Mina, el caballo más costoso de la región, pese a su corta edad: tres años y medio. Además de su casta y brío, ese equino portugués fue entrenado por el mejor montador de la región. El abuelo lo bautizó con el nombre de la mano del póquer que más le gustaba: Full House, dizque para que le diera suerte en el juego y le sirviera de amuleto para poder ganar y pagar sus deudas.

—De esa forma —Bermina le hizo énfasis a Gilda cuando se lo contó—, mi hermano quería evitar que papá siguiera pagando sus innumerables y cuantiosas deudas de juego. Sus acreedores, a diario y no siempre de buena manera, le cobraban a papá.

Bernardo, después de acabarse la mesada, ponía las propiedades de su padre como aval en las apuestas. Desde luego que Valentino, por orgullo y en defensa del prestigio de su Cuba y, por ende, del apellido Mencino, ¡y del Partido Liberal que él presidía!, no dudó un solo instante, en todas las oportunidades, en responder por las acreencias de su hijo.

—Así lo hizo de manera reiterada, incluso en 1913, cuando transfirió, sin titubeo alguno, los títulos de propiedad de dos de sus mejores fincas cafeteras —le precisó Bermina a su ahijada—. En esa ocasión fue para sufragar los gigantescos costos de la última partida, en una de las tantas malas noches de Bernardo. El ganador abordó a mi padre en el atrio de la iglesia, armado y con ocho hombres más, a la salida de la misa de las once de la mañana.

—Sí, mijo —le dijo Gilda a su hijo, sacando de su recuerdo las palabras de Bermina—, aquel hombre amenazó con darle muerte al abuelo Bernardo si mi bisabuelo no le pagaba el monto total de la partida.

Valentino trasfirió las dos propiedades. Dos años después las recuperó con algunas morrocotas que desenterró y la venta del café producido durante la siguiente cosecha, en tres de sus otras nueve fincas cafeteras. La producción de café fue la actividad hacia donde, acertada y con inmejorable proyección, Valentino, recio y poco instruido campesino, orientó la vocación de sus tierras a comienzos del siglo XX.

—Bernardo, antes de cumplir los dieciséis años —le compartió esa vez Bermina a su ahijada—, perdió a su caballo Full House en la mesa del póquer. Por ello volvió a las mulas, a sus Dulcineas, como las llamaba con cariño, para transportarse y continuar sus recorridos por la rica campiña. Lo hizo, incluso, hasta el día de su asesinato cuando, al lomo de Dulcinea III, fue baleado tres veces… ¡Criminal fuego afectivo!

—El abuelo Bernardo, al conocer a Tránsito Arellano, sintió que su vida tomaba nuevos e inquietantes rumbos —le precisó Gilda a su hijo—. Ella era hija de uno de los acérrimos rivales políticos de la familia Mencino: don Abduliano Arellano Ospina, rico hacendado conservador, amo y señor de la vereda Planadas, en la zona occidental, alta y fría del municipio. Según Mamá Mina, don Abduliano era un hombre recio, dedicado a la producción de leche, panela, café, plátano guineo y dominico, así como de otros productos agropecuarios de la región. Era, a su vez, el presidente del Directorio Conservador de

Oroguaní. Muy amigo del presidente de la república, el doctor José Vicente Nácar Martínez.

Bernardo, para entonces, acababa de aceptar, una vez cumplió los dieciocho años, la privilegiada, pero compleja y comprometedora posición de representante y suplente de su padre como dirigente en el Comité Político Liberal Municipal.

—Según Mamá Mina —continuó Gilda—, la exquisita y delicada belleza de aquella pequeña mujer Arellano, en especial, la perfección del rostro que sobresalía entre sus atributos, amén de la osadía y del reto político que ello significaba, sedujo a mi abuelo Bernardo. Se le convirtió en una obsesión, quizá mayor a la que implicaba su reciente rol de asistir y reemplazar, de forma interina, a mi bisabuelo Valentino cuando este no podía ir a las desgastantes actividades y reuniones políticas y administrativas del municipio. Funciones que tuvo que asumir mi abuelo en propiedad, una vez cumplió la mayoría de edad, a los veintiún años.

Valentino, desde hacía mucho tiempo, les tenía trazado el camino y futuro a sus cuatro hijos, acorde con el perfil de cada uno de ellos... o, tal vez mejor sería decir: que les inculcó, impuso, desde su infancia y adolescencia, a las dos mujeres: Bermina y Saray, para que se encargaran de los oficios y administración que demandaba la compleja y ardua logística de tantas, grandes y cada vez más productivas fincas. Al segundo hijo, Isaac, lo encaminó hacia el conocimiento, manejo y dominio correspondiente a la producción y comercialización del azúcar y el café.

—Este último producto, el café —le precisó Bermina a Gilda—, a partir de 1903, cuando papá trajo unas semillas de esa planta desde la cercana municipalidad de Nasaima. Y no solo compró dos fincas en lo alto de Oroguaní, por aquello del clima indicado para ese cultivo, sino que diversificó su producción en otras cuatro haciendas, en las cuales, hasta entonces, solo cultivábamos caña de azúcar.

A Bernardo, Valentino le reservó, le encaró, le marcó, el avieso oficio de la política. Él tenía que ser su relevo en la dirigencia liberal dentro de tres años, cuando cumpliera veintiuno. Por ahora, pensó y así lo decidió Valentino en ese entonces, mientras su hijo adquiría la mayoría de edad, era menester que se iniciara en el ámbito político municipal, sobre todo porque las cosas a nivel nacional, después de casi treinta años de artera hegemonía liberal, comenzaban a andar muy mal. En consecuencia, le correspondió a Bernardo debutar como su discípulo, como el delfín Mencino. Tuvo, como prioridad, la misión de mantener al Partido Liberal, a como diera lugar, y pese a las adversas circunstancias del país, como la primera fuerza política y administrativa en Oroguaní, así como en los otros seis municipios bajo su influencia. Sí, como lo hizo él, Valentino:

—¡Por más de treinta y tantos años! —el viejo patriarca se lo recalcaba a diario a Bernardo—. Aun cuando —lo reconocía—, aquellas fueron épocas diferentes, pero, no necesariamente más fáciles.

Si así lo hacía Bernardo, pensaba y esperaba Valentino, se garantizaría la salvaguarda de la incalculable fortuna Mencino, así como la preservación de los medios de explotación y comercialización agrícolas, introducidas e impuestas en Oroguaní, también por él, y el soporte de su riqueza. Patrimonio familiar que muy pronto sería de los cuatro hermanos. Aunque los tres mayores sabían, y lo aceptaban con recalcitrante silencio ignoto, que una gran parte de esa fortuna quedaría en manos del Cuba, supuestamente con el fin de garantizar y consolidar el proyecto político, social y económico de su padre.

—Olegario Arturo —le precisó Gilda—, según Mamá Mina, mi bisabuelo Valentino tenía entre sus más anhelados y abiertos objetivos lograr que Bernardo, o uno de sus descendientes, algún día alcanzara el solio del libertador de la patria: ¡La presidencia de la república! Hijo, ¿se imagina semejante disparate?

Bernardo entendía que, si él no lograba mantener la primacía, control, imposición y administración liberal en Oroguaní, así como en los otros pueblos bajo la jurisdicción Mencino, la avalancha de la re-enquistada república conservadora arrasaría con todo lo conquistado hasta ese entonces por los liberales. Como se lo advirtió y encomendó Valentino a sus cofrades políticos, y en especial a él, a Bernardo. Esto, ante el resurgir y fortalecimiento de la remodelación y supremacía conservadora en cabeza del nuevo presidente, don José Vicente Nácar Martínez. Mandatario abiertamente contradictor de las tendencias modernizantes y dinámicas de sus predecesores: los doctores Reinosa y Estepero, en cuanto al manejo del Estado, la política, la economía y, en especial, con la eliminación de la representatividad y la participación del Partido Liberal en las gobernaciones y municipios.

—Desafortunada política que de inmediato avivó las más enconadas y recalcitrantes rivalidades partidistas y sus consecuentes conmociones sociales, de todo orden y a todo nivel —le enfatizó Bermina a Gilda—. En especial, trágicas y salvajes, de nuevo, como en la Guerra de los Muchos Días, en las labrantías republicanas.

—Adversidad nacional incoada desde finales de 1914, cuando fue asesinado el dirigente liberal general Urrutia —le especificó Gilda a su hijo, a quien ese relato familiar, por línea materna, le comenzaba a hacer hervir la sangre—. Magnicidio precursor de otros tantos que sumieron al Partido Liberal en una de las más hondas y prolongadas crisis de su historia, hasta ese entonces.

—Ahijada, mi hermano Bernardo sabía que, si no mantenía la supremacía liberal en Oroguaní, el primer afectado era él. Situación que lo podía llevar a lo que más temía: ¡tener que trabajar! Para lo cual no estaba preparado, y menos para dejar su vida de boato. Incluso podía llegar a caer en la ignota y escalofriante pobreza y, con ello, dejar eso que sentía que no podía abandonar nunca: ¡el juego del póquer! Desventurado vicio que se le convirtió en su forma fundamental de vida, trampolín de su desventura, la de su parentela, y hasta la del tercer nivel político y social de su influencia —le enfatizó esa vez Bermina a Gilda, cual augurio nacional.

Tránsito Arellano

Las tres bellas hermanas Arellano eran diestras y elegantes jinetes. Tránsito era la segunda, pero la más cautivadora y coqueta. Todos los domingos, muy temprano, bajaban al pueblo en compañía de sus padres y peones de la finca. Cabalgaban refinada, conservadora y pudorosamente vestidas en briosas bestias negras engalanadas con vistosas cintas de fina seda, con silvestres flores y adornos de absoluto color azul. Aquellas mozas solían llevar diminutas y muy femeninas pavas de paja traídas desde la gran capital, con las cuales se protegían sus cabelleras del sol, el polvo y la brisa. A la cabeza de una recua de hasta treinta animales llegaban y hacían su entrada triunfal por el Camino Real. Empedrada vereda que comunicaba a Oroguaní por el occidente con el municipio circunvecino El Guadual.

Los Arellano bajaban con miel, panela, leche y productos agrícolas para vender en el mercado a los intermediarios provenientes de la ciudad capital, así como a los habitantes del pueblo. El Camino Real desembocaba en la empedrada calle principal, muy cerca de su casa urbana, en el centro del poblado. Allí las núbiles componían sus finos vestuarios, se aseaban, cambiaban las pavas por rebozos negros, desayunaban y de inmediato se dirigían a la misa de las ocho de la mañana. La de los conservadores. La de los liberales era a las once. Oraban y comulgaban, siempre bajo la austera y permanente supervisión de su señora madre y la vigilancia estrecha de su severo padre. Sus progenitores querían evitar y contrarrestar las recelosas y concupiscentes miradas de los pobladores, en especial de los jóvenes que se agolpaban a ambos lados de las naves del templo, no solo para poner en paz sus almas con Dios, sino para arrullar sus inconfesos pensamientos con aquellas sensuales, olorosas y frescas figuras de mujer: Orquídeas del paraíso.

Tal y como lo hacían, desde hacía más de un año, todos los domingos, Bernardo y otros cuantos jóvenes hijos de liberales, al ir a esa misa a galantear a las hijas de los conservadores. Estos mozos, pese a los reclamos de sus padres, y a las críticas de sus cofrades políticos, preferían la misa de los "godos", que era la que se ofrecía a las ocho, y no la del pueblo "librepensador y progresista", celebrada a las once de la mañana.

Al principio, el cura párroco, y todos los conservadores, interpretaron la presencia de los jóvenes liberales en la misa de ocho, en su misa, como una provocación. Después la asumieron como una actitud de espionaje y coerción política. Al final, ya pasaban desapercibidos, menos para don Abduliano Arellano Ospina, quien comenzó a inquietarse e incomodarse al percibir soslayadas sonrisas y escabullidas miradas cruzadas entre su virginal, aunque terriblemente contradictoria, necia y rebelde hija, Tránsito, y Bernardo Mencino. Su hija del alma estaba flirteando con el hijo del peor de los pecaminosos liberales de Oroguaní, gestor de la abominable independencia económica y moral de los peones, a quienes aquel engendro del demonio, es decir, Valentino, o los había "liberado" y, además, vuelto dueños de las mulas de carga, o corrompido con eso del salario, razón por la cual ahora osaban exigir que se les contratara y pagara por hacer el sagrado oficio.

—Peste aquella que llegó, incluso hasta Planadas, en donde la logré contener en parte, no del todo —vociferaba Abduliano.

Este cacique conservador consideraba que el juego del póquer, y cualquiera otra forma de azar, era un ritual maléfico, satánico, para entregarle en pago al diablo lo que por ley divina le correspondía a la iglesia para alabanza de Dios, para el perdón de los pecados y para la consecución de la salvación del alma. Y, aquel mocetón que osaba fijarse en su hija era el peor tahúr de la región. El que institucionalizó y promovió tal fullería en las sagradas tierras, fincas y casas del occidente departamental. Propiedades estas que, como se lo pidió de manera personal, el señor presidente Nácar el día de su posesión, a la que fue invitado de honor, tendría que reconquistar y entregar a sus dueños naturales por conducto de los administradores de los bienes divinos en la tierra, es decir, los del clero, representantes de la Santa Madre Iglesia Católica en el país.

Como respuesta a sus galanteos y guiños de ojo, Bernardo percibió la sonrisa encantadora de Tránsito durante las pocas oportunidades que tenía para verla, en particular, en misa. Sutil táctica de seducción que ya llevaba un año en ejecución. Esto motivó al galán a estudiar de manera detenida y minuciosa el terreno donde libraría la más decisiva, como triste, batalla por su amor. Pronto conoció, estudió y planeó hasta el último detalle de su estrategia final para hacerse y disfrutar de tan exquisito y costoso trofeo, sin que le fuera a fallar. Hasta llegó a merodear por Planadas, en donde quedaba la finca y la casa de los Arellano. Pero, concluyó que por esos lares le sería imposible ejecutar su industria.

—Ese latifundio azul, y toda la zona, es, de nuevo, como lo fue en la segunda mitad del siglo anterior —le dijo el mismo Bernardo a su mamá-hermana Bermina, como él le decía—, un verdadero e inexpugnable fortín. Allá son entrenadas y acantonadas las fieras milicias de la iglesia.

Grupos armados e integrados por numerosos y desarrapados hombres reclutados bajo la égida de la fe, en muchas regiones del norte y centro del país. Esa información, desde luego, Bernardo también se la comunicó a su padre, y este a los demás integrantes del Directorio Liberal Municipal; lo que coadyuvó con el mejoramiento y la agilización del Plan Avispón. Estrategia que a su vez permitió apostar, en caminos e inmediaciones de las fincas y casas rurales de los principales dirigentes liberales, a francotiradores que impidieron que los azules se acercaran, en especial de noche, a sus objetivos, sin ser blanco de un inesperado estallido dinamitero, o de certeros y pocos disparos que diezmaron y ahuyentaron de Oroguaní, de manera rápida, a las humanas huestes que decían actuar en nombre y por mandato de Dios.

Tales circunstancias no debilitaron ni desanimaron a Bernardo para continuar con su objetivo seductor. Por el contrario, supo que el flanco más débil que presentaba la seguridad de Tránsito estaba en el pueblo.

Estudió y concluyó que, al finalizar la misa, Abduliano, el sesentón padre de su pretendida se reunía por espacio de tres horas, y hasta antes de almorzar, con algunos familiares y principales copartidarios. Se conglomeraban, indistintamente, en su casa, en la alcaldía, en el concejo o en la casa cural. Por su parte, Visitación, la aún sensual y atractiva cuarentona madre, aprovechaba ese sublime espacio que le dejaba su marido para juntarse con sus comadres, en especial con Lola Sanclemente. Ella le facilitaba su casa, alcoba y hasta la cama para que Visitación se viera, por dos escasas horitas, con un montaraz y vigoroso arriero quien ¡sí! la hacía muy feliz en la intimidad.

Por tales razones, las tres palomas quedaban solas durante casi tres horas al cuidado de las criadas, en el caserón que por casualidad lindaba, por el solar, con el patio trasero de una de las imponentes propiedades de Valentino. Inmuebles aquellos separados por altas paredes de adobe. Pese a la muralla, estas dos propiedades estaban unidas por dos frondosas y caprichosas ramas de un mango, sembrado en el predio de los Arellano. Desde allá, las ramas conservadoras, además de invadir la liberal propiedad

Mencino, sobrepasaban, insolentes y victoriosas, el muro de atrás.

Una vez solidificada la estrategia, Bernardo se dedicó de lleno a preparar con refinamiento y precisión cada una de las tácticas que emplearía para la seducción. Acudió a las tres herramientas con las que consideraba era más eficaz en asuntos de conquistas femeninas: el atractivo de su presencia física, la intrepidez de su juventud y su seductora elocuencia hablada y escrita.

Aunque siempre fue impecable y cuidadoso en su forma de vestir, le adicionó colonia francesa, frescura, jovialidad y "nobleza" a su dominguero ajuar, como se lo mencionó, indicó y suministró Lola Sanclemente. Ella distribuía ropa elegante e importada que traía desde la ciudad capital.

—Bernardo, usted tiene que estar a la altura o incluso mejor que su pretendida en materia de vestuario y mundanas costumbres —le precisó Lola, quien de antemano sabía, auspiciaba y, desde luego, se beneficiaba comercialmente con los planes amorosos de aquel díscolo Mencino, El Cuba y preferido de don Valentino, el mayor potentado de aquellas ariscas y alejadas labrantías.

Así comenzó a dejarse ver Bernardo todos los domingos, y no solo en misa. Ahora, montado en Full House, lo hacía desde antes de que la caravana de los Arellano llegara hasta la plaza central. Imponente semental que volvió a comprar gracias a unas cuantas morrocotas de uno de los cinco estratégica y seguramente enterrados bancos de Valentino. Recompra que hizo para lucir aquella fina bestia al galope, paso y trote, frente a su pretendida. Caro semoviente que volvió a perder, meses después de su matrimonio, en la mesa del póquer.

Después de misa, y una vez se percataba de que Abduliano se reunía con sus cofrades azules, y que Visitación entraba a la casa de Lola, Bernardo se dirigía presto a la propiedad de su padre. Se cambiaba la elegante y perfumada indumentaria por otra muy deportiva, ligera, pero igualmente selecta y fina. Después, ayudado por dos criados que le sostenían una escalera hecha con guadua, trepaba hasta una de las dos ramas del mango. Allá tocaba una dulzaina para llamar la atención de las traviesas núbiles, en especial la de Tránsito, quien al principio no le hizo mayor caso.

Entonces, un domingo, al salir de misa, en las escalinatas del atrio de la iglesia, el pretendiente cruzó por su lado y de manera intrépida, fugaz y certera le dejó en su enguantada mano una misiva de amor. Era un poema que le escribió, titulado con su nombre: *Tránsito*. Llevaba el apasionado pergamino un contundente, desesperado y muy corto mensaje, con el que le anunciaba que ese día iba a cruzar por las ramas del mango hasta su habitación... que lo esperara, pues él no podía contener ni un minuto más sus ansias de amarla.

Tránsito nunca supo qué la cautivó y subyugó a ese hombre desde ese día. ¿Por qué razón consintió tal osadía? Además, ¿por qué se lo siguió permitiendo de tan fácil manera? Tal vez fue por lo atractivo y sensual que estaba en esa oportunidad; o por el embriagante aroma de su colonia francesa; o por la intrepidez de su acción; o por las frases y versos de amor que parecían coros celestiales al leerlos; o por su picardía y curiosidad femeninas; o por el atosigante deseo de mujer que la devoraba con inflamado ardor; o por esa humana sensación, casi siempre incontrolable, de la contradicción, que se antepone e impone al riesgo, a la expresa prohibición, al inminente castigo…

Quizá fue todo en conjunto lo que la obnubiló esa media dominguera mañana, cuando, sin que nadie lo notara, ni sus dos hermanas ni la servidumbre, ella le facilitó a Bernardo para que penetrara el cancel de su habitación y corazón, instalándose para siempre en su fatal destino. Y así lo hizo Bernardo durante los siguientes dos meses y medio, hasta cuando ella le comunicó que estaba embarazada y que se lo tenía que contar a sus padres. La evidencia comenzaba a ser inocultable.

El 18 de octubre de 1918 nació Alcira Mencino Arellano. Ocho meses después, para apaciguar la crisis que casi borra del mapa al idílico paraíso departamental, los dos causantes, conscientes del lío en el que involucraron a todo el pueblo, a pesar de no amarse, manifestaron en público, en especial frente al señor cura párroco, de Valentino y de Abduliano, que se idolatraban perdidamente, y que nada ni nadie los podría separar, razón por la cual tenían decidido casarse.

El 23 de mayo de 1919 Mencinos y Arellanos, liberales y conservadores, terratenientes y arrieros, comerciantes y peones, señores y obreros, autoridades civiles y el pueblo en general se apeñuscaron en la iglesia durante una misa celebrada a inusual y neutral hora: las diez de la mañana. Es decir, ni a las ocho, cuando se celebraba la de los godos; ni a las once, en la de los cachiporros. Pero, eso sí, los conservadores se atrincheraron en la nave del costado derecho, mientras que los liberales se apostaron en la izquierda.

Ese día, en ese sitio y a esa hora, los oroguanenses presenciaron, no solo el matrimonio de Bernardo y Tránsito, sino el bautismo y reconocimiento legítimo de Alcira Mencino Arellano, la primogénita de aquella polémica unión que marcaría en aquel villorrio una tensa, falaz, diurna y urbana paz entre rojos y azules; pero agria, agreste y sin cuartel guerra nocturna y rural.

—Ofensiva fatídica y fratricida avivada en toda la nación al ser derrotado el candidato presidencial conservador Gilberto Valencia, en 1918, por parte del también conservador Marcial Suárez, apoyado por los liberales, con el propósito de generar división y discordia entre los azules —afirmaba Bermina cada que se lo repetía a su ahijada Gilda.

—Conflicto trágicamente agravado en Oroguaní tras el asesinato, en diciembre de 1919, de don Abduliano Arellano Ospina, el progenitor de Tránsito —enfatizó Gilda al contárselo a Olegario Arturo.

—El dirigente conservador fue ultimado en la vereda Planadas, en su territorio, por parte, nunca judicialmente probado, de Carlos Eulalio Sanclemente Gómez —solían rumorar algunos osados pobladores.

—Sí, fue el vigoroso mozo arriero que entretenía a Visitación los domingos donde Lola Sanclemente —cuchicheaban las chismosas.

—Carlos Eulalio liquidó a su patrón —comentaba en voz baja la gente del común y, en especial, la dirigencia liberal—, para quedarse, no solo con ella, con la hermosa y aún joven esposa de Abduliano, sino con toda su hacienda, poder económico y político.

—Lo que en efecto acaeció pocos años más tarde —le precisó Bermina a su ahijada Gilda.

Asesinato, crimen impune que, para la dirigencia azul, y para la curia, lo pregonaban con débil poder judicial y armado; y de ahí no trascendió, fue otra de las confabulaciones y obras intelectuales de los rojos. En particular, de la temida y poderosa dupla Mencino: Valentino y Bernardo.

Los conservadores intentaron, sin éxito, atar el crimen al nombramiento, en noviembre de 1918, del inmolado caudillo como alcalde de Oroguaní, con la férrea alianza que este hizo con el señor cura párroco para tratar de hacer cumplir las dos por demás impopulares y arriesgadas medidas del Gobierno nacional. Se dispuso desde la ciudad capital para que en todo el territorio patrio ningún liberal hiciera parte de la administración pública, en ninguno de sus niveles y órdenes. De igual manera, para que el cincuenta por ciento del producido de todas las fincas, negocios y transacciones comerciales, así como el veinticinco por ciento de las propiedades ubicadas en cada jurisdicción, por ley eclesiástica emanada y respaldada en la ciudad capital y, desde luego, por el clero y la administración nacional, debían pasar a la custodia divina, por conducto de la respectiva casa cural.

Aquellas medidas legislativas no pudieron, finalmente, ser ejecutadas en Oroguaní, ante la reacción, eficacia y defensa administrativa, política; y cuando estas fueron insuficientes, armada y por demás violenta de los liberales.

El espíritu de la ley que impuso esa medida, según los anales del legislativo, solían pleitear los liberales, buscaba, de una parte, fortalecer la lucha gubernamental nacional contra la expansión del movimiento campesino en todo el país, en especial en el sur y, específicamente, contra los liderados por el insurgente indígena Tintín Tame. De igual manera, buscaban esas medidas gubernamentales, según los voceros oficiales de entonces, contrarrestar los estragos de una larga sequía y una plaga de langostas que afectó los cultivos, sobre todo los pocos que aún estaban bajo administración "divina".

—Frente a esas dos vicisitudes, entre otras tantas, el Gobierno nacional requiere, de manera urgente, nuevos, frescos y cuantiosos recursos —Valentino les dijo, varias veces, a sus copartidarios—. Pese a ello, el presidente José Vicente Nácar se niega a acceder al crédito externo. Él piensa que eso, el crédito externo, compromete la soberanía nacional.

—Mejor y más fácil le parece a este dignatario apoyar y decretar lo que le propuso e impuso el clero —mascullaba seguido Bernardo.

—El Gobierno conservador busca recuperar —arengaba Valentino a sus seguidores liberales—, aunque de maneras ilegítimas, mediante el poder legal, armado y político del Estado, parte de las tierras, ahora muy productivas, especialmente con café, promisorio rubro exportador. Tierras que, según la iglesia, les fueron arrebatadas, de diversas formas en la última media centuria por nosotros, como nos dicen: los herejes, los rojos, tanto a los piadosos y devotos conservadores, como a la misma Santa Madre Iglesia Católica.

Este fue el contexto económico, social, político, cultural y moral en el que Alcira Mencino Arellano nació y vivió su infancia, rodeada, eso sí, de los oropeles de la vanidad, los lujos, las riquezas y la trágica contradicción.

La Guasimalera

Bernardo, con la venia de su padre, se llevó para La Guasimalera a Tránsito y a su hija Alcira. Quería, de una parte, evitar sobre su esposa la influencia directa de los Arellano, la de los azules y la del cura párroco, incluso después del asesinato de Abduliano. Sin embargo, la verdadera intención de Bernardo, avalada por Valentino, en opinión de Mamá Mina, era blindar aquel gigantesco predio rural con esos dos escudos humanos: su esposa e hija. Es decir, con sangre Arellano fraguada con Mencino.

Ese latifundio liberal, ubicado al costado oriental de Oroguaní, era el más productivo y, a su vez, un codiciado blanco político para los conservadores. En esas tierras Valentino tenía enterrado más de cuarenta por ciento de su riqueza en morrocotas de oro. Por ello, Bernardo, tras su matrimonio, fijó allá su residencia… O, mejor sería decir, la de Tránsito y Alcira.

A Bernardo sus múltiples actividades políticas con su padre y, en especial, sus innumerables conquistas sentimentales y sexuales que siguieron a su maridaje, así como la intensidad en el juego del póquer, le dejaban muy poco tiempo para hacer presencia en La Guasimalera. Por allá solo iba cada dos meses, entre otras razones, a cumplir, desde luego, su rol de esposo.

En ese mismo año, mientras Marcial Suárez declinaba su cargo como presidente de la República ante las acusaciones de haber favorecido las intenciones expansionistas de una potencia mundial, no solo por las connotaciones de su política exterior, sino por su participación en la desafortunada solución final de un conflicto de escisión territorial fronterizo, Valentino Mencino repartió entre sus cuatro hijos las dieciséis gigantescas propiedades que para entonces poseía. Seis de esas posesiones quedaron para El Cuba: las dos mejores fincas cafeteras, las dos más grandes y ricas fincas diversificadas entre café, caña, trapiche, ingenio azucarero y producción agrícola y ganadera; así como las dos mejores casas ubicadas en el casco urbano del pueblo. En fin, y por contradictorio como paradójico estigma, al comienzo y mediante esa primera repartición, el 66.6 % de la riqueza Mencino pasó a nombre de Bernardo.

Después del desproporcionado e injusto, pero predecible, reparto hecho por parte de Valentino de sus propiedades entre sus cuatro hijos, Mamá Mina, la mamá-hermana de Bernardo y ahora también comadre, pues fue la madrina de bautismo de Alcira, decidió dedicarse solo al cuidado y manejo de sus dos pequeñas fincas y la casa en el pueblo. Se desentendió, en consecuencia, de todas las demás propiedades; en especial, de las de Bernardo, ahora con mujer para que la reemplazara en tan agotador oficio.

Por lo tanto, a Tránsito Arellano le tocó, a los veintiún años, asumir las riendas de la enorme finca. La Guasimalera, por su heterogénea geografía, posee tres climas diferentes: cálido en el valle del Magdala donde prosperaba la caña y la ganadería; templado a lo largo y ancho del quebrado piedemonte, cultivado en ese entonces casi en exclusivo con café; ahí estaban la casa principal, dos casaquintas más y la de los obreros; y frío del camino Real hasta las inmediaciones de los montaraces, inhóspitos e inalcanzables picachos de la cordillera de Oriente, con nombres tales como Pan de Azúcar, llamado también Cerro Con Oro, La Cuchilla, Monte Frío y San Lorenzo. Cerros que sirven de límite natural y jurisdiccional con San Vicente, el pueblo vecino, habitado y gobernado, en ese entonces, solo por conservadores. Además, allá, en las cumbres de estas montañas, se anidan y descuelgan las cinco más grandes quebradas que irrigan y surten de agua potable al noventa y cinco por ciento de la zona rural y casco urbano de Oroguaní: Los Viejos, La Porquera, Sardinata, Guasimal y Los Chochos. Tres de estos afluentes serpentean por el costado oriental, mientras que los otros dos recrean y bañan a lo largo y ancho la zona occidental del municipio. Esas cinco vertientes tributan su riqueza, con cristalina y prodigiosa algarabía de vida, al Magdala, el río de la patria.

Le tocó a ella sola, a Tránsito, encargarse de todo. No podía amilanarse y, menos, darle gusto a su suegro, quien le encomendó, casi a título de reto, mantener y en lo posible mejorar la productividad de aquella fuente de riqueza que era, en ese entonces, ese feraz latifundio liberal, una agrópolis en perspectiva, como lo era, no solo el departamento Central, sino todo aquel ubérrimo y subcontinental país, la maltrecha patria de los Mencino.

Tránsito pasó a ser la doña de La Guasimalera, después de ser la niña consentida, engreída y malcriada de Visitación y Abduliano, dedicada solo al glamur y a la vida solariega en Planadas, reverenciada por todos los peones y obreros del latifundio de su padre, con quienes nunca tuvo contacto ni relación alguna, excepto con las dos criadas que estaban al servicio directo de las tres hermanas. Le tocó, entonces, vituperar, enfrentar, mandar, despedir y contratar peones, arrieros y sirvientas. Tuvo que coger el azadón, el barretón y el machete para demostrar que cuando ella daba una orden, sabía lo que mandaba y por ende se lo tenían que hacer como lo disponía. Aprendió el arte de la manufactura del azúcar y la panela; a cultivar la tierra y a dominar la ganadería para mejorar la producción de leche, queso, cuajada y carne; a cocinar para más de ciento cincuenta obreros; a negociar con los intermediarios; a cobrar por los productos que vendía y a entregarle cuentas precisas a Valentino.

Dominó el proceso del café, desde la germinación, el beneficio y el secado tradicional, hasta la comercialización, en todas y cada una de sus etapas. Hizo que la productividad de La Guasimalera, con el respaldo de su suegro, alcanzara el nivel más alto de toda su historia: pasada y presente. Duplicó las cabezas de ganado y triplicó el cultivo del café, incluso en tierras más allá del piedemonte, antes baldías por lo quebrado y escabroso del terreno. Allá produjo, por la gratitud del suelo, el benigno clima y el prolijo toque femenino, una variedad muy suave, delicada y exquisita. La misma que se convirtió en la más requerida por los intermediarios provenientes de la ciudad capital. Estos la compraban con preferencia y la pagaban a un significativo mejor precio que el que cancelaban por la también excelente y competitiva variedad tradicional.

Una vez Bernardo perdió aquella finca jugando al póquer, por segunda y no última ocasión, después de haber hecho lo mismo con las demás heredadas propiedades, Valentino, ante el valor, arrojo, disposición y capacidad de su nuera, y encariñado con su nieta Alcira, hizo la recompra con los recursos de uno de sus cinco enterrados bancos. Esa vez la escritura la colocó a nombre de Bernardo. ¡Fatal y paternal error!

—Hay que evitarles a mi nuera y nieta un futuro incierto, ante el compulsivo, irrefrenable y azaroso comportamiento de Bernardo —manifestó y justificó Valentino en esa oportunidad. Aunque él sabía que era una equivocación hacer la escritura a su nombre.

En esos casi tres años, mientras Bernardo se jugaba con las cartas todo lo que tenía, y hasta lo que ya no tenía, Tránsito, además de acrecentar la productividad de La Guasimalera, volvió a quedar embarazada, y en dos oportunidades. Para entonces Bernardo ya convivía en el pueblo con la señorita Juliana Gonzaga, propietaria de una gran miscelánea, y con quien procreó cinco hijos durante los casi diecisiete años que duró la relación. Fue su concubina hasta cuando quedó en bancarrota. Todo por culpa del póquer. Él, a ese juego, no solo le dedicaba todo el tiempo, también le invertía los recursos del negocio de

Juliana. Además de la inopia, ella quedó llena de hijos sin reconocer, sin almacén, sin ahorros, con múltiples deudas y sin ganas de vivir al descubrir que desde 1928, Bernardo también visitaba a María del Carmen Malaver, allá, en la montaña, en un rancho aislado.

—¡Con María del Carmen mi abuelo Bernardo engendró otros seis ilegítimos y también negados y no reconocidos hijos! —le manifestó Gilda a su hijo, con énfasis y un escapado dejo de ironía.

La segunda hija de Tránsito, Oliva, nació en octubre de 1920 y murió en mayo del siguiente año. A lo largo de ese segundo embarazo de Tránsito, Ederminia Sanmiguel iba muy seguido hasta La Guasimalera. ¿Su intención?, satisfacer dos mezquinos e inicuos objetivos: indisponer a Tránsito con las historias que le contaba sobre los amoríos de su esposo, y llenarse de razones e invenciones para contárselas como ciertas a Bernardo, en procura de separarlos. Ederminia era una más de entre las varias concubinas urbanas que ostentaba Bernardo en Oroguaní. Con ella, Bernardo procreó un varón en 1926, a quien él siempre negó, despreció y nunca reconoció como hijo suyo. Una vez en el pueblo, y tras la casi quincenal visita que Ederminia solía hacerle a Tránsito en La Guasimalera, iba y le comunicaba a su amante que:

—Bernardo, hay un rumor, seguramente cierto —le enfatizaba Ederminia—, pues, algo me parece haber visto por allí.

Por supuesto que la lodosa y ladina actitud de Ederminia captaba de inmediato la atención de Bernardo.

—Diga lo que sabe… y sin tanto rodeo.

—Mira, Bernardo, ante tus prolongadas ausencias por La Guasimalera, Tránsito, al parecer, es atendida y ayudada por el capataz de la finca —le comentó Ederminia con fingida despreocupación—. Ese mocetón, además de joven y fornido, es bien parecido y servicial... Parece que su asistencia no solo se limita a las labores propias diarias de su oficio, sino, hasta en las nocturnas y solitarias horas de la doña.

Tan malintencionada información anegó de indignación y rencor a Bernardo, por lo que decidió ir más seguido. Pese al estado de su gestante esposa, la golpeaba y maltrataba con salvajismo. Ese trato ocasionó que el nacimiento de la criatura se adelantara tres meses. Ante la ausencia oportuna y debida de atención médica, la niña, Oliva Arellano, sucumbió. Murió antes de cumplir un año. A esta segunda hija de Tránsito, Bernardo se negó a darle el apellido Mencino. Siempre alegó que era hija del capataz. Por tal razón, Bernardo rompió relaciones con el cura párroco municipal de Oroguaní, de manera abierta y definitiva. Este, antes del deceso de la criatura, así lo increpó:

—Ante su delicado estado de salud, esa inocente alma, nacida en el seno de un matrimonio bendecido por Dios, requiere ser bautizada con su apellido, don Bernardo, así usted no sea más que un truhan.

Bernardo se negó y el párroco, en consecuencia, gestionó su excomunión, tras la muerte de la pequeña.

Desde entonces, Tránsito trocó lo poco que existía en sus sentimientos, y lo que aún sentía por Bernardo, por un odio recóndito e inconfeso, mezclado con temor y resentimiento. Y, ahora sí, observó, desde luego con gran disimulo y recato, ya no como a un trabajador más, sino como a un hombre, además de joven, atractivo y atento, a Erasmo Chiguasuqui: el capataz de La Guasimalera.

Bernardo, un mes después de la muerte de su hija Oliva, le pidió perdón a su esposa. Ocho meses después la dejó de nuevo embarazada. En esa oportunidad concibió a Laura Marcía. Pero Tránsito cometió otro craso error.

—¡Estoy de nuevo embarazada! —le dijo, antes que, a otra persona, a su frecuente amiga, a Ederminia Sanmiguel.

Esa vez también le hizo un fútil comentario, inducido por Ederminia, reconociendo lo simpático y atento que con ella era Erasmo. Con tan valioso botín, la pérfida amante se dirigió de inmediato al pueblo y esa misma noche le comunicó a Bernardo:

—La propia Tránsito me confesó que de nuevo Erasmo Chiguasuqui la tiene preñada. Además, que aquel ambicioso hombre está al aguaite para cuando tú vuelvas por esa finca… asesinarte y quedarse con todo.

Bernardo recordó que, bajo sus órdenes, así lo hizo Carlos Eulalio Sanclemente Gómez, el vigoroso arriero de confianza de Abduliano, amante de Visitación, y ahora alcalde conservador moderado de Oroguaní, aceptado y apoyado por la mayoría de ellos, los liberales.

—Sí, Bernardo, Erasmo Chiguasuqui está tramando tu asesinato —le insistió venenosamente Ederminia—. Él no está solo en eso. Al parecer, hay un contubernio entre el cura y los godos… por la muerte de Abduliano, su insuperable e insustituible líder y alcalde.

Bernardo le dio plena credibilidad a tan ignominiosa historia. Sobre todo, porque esa era una de las formas institucionalizadas entre liberales y conservadores, no solo en la región, sino en el país entero, para eliminar líderes contradictores y poderosos. Táctica muy común y certera desde cuando él y su padre Valentino la implantaron, con rotundo éxito, además, para sacar del medio a Abduliano y a otros cuantos enemigos políticos e impedir que sus propiedades pasaran, de nuevo, a manos de los curas. Y él, Bernardo Mencino, no era tonto como para dejarse degollar con su propio cuchillo.

—No voy a ser víctima de mi propio invento — reflexionó y se dijo.

En consecuencia, organizó, apoyado por el brazo armado del Comité Liberal Municipal, y apalancado militarmente por el regional, un dispositivo explosivo en la quebrada Sardinata, suficiente como para diezmar a un ejército. El propósito era que cuando Erasmo pasara por allí con las mulas a llevar insumos agrícolas, la siguiente semana, a la parte alta de La Guasimalera, el dispositivo fuera activado y se culpara a los conservadores de ese hecho.

Así sucedió y fue un motivo suficiente para que los liberales de Oroguaní, en retaliación, volaran la alcaldía de San Vicente, el municipio vecino, con todo y funcionarios conservadores en su interior, un mes después.

Tras la voladura de la alcaldía de San Vicente, se apareció Bernardo adonde su esposa. Sin mediar palabra, y pese a su estado gestante, la emprendió a golpes infrahumanos. La ató de las manos. La colgó de un árbol de guásimo. Hizo una pila de madera debajo, lista para ser encendida y, enloquecido, armó su fusil para ajusticiarla.

Sus intenciones fueron impedidas, justo a tiempo, por Bermina Mencino, Mamá Mina, quien le seguía la pisada a su hermano-hijo al enterarse de sus planes, gracias a que unos días después de muerto el capataz, Ederminia, por remordimiento de conciencia y asustada por la atrocidad de la acción ejecutada contra el inocente Erasmo, y lo adicional que podría venir, algo al respecto le refirió a Lola Sanclemente, y ella alertó a Visitación, quien le suplicó a Bermina ayuda para que su hija saliera de aquel infierno.

Ante la petición de su mamá-hermana Bermina, Bernardo optó por perdonar a Tránsito. Pero, ahí mismo, la conminó al destierro con todo y lo que llevaba en sus entrañas. Además, la amenazó:

—Si usted vuelve a cruzarse en mi camino, o a regresar a La Guasimalera, o a pretender llevarse a Alcira, o hacer algo en mi contra, o de mi familia, de inmediato voy y se las cobro a donde sea. No me va a temblar la mano para apretar el gatillo…

Tránsito, ante tan adversas circunstancias, salió de La Guasimalera con tan solo lo que llevaba puesto, gravemente maltratada física, moral y socialmente; despojada de manera abrupta de su hija Alcira, quien, al verla emprender maltrecho e ignoto destino, se quedó llorando, de la mano de su tía madrina Bermina, como se acostumbró a decirle.

Alcira, para entonces, era la adoración de su abuelo Valentino. Bernardo le solicitó a su mamá-hermana el favor de cuidarla. Le rogó para que se la llevara con ella a su casa del pueblo, en la cual vivía y atendía a su esposo, hijos y a Valentino, ya bastante maltrecho y diezmado por la edad, por el ajetreo de la vida, y por una bronquitis que con nada se le quitó.

Tránsito intentó volver a Planadas al lado de su madre y hermanas, sin embargo, Carlos Eulalio Sanclemente Gómez se lo impidió. Él era el alcalde de Oroguaní, de filiación conservadora, aunque al servicio secreto de los liberales, en particular de los Mencino. También el amo y señor de todos los bienes que dejó Abduliano. El criminal, nunca probado judicialmente, y tocado mandatario municipal, no hizo más que cumplir las órdenes que ese día le hizo llegar Bernardo, en particular la del destierro. Su ahora formal padrastro le dijo:

—Usted, Tránsito Arellano, no es bien vista y, menos, aceptada en Oroguaní. Se tiene que ir hoy mismo de mi jurisdicción municipal, si no quiere ser encarcelada por bigamia.

Visitación, como pudo, le hizo llegar a su hija, con una sirvienta de su confianza, algunos reales que tenía ahorrados. También le indicó el nombre de unos familiares que vivían en Toyaima, sobre el río Saldama, en el departamento del Tomima.

—Ellos, allá, tal vez la acojan, hija, y le den algún apoyo, por lo menos mientras nace la criatura.

Excomunión

Enterado el señor cura párroco de la atrocidad cometida contra Tránsito, desde el púlpito emprendió vehemente y decidida campaña de desprestigio contra Bernardo Mencino.

—Con su esposa legítima lejos, oprobiosamente desterrada —reiteraba el reverendo en cada homilía—, puede este engendro del demonio, con mayor impía libertad, continuar con los desafueros, con los pecaminosos, públicos y múltiples amancebamientos que le son comunes. Podrá, entonces, cual hiedra venenosa, seguir corrompiendo, aún más, a las inocentes, ilustres o no ilustres, pero, eso sí, todas indefensas hijas de Dios. No solo a las de este pueblo, sino a las de las jurisdicciones circunvecinas. Lo va a seguir haciendo, gracias a su nociva influencia y a su mal habida autoridad impuesta por las armas, por la tránsfuga política que hoy mal gobierna esta tierra — se refería al alcalde Sanclemente, de filiación conservadora, aunque al servicio secreto de los liberales—. Pero, sobre todo, por su frondío poder económico con el que manipula a la inerme población. Seguirá, entonces, aquel infiel, regando y abandonando, por demás irresponsablemente y a su perdida suerte, gran cantidad de vástagos ilegítimos: caldo de cultivo para el servicio y la adoración del mal, para el vandalaje que nos sitia y agobia y, desde luego, para la reproducción perenne de los enemigos de la fe, el orden y la justicia.

El padre Sarmiento también recabó y gestionó, ante monseñor en Facanativá, y por su divino conducto ante la ciudad capital y Roma, para hacer efectiva la excomunión definitiva de Bernardo Mencino. La decisión de la excomunión del joven caudillo liberal de aquel central departamento republicano, con la inherente bendición papal, ocho meses después fue publicada en dos de los más influyentes y católicos periódicos con amplia circulación en el subcontinente. La noticia ocupó, por algunos días, primeras planas y titulares en la prensa hablada y escrita del cautivamente católico país que imperaba en las postrimerías de la supremacía conservadora.

—El bando episcopal, con la excomunión de mi abuelo Bernardo —le dijo Gilda a su hijo Olegario Arturo, quien seguía cavilando y atando bejucos respecto a ciertas oscuras y escondidas sombras enchipadas en su alma—, fue leído a todo pulmón en Oroguaní, un domingo, a las diez de la mañana, por el pregonero del pueblo, en la plaza principal del municipio, debajo de la ceiba que daba sombra a propios y a extraños.

Con tal decisión papal, el cura párroco ahincó desde el púlpito su difusión y ofensiva, ante la negativa de Carlos Eulalio Sanclemente Gómez, el alcalde, de volverla oficial. A la primera autoridad municipal le parecía imprudente hacerlo, además de:

—Contraria, a mi juicio —le alegaba el mandatario municipal al cura—, con la política fundada en los principios cristianos de caridad, conciliación y rechazo a la profundización del conflicto que profesa desde la presidencia el doctor Marcial Suárez.

—Todo aquel oroguanense, o residente en este pueblo —reiteraba el padre Sarmiento en cada sermón—, que trabaje, se sirva, le sirva, use sus bienes, se deje usar… es decir, que se relacione política, laboral, social, comercial, amistosa y, desde luego, sentimental y afectivamente con Bernardo Mencino, correrá la suerte eclesiástica suya. Por ende, su alma se condenará, de manera ineludible, sin posibilidad de perdón y menos de salvación divina. Igual sucederá con los ubicados hasta la tercera generación de los que no acaten ahora mismo la sentenciosa encíclica de su Excelencia, la Suma de las autoridades católicas.

La respuesta Mencino no se hizo esperar. Bernardo era un hombre a quien no lo detenían encíclicas, sermones, amenazas o cosas similares. Mucho menos creía en ellas, provinieran de donde proviniesen. Sin embargo, reconocía, inconfesamente, que tal arremetida eclesiástica le estaba causando mella, y por ende lo afectaba. Pues, en cada misa, todos los días, no solo en la de los godos, sino en la de los rojos, el cura arengaba en su contra. Además, acudía al presagio. *A "eso" con lo que se manipula y controla, con gran eficacia, la conciencia popular*, pensaba Bernardo.

—Pobre de aquella inocente, incauta y hasta pecadora alma, y la de sus, por lo menos dos y hasta tres inmediatas generaciones, que se relacionen y le sigan sirviendo, de cualquier manera, al hijo de Lucifer, encarnado en la maldita existencia de Bernardo Mencino —exclamaba con frenesí en pleno sermón y en cada servicio religioso el padre Sarmiento—: Oigan bien hoy que están a tiempo de evitarlo: la paila mocha los espera para instar purgar sus pecados por toda una eternidad... sin posibilidad alguna de perdón ni salvación. Hijos de bien, escúchenme ahora que están a tiempo: aquel que aún quiera sentarse a la diestra de Dios Padre cuando Él lo llame a su lado, tiene que comenzar desde ahora con su repudio público y efectivo hacia la génesis terrenal del pecado, es decir, contra Bernardo Mencino y lo que él encarna... ¿A qué esperáis, siervos de Dios?, ¿a que los hijos de vuestros hijos, por vuestro negligente pecado, paguen y sean víctimas del ineludible como arrasador pulso estelar?

Aquella eclesiástica y premonitoria ofensiva comenzó a perturbar en gran medida a Bernardo Mencino, y no solo en el plano afectivo, social y político, sino en sus ingresos. Ahí en donde más aprieta, duele y afecta: ¡El bolsillo!

Bernardo sabía que toda la gente del pueblo, de alguna manera, creía en Dios, independiente de su convicción y condición política, social o religiosa. Incluso, hasta él mismo, por la perenne influencia, tanto de su mamá-hermana Bermina, como la de su propio padre Valentino. La población, aunque no entendía para nada lo del pulso estelar del que hablaba el padre Sarmiento, hombre aficionado, empírico y estudioso de la física y la astronomía, no dejaba de llevar en su mente el estigma de la salvación del alma, tras dejar este valle de lágrimas. Todos querían, hasta los más escépticos, allá, en lo más recóndito de su ser, sin importar su corrompida y falaz conducta terrena, que, al trascender su materia a espíritu, alcanzar el ignoto y prometido premio: El descanso eterno. Todos anhelaban y se consideraban merecedores, o en capacidad de comprar, el derecho de sentarse a la diestra del Supremo y Poderoso Señor: El que todo lo puede y logra.

Bernardo sabía que en el municipio se tenía la vehemente creencia, «inoculada por los curas», criticaba y se burlaba, de que aquel celestial y magno premio conllevaba la ausencia plena de dolor, penurias y sufrimientos. Era una social y generalizada profesión de fe el que al trascender de inmunda materia a celestial espíritu se recibiría, por siempre, goce y felicidad eterna, sin distingo alguno: ¡Eh ahí la dicha merecida!

Él sabía que a los oroguanenses, cierto o no, «pero muy bien comercializado y capitalizado por los curas», sostenía, la idea de condenarse e ir a parar al infecto y terrible averno, do pululan dolor, agonía, angustia, desesperación y castigo perenne por la perversidad y los males causados en vida, era el paradigma para eludir. Condenarse en los infiernos era lo que todos buscaban evitar, con independencia de los pecados cometidos. ¿La fórmula? ¡Confesión y penitencia! Es decir, la salvación se lograba, según el pregón eclesiástico, desde luego, siempre y cuando los que se auto proclamaban jueces de Dios en la tierra, los curas, oportunamente los conocieran, y, mediante alguna contraprestación, terrena o divina, eso sí, según la situación particular del pecador, casi siempre de carácter económica, los limpiaran de su alma, dejando de esa forma como nuevo el cuerpo.

Y el "cura", como Bernardo lo llamaba seguido y de forma peyorativa, en alusión al nombre de una especie de aguacate pequeño que se daba en las fértiles tierras de Oroguaní, se jugaba esa fundamental carta a fondo para sitiarlo por todos los flancos y ganarle la partida. Por lo tanto, solo le quedaba contrarrestarlo de alguna manera efectiva e impactante, si no quería perderlo todo y hasta salir desterrado y con las manos vacías… y, por qué no: ¡muerto!

Pensaba Bernardo que, incluso, para los liberales, sus copartidarios y aliados, sería muy ventajoso que él, quien acababa de ocupar por completo la posición de su cada día más enfermo padre en el Comité Político Liberal, en el municipio y el departamento, saliera de tal escenario y les dejara vacío tan codiciado espacio.

Lo que Bernardo Mencino hiciera en ese momento, su ofensiva, tenía que ser de tal magnitud e impacto, que sus rivales y seguidores no solo le temieran, sino que lo respetaran. Tenía que lograr fortalecer su autoridad y neutralizar la certera y afilada acometida del espigado, muy europeo, rubio y zarco vicario aquel. Estaba compelido a enviar un mensaje que debilitara el arma contundente de su eclesiástico contrincante: la fe y el temor por lo que no se ve, solo se cree. Y, qué mejor que atacar de forma directa esos dos bastiones en la persona que los esgrimía, usaba y sacaba provecho de ellos: «En el propio cura, quien, al fin y al cabo, no es más que otro ser mortal, como todos», concluyó Bernardo. Además, de quien se decía, sin que nadie lo comprobara, ni le importara verificar, que mantenía desde su llegada, en 1914, relaciones con Clorovea Goenaga, la madre de dos hijos de padre desconocido, pero que todo el pueblo sabía quién era.

Clorovea era una mujer robusta, buena moza, beata y de panches facciones y ademanes. A ella, desde 1917, después de su primer hijo, el padre Sarmiento le ofreció, por caridad cristiana, protección en la casa cural. A cambio, le servía en los quehaceres domésticos básicos demandados allá, como el aseo, la alimentación, la ropa…

Bernardo Mencino, entonces, organizó una acción que estremeció a toda la población. Además, logró que el cura; eso sí, al menos durante los seis meses siguientes a su ejecutoria, antes de morir envenenado por Clorovea; dejara su ataque en el púlpito contra los liberales, así como en cada una de las visitas domiciliarias que solía hacer. Años después de la muerte del padre Sarmiento en plena misa, la gente rumoraba que Bernardo habría enamorado a la india Clorovea con el propósito de convencerla para que le emponzoñara el vino de celebrar. Lo habría hecho Bernardo en represalia por la maldición que el sacerdote le echó, un Sábado Santo, después de lo del Grito del Diablo.

—Olegario Arturo —le manifestó Gilda—, tal vez por mera coincidencia el tercer hijo de Clorovea, nacido cuatro meses después del entierro del señor cura Sarmiento, era la estampa física de los Mencino. Muy diferente a la de sus dos hermanos mayores, cuyos rasgos eran entre europeos y panches.

El Grito del Diablo

A las doce de la noche del 30 de marzo de 1923, Viernes Santo, Bernardo Mencino, junto con otros diecinueve liberales, amarraron un burro con un aguijón a la reja de la ventana de la habitación en la cual dormía el padre Sarmiento. La ventana de ese recinto de la casa cural daba a la plaza principal del pueblo.

Al jumento, con anticipación, le quitaron el labio superior para hacerlo parecer sonriente. También le colocaron un pequeño aguacate (cura) entre las orejas, asegurado con cintas azules, teñidas con la sangre del mutilado animal. De igual forma, le ataron sobre sus lomos dos bolsas de cuero, una a cada lado de la vieja y raída enjalma. Dentro de las alforjas Bernardo hizo depositar una gran cantidad de mechas de tejo entrelazadas mediante cordeles embreados con pólvora. Estas fueron estallando a lo largo de la broma. De las cuatro esquinas de la plaza y del escaño ubicado al centro de esta, grupos de cuatro hombres, ayudados con cornetas elaboradas con hojas de bore y plátano, entonaron lo que llamaban El Grito del Diablo.

Un grupo comenzó a entonar la letra a, amplificándola con la improvisada corneta y alargándola, como un lamento, durante diez segundos, al cabo de los cuales, de la otra esquina, el segundo grupo lo hizo con la e. Después, el tercero con la i. Luego, el cuarto con la o y, por último, el quinto con la u. Acto seguido, al unísono, los cinco grupos lo hicieron por espacio de otros quince o veinte segundos, y comenzaron de nuevo con la a, y así hasta completar cinco rondas.

El animal, al sentir las explosiones sobre sus lomos, y al oír los lúgubres berridos emitidos desde las oscuras esquinas y escaño de la plaza, comenzó a rebuznar con atropello y desespero, al tiempo que jalaba de la púa amarrada a la reja de la habitación del cura párroco.

El sacerdote se despertó asustado. Al estridente y quejumbroso coro de cornetas, a los dramáticos rebuznos, a las coces violentas y omnidireccionales del burro, y a las explosiones secuenciales de las mechas se les sumaron ladridos y aullidos provenientes de solares y patios; relinchos en los corrales; chillidos en las marraneras; maullares en los zarzos, amén del desfasado y adelantado canto de los gallos en los gallineros, del piar y el cacaraqueo en los galpones, así como el disonante coro de las desesperadas voces, las incongruentes oraciones, las espontáneas maldiciones y la confusión en general de los oroguanenses. Estos, atolondrados y presos del miedo, de rodillas pedían perdón a Dios, unos; gritaban con histeria, otros; lloraban, casi todos.

Una vez se puso en pie el padre Sarmiento, se cercioró: ¡no era una pesadilla! Sintió dolor por el pellizco que se propinó en el brazo izquierdo. ¡Sí, estaba despierto! Entonces, se acercó a la ventana que daba a la calle de donde provenía el barullo… pero, tras correr la cortina, el espectáculo que vio a través del cristal le pasmó la sangre, erizó el pelo y le hizo perder el sentido unos segundos después.

Cuando el padre Sarmiento observó hacia la calle, aquel animal sin labio, pero que a él le pareció que le sonreía macabramente mientras las mechas de las bolsas estallaban e iluminaban la dantesca escena, cual destello del averno, aún más asustado por la humana y sacerdotal aparición tras el cristal, rebuznó y lo miró desesperado, con ojos desorbitados. Entonces, levantó sus patas traseras, colocándolas luego en el piso, para apoyarse en ellas y levantar las delanteras y echar la cabeza y el cuerpo entero, con descomunal fuerza, hacia atrás.

La acción del jumento deleznó e hizo ceder la argamasa que aseguraba el adobe y fijaba la reja. Esta fue arrancada de la pared e impactó al enloquecido jumento, causándole gran dolor por el fuerte golpe del metal contra su hocico.

La enfurecida bestia rebuznó aún más duro y partió a pleno galope por entre la oscuridad que reinaba en la plaza. En su alocada retirada el jumento produjo chispas y un gran estruendo al rastrillarse el metal y los cascos contra la empedrada superficie. Esa escena hizo que aquel pobre hombre pensara, una fracción de segundo antes de desmayarse, aunque secretamente no creía en demonios, diferentes a los humanos, que tan infernal criatura, bestia del averno, aparición demoníaca, iba a coger impulso para precipitarse por entre la ventana sobre su débil y encamisada humanidad. Quizá para llevárselo a los infiernos por todos sus inconfesos pecados, en especial el cometido, por mucho tiempo, con la india Clorovea. O por los innumerables crímenes que, por su afán de mundana riqueza, unos, y para cumplir la inexorable cuota económica municipal para Facanativá, la ciudad capital y Roma, la mayoría, promovía y ejecutaba, de manera directa e indirecta, siempre a nombre de la fe.

Pocos minutos después, Clorovea, alumbrándose con unos sirios, acudió en auxilio del padre Sarmiento. Al encontrarlo inconsciente lo reanimó con el agua de la jofaina que reposaba sobre la mesita de noche, lanzándosela sobre su cara. Al volver en sí, el sacerdote se colocó de prisa su sotana, encima del camisón de dormir. La abrochó solo en la parte superior y sobre esta puso la primera estola que encontró en el armario. Luego, tomó la Santa Biblia, una camándula de pedernal, un paquete de velas benditas y fósforos, junto con el ricamente ornado acetre y el hisopo de plata engastado con ostentosa pedrería. Así salió a la plaza. Ahí la muchedumbre aterrorizada gritaba que «Satanás se hizo presente en Oroguaní ante tanto pecado», y le pedía de rodillas, mientras el corpulento, rubio y zarco cura colocaba y encendía las velas y esparcía agua bendita entorno a la ventana, su santa bendición, algunos; su divina protección, aquellos otros; rezar el santo rosario, unos tantos; agua bendita para ungirse, todos.

El padre, tras esparcir en todas las direcciones el agua bendita, rezó una gran cantidad de rosarios con los aterrados fieles y otras personas afectas y no a su iglesia; con liberales y conservadores juntos; con creyentes y ateos al unísono. Sacramental oficio que se prolongó hasta la 1:30 de la madrugada. A esa hora algunos pobladores llevaron ante su presencia al mutilado y ya calmado pollino.

El pobre animal fue capturado cerca del cementerio, aún con el aguacate (cura) entre las orejas y la arrancada y maltrecha reja, asida con el rejo. Eso le permitió constatar al sacerdote que se trató, no de una aparición de Satanás, sino de una horrenda burla de humanos. Entonces, el párroco despachó con bendiciones a su feligresía, entró a la casa cural, seguido por Clorovea, cerró la puerta y se fue a la cama, hondamente contrariado.

Tríada maldita

A las 5:55 de la mañana el párroco, con fruncido ceño, frente en alto, y enérgico, erguido y decidido paso, salió de la casa cural, directo a la de Bernardo Mencino. Al no encontrarlo, se fue para la de su concubina más frecuente, la señorita Juliana Gonzaga, en donde, en efecto, lo encontró. Él sabía que aquella macabra jugarreta no podía tener un autor diferente. Una vez frente a él; quien lo recibió en franela y calzoncillos, además, con una burlona sonrisa, mientras le preguntaba por "El Patas" que lo había visitado en la noche; seria, elocuente y pausadamente, sin entrar en razones y sin hacerle caso a su malintencionada y burlona actitud, le dijo:

—Bernardo Mencino, por su imperdonable ofensa, por su pecado mortal contra Dios y su Iglesia, la inexorable maldición del poderoso tres, la tríada de la desgracia caerá sobre usted, sobre su círculo social hasta al menos su tercer nivel, y sobre toda su infeliz descendencia. Con letal y especial énfasis sobre los desventurados que lleguen a llevar su sangre, o que por cualquiera otra razón carguen el lastre de la demoníaca marca Mencino como primero o segundo apellido, o las dos cosas. Algo menos trágico, triste, dramático o acentuado, sobre aquellos descendientes suyos y, en especial, para tres de ellos, quienes, además de llevar su sangre, por alguna casualidad o capricho del destino, corran con la suerte de descargarse de tan fatal estigma como apellido... Tan solo uno de estos tres últimos — le enfatizó el sacerdote— será, precisamente, el llamado y escogido por Dios. Este tendrá, posible, más no seguro, el mérito para lavar la mancha de tan canalla afrenta. Pero, solo hasta cuando al menos transcurran treinta veces tres años, y en uno cuya suma de sus tres primeros dígitos sea tres, o múltiplo de tres; coincidente con su dígito final, que al restarle su anterior, vuelve al número inicial; y por la época para cuando a la humanidad la visite el destructivo e inexorable pulso celestial...

El padre Sarmiento, con gesto sereno, contrario al rescoldo que devoraba su interior, hizo una premeditada pausa para mirarlo fría, fija y directamente a los ojos, tras lo cual le asentó:

—Tal descendiente será un hijo bastardo... pero nacido bajo la tríada protectora del poderoso tres, una vez la infernal marca Mencino no tenga forma civil de proseguir infectando inocentes... si es que antes la sociedad en general, y en particular la liberal, no es, en su totalidad, corroída y devastada por aquel infecto mal, o abrasada por el ineludible rayo estelar, o por estas dos inevitables fatalidades al unísono.

Aquel 31 de marzo de 1923, Sábado Santo, le auguró el padre Sarmiento a Bernardo Mencino:

—El destino de, al menos sus inmediatas tres descendencias, así como el de los tres anillos de su entorno social y político, con grandes posibilidades de contagio nacional, a partir de este momento queda marcado, con independencia de los esfuerzos que lleguen a realizar para evitarlo o instar eludirlo, por tres grandes e inexorables vicisitudes.

El párroco, a quien ya le era casi imposible mantener la serenidad externa que hasta ese momento tuvo, dejó escapar un mohín entre inicua satisfacción y rabia represada. Se le fugó de su espíritu contrariado, instantes antes de continuar.

—Bernardo Mencino, tres grandes calamidades caerán sobre sus descendientes consanguíneos y entorno socio-político: fatalidad y maldad al unísono, el crimen y la inminencia de la muerte, caprichosa y demora, amarga y dolorosa, para algunos; tempranera, desgarradora e injustamente inesperada para otros; junto a una vida dura, difícil, ordinaria, vacía y complicada en lo económico y político, específica y atorrantemente plagada de pobreza y desigualdad, a pesar de tener tan cerca y derecho a la inmensa riqueza Mencino, cuyos títulos y disfrutes caerán de manera paulatina en manos usurpadoras. En especial los bienes inmuebles, así como los inherentes a recursos naturales. Timadores aquellos que los corromperán y destinarán al vicio y la ruina moral, con arteras implicaciones y repercusiones a gran escala para el país, el subcontinente y el mundo entero.

El padre Sarmiento hizo una nueva y breve pausa antes de lanzar las dos siguientes imprecaciones.

Bernardo seguía sonriente, burlón, aparentemente incrédulo.

—El sexo, el desenfreno y la perdición, en los hombres —prosiguió el enojado cura—, así como, en las mujeres, el abuso, la infamia, las violaciones, la persecución, el sometimiento más que forzado y la humillación... y, sin distingo de género, tanto en hombres como en mujeres, debilidad de carácter, personalidad permeable, esquivez y falta de logros significativos, en todo aspecto... Por último, en el amor, tanto la desgracia como la traición, la incomprensión, las equivocaciones, el desapego y el fracaso, serán constantes en sus desdichadas y amargas vidas. Y no solo en el plano de las relaciones con otras personas... con mayor encono lo será en lo que al amor patrio se refiere.

Bernardo pareció incomodarse, sin embargo, se controló y esperó a que el padre continuara. Al parecer, le faltaba algo más por decir.

—Usted, Bernardo Mencino —vaticinó el enfadado reverendo—, en particular, de manera irremediable morirá objeto del sucio amor y la pervertida política. Lo hará en la absoluta pobreza, conminado en lo político, y con el total repudio familiar; odiado y traicionado por los que usted más va a querer; de quienes nunca sospechará que puedan tener aquellos alcances... tal capacidad de albergar esos sentimientos, y menos, de emprender una acción así. Desgracia que le llegará de manera paulatina y dolorosa en el segundo y tercer tercio de su fragosa y fallida vida como ser humano.

Bernardo no quería interrumpir al padre. Quería saber hasta dónde podía llegar. Sentía que debía mostrarse impertérrito, nada impresionado…

—Usted será… —asestó por último el padre Sarmiento—, a su vez, no solo la causa directa del resquebrajamiento de la política republicana, sino de la pobreza acérrima de trescientos treinta y tres de sus descendientes. Así como de la maldad criminal y tragedia mortal de otros treinta y tres integrantes de su parentela. Tal enjundia proterva culminaría, de no haber causas que impliquen su repetición o postergación parcial, muy probables, solo hasta cuando trascurran al menos tres generaciones, en un lapso no inferior a treintaitrés mil trescientos treinta y tres días, contados a partir de este Viernes Santo durante el cual, usted, Bernardo Mencino, ¡osó profanar la casa y el santo nombre de Dios!

Bernardo, sin dejar su externa actitud de soberbia y fatua gloria, recostado en el marco de la puerta de la casa, dejó hablar al padre Sarmiento sin interrumpirlo, mientras lo miraba con desafiante incredulidad e inocultable triunfalismo. Cuando le pareció que el párroco había terminado de desahogarse, le dijo con burla:

—No sabía que usted, señor "cura", ahora se dedica, también, a la adivinación y a las premoniciones. Oficios estos propios de charlatanes y herejes, y no de hombres de iglesia y camándula.

Bernardo se incorporó y lo miró soberbio y desafiante, directamente a los ojos, como el padre Sarmiento lo hizo minutos antes con él.

—Mire, padre Sarmiento —le manifestó con represión—, la suerte de mi descendencia nadie la sabe... ¡Esta no es problema de la Iglesia! Menos de usted, señor cura... Le pido que deje de preocuparse por los Mencino. Deje de entrometerse en nuestras existencias. No trate de arreglarle la vida privada a los oroguanenses. Cada uno verá qué quiere hacer con su carramán. Además, en las cosas del destino... nadie puede ni debe influir. Eso está escrito desde el momento de nacer.

Esa vez, también le solicitó al reverendo, desde luego con falsa afabilidad y manifiesta amenaza:

—Por favor, deje, de una vez por todas, de indisponer al pueblo en cada misa; de ponerlo en mi contra y calumniar a mi partido. De lo contrario, padre Sarmiento, usted sabe de qué soy capaz... sé que en Facanativá, en la capital y en Roma, hasta donde puedo y tengo los medios de hacer llegar mi voz e influencia, sus superiores se van a interesar por saber lo de la india Clorovea y sus dos "europeos" vástagos. Usted, señor "cura", ya sabe, y si no, imagíneselo —le advirtió—, de lo que Bernardo Mencino es capaz de hacer cuando de por medio están su apellido, propiedades, familia, honor, partido, destino...

Al escucharlo, el párroco sintió un escalofrío de muerte. Entonces, sin permitirle terminar, dio la vuelta, caminó, pero se detuvo a tres pasos de él y, persignándose tres veces, de espalda a Bernardo, se alejó con rápido y nervioso andar, rumbo al templo. Se encaminó para preparar el ofrecimiento del servicio de las ocho, durante el cual, y en lo sucesivo, nunca más volvió a mencionar la palabra Mencino en las misas;

como tampoco, jamás, se refirió a la burla perpetrada contra la casa de Dios, en los siguientes meses que le quedaban de vida, antes de su envenenamiento en pleno oficio religioso.

Ese Sábado Santo el español padre Aníbal Sarmiento presagió su desenlace. El magenta olor de la muerte impregnó sus sagrados hábitos. Él sabía que había firmado su inexorable sentencia.

Días más tarde Bernardo le preguntó a su mamá-hermana Bermina que si ella sabía en qué consistía eso del "poder del tres".

—El padre Sarmiento, en la madrugada del Sábado Santo pasado, luego de la broma del jumento, algo me refirió al respecto para los responsables de aquella.

—Hasta donde recuerdo, eso se trata de una maldición, también llamada la tríada de la desgracia —le dijo su mamá-hermana—. Según lo que escuché, hace mucho tiempo, esta consiste en que una tercera parte de la descendencia del que la reciba de labios de un cura que se santigüe tres veces, y a tres pasos, de espalda al condenado a llevarla, queda marcado por el sino trágico de la maldad y la muerte. Otro tercio, por el sexo, el desenfreno y la irresponsabilidad, así como por conductas delictivas y comportamientos como desidia, negligencia, avaricia y envidia, entre otros vicios similares. A los otros, tal parece, los consume la desesperación, la incomprensión y la extrema pobreza. Además, suelen padecer de una personalidad débil, de sometimiento, tristeza, melancolía y llanto.

Bermina le manifestó a Bernardo que ella escuchó al respecto que, posiblemente, solo tres personas, de la tres veces maldecida descendencia, nacidos en fecha santa, obtendrían: uno, realización plena, victorias y éxitos. Otro sería bendecido con el amor, la bondad, la dulzura y podría, según las circunstancias morales de aquel momento histórico, convertirse en la reivindicación de la afrenta causada. Que el tercero dedicaría su vida al servicio de Dios; con lo que podría lograrse el perdón, conjurarse y acabarse la maldición. También le dijo Bermina aquella vez:

—La ubicación de cada descendiente maldecido, entre los tercios, hasta donde escuché, es relativa. Esta tiene que ver con unos números y fórmulas raras, inherentes a la posición genealógica… No recuerdo muy bien, pero, creo que, además, un mismo descendiente puede ser objeto de las vicisitudes propias de más de un tercio, según las combinaciones de los números de las fórmulas aquellas.

Bermina, al ver el rostro pálido de Bernardo, optó por obviar más información de la que ella sabía e intentó disuadirlo de su interés al respecto.

—Desde luego, hermano-hijo, que esas eran especulaciones de los curas en la época de la Inquisición… De todas formas, le recomiendo, mejor, no hurgar al oso, menos en su cueva. Bernardo, evite meterse con los hombres del clero. Crea o no usted en Dios, no lo ofenda, tampoco lo rete. Trate de llegar a una concertación, a un buen arreglo con el padre Sarmiento. Acérquese a su iglesia, por conducto de él, y busquen entre los dos, mejor, la reconciliación, la paz y el progreso para todos… eso que tanta falta hace en Oroguaní, ¡y en todo el país!

Para Bernardo Mencino, la gran coincidencia de lo dicho por el párroco y el fragmentario conocimiento que Bermina le compartió, en relación con la maldición del tres, no dejó de causarle, de manera inconfesa, una extraña y preocupante sensación de desasosiego, inestabilidad y dudas emocionales. Sin embargo, se repuso y optó por nunca más volverlo a mencionar. Así mismo, intentó, infructuosamente, olvidarlo. Sin embargo, "eso" siempre estuvo ahí, en su mente, sin que le fuera posible borrarlo de su recuerdo. Y ese fue su último pensamiento el domingo 3 de marzo de 1963, cuarenta años después de haber sido maldecido por el padre Sarmiento, cuando de muerte herido, a las 3:33 de la mañana, a trescientos treinta y tres metros de su casa, su tercera mula, de nombre Dulcinea, como las dos anteriores, una vez su cuerpo se desmadejó sobre la montura, y la bestia dejó de sentir presión desde la rienda, lo regresó hasta el patio de la casa principal en La Guasimalera.

En ese lugar, Ester Julia Sagrario, su más grande y postrero amor, tras salir de la gélida penumbra reinante, lo tiró de la silla al empedrado piso, con desdén, con infinito odio, sin consideración alguna, mientras le preguntaba a alguien que observaba agazapado desde la opacidad:

—Doctor, ¿será que por fin habrá muerto este infeliz?

Duras, dolorosas y postreras palabras que los cansados oídos de Bernardo Mencino percibieron. Frase que, tres segundos antes de partir a lontananza, le hizo estremecer su agobiado corazón, destrozado por los tres impactos que le acababa de propinar uno de sus tantos hijos ilegítimos.

Alcira Mencino Arellano

Dos meses después de haberse llevado a su ahijada Alcira para su casa en el pueblo, Bermina se la devolvió a Bernardo, su hermano y compadre. Poco tiempo le dejaba la gran cantidad de actividades que le demandaban el cuidado de sus dos fincas, su enfermo padre, la atención de su marido y sus propios hijos.

Decisión apalancada y sugerida, con disimulo, por el propio Valentino. El viejo intentaba, aunque muy tarde, hacer que su hijo Bernardo se responsabilizara, cogiera fundamento y se encargara, de lleno y bien hecho, de los asuntos de sus propiedades; del cuidado de lo que le quedaba de familia formal; de la atención del Directorio Político Liberal, tanto en el municipio como en el departamento; pero, en particular, para ver si con tal responsabilidad dejaba el juego que lo consumía y lo despojaba, de manera inexorable, no solo de su riqueza, sino de la de sus hermanos. Situación que además afectaba los enterrados bancos de morrocotas de oro que atesoró Valentino durante toda su vida productiva, aún de su exclusivo uso.

Alcira Mencino Arellano, ahora bajo la responsabilidad de su progenitor, durante un breve lapso fue criada con desbordante lujo y derroche de riqueza. Pero, como las múltiples actividades políticas, sentimentales y de juego de Bernardo le impedían la atención personalizada y permanente para su hija, optó por una cómoda estrategia: confiarla a las familias más adineradas, liberales, desde luego, para que la cuidaran y dieran estudio. Todo pagado por él, más que generosamente, tanto en lo económico, con las morrocotas de los entierros de Valentino, como en lo político, con efectivas recomendaciones para cargos y contratos públicos en la burocracia estatal: municipal, departamental y nacional.

De esa manera Alcira tuvo cinco años de ilustración asistida. Además, durante ese periodo, fue siempre la mejor vestida en toda ocasión. En especial, en los eventos que presidía, o a los que solía asistir Bernardo, tanto en Oroguaní como en los pueblos circunvecinos, incluso en la ciudad capital.

La primera comunión de Alcira se convirtió en un evento municipal y departamental. Para tal certamen, Bernardo le compró tres vestidos y tres pares de zapatos.

—¡Importados de París! —dijo Lola Sanclemente, la vendedora del ajuar.

Alcira estrenó el primer par de zapatos y el vestido blanco el día de la celebración religiosa. Bernardo hizo adornar la iglesia con flores multicolores, menos azules, que llegaron desde la ciudad capital y otros municipios. Los demás vestidos y pares de zapatos los estrenó a lo largo de la fiesta que se prolongó durante una semana. A esta asistieron, además de ilustres copartidarios oroguanenses, fulgurantes y ricas personalidades de la política y la economía, liberal, por supuesto, departamental y, desde luego, capitalina.

Al regresar Tránsito Arellano a Oroguaní, Alcira tenía siete años. El forzado regreso lo motivó la noticia de la muerte de su madre, Visitación, asesinada en circunstancias que la justicia nunca reveló, en su propia alcoba, allá en Planadas.

Con la muerte de Visitación toda la riqueza Arellano, por un atrabiliario fallo jurídico-eclesiástico, se distribuyó un cincuenta por ciento para la Santa Madre Iglesia Católica, en pago eterno por la salvación de su alma y la del también asesinado Abduliano. Un veinticinco por ciento para Eulalio Sanclemente Gómez, su compañero permanente. El otro veinticinco por ciento fue repartido entre las tres hermanas. Pero, al haberse sufragado todos los gastos inherentes al juicio, abogado y funeral de Visitación, con cargo a lo heredado por las hijas, tan solo le correspondió a Tránsito, y eso fue lo que le guardaron y entregaron a su regreso: un peso con veinticinco centavos. Dinero que a Tránsito solo le alcanzó para girar y pagar parte de las deudas que dejó en El Tomima.

Para entonces, su esposo y padre de sus dos hijas; incluida Laura Marcía Arellano, a quien de plano rechazó Bernardo, y por ende se negó a darle el apellido Mencino; mantenía su férrea e inmodificable resolución de negarle todos sus derechos; no solo como cónyuge, sino como madre de Alcira.

Bernardo le hizo saber a Tránsito, una vez más, que, si se acercaba a ellos, o a las casas del pueblo, o a La Guasimalera, o intentaba quitarle a su hija Alcira, él no respondía por lo que le pudiera pasar. Sin embargo, su instinto materno y espíritu contradictor fueron superiores a las advertencias del temido gamonal, quien todavía lo controlaba todo en el municipio.

Para proteger a Alcira y mantenerla lejos de Tránsito, Bernardo decidió llevarse a su primogénita para La Guasimalera y ponerla al cuidado de dos institutrices contratadas en la capital. Estas dos empleadas, influenciadas por Bermina, a quien acudió Tránsito para que le permitieran ver a su hija, le facilitaban dos veces por semana para estar con ella. El contacto con su mayorazga le hizo despertar, en su compungida alma, el deseo de llevársela. Así lo intentó hacer a los dos meses. En su retirada de La Guasimalera, Tránsito, con Alcira en brazos, se encontró a Bernardo, quien, al entender las intenciones de su esposa, sin medir consecuencia alguna, la emprendió contra su humanidad, haciéndolas rodar por un barranco a la orilla del camino, hasta donde él descendió y le arrebató con fuerza a la niña. Una vez montó en su mula Dulcinea, esta vez con Alcira en ancas, volteó su mirada hacia la malherida mujer y le propuso que arreglaran la situación de forma definitiva. Para tal efecto, la citó para que el próximo domingo se presentara a una "conciliación" en la secretaría de la alcaldía.

Cuando Tránsito se presentó ante el secretario de la alcaldía, un primo de Bernardo, el funcionario municipal le comunicó que su marido la iba a demandar por varios delitos, entre otros, por secuestro e intento de extorsión.

—No obstante —le dijo el tocado funcionario a Tránsito—, don Bernardo está dispuesto a desistir de las querellas judiciales, siempre y cuando usted acceda a firmar una caución.

Era eso o la cárcel. Tránsito no tenía más opciones. Así lo comprendió.

—Esto implica —le reiteró el funcionario—, que, en lo sucesivo, y hasta que Alcira sea mayor, le queda prohibido a usted, Tránsito, acercársele a su hija. De lo contrario, será retenida y multada por ese hecho.

Ella nunca lo amó, lo reconoció. Sin embargo, ante tan avasalladora y desequilibrada encrucijada en la que Bernardo, su esposo, la ponía, en ese momento supo lo que era odiar a un hombre. Pero no podía hacer nada contra tan poderoso e intocable personaje.

—De igual manera —le comunicó el secretario—, de inmediato, y hasta cuando Alcira cumpla los veintiún años, usted, señora Tránsito, tiene que desaparecer de Oroguaní.

Frente a tal disyuntiva, y con los antecedentes judiciales comprometedores del Tomima, Tránsito optó por la caución. Firmó sin leer el texto completo del libelo preparado por el secretario del alcalde, ordenado por Bernardo. En ese documento figuraba, además, que Tránsito Arellano le cedía a Bernardo Mencino, de manera voluntaria y definitiva, la custodia de su hija Alcira Mencino Arellano, ante su imposibilidad material y moral de poderlo hacer ella. Ahí también Tránsito Arellano dejaba constancia de: *"...mi autónoma partida del hogar, ante la*

*incompatibilidad de caracteres entre los dos. Razón
por la cual libero de cualquier responsabilidad a mi
esposo Bernardo Mencino, quien intentó evitarlo por
todos los medios".* Una vez firmó, Tránsito se marchó
de su pueblo natal con destino a los Llanos de Oriente.
Solo regresó a Oroguaní dos días después de haber sido
asesinado Bernardo Mencino.

Bernardo necesitaba tener esa declaración
firmada por Tránsito Arellano. Esa era la "historia" que
respecto a su esposa él le compartió al nuevo y algo
moderado cura párroco municipal, el reverendo que
reemplazó al envenenado padre español Sarmiento. El
propósito de Bernardo era acercarse a la iglesia, como
se lo recomendó su Mamá Mina, como también le decía
cariñosamente a su hermana-mamá, al ver que la
maldición del tres, al parecer, comenzaba a tener serios
y evidentes efectos, no solo sobre su vida, sino sobre la
de los demás Mencino, copartidarios y, en general,
sobre la sociedad que él gobernaba y en la cual fincaba
su aberrante poder económico e influencia social.

Por tal razón, quizá, Bernardo apoyó, en parte,
económica y políticamente el proyecto del recién
llegado vicario para la construcción del nuevo templo
en Oroguaní. Desde luego que también lo hizo
favorecer esa construcción el hecho de que aquello fue
la última voluntad de su padre Valentino, antes de
morir a mediados de 1925, tras comprar por última vez
La Guasimalera, perdida de nuevo por Bernardo en la
mesa del póquer. De lo contrario, Valentino no le
hubiera indicado a su hijo menor el sitio exacto en el
cual estaban enterrados los otros cuatro inmensos
bancos con morrocotas de oro que aún le quedaban.

Lugar acerca del cual Bernardo, hasta entonces, desconocía con precisión sus coordenadas.

La última voluntad de Valentino, en su lecho de muerte, exigida como promesa a su hijo Bernardo, consistió en que la fortuna que aún tenía, después de haberles repartido en vida lo que le correspondía a cada uno de sus hijos, tenía que ser dispuesta, una tercera parte, paradójicamente, para la Iglesia. Pretendía el moribundo anciano intentar conjurar la maldición del difunto padre Sarmiento sobre la familia Mencino y su Partido Liberal.

Otra tercera parte la tendría que destinar Bernardo para sustentar, fortalecer y consolidar al Partido Liberal, tanto a nivel municipal, departamental, como nacional. Valentino soñaba con que por siempre su colectividad fuera la primera fuerza política del país en las urnas… y en la burocracia y su pudin contractual y presupuestal, desde luego.

La tercera parte, le exigió Valentino durante los estertores de su adiós a Bernardo, para asegurarle un sólido futuro a su nieta del alma, es decir, a Alcira Mencino. Recursos estos últimos, los asignados a su nieta, con los que hubiera sido posible comprar treinta y tres veces la finca La Guasimalera, o tres veces todas las propiedades de la jurisdicción de la municipalidad de Oroguaní, incluida La Guasimalera.

Desde entonces Bernardo tuvo un interesado motivo más para criar a su hija Alcira, aislada por completo de la familia Arellano. Incluso, cuando alguno de los familiares maternos de Alcira se la encontraba en la calle y la saludaba, o le daba presentes, Bernardo lo impedía, o le quitaba a la niña el detalle de sus manos. Luego iba, y de forma altanera, se lo lanzaba a los pies al que se lo hubiese dado.

—La hija de Bernardo Mencino no necesita nada de los Arellano, ni siquiera el saludo —les gritaba cada vez que así pasaba.

Quizá, por tal razón, la herencia, Bernardo optó por no dejar sola a su hija, ni siquiera un minuto. La llevaba a todas partes. Ya a las reuniones políticas. Ya a los grandes bailes que organizaba, en especial para su cumpleaños y otras festividades. A estas nunca quiso invitar a ninguno de sus hermanos, menos primos ni sobrinos. Para ellos hacía reuniones privadas, nada suntuosas y exclusivamente familiares, casi siempre siete días después de los festejos oficiales.

Desde entonces, Bernardo Mencino llevaba a su hija a todo lado. A visitar a sus múltiples concubinas, a sus partidas semanales de póquer, a la cama a dormir… Cuando Alcira apenas cumplió los siete años, Bernardo, su padre, comenzó a dormir con ella, desnudos… Luego fueron los besos y las caricias. Alcira experimentó el amor, no solo paterno, sino humano, desde los nueve años. En consecuencia, se enamoró de Bernardo, de su progenitor, como lo confesaba Alcira allá, en el paupérrimo ancianato en el que la encarceló su hija Eneida cuando ya no le fue útil.

Senil confesión que a nadie le importó. Todos creían, o les convenía creer, que la anciana estaba delirando.

Esa compelida relación afectiva la mantuvieron en secreto hasta cuando Alcira cumplió quince años y quedó embarazada de otro hombre; de un músico de la banda municipal de Oroguaní.

Al cumplir Alcira los trece años su padre le entregó el poema titulado: *La gran tristeza*. Contaba Alcira, y exhaló convencida de ello, que esa poesía la había compuesto su padre Bernardo para ella. Por ese motivo conservó el manuscrito toda su vida, hasta en el ancianato. Allá solía recitar con frecuencia y profundo sentimientos aquellos versos.

¡Sí!, allá, en aquel ignominioso refugio de abandono en donde concluyeron sus amargos días. Alcira, además de recitar tales versos, solía entonar con esa voz fuerte, alta, clara y brillante con la que fascinó, a lo largo de sus años, a los que tuvieron la gloria de escucharle, incluidos los ignotos testigos y compañeros de su desgraciada, miserable y solitaria ancianidad, los tangos que aprendió en su difícil adolescencia. Los mismos que después de su decepción con Bernardo se los dedicaba cada vez que tenía la oportunidad de que él la oyera. En especial, el que cantó Carlos Gardel, escrito por Manuel Romero, titulado: *Tomo y obligo*. Melodía esta con la que siempre hizo llorar, ineludiblemente, a su auditorio, sobre todo cuando musitaba esa sentida y desgarradora estrofa:

Si los pastos conversaran, esta pampa le diría / de qué modo la quería, con qué fiebre la adoré. / Cuántas veces de rodillas, tembloroso, yo me he hincado bajo el árbol deshojado donde un día la besé. / Y hoy al verla envilecida y a otros brazos entregada, / fue para mí una puñalada y de celos me cegué, / y le juro, todavía no consigo convencerme / cómo pude contenerme y ahí nomás no la maté.

Pero, no solo era ese tango con el que Alcira Mencino Arellano cautivaba y embrujaba a sus oyentes, desgranándoles sollozos y compungiéndoles sus almas. También: *Adiós muchachos*, *Ladrillo*, *La muchacha del circo*, y otras tantas canciones de arrabal.

Gilda, unos días antes del infausto suceso en el que falleció Alcira, le facilitó a su hijo el envejecido y carcomido manuscrito en el cual aparecía, de puño y letra de Bernardo, los versos de *La gran tristeza*. Al leerlos, y tras confirmarlo en la Internet, Olegario Arturo le explicó a su madre que ese poema lo compuso el poeta Julio Flórez. Pero, que era mejor no decirle nada a la abuela. Era preferible que siguiera pensando que su padre lo escribió para ella. ¿Qué más daba ahora?, ¿para qué causarle un nuevo dolor y una desilusión adicional? Alcira murió creyéndolo así.

La fuga

Alcira, al cumplir los trece años, en compañía de una amiga, se fugó de la casa de su padre-amante. Se fue, se escapó de La Guasimalera en plan de aventura rumbo al municipio La Hondonada y terminó en Útica. Bernardo la buscó hasta cuando un conocido le dijo en qué lugar estaba su hija. De inmediato pagó para que la llevaran de regreso a su lado. Pero Alcira no quiso ir. Temía que su padre la castigara. Bernardo no insistió. Ella esperaba que él fuera y la rescatara... y la llevara a Oroguaní. Que otra vez, como en su infancia y temprana adolescencia, le diera refugio entre sus incestuosos brazos.

Sin embargo, Bernardo no lo hizo. A cambio le prodigó, a partir de ese momento, fatal indiferencia. Desde entonces Alcira se dedicó a leer y a releer aquella narración: *La gran tristeza*, hasta llegarla a memorizar por completo, abrigada tan solo por el incestuoso recuerdo de su padre, sin poder contener el llanto. Fue entonces cuando encontró en el tango, en las milongas, en los boleros y valses, la única forma para desfogar su inmarcesible dolor.

Alcira comenzó, a partir de aquel suceso, a entonar, con más que intensa nostalgia, un gran repertorio que fue aumentando año tras año. Los que tuvieron la suerte de escuchar su inédita voz, siempre recordarán, entre otros temas, los que con mayor sentimiento, ardor y tristeza interpretó: *Mano a mano*, *Caminito*, *Tengo miedo*, *Yo no sé qué me han hecho tus ojos* y *Quisiera amarte menos*. Por tal virtud, su tía madrina Bermina, Mamá Mina, quien disfrutaba de su voz y le solicitaba a menudo que le cantara, la apodó La Gardela.

Dos años después, y al ver que no volvió a saber de su padre, quien nunca le insistió para que regresara, enterado él de las precarias condiciones por las que ella atravesaba, y, sobre todo, cansada de tener que colocarse en casas de familia para conseguir el sustento, Alcira Mencino Arellano retornó a Oroguaní, junto a su madrastra, la señorita Juliana Gonzaga, también abandonada por Bernardo y reemplazada por Ester Julia Sagrario… el postrer y letal amor de Bernardo.

Ester Julia Sagrario, sagaz y bífida mujer esta, quien desde entonces fue ama y señora de La Guasimalera, sin permitir que ningún familiar de él, ni siquiera Mamá Mina, pusiera un pie en aquella inmensa y rica propiedad, el bastión económico del Partido Liberal.

—Sí, fue a partir de ese preciso momento —le enfatizó Gilda a Olegario Arturo— que la vida de lujo de Alcira Mencino Arellano se acabó, se esfumó. De esa forma le llegó la atorrante pobreza. Situación que jamás la abandonó, y que nos heredó a todos nosotros: hijos, nietos, bisnietos...

Esa nueva y prolongada etapa de la vida de Alcira comenzó con la tristísima condición de arrimada en la casa de su empobrecida y endeudada madrastra. En bancarrota, gracias a la mala suerte de Bernardo en el juego del póquer. Él solía acudir al flujo de caja y a las menguadas existencias del almacén de Juliana para ponerse al día con los pagos de las deudas en las que incurría con las cartas. Como era obvio, eso llevó a Juliana a la quiebra, momento en el cual Bernardo la dejó y para siempre se negó a saber de ella.

En esa condición de arrimada, como le decían sus medios hermanos menores, a Alcira le tocó ayudarlos a cuidar y criar, además, en ignominiosa desventaja en relación con ellos, en especial en cuanto a la escasa comida y ropa, así como al sitio que le tocó usar para dormir: un junco, cerca al corral de las gallinas.

En tales circunstancias, algún día Alcira conoció, en la tienda que con ingente esfuerzo pudo medio montar su quebrada madrastra, a Misael Moratino, quien la embarazó. Lo atendió, no solo ante la amarga decepción que le causó la dolorosa indiferencia de su padre. Bernardo dejó de ir al pueblo. Ausencias hasta de tres y cuatro meses. Cuando lo hacía, cuando iba al pueblo, la mayoría de las veces ni la determinaba. Fue cuando Alcira conoció a Misael Moratino, un joven buen mozo, charlatán, lúdico, músico, integrante de la banda municipal y, además, galante, considerado y atento. Todo lo que su amado padre dejó de ser con ella.

Bernardo, al enterarse de que su amante-hija estaba embarazada de aquel músico, enloquecido por los celos la persiguió por todo el pueblo, revólver en mano. Su intención era matarla.

—Miguel Santamaría Mencino, primo y ahijado político de Bernardo —le precisó Gilda a Olegario Arturo—, secretario de la alcaldía; quien ocupó ese cargo por cerca de treinta años; y hasta donde alcanzó a llegar mamá para protegerse, evitó la tragedia. De lo contrario, mi abuelo Bernardo la habría matado.

Ahí, frente a su primo, ese día, Bernardo repudió a su hija y le quitó; además del legado de Valentino, es decir, la tercera parte de la gran fortuna en morrocotas, ya diezmada en la mesa del póquer; por siempre su apoyo afectivo, político, social y familiar… y, por ende, su recóndito e incestuoso amor.

—Desde entonces, en las pocas veces que a mamá se refirió, mi abuelo Bernardo lo hizo con recalcitrante odio y desprecio, tratándola como: "la mujer esa". Nunca más la tuvo en cuenta, ni siquiera para mirarla, menos para dirigirle la palabra, así se toparan por ahí, frente a frente, en alguna de las calles o caminos de Oroguaní.

Olegario Arturo seguía en silencio el relato de su madre. Estaba seguro de haber encontrado un sendero, el cual, además de desconocido y tortuoso, lo llevaría hasta donde, tal vez, lo pensaba, no debería ir, ni siquiera continuar…

—A pesar de todo, y tal vez por lo fuerte y directo de los mensajes de las canciones que mamá entonaba cuando lo veía llegar al pueblo, o lo sentía pasar por donde ella estaba, él siempre, sin que se lo dijera a nadie, menos a ella, le fascinaba oírla; le conmovía su espíritu; le hacía llorar el alma y palpitar su corazón. ¡En especial la estrofa aquella de Manuel Romero!, como él mismo se lo confesó a Mamá Mina antes de que lo mataran.

Misael Moratino, previo a dejarla embarazada, y con mayor razón después del nacimiento de Gilda Mencino en 1934, quiso casarse con Alcira. Se lo propuso reiteradas veces. Pero, Alcira siempre eludió el tema con el argumento de que le diera tiempo.

—Es que… aún no estoy lista para el casorio —solía argumentarle Alcira a Misael cada vez que él se lo proponía.

La verdad, ella no lo quería… nunca lo quiso, o, tal vez, mejor sería decir: no lo podía querer. Su corazón no tenía, ni lo tuvo jamás, espacio para otro hombre que no fuera su padre.

Dos años después, Alcira volvió a quedar embarazada, pero esa vez de Joaquín Quincha. Pese a ello, Misael Moratino le insistió inútilmente en el matrimonio, además de solicitarle, también sin éxito, que registraran y bautizaran a esos dos hijos con su apellido: con el Moratino, y no con el Mencino, como lo hizo con Gilda, y en lo sucesivo con los demás.

Juliana, madrastra de Alcira, al ser consumida, no solo por la pobreza, sino por el más abyecto de los desencantos, así como por una insufrible frustración, ulterior al abandono del que fue objeto por parte de

Bernardo; quien además le negó, no solo la deuda con la que le arruinó su negocio, sino el apellido para sus hijos, de manera más que descarada; y ante el dolor que esto y lo anterior le causó, atendió a seis hombres más, casi al mismo tiempo, en un lapso de cinco años. Con aquellos tuvo otros tres hijos, sin tener certeza cuál de ellos era el padre de cada uno de estos.

La atribulada mujer pensó que de esa manera le causaría disgusto, o que lo haría sentir mal, o que tal vez le engendraría celos. Al comprobar que sus tácticas eran inocuas para llamar su atención, o causarle algún efecto de conmiseración, y que tan solo logró que Bernardo se olvidara más rápido y por completo de ella, de sus vástagos, y desde luego, del dineral prestado, decidió marcharse para la ciudad capital, en busca de nuevas oportunidades, para ella y sus ocho hijos.

—Instó olvidarse de aquel mal amante —le precisó Gilda a Olegario Arturo—. Puso distancia geográfica entre ella y el hombre por quien salió, a sus trece años, del conservador, acomodado, ostentoso, educado y prestigioso seno familiar de los Gonzaga, en la vecina municipalidad de San Vicente. Salió de su cómodo hogar con gran disgusto y rechazo familiar, político y social, ante su terca e inexorable decisión de irse tras Bernardo Mencino para Oroguaní. Aunque con su parte, la que le dio su padre para que se defendiera en la vida. Cuantiosa y suficiente dote que ella invirtió y perdió en el almacén que mi abuelo le arruinó mediante préstamos para cancelar sus compromisos adquiridos en la mesa del póquer.

Al marcharse su madrastra para la ciudad capital, Alcira, muy pobre, en la miseria, ya con dos hijos, y ante la absoluta y cruel indiferencia de su padre, inició una vida errante. Se comenzó a vestir con la ropa más inadecuada que encontraba. Usó andrajos, alpargatas y chanclas de caucho, muy rotas. Cayó en el degenero de su apariencia física y en la despreocupación social. Se colocó como muchacha del servicio en las casas en las cuales, cuando fue niña, la cuidaron y dieron su formación, con gran boato y todo pagado por su padre. Alcira Mencino lo hizo presa de la desilusión por la vida, para instar llamar la atención de Bernardo, para hacerlo sentir y quedar mal. Todo, sin embargo, con infructuosos resultados.

Juliana, al enterarse de la situación por la que atravesaba Alcira, le escribió y le propuso que se fuera para la ciudad capital, con ella. Le envió lo necesario para el viaje. Sin pensarlo dos veces, tres días después de recibir el dinero, decidió irse con su madrasta, junto con Joaquín, su hijo menor. A Gilda la dejó al cuidado de una señora desconocida que ese día pasó por Oroguaní.

Desconocida aquella quien esa noche, para poder continuar su derrotero hacia el municipio de Cambato, abandonó a Gilda a su suerte en una acera del pueblo, pues la mujer que se la encargó, Alcira, no apareció al caer la noche, como le dijo para que se la recibiera y cuidara por unas cuantas horas.

—Tal vez —le comentó Gilda a su hijo—, la desesperada intención de mamá en ese momento era deshacerse de mí...

Como a las once de la noche Ederminia Sanmiguel; otra de las concubinas urbanas de Bernardo, con quien procreó a Abraham, también rechazado, negado y sin apellido; al escuchar un llanto infantil, fue hasta el lugar del cual provenía. Entonces, se dio cuenta de que la niña que lloraba era Gilda Mencino, la hija de Alcira, la nieta del poderoso y temido gamonal don Bernardo Mencino. Al parecer, ante tal escena, se compadeció de la desdichada criatura.

—Me recogió y llevó para su casa.

Sin embargo, al día siguiente, la convirtió, pese a su tierna y débil edad, en la muchacha del servicio doméstico. Pronto comenzó a darle muy mal trato, poca comida y grandes dosis de humillación y desprecio.

—Veinte días después, mamá regresó a Oroguaní.

Al inerme infante el frío de la capital y las escasas defensas por su precaria alimentación y condiciones higiénico-habitacionales, previas y posteriores al parto, le desencadenaron una severa y letal tifoidea.

Alcira, mortificada, huérfana de amor, sola y desesperada por no saber qué hacer, ensombrecida su existencia por la desilusión y la amargura que le carcomían su alma, y que le corroyó y le consumió toda la vida, al saber que por la estupidez de haber abandonado a su padre lo perdió todo y se condenó a llevar tan absurda, miserable y cruel existencia, no encontró en ese momento, ni después tampoco, alternativa de desahogo distinta al maltrato de sus hijos.

—Los únicos que no podíamos oponernos a su inclemente y descomunal castigo; a su furia intestinal.

Alcira la tomó contra ellos. Contra sus dos hijos. Instó descargar toda su frustración y represada rabia sobre las indefensas humanidades de Gilda y Joaquín. Este, cada día más enfermo. Pese a su calamitoso estado, una noche, cuando el niño lloraba imparable; como resultado de un estado febril de cuarenta grados centígrados, tras lo cual le aparecieron en la piel unas lesiones rojizas; Alcira, quien lavaba en un platón la loza de la comida en la casa adonde se arrimó después de llegar de la ciudad capital, irritada por el incontrolable y estridente llanto del bebé, le lanzó agua sucia por la cara. El niño se agravó a las ocho de esa noche. Asustada, Alcira, una hora después, lo llevó al boticario del pueblo. Este le recetó un brebaje.

—Se trata de un remedio efectivo que suelo preparar para casos como este —le dijo el boticario—. Si usted se lo da y el niño amanece, se salva. De lo contrario —le advirtió aquel empírico farmaceuta—, al seguir evolucionando la fiebre, la vida de la criatura se compromete, o al menos se complica cada minuto que pase, de tal forma que es muy posible que le cause lesiones cardiacas severas, hemorragias gastrointestinales y, final e inexorablemente, la muerte… Incluso —le manifestó—, se lo doy sin ningún costo, con tal de salvarle la vida a su bebé.

Alcira, quizá presa del susto y hostigada por el vano orgullo, se tornó altanera y grosera. Le respondió al boticario:

—Yo soy una Mencino… a mi hijo no le daré ningún brebaje suyo. ¿Quién sabe qué clase de mejunje es? —De inmediato salió y se fue con su hijo agonizante.

—Mi hermanito murió a las once de esa infausta noche —le dijo Gilda a su hijo.

Cuando el boticario le contó a Misael Moratino lo que en realidad pasó esa noche en su consultorio; pues este fue y le reclamó por no asistir debidamente a su putativo hijo, como le manifestó Alcira a título de disculpa; el atribulado padre sintió estremecer su alma, mientras que su vida dio un vuelco. En ese instante Misael comprendió que no podía seguir amando a Alcira, no por lo menos con la intensidad y la súplica, como lo hizo hasta entonces. Tal vez por esa razón decidió renunciar a ella. La culpó y responsabilizó de esa muerte. Cuarenta y tres días después, pese a su arraigo liberal, se desposó con Eleonora Marévalo, una profesora de familia ultraconservadora, entroncada con los Arellano.

—Matrimonio que solo duró un mes —continuó Gilda, contándole a su hijo—. Los hermanos de Eleonora, al enterarse, fueron hasta la casa en la cual vivía la pareja, con el firme e irrenunciable propósito de matar a papá. Él, avisado, se encerró en una habitación hasta cuando llegó el secretario de la alcaldía, primo de mi abuelo Bernardo, con un piquete de agentes de la policía y dispersó a los Marévalo, no sin antes escucharlos jurar que: «Jamás desistiremos en el intento. La ofensa de la que fue víctima la familia Marévalo, solo se limpia con sangre». Papá Misael, aconsejado por el secretario de la alcaldía, esa noche se fue, solo, para el Valle del Caucal. Por allá duró cuatro años, al cabo de los cuales regresó a Oroguaní.

Mientras tanto, Alcira continuó colocándose y arrimándose en una y en otra parte, arrastrando tras ella a Gilda, a su indefensa y aturdida hija.

Bernardo, muy enamorado y dominado en todo aspecto por Ester Julia Sagrario, en finas bestias ella y en su Dulcinea él, pasaban delante de Alcira. Siempre el mejor caballo de paso de la región y su respectiva montura eran para Ester Julia, como antes los fueron para su hija Alcira. Con esta y otras tantas acciones Bernardo no disimulaba la intención de ofenderla, humillarla y desquitarse. Llegó más lejos: cada vez que veía que su hija estaba con otras personas, iba hasta allá, y ofrecía para todos, menos para Alcira, ni para su nieta Gilda, a quienes ni determinaba, ni miraba, finos licores, costosos presentes, exquisitas viandas y fajos de billetes. Hasta morrocotas de oro obsequió, como lo hizo en cinco oportunidades. Lo hacía, sabiendo él; ya porque se lo decían sus conocidos y allegados en el pueblo, ya porque se lo reprochaba su hermana-mamá, Mina, ya porque saltaba a simple vista; la necesidad, precariedad, angustia y, con todo eso, el hambre y necesidad que padecían aquella mujer y su desdichada hija.

Las contemporáneas y compañeras de estudio de Alcira, para aquella época, las que aún quedaban en el pueblo, las que no se habían ido para la ciudad capital, todas, gracias a las fortunas de sus familias, fueron mujeres influyentes en la vida económica, política y social de Oroguaní. Incluso, al interior del Partido Liberal en el cual ejercieron el dominio detrás del poder en manos de sus respectivos esposos. Todas y cada una de ellas, al ver la triste situación por la que atravesaba Alcira, le ofrecieron su ayuda para que siguiera con sus estudios. Para que aprendiera algún oficio. Para poderla ubicar en algún trabajo que le permitiera salir de aquel embrollo, y con ello, para que superara la aflicción y situación que le generaba el distanciamiento al que la tenía condenada Bernardo Mencino, su amante-padre.

Pero ella siempre se negó a progresar, a salir de esa buscada encrucijada. Instaba darle lástima a Bernardo. Él era la única persona que Alcira Mencino esperaba y a la única que le aceptaría ayuda. Quizá, por tal razón, o tal vez por las invisibles fuerzas de la naturaleza humana, permitió que Crispín Garnica se le cruzara por su golpeada vida. Con él tuvo dos hijos más: Beto Alfonso y Eneida del Pilar.

Su accidentada y oculta relación con ese labriego y rudo hombre, muy grande y fornido, de nada atractivas facciones físicas, además de estar casado, fue siempre nocturna. Él la visitaba en las noches, en el rancho de una habitación que un primo materno, de los Arellano, le permitió usar a Alcira, algo cerca al casco urbano. Allá armó una cuja montada en cuatro horquetas, cubierta con una estera de juncos. Lo recibía después de revisar que su hija Gilda, de seis años y quien compartía cama con ella, estuviera dormida. Gilda siempre simuló estarlo, razón por la que fue testigo de todas las incursiones de Crispín.

A ese hombre Gilda le oyó insistirle a su mamá para que le permitiera accederla a cambio de un mercado semanal. Proposición que, desde luego, siempre rechazó Alcira.

—Mi hija, ni más faltaba, no está para la venta —le dejaba muy en claro cada vez que se lo solicitaba—, por más pobre y vaciada que yo esté.

Vergüenza

Tan pronto Alcira le comentó a Crispín que estaba embarazada, este, con por demás descaro, cínica irresponsabilidad y elusión, le negó su paternidad. Alegó y argumentó que ella también atendía al Mono Uribe, otro labriego de la región.

Por su estado, Alcira decidió marcharse, de la noche a la mañana, para el norte del Tomima. Allá habitaba su hermana, Laura Marcía. Lo hizo para evitar enfrentar la vergüenza en Oroguaní cuando se llegara a saber que ella, la hija del todopoderoso Bernardo Mencino, diputado departamental y presidente del directorio liberal del departamento, tuvo relaciones con aquel hombre, además de feo, de muy baja estirpe social. Ni siquiera parecida a la de Misael Moratino; quien sí procedía de una familia aceptable, acomodada y perteneciente a la dirigencia liberal de Oroguaní.

Alcira y su hija Gilda partieron a pie, a la madrugada, rumbo a San Vicente. Allí abordaron una chiva que las condujo hasta Cambato. Pasaron el río Magdala en un planchón. Al otro lado, ya en El

Tomima, un campesino mandado por Laura Marcía las esperaba. Este, además de recibirlas, se fue con ellas en la línea intermunicipal hasta El Fresnal. Una vez ahí, les indicó cómo reanudar la caminata hasta Palocabildo, a seis horas de distancia, lugar en el que vivía Laura Marcía.

Ya solas, y una vez emprendieron camino con derrotero a Palocabildo, de entre las cañabravas que ornaban cada lado del sendero, se les apareció una loca que las siguió un buen trecho. Agarró del brazo a Alcira, negándose a soltarla. Con la desequilibrada mujer al lado, mamá e hija caminaron hasta llegar a una fonda a la orilla del camino. En aquel establecimiento Alcira compró un chichero y se lo dio a la mujer, indicándole que mientras se comía el amasijo, las esperara ahí, que ellas ya volvían. Fue la única forma de zafarse de tan extraña, premonitoria e incómoda aparición.

Al llegar al río Gualía, el que debía ser cruzado por sobre una guadua agarrándose de otra ubicada en la parte superior, las viajeras casi renuncian a su objetivo. El río iba muy crecido y su ensordecedor rugido les infundió miedo. Pero, con solo pensar que al regresar se encontrarían con la loca y, además, como ya comenzaba a oscurecer, aceptaron la ayuda de unos campesinos que les colaboraron en aquel paso. El 7 de noviembre de 1941 llegaron a la casa de Laura Marcía, quien también vivía en la miseria, junto con los tres hijos de su primer esposo. Aquel día Gilda cumplió siete años. Para celebrárselo, su tía logró conseguir, al fiado, un pedazo de bocadillo de guayaba.

—Si refugias tu estrechez en la de otro, compartirás y legarás miseria colectiva —le comentó Gilda a Olegario Arturo, haciendo una pausa en su relato.

Las penurias en las que vivía Laura Marcía eran aún más gravosas por la perenne condición beoda de su esposo. Este, una noche llegó ebrio y las amenazó.

—¡Lárguense de mi casa! De lo contrario, las voy a "encender a machete".

Al siguiente día, madre e hija regresaron al Fresnal, en busca de Jocabet Sanclemente, hermana de Lola. En El Fresnal, Jocabet era propietaria del Hotel Pensión Capital. Ahí Alcira encontró trabajo como cocinera. En ese lugar se hospedaba un propagandista que utilizaba unas mascotas para incentivar las ventas de su negocio. El pintoresco personaje mercadeaba su portafolio de ilusiones con un cachorro de tigre, dos culebras, una era Cascabel y la otra Talla X, y Pepe, un mico tití, muy grosero y atrevido. El propagandista se dedicaba a vender pomadas, según decía:

—La contra para todo tipo de picadura de víboras, o de cualquier otro reptil, rastrero o humano.

Con él, Gilda aprendió a manipular y darle de beber a las dos culebras. Salió en su compañía, dos veces, a la plaza a practicar aquel sainete comercial; es decir, el oficio de las ventas de remedios, recetas e inventos para todo tipo de mal, dolor o maleficio. Sin embargo, la propietaria del hotel le dijo a Alcira:

—Tenga cuidado porque al Fresnal viene mucha gente de Oroguaní… y no está bien visto que la nieta del poderoso y temido señor presidente del directorio liberal del departamento Central ande en estas.

Al no poder acompañar más al propagandista a realizar sus estrafalarias presentaciones comerciales, Gilda se dedicó en la posada a cuidar tanto al mico tití como al cachorro de tigre; animal este último que casi la ataca un día por impedirle que se comiera un zapato de su dueño. El 17 de junio de 1942, tras un parto muy complicado en el hospital del Fresnal, nació Beto Alfonso Mencino. Era un niño demasiado grande, pesado, blanco, rubio y de ojos azules.

—Parece un muñeco —decía la gente al verlo.

Alcira lo bautizó y registró como hijo natural, razón por la que solo tuvo el apellido Mencino, igual que su hermana Gilda. Desde el nacimiento de su hermano, Gilda dejó de cuidar los animales del propagandista. Le correspondió dedicarse de lleno al bebé. Para su edad, y dado el tamaño y peso del crío, era una gran carga, casi inmanejable. Le tocó encargarse de su hermano menor para que su madre siguiera con el trabajo en el hotel y poder así asegurar lo del sustento y hospedaje de los tres.

—Tenía que levantarme todos los días a las tres de la mañana, igual que mamá, y llevarme para la calle a mi hermano. Tocaba hacerlo así, para no molestar ni despertar a los demás huéspedes —le enfatizó Gilda a su hijo Olegario Arturo.

Con Beto Alfonso en sus débiles y diminutos brazos, desde esa hora, iba y se sentaba en las bancas del parque. Allá se relacionó con otros niños, hijos estos de familias campesinas desplazadas por la violencia partidista, unas; o por poderosos y armados terratenientes, las demás. Desarraigados labriegos y expropietarios de pequeños terrenos, quienes ahora solo se podían dedicar, como última opción para subsistir, a pedir limosna en centros urbanos. ¡Desplazamiento social! Con aquellos desarrapados niños, además de juegos en el parque, Gilda aprendió que las personas que daban con mayor facilidad centavos, comida, miradas y expresiones de conmiseración y consuelo, por lo general eran las más pobres del pueblo.

—Las personas humildes, sabedoras de necesidades, son más sensibles y humanas que las que jamás han pisado el barro o nunca se han acostado con hambre —le precisó Gilda a su hijo.

Para ampliar el repertorio de juegos, Gilda, con inocente lúdica, y usando algunas de las estrategias que le aprendió al propagandista, optó por ofrecer en venta a su hermano; lo hizo a media lengua. Tuvo problemas de dicción hasta los catorce años.

—¿*Quén me compa este moachito*? —solía vocear Gilda, sentada en el quicio de las puertas de las casas que rodeaban el parque principal, cuando veía que las personas se acercaban a ellos.

Tan inusual, llamativa como infantil pilatuna generó un gran revuelo en el municipio. No solo desencadenó la conmiseración entre las almas sensibles, sino que al ser la "mercancía" tan atractiva, y por aquella ley del mercado de que *toda oferta genera su demanda*, pronto se presentaron en el hotel donde trabajaba Alcira disímiles y potenciales clientes. Su mercantil objetivo era averiguar y pujar por el precio de la criatura, y hacer el respectivo cierre del negocio.

Al enterarse Alcira, después de la confusión, de lo que se trataba tanta algarabía, fue en busca de Gilda. Cuando la encontró, se la llevó casi a rastras para la covacha que usaban de dormitorio. Una vez allí, la energúmena mujer trancó la puerta y la castigó con una correa, de forma brutal, sin misericordia alguna, hasta dejarla sin sentido.

—Esa no era la primera, pero, desafortunadamente para mí, tampoco la última de aquellas tundas que me daba mamá —le compartió a su hijo.

Allá, en El Fresnal, días después de aquellos eventos, y sin que se le hubieran desaparecido por completo los innumerables lamparones que le causó el castigo, una tarde los niños de los desplazados convidaron a Gilda a la casona que las autoridades municipales, con recursos del Gobierno nacional, dispusieron como albergue para ellos.

—Lejos del casco urbano, para que no constituyan una incomodidad social y, menos, un riesgo para los ciudadanos de bien —justificaban tal medida algunos concejales y dirigentes políticos del municipio.

Al respecto solían decir las inermes víctimas del masivo y voraz desarraigo campesino en el norte del Tomima:

—Los ensangrentados victimarios tratan, con estas insignificantes acciones disfrazadas de asistencia social, subsanar y disfrazar su doble moral; blanquear su negra conciencia; borrar su indeleble, indelicada y horrible huella, esculpida con el cincel de la ignominia, auspiciada y protegida alevosa y oficialmente con recursos públicos.

—Yendo a pie desde el centro del pueblo, el albergue quedaba a más de cuarenta y cinco minutos —le precisó Gilda a su hijo—. Además, antes de llegar, tuvimos que cruzar por entre el cauce de dos riachuelos.

Como era temprano, Gilda consideró que alcanzaba a ir y volver, antes del anochecer, cuando tenía que estar de regreso en la posada para tomar la cena e irse a dormir con su hermano. Desafortunadamente, tan pronto llegaron a la vetusta casona, comenzó a llover con intensidad y estrépito. Fue una tormenta que ennegreció el atardecer, solo iluminado por el rasguño atronador de las intimidantes descargas eléctricas. Llovió más de tres horas seguidas. Los desplazados mayores, ante la imposibilidad y el muy alto riesgo de enviar a esas dos criaturas de regreso al pueblo; sabían que los riachuelos debían ir muy crecidos, por lo tanto, era muy aventurado osar cruzarlos; optaron por acomodarles un junco en uno de los rincones del albergue. Ahí, tan pronto tomaron tetero: agüepanela blanqueada con un tris de leche, se durmieron bajo el agorero arrullo de la tropical tempestad.

Tal vez unas cuatro o cinco horas más tarde Gilda se despertó al oír la iracunda y potente voz de su madre. La escuchó preguntar a gritos por el paradero de sus dos hijos. Una vez le indicaron el sitio preciso donde estaban las dos criaturas, Alcira fue y tomó del brazo a su hija y la lanzó hacia el corredor, dos metros más abajo. Allá cayó estrepitosamente, pero, ante el susto, se levantó y corrió sin parar hasta la posada.

Nadie, diferente a Zoila, supo explicar cómo fue que Gilda Mencino salió ilesa del porrazo y luego sorteó la oscuridad del camino, el cual, además, desconocía. Ni mucho menos cómo hizo para cruzar por entre los riachuelos. Estos, a esa hora, y dada la tempestad, eran humanamente infranqueables. Ni cómo fue que evitó extraviarse en la espesura del húmedo y oscurecido bosque.

Alcira, guiada, tanto de ida como de regreso, por dos personas del pueblo conocedoras del paraje, y un agente policial que portaba una linterna, para cruzar la creciente de los arroyos tuvo que hacer un gran rodeo, tres kilómetros más arriba del camino. Por ese lado el paso era angosto y los campesinos colocaban una guadua para sortear el obstáculo, agarrándose de las lianas que, además de abundar en el lugar, colgaban desde lo alto de las ramas de los gigantescos árboles que dominaban el bucólico paisaje. Hora y media después de llegar Gilda a la posada, lo hizo Alcira con Beto Alfonso y sus baquianos.

—Tan pronto llegó mamá —le enfatizó Gilda a su hijo—, buscó la correa con la que solía castigarme. Una joven camarera del hotel se interpuso para impedir la golpiza. La sana intención de la espontánea defensora no tuvo éxito. Mi mamá le propició tres fuetazos, ante lo cual desistió de su amparo. La joven salió y dejó que se encerrara, trancara la puerta y me golpeara por espacio de unos… tal vez quince minutos.

Gilda, a los doce minutos de estar siendo fustigada por Alcira perdió el sentido. El castigo nadie sabe cuánto tiempo se hubiera prolongado, ni tampoco la suerte de la indefensa víctima, de no ser porque la fustigada camarera avisó a la policía. Al lugar acudieron dos agentes que derribaron la puerta, sometieron a la energúmena mujer y la condujeron a la estación. Alcira fue dejada en libertad al día siguiente. Su patrona, quien la necesitaba para la cocina, pagó una fianza. Antes de salir para ir a preparar los ya retardados desayunos de los huéspedes de la posada, el comandante le hizo firmar una constancia mediante la cual Alcira se comprometía a no volverle a dar mal trato a su hija, si no quería perder la libertad por largo rato y dar en custodia oficial a sus dos hijos. A su patrona también le hicieron firmar un compromiso para que garantizara un sitio dentro del hotel, en el cual pudieran estar los dos niños, y evitar de esa forma que siguieran expuestos a los peligros de la calle.

Zoila

Jocabet Sanclemente dispuso un galpón elevado en la trastienda del hotel para que Gilda y Beto permanecieran desde las tres de la mañana hasta las seis de la tarde. De esa forma los niños no saldrían a la calle y ellas, patrona y empleada, les cumplirían a las autoridades.

Desde luego que Gilda se la ingeniaba para que su hermano durmiera gran parte del día. Ella aprovechaba esos momentos para deslizarse hacia las habitaciones interiores de la posada, en especial, hacia aquellas que daban hacia el patio trasero. Buscaba lugares en los cuales ni Alcira, la patrona, ni nadie, pudieran ver con facilidad lo que hacía.

Tres meses después de aquella zurra llegó a la posada una adivinadora de nombre Zoila. Personaje quien, según el lúdico imaginario de Gilda, fue acomodado en la habitación más retirada de la calle, en una que quedaba diagonal y cerca al galpón asignado para que permanecieran todo el día los dos infantes

Mencino. La exótica mujer de inmediato captó la atención y exacerbó la fantasía de Gilda.

—Olegario Arturo, esa mujer era diferente a todas, vestía extraño y hacía cosas maravillosas —le justificó a su hijo.

A Gilda le parecía que esa mujer era un ser mágico, sobre todo cuando se ponía ese trapo, como con estrellas, sobre la cabeza, y una túnica del mismo material del velo sobre sus hombros. Solía sentarse frente a una gran esfera de vidrio. Fumaba tabacos inmensos que esparcían una azulosa humareda que rápidamente invadía la estancia y devoraba todas las cosas, inclusive a la propia Zoila. Jugaba interminablemente a las cartas. Tomaba chocolate a horas inusuales, casi durante todo el día. Hablaba con otras personas, o tal vez con espíritus, imaginaba aquella niña al observarla a hurtadillas desde el galpón, y desde donde tan solo era posible ver una pequeña parte de la habitación que la rara mujer solía ocupar cuando realizaba esos mágicos rituales.

Con la curiosidad, el deseo y la imaginación, propias de la infancia, Gilda se decidió a espiarla, cada vez acercándose más a la ventana. La espigada, ebúrnea y famélica mujer pronto notó su presencia, ¡y le facilitó la pilatuna! Hasta llegó a dejarle abierta la ventana para que hiciera cocos, para que se asomara, incluso, para que se atreviera y entrara. Como lo hizo un día aprovechando que Zoila salió... o, al menos, no estaba ahí cuando ella incursionó en el habitáculo. En esa oportunidad Gilda quedó maravillada con la gran cantidad de cosas extrañas que vio sobre la mesa en la que reposaba la esfera de cristal. También, en una mesa auxiliar colocada al lado de la anterior, así como en las tres desgastadas y roídas valijas de cuero que casualmente aquella vez estaban abiertas, como dispuestas para que ella se entretuviera con tan maravillosos e inquietantes cachivacheros tesoros.

—Olegario Arturo, ese día solo miré y salí con rapidez, obnubilada con los artefactos que observé, pero con un gran temor al considerar que mi osadía podía ocasionarme problemas con mamá. Ella, si se hubiese enterado, sin pensarlo dos veces me hubiese vuelto a castigar con severidad.

Las incursiones a la fantástica habitación, todas alcahueteadas por Zoila, fueron cada vez más frecuentes y demoradas. A Gilda le pareció que aquella mujer como que la saludaba en la mañana. Cuando se disponía a bajar para espiarla o para intentar entrar a la habitación, como que se lo facilitaba e insinuaba con una sonrisa, además de dejarle todo dispuesto. Hasta le llegó a prodigar, en las últimas tres veces, indescriptibles como sabrosas galletas rellenas de chocolate y vasos pletóricos de sápida leche.

Doce días después de la llegada de Zoila, en la mañana, tras dormir a Beto, Gilda se asomó para ver si la mujer estaba. Cuál no sería su sorpresa cuando esta, además de saludarla por su nombre, la invitó a bajar y a entrar por la ventana al quimérico habitáculo, el cual, en ese momento Gilda se dio cuenta: ¡carecía de puertas! El acceso solo era posible por una elevada ventana. ¡Sí!, ella no vio entrada ni salida como tal, diferente al tragaluz… o eso fue lo que se imaginó, presa de la exaltación y el salivado antojo. Aquella mujer le tenía una gran porción de torta de queso y un refrescante jugo de gülupa. Merienda que Gilda, una vez traspasó la lucerna con levitado paso, comió, mientras Zoila se presentaba por su nombre y le comunicaba ceremoniosamente que su predestinada suerte consistía en estar al lado suyo, aunque no siempre visible.

—Soy el relevo en la transfiguración guardiana de los Mencino —le reveló Zoila Abigail a Gilda—. Rol que asumí desde mi muerte a los treinta y tres años cuando nació mi hija Bermina; momento a partir del cual recibí tal encargo nacional por parte de la mamá señora de Valentino. Posta esta que usted, Gilda Mencino, tiene que transferirle a Victoria Cifuentes, en el momento preciso.

Zoila le comentó que aquella torrencial noche, cuando Alcira fue a buscarla a la casona de los desplazados, fue ella quien le amortiguó la caída al ser lanzada por su madre y la guio y ayudó a cruzar el oscuro y peligroso bosque, infectado por la tempestad que inflamó de aguada ira los arroyos del sector.

—Este es, precisamente —le enfatizó Zoila a Gilda —, mi predestinado deber para con usted: el eslabón clave dentro del conjuro Mencino, a la siga, en procura y a la guarda del tan encrisnejado logro de la equidad entre los quisquillosos, intolerantes y ambiguos habitantes de este bello y rico país subcontinental.

Esa tarde Zoila le dijo muchas otras cosas a Gilda.

—Me dedico, además de mi oficio predestinado en relación con usted, Gilda: el eslabón Mencino; a leer el destino, a predecir la suerte. Es decir —se sinceró aquel fantástico ser—, a manifestarle a la gente lo que quiere o necesita oír. Con esto preservo mi etérea vida y entretengo y hago, por momentos, feliz a esta sociedad, al parecer, sin esperanza ni futuro alguno. Enmarañado conglomerado este, embebido en sus rencores y mezquinos intereses; ajeno y desafecto, tanto con su riqueza natural, como con su colectivo y fraterno potencial.

Fue cuando le propuso:

—Si usted quiere —le ofreció Zoila a Gilda—, le enseño el arte de la adivinación. Pero, eso sí, sin que Alcira, su madre, se entere. Debo evitar problemas con la hija de Bernardo Mencino: El Depredador... una de las más grandes calamidades de las que es inexorable víctima este ubérrimo país; de él, y de otras tantas por venir, para el desafortunado futuro nacional.

En ese momento Gilda no le puso atención a lo dicho por Zoila respecto a lo de la transfiguración guardiana nacional; ni a lo de la levitada ayuda recibida durante la tempestuosa noche aquella; ni a lo relacionado con su predestinado oficio. Tampoco a lo de la suerte de la sociedad republicana; ni mucho menos a lo inherente a su abuelo materno. O, tal vez, Gilda no la entendió en ese instante ante la emoción que le causó el ofrecimiento relacionado con el aprendizaje del arte de la adivinación, lo que aceptó de inmediato, sin vacilación alguna.

—Fue ella, hijo, quien, durante tres meses, al menos por tres horas al día, me enseñó las técnicas, símbolos, íconos, trucos, significados necesarios y todo lo requerido para la lectura de la taza del chocolate, el cigarrillo, las cartas y las líneas de la mano.

Durante la enseñanza, Zoila le indicó a Gilda cinco ineludibles restricciones en relación con aquella agorera práctica:

—Gilda Mencino, solo hasta después del 3 de marzo de 1963 usted puede comenzar a ejercer este oficio, si lo quiere o lo llega a necesitar —le encareció aquella famélica y traslúcida mujer—. Mientras tanto, debe practicar, si lo desea, para que no se le olviden los detalles y coja práctica, pero sin formalidad alguna. Nunca le cobre ni reciba nada a nadie por ello, por más que le ofrezcan o llegue a tener necesidades económicas. Nunca lo haga con ninguno de sus hijos, nietos, madre, padre, hermanos, tíos ni sobrinos; como tampoco con sus allegados hasta el tercer anillo de su entorno social. Llegado el caso, es decir, de tener que hacerlo con alguien de su parentela o entorno, si le insisten, nunca les diga la verdad de lo que vea o lea. Invéntese alguna historia y disfrace la verdad. Nunca le enseñe estas artes a ninguno. Por último, jamás de los jamases pretenda modificar el destino, suyo ni de nadie, menos el de algún familiar o allegado social, por más difícil, trágico o desafortunado que lo llegue a percibir… como está signado que lo va a hacer, a partir de estas herramientas que hoy me toca entregarle.

—Me insistió y advirtió —le confesó Gilda a su hijo Olegario Arturo—, que si lo hacía, que si intentaba interceder, en nada remediaría las cosas. Por el contrario, todo empeoraría, aún más, ya que el destino de cada ser es inmodificable y está señalado con antelación, incluso a su nacimiento, sobre todo tratándose de los Mencino, y de los ubicados hasta el tercer nivel de su entorno familiar y social.

El último día que Gilda vio a Zoila Abigail, esta le indicó:

—A nadie le cuente, jamás, sobre estos encuentros, ni sobre mí... menos sobre lo que le trasmití y compartí. Si lo llega a hacer, se burlarán, unos; la castigarán, otros, especialmente Alcira; y la tacharán de loca, los demás. Tómelo como si se lo hubiera imaginado o soñado; o como una visión, o un deseo.

Al otro día Zoila ya no estaba en la habitación. Se fue sin despedirse, de la misma forma como apareció. Esa tarde, Gilda, atribulada por la desaparición de su maestra de la imaginación, se atrevió y bajó hasta la recepción y le preguntó a la señora Jocabet por Zoila, la mujer adivinadora del cuarto del fondo, debajo del galpón. Ante tal circunstancia, la propietaria del hotel corrió a decirle a Alcira:

—Ahora sí hay que llevar a Gilda al médico. La niña está delirando, tal vez por tanta golpiza. Imagínese, Alcira, que Gilda me pregunta —le dijo alarmada la patrona a su empleada—, por personas que, según su imaginación, se hospedaban y atendían público en el destartalado, empolvado y atiborrado desván de los chécheres y trebejos, diagonal al galpón en el cual ella y Beto permanecen todo el día.

Por la noche, cuando Alcira terminó sus quehaceres en la cocina, subió al cuartucho, y no solo le preguntó con rabia a Gilda la razón por la cual molestaba a la señora Jocabet con invenciones y mentiras, sino que le propinó cuatro fuertes coscorrones.

—Esto es para que deje de incomodar a la patrona con ese tipo de historias… Si lo vuelve a hacer, con ella o con quien sea, no van a ser unos simples coscorrones, sino otra tunda, como las que usted ya sabe.

De inmediato Gilda recordó una de las sentencias que le hizo Zoila el día anterior, razón por la cual, desde entonces, y hasta ahora, a sus setenta y dos años, procuró cumplir a pie juntillas, pese a todo, cada una de las cosas que le dijo la adivinadora de su infancia. Incluso, callaba, con amargura, lo inherente a Olegario Arturo Mencino… su hijo, único varón.

El día del bautismo de Beto Alfonso, Alcira, con el apoyo de su patrona Jocabet, hizo una gran cena. Prepararon comida que Gilda jamás había probado; solo olido y visto cuando se la servían a los comensales; razón por la que se puso muy contenta. Al ágape fueron varias personas y, desde luego, el padrino de bautismo de Beto: don Marco Elías Montealegre Sutamerchán; un rico comerciante del Fresnal, quien, desde cuando Gilda puso en venta a su hermano, vivía insistiéndole a Alcira para que le cediera al niño.

—Yo lo cuido, le doy estudio y lo saco adelante —solía insistirle. Por esa razón Alcira lo escogió como el padrino de su hijo.

Al momento de servir, Gilda vio ilusionada que su mamá colocaba en una bandeja de cerámica, especial para atender a los huéspedes más acomodados que llegaban a ese hotel, provocativas presas de pollo con yuca, papa, plátano… todo sudado y con exquisito olor. Cuando estuvo lista la bandeja, Alcira se la pasó a Gilda, quien, por la emoción y el antojo, no escuchó con claridad lo que le dijo su madre. Pensó que toda esa comida, tan deliciosa, era para ella. Por lo que, una vez tuvo la bandeja en sus manos, se dirigió con las viandas hacia un rincón de la cocina. Allá se sentó en el piso y, sin dejar de mirar los ahí dispuestos manjares, intentó coger un pernil, cuando sintió un terrible coscorrón y oyó cómo su mamá la gritaba y trataba de bruta y estúpida, mientras le quitaba el pletórico recipiente para llevárselo y entregárselo al padrino de Beto.

—Hijo, esa noche, de castigo, me fui a la cama sin probar bocado alguno.

Retorno

Días después del bautizo de Beto Alfonso, y tal vez por el continuo trajín en la preparación de los alimentos, así como por la fricación de la loza y trastes de la cocina, Alcira contrajo sabañones en sus dos manos. En consecuencia, la señora Jocabet, «muy a mi pesar», le comunicó, «así no puede seguir trabajando en el hotel». Alcira, entonces, con sus dos hijos, retornó a su pueblo natal. Madre e hijos llegaron a Oroguaní durante una madrugada sin luna. Con el primero que se encontraron, por casualidad del travieso destino, fue con Crispín Garnica, el padre biológico de Beto Alfonso, quien le solicitó a Alcira que le dejara ver a su hijo. Ella se lo permitió. Crispín alumbró el rostro del bebé con una linterna. Al verlo, le pareció una criatura esbelta; además, blanca y grande, y con ojos de color azul, como los suyos.

—Alcira, déjemelo —le propuso Crispín—, para encargarme de su crianza… así podré responder por el crío.

—Entonces, ¿qué le respondió mi abuela Alcira? —preguntó Olegario Arturo.

—Ella se negó —le respondió Gilda—. Le rechazó la oferta y sin decirle una sola palabra tapó al niño con un cobertor de dulce abrigo azul, me cogió muy fuerte de la mano y seguimos camino hacia Los Azahares.

Esa era otra de las fincas de Valentino, entregada a Bermina y para donde ella se había ido a vivir hacía poco con su esposo Miguel Benito, el mayor de los Riveneira; tercera familia en importancia liberal en Oroguaní. En esa hacienda Alcira colocó a Gilda en la Escuela Rural de Convenio para que iniciara sus estudios. Intención que solo fue por medio año: de junio a noviembre. Alcira, para el siguiente periodo, se fue de allí con sus dos hijos, a otra finca, en otra vereda aún más retirada del casco urbano municipal. Por tal razón, Gilda no inició el otro periodo escolar sino hasta junio del siguiente año cuando su progenitora la volvió a colocar otro semestre.

—Durante toda mi vida, Olegario Arturo, esos casi doce fraccionados meses fueron los únicos que recibí de estudio.

De regreso Gilda a Los Azahares, y tras haber hecho, sin boato alguno, la primera comunión al cumplir los once años, Alcira la dejó con su tía y madrina Bermina, junto con Beto Alfonso, ya de tres años. Su progenitora decidió irse sola a trabajar en una vereda ubicada en el extremo occidental de Oroguaní. Días después llegó un hermano de Crispín Garnica, el padre biológico de Beto Alfonso, y le dijo a Bermina:

—Alcira nos regaló el niño.

Al escuchar la conversación Gilda se encerró con su hermano en un cuarto de gruesas paredes de bahareque; quería evitar que los separaran. Aquel hombre rompió una parte de la pared, entró por el agujero e intentó arrancarle la criatura de entre sus frágiles brazos. Bermina, ante la escena tan conmovedora, y para evitar que les causaran algún daño físico, le dijo:

—Ahijada, entrégueselo, esa es la voluntad de Alcira.

Un mes después regresó Alcira. Al enterarse de la novedad de su hijo Beto, iracunda, fuera de sí, agarró fuertemente del brazo a Gilda, quien estaba descalza y con tan solo un faldón de color rojo y un gorrito amarillo, y sin dejarla terminar de vestir y calzar, a las cinco de la tarde emprendieron viaje hacia la finca en la cual ella suponía que estaba su hijo, a una hora y media de Los Azahares. Cuando llegaron a la casa de Crispín Garnica, en efecto, ahí estaba Beto Alfonso. Pero, los familiares de Crispín, incluida su esposa, les impidieron acceder a él y rescatarlo.

—Alcira, no se lo vamos a devolver —le manifestó la esposa de Crispín—. Recapacite: ¿usted con qué plata y juicio le va a dar de comer y brindar algún futuro digno al muchacho? Por el contrario, agradezca que nosotros le hagamos el favor de cuidárselo, terminar de criárselo y darle estudio.

Compelida por las circunstancias tan apabullantes, y al no contar con ninguna otra alternativa, ni apoyo, Alcira dejó las cosas así, por ende, a su hijo, con la esperanza de que Crispín, el padre de su crío, le diera lo que ella en realidad no tenía ni podía ofrecerle.

Ya sin su hijo menor, y con Gilda bastante crecida, pero retraída y acomplejada por los permanentes y duros coscorrones y pellizcos que por todo le propinaba: bien porque hacía o no hacía; bien porque decía o no decía; continuó, con mayor énfasis, con su vida errante, de una a otra parte, sin rumbo consolidado y sin intención de quedarse y fijar residencia en ningún lado. Trabajaba hoy aquí, mañana allá y pasado mañana no se sabía. Sencillamente, no se podía quedar en ninguna parte.

Cuando Beto Alfonso cumplió cinco años, estaban en la construcción de la carretera para comunicar el pueblo con la vía nacional. Fue precisamente uno de aquellos obreros, al que llamaban el Carreteruno, quien embarazó a Alcira. Esa vez, desesperada, acudió a su tía madrina Bermina a contarle su desgracia. Mamá Mina procedió a preparar un brebaje con unas pepas de aguacate machacadas con hojas de sombrillera y se lo hizo tomar. A la media hora le produjo un aborto.

—Mamá Mina me ordenó abrir un hueco con un barretón, debajo de unas matas de plátano, en el solar de la casa de Los Azahares —le comentó Gilda a su hijo, con un dejo de vergüenza—. Allá enterramos el feto.

Un mes después, y tras superar la congoja que le causó la interrupción del embarazo, Alcira se fue de Los Azahares, de nuevo para el pueblo. Esa vez lo hizo para ir a trabajar en la cocina de Lola Sanclemente, quien instaló un hotel para hospedar, sobre todo, a los de la Federación Nacional de Cafeteros, todos los sábados, cuando iban a negociar el café que producía Oroguaní. Gilda también colaboraba con los quehaceres del hotel arreglando las habitaciones.

Los domingos los aprovechaba Alcira para ir hasta la finca donde tenían a Beto Alfonso. Iba a visitarlo y a llevarle comida, ropa y golosinas. Movido e influenciado por la familia de su padre, Beto Alfonso dejó ver su falta de cariño y amor hacia Alcira. El muchacho se acostumbró a responderle a su progenitora con grosería y altanería cada vez que ella iba hasta la casa de Crispín, o cuando los dos se encontraban en alguna calle o camino de Oroguaní. Beto le endilgaba a su madre Alcira el haberlo regalado. El haberse liberado de él. El haberlo abandonado a su suerte. Sentimientos y actitud que profesó hacia ella hasta aquel 23 de junio de 2007 cuando experimentó, cuando sintió en el alma, ese indescriptible picotazo frente a la nunca esperada, y siempre triste, pérdida de la madre.

Por aquella época Gilda se enfermó del apéndice y la tuvieron que llevar en guando hasta El Guadual, una población cercana. En el hospital de esa municipalidad la operaron y su recuperación duró dos largos meses. Cuando volvió a su terruño, su mamá ya no trabajaba en el hotel de Lola. Estaba arrimada en la casa de unas conocidas de su infancia. Allá les preparaba la alimentación en contraprestación al bocado de comida que le daban y al camastro que le permitían usar para pasar las noches. Además, Alcira estaba embarazada, por segunda vez, de Crispín Garnica. Al poco tiempo nació Eneida del Pilar, a quien también, desde luego, de manera tan descarada como irresponsable, Crispín negó como hija suya. Por ende, Alcira solo le colocó su apellido, el Mencino, como a los dos mayores que le sobrevivían.

Esa época fue la más precaria, la más pobre para aquellas tres silvestres orquídeas de aquel paraíso oroguanense. Frente a ese panorama, Gilda tomó la punzante iniciativa de acudir a la misericordia y ayuda de sus tíos paternos y maternos. Les pidió que las socorrieran con algún dinero. Necesitaban, para subsistir, entre una lista interminable de cosas, comprar jabón, mogollas, café, sal, arroz, azúcar, panela... En la casa en donde seguían arrimadas solo se les reconocía, por el trabajo de cocinera de Alcira, escasos mendrugos de comida, así como un destartalado y pequeño camastro, en el cual tenían que dormir las tres.

—A esa temprana edad, hijo, experimenté lo humillante de acudir a la caridad; pero, en especial, a la familiar.

Como la ayuda obtenida, tras la ignominia y los vejámenes que recibió de su parentela por su osadía, fue insuficiente para alimentar las tres bocas, decidieron volver a Los Azahares, con la tía madrina Bermina, con Mamá Mina. Allá, también, muy pronto, Alcira se aburrió y optó por emprender viaje hacia la ciudad capital. En esa oportunidad se fue con sus dos hijas para la casa de una de sus medio hermanas: Gloria Patricia (Alondra) Gonzaga, la hija mayor de Juliana. Alondra hacía muy poco se había casado. No transcurrieron siete días desde la llegada de Alcira y sus hijas a la ciudad capital, y a la casa de su media hermana, cuando Jairo Roberto, el esposo de Alondra, manifestó que no estaba en condiciones económicas, ni mucho menos le correspondía, responder por las tres parientas de su esposa; por lo que les solicitó que se marcharan de inmediato.

—Mi mamá, presa de la desesperación y la angustia, con Eneida de un año en sus brazos, decidió comenzar a golpear de casa en casa, al sur de la ciudad, en el barrio Estepero. Le solicitaba a cada persona que le abría la puerta que nos recibieran, a ella o a mí, yo tenía catorce años, como empleadas del servicio, así fuera solo por la comida y la dormida.

Gilda fue recibida para trabajar de interna por una familia compuesta por la señora, el esposo y siete hijos. En esa casa solo duró medio día. La patrona, mientras le indicaba los oficios por los que tenía que responder para pagar la alimentación y la dormida que le iban a "socorrer", le preguntó a Gilda por el nombre del municipio del cual procedían.

—Somos de Oroguaní, señora…

—Con razón. ¡Ese pueblo es de gente muy mala! —la patrona la interrumpió de manera más que grotesca—. Por allá cada nada matan alcaldes y párrocos. Sí, con razón usted y su mamá andaban huyendo.

Gilda se sintió muy mal por el comentario, por lo que de inmediato tuvo desconfianza.

—Olegario Arturo, me dolió que esa señora hablara así de mi pueblo, de mi patria chica. Esa misma tarde salí de esa casa hacia donde me dijeron que habían recibido a mi madre… quedaba a tres cuadras de ahí.

Al contarle a su progenitora la razón por la cual decidió abandonar el trabajo, Alcira cogió una tabla de la cama y la emprendió contra la humanidad de su hija, hasta cuando la patrona intervino y le propuso ir a ver a un familiar, a una cuadra de ahí, quien necesitaba una sirvienta joven. La nueva patrona de Gilda era la señora Margarita. Tenía tres hijos. El oficio consistía en el arreglo de la ropa y la pieza del hijo mayor de la familia. Quince días después las cosas se complicaron. La hermana menor, en las tardes, solía sacar dos o tres monedas, con un gancho de pelo, de una alcancía de la Caja Agraria en la cual su hermano ahorraba parte de lo que ganaba. Gilda observaba la acción de la joven, pero nunca le dijo nada a nadie, menos a la patrona. El joven, al percatarse de la disminución en el peso y nivel de la metálica y plateada alcancía, se lo comunicó a su mamá. Esta le hizo el reclamo a Gilda, endilgándole la responsabilidad.

—Ante la injusta acusación, le conté a la patrona lo que le veía hacer a la joven.

—Y, ¿cómo reaccionó esa señora? —le preguntó Olegario Arturo a Gilda.

—Mal... pero yo llevé la peor parte.

Cuestionada la acusada respecto a lo que decía Gilda, hizo un gran escándalo. Lloró y se desmayó, por lo cual, la patrona no solo desestimó aquella versión de su joven empleada, sino que tomó un madero y la castigó siete veces, gritándole que era una ladrona desagradecida. Sin pronunciar palabra, Gilda salió de esa casa. Se marchó para donde trabajaba su mamá.

—Mamá, al escuchar mi historia, contrario a lo que pensé, que me volvería a castigar, se quitó el delantal, tomó a Eneida en sus brazos y salimos para la terminal de buses. Ese mismo día regresamos a Oroguaní, en la Flota Rápido Tomima, en la línea de las cuatro de la tarde.

De nuevo tres orquídeas en el paraíso. Esa vez Alcira se quedó en Los Azahares, junto con Eneida. Otra vez bajo el fraterno abrigo de Bermina, su tía y madrina. Gilda, al escuchar que, en La Begonia, la otra finca de Mamá Mina, estaban en cosecha de café, se animó y se fue con uno de los hijos de Bermina. Allá aprendió el oficio de la recolección del grano. Trabajó como chapolera. Esto le permitió ganar sus primeros centavos. Dinero que invirtió en la compra de una marrana pequeña que cuidó a la par con la recolección del café. Durante esa temporada Gilda ahorró gran parte de lo que le pagaron. Recordaba que su bisabuelo Valentino solo gastaba lo necesario de lo que ganaba. Lo demás lo guardaba. Con esa estrategia, según su tía madrina Bermina, Valentino amasó una fortuna. Al cumplir dieciséis años, Gilda vendió aquel semoviente, a un muy buen precio. Alcira, al enterarse de que su hija tenía dinero, le dijo:

—Hija, con esa plata nos podemos ir para El Tomima. Estoy muy aburrida aquí en Oroguaní. No soporto más seguir arrimada en la casa de su tía y madrina Bermina.

En esa ocasión, y por primera vez en toda su vida, Gilda se opuso a los errantes planes de su madre. Le dijo que no.

—Mamá, no la seguiré más en su ir y venir por el mundo; sin ton ni son; con un futuro incierto, siempre arrimadas allí, pidiendo acá, suplicando allá, rogando más acá. Madre, yo quiero un porvenir distinto, diferente al suyo.

Gilda había conocido el valor del trabajo y su capacidad para generar recursos y progresar, o por lo menos para sobrevivir de forma algo más digna, como hasta entonces. Alcira nunca esperó que su hasta entonces sometida hija la enfrentara y desobedeciera de esa manera. Aquella actitud de su primogénita la hizo llorar. Fue cuando le vaticinó a su mayorazga:

—Gilda Mencino, por cada una de estas lágrimas que hoy derramo por su desobediencia y enfrentamiento, mil llantos de dolor y angustia la vida le ha de cobrar, a usted y a los hijos que llegue a tener.

Al oír de su madre tan injusta, inesperada y amenazante sentencia, Gilda rompió en llanto y corrió hacia Los Azahares en busca del consuelo y refugio que siempre le prodigaban los brazos y consejos de su Mamá Mina. Bermina, intentando consolarla, le dijo:

—No se afane, Gilda. Esas palabras se le revertirán a Alcira. Será ella quien tendrá que derramar lágrimas, ¡pero de sangre!

Cuando Alcira volvió a la casa de Bermina, esta la reprendió con vehemencia y le repitió lo que le comentó a Gilda, a título de vindicativa premonición.

—Olegario Arturo, si bien fue cierto que Mamá Mina me dio su respaldo, y me escuchó, lo que predijo sobre mamá me angustió y mantuvo en vilo toda la vida… hasta cuando, en efecto, en 2007, algunos días antes de morir su abuela, se cumplió con escalofrío y exactitud, y por segunda y tercera vez, aquella premonición relacionada con las lágrimas de sangre que manarían de la maltrecha humanidad de Alcira Mencino Arellano.

—Y, creo, madre, que, de alguna manera, la sentencia de la abuela Alcira, en relación con sumercé y nosotros…

—¡Calle, hijo, calle!

Gilda Mencino

Gran parte de sus ahorros Gilda los tenía destinados para el arreglo que requería su boca. Desde cuando cambió de dientes se le dañaron por morder caña de azúcar. El dentista le indicó que debía hacerse extraer, al menos, siete piezas, las que tendría que reemplazar por una prótesis, especialmente para la parte superior delantera. Como las relaciones con su madre se tornaron muy tensas, aprovechó que el hijo mayor de Bermina, y la esposa de este, se iban para la capital. Entonces viajó con ellos. Alcira y Eneida se quedaron con Bermina.

Allá, en la gran ciudad, Gilda se hizo arreglar los dientes. Destinó para ello, de sus preciados ahorros: cuarenta pesos. También se mandó a hacer la permanente, mejoría que soñó para su cabello desde niña, y se compró un vestido para celebrar su cumpleaños número diecisiete.

El primo y su esposa, con quienes Gilda llegó a la ciudad capital, pusieron una tienda en la carrera Tercera con calle Séptima. Gilda les ayudaba en los oficios propios del negocio. También iba dos días a la semana a lavar y planchar la ropa de una familia que habitaba en el barrio Estepero; muy cerca de donde la castigaron injustamente por lo del infundado desfalco a la alcancía de la Caja Agraria. Poco tiempo después, Gilda supo que Alcira estaba, otra vez, embarazada. Y, de nuevo, de Misael Moratino, su padre. Le comunicaron que, por la edad de su madre, pero, sobre todo, por la mala alimentación recibida durante los últimos años, su embarazo era de alto riesgo, razón por la cual le avisaban y solicitaban que regresara. Así lo hizo de inmediato. Alcira, para entonces, seguía arrimada en Los Azahares, la finca de su tía madrina. Al regresar Gilda encontró a su progenitora muy delicada y con inminente posibilidad de muerte. No solo estaba en peligro ella. El bebé corría alto riesgo. Por esta razón Gilda decidió irse, con su madre, para el pueblo, a la casa de otro familiar que les socorrió posada, comida y parte de los honorarios médicos.

El 18 de octubre de 1953, en su cumpleaños número treinta y cinco, Alcira dio a luz a su último hijo: Ebert Ernesto Mencino. Y solo Mencino, aunque Misael le propuso, sin insistirle, que le daba su apellido: el Moratino. Ella se negó, le rechazó la oferta. Lo bautizó y registró como hijo natural, como a todos los anteriores. Para completar los honorarios del médico y poder comprar los medicamentos que fueron indispensables para salvarles a los dos, Gilda gastó hasta el último centavo de sus ahorros, incluidos los que hizo en la capital, siempre siguiendo la estrategia de su bisabuelo Valentino. En consecuencia, la pobreza volvió a golpearlas con inusual saña.

Pese a la extrema timidez y al retraimiento de Gilda, tratándose de hombres, Peregrino Sandoval, el hijo de un jornalero de Oroguaní, de su edad, comenzó a frecuentarla y a mostrar interés por ella. Alcira, quien ya comenzaba a recuperarse de aquel complicado embarazo y parto, se dio cuenta y la emprendió de inmediato contra el joven.

—Le cogió fastidio y odio —le comentó Gilda a su hijo, quien solía callar, solo escuchar y apuntar lo que su madre le iba contando cada tarde que a su casa iba a visitarla—. Me prohibió que lo mirara, que lo atendiera, que le hablara. A Peregrino lo amenazó con denunciarlo, con hacerlo coger preso y hasta con agredirlo si volvía y, con mayor razón, si no desistía de sus propósitos.

Por tal motivo, pero, en especial, ante la falta de respuesta por parte de la pretendida, y del frontal ataque de la madre, quien no quiso oírle al joven las buenas intenciones que aseguraba tener para con Gilda, aquel primer pretendiente nunca más volvió.

—Años después me enteré… Peregrino se fue para El Guadual. Allá se casó al poco tiempo. Tengo entendido que se convirtió en un próspero comerciante de panela y café.

Alcira sentía miedo de que su hija mayor la abandonara, de que la dejara otra vez a su suerte. Confiaba en ella para que le tendiera la mano. Intuía que Gilda era su salvación, su soporte en su edad adulta y, en especial, en su vejez. Por ello siempre usó todo tipo de argumentos para retenerla a su lado. La amenazaba seguido con hacerla recluir en el Buen

Rabadán, la cárcel de mujeres en la ciudad capital, si la llegaba a desertar.

—Es obligación de los hijos velar y responder por sus padres enfermos y necesitados —le decía Alcira—, y si usted, Gilda, no lo hace, además de cometer un grave pecado ante los ojos de Dios, incurre en un delito.

—Me recordaba a menudo que la primera vez que la dejé —le dijo muy compungida Gilda a su atento y callado hijo—, ella casi se muere. Que por eso me hacía responsable de su vida. Que ella me lo decía para evitarme después remordimientos de conciencia… una vez se llegara a morir, abandonada y sola, de hambre, tirada, por ahí, en alguna acera de Oroguaní, como le pasó a Dionisia Rozo en 1930.

Desde luego que la estrategia de Alcira fue efectiva. Gilda sentía gran remordimiento por haberse ido para la capital, por haber dejado a su madre sola y gastarse en mundanas vanidades aquellos pesos que pudieron haber sido invertidos, mejor, para construir un hogar en Oroguaní. Llegó a sentir tal cargo de conciencia por su abandono, que consideró, a partir de ese momento, y se le prolongó durante toda su vida, como su ineludible responsabilidad la subsistencia de sus dos hermanos: Eneida del Pilar y Ebert Ernesto y, por ende, la de Alcira, su madre.

—Olegario Arturo, desde entonces asumí las riendas de la casa. Me convertí, en más que soporte, en el sustento de aquel hogar, amorfo hasta ese momento.

Pese a ello, Alcira siguió castigándola por todo. La agredía física y sicológicamente en tanto podía. Su intención, con tal estratagema, era retenerla a su lado, acompañándola, asistiéndola, cuidándola, queriéndola. Sometida. Efectivo chantaje moral del cual Gilda jamás se repondría… y que años más tarde le heredaría a sus vástagos, y estos a los suyos; a su vez, a los de estos.

Emancipación

Recuperada de aquel difícil embarazo y complicado parto Alcira fue llamada para ir a trabajar de cocinera a Las Delicias, bonita finca cañamelera y frutera, cercana al casco urbano de Oroguaní. Gilda estuvo en desacuerdo con la decisión de su terca madre. Su plan era trabajar en el pueblo y conseguir una casa en arriendo para formar un verdadero hogar. Pero, Alcira, para obligarla, le reiteró las amenazas de hacerla recluir en el Buen Rabadán, y a presagiarle lo de su segura muerte por inanición y abandono en alguna acera, si ella se negaba a seguirla.

—Entonces, mamá, ¿qué hizo? —le inquirió Olegario Arturo.

—Para no entrar en controversia y enfrentamiento con ella, aplacé mis intenciones de formar un hogar con independencia. Accedí y partí a su lado rumbo a Las Delicias.

—Las Delicias, ¿donde conoció a Olegario... mi padre?

—Sí, allá me tropecé con él.

En esa bonita finca la maltrecha vida de Gilda Mencino se cruzó con la de Olegario Perea. Este vendría a ser el padre de sus dos hijos mayores. No fue propiamente un noviazgo lo que ella tuvo con el administrador de Las Delicias. Él era un hombre rudo, tosco, de muy pocas y entrecortadas palabras; en absoluto cariñoso, menos romántico. Por su parte, ella era una joven sin la más mínima experiencia sentimental. Callada y retraída. Preocupada, eso sí, por el futuro de sus dos hermanos. Sentía, desde la aparición de Zoila, en El Fresnal, una vocación por ayudar a las personas. Algo así como un impulso por salvarle la vida a la gente, ya que Zoila salvó la suya. Aún desconocía la razón por la cual aquel fantástico ser la protegía, y seguía protegiendo, tal vez sin Gilda darse, o quererse dar cuenta.

De hecho, Gilda lo comenzó a hacer, salvarle la vida a la gente, cuando, allá en Las Delicias, su hermano menor Ebert Ernesto se cayó en una laguna en la cual criaban patos. Esa vez, ella, ante los gritos de Alcira, sin siquiera pensarlo, se lanzó a las embarradas aguas y sacó a la criatura, casi muerta, ya sin sentido.

—Madre, ¿quién te ayudó? —le preguntó Olegario Arturo, sorprendido y saliendo de su mutismo.

—Nadie, yo sola lo saqué. Una vez en la orilla de la laguna le comencé a masajear con fuerza el pecho. Al escucharle emitir un gemido, le abrí la boca y le di respiración con la mía. Luego, lo envolví en un cobertor de dulce abrigo y emprendí veloz carrera hacia el centro médico, en el pueblo.

Olegario Arturo volvió a tranquilizarse y guardó silencio para que su madre continuara contándole la historia.

—A lo largo de esos casi doce minutos de recorrido, paraba cada tres minutos y le daba respiración, de tal forma que al llegar hasta donde estaba el médico, este logró reanimarlo… «Le reconozco su valor y esfuerzo», me dijo, «de no hacer lo que hizo… su hermano estaría muerto».

Olegario Perea nunca le manifestó su amor a Gilda Mencino. Menos, que la quisiera. Todo fue muy simple y se originó en una tarde de junio de 1955 cuando, de manera sorpresiva, él le preguntó:

—Gilda, ¿usted aún es señorita?

—Sí —le respondió Gilda, sin dudarlo un segundo; pero, él no le creyó y sonrió burlonamente.

Quince días después Olegario le manifestó:

—Quiero comprobar si de verdad es virgen, como me lo dijo hace unos días.

—Fue cuando quedé embarazada por primera vez —le confesó a su hijo, intentando esquivarle la mirada.

En septiembre de ese año 1955, Alcira, con Gilda embarazada, Eneida del Pilar y Ebert Ernesto, retornaron al casco urbano y se arrimaron de nuevo. Esa vez lo hicieron en la casa de un familiar de Olegario Perea. Frente a tal situación, Gilda; a quien Olegario le negó su ayuda, pues manifestó que él no era hombre de compromisos ni ataduras con nada ni con nadie; decidió llevar a efecto su plan de independencia. A la primera que le comunicó su propósito emancipador fue a su progenitora. Alcira se escandalizó y le gritó:

—Mujer, ¿de dónde carajos va a sacar plata para pagar siquiera una pieza en arriendo? Además, no tenemos ollas, ni camas, ni nada... usted se enloqueció.

—Pese a la poca confianza de mamá, más aún, al rechazo y augurio de fracaso, decidí continuar mi gesta independentista con mayor entusiasmo —le dijo a su hijo—. Estaba segura de lograrlo, sobre todo, porque vi que en aquella casa almacenaban gran cantidad del café que traían de las fincas para seleccionar, empacar y sacar los sábados para vendérselo a los de la Federación Nacional de Cafeteros.

Como para pagar la comida y la habitación que les asignaron para dormir, además de la elaboración de los alimentos por parte de Alcira y de la lavada de la ropa, Gilda colaboraba con la selección del grano, así como la empacada, pesada en la romana y cerrada de los sacos, ilusionada calculó que si de cada bulto que ella pesara le permitieran sacar una minúscula parte, el equivalente a una taza chocolatera, podría ganarse algunos pesos. De esa manera le aseguraría a su hijo en camino, a sus hermanos y madre, unas condiciones de vida mejores a las que hasta entonces tuvieron. Sin pensarlo más se lo consultó a la prima de Olegario Perea, la dueña de la casa y del negocio del café. Esta, sin objeción; por el contrario, y como para intentar contrarrestar la irresponsabilidad de su primo hermano; la autorizó para que lo hiciera mientras duraba esa cosecha. Al cabo de tres meses, tras una de las mejores temporadas cafeteras en Oroguaní, Gilda completó tres cargas, las cuales vendió por algunos pesos. Con el producido del intercambio cafetero algo de ello ahorró, siguiendo parte de la estrategia de su bisabuelo Valentino.

—El excedente lo invertí cn la compra de dos colchones, dos ollas, una olleta, tres cucharas de palo, un cuchillo de cocina, tres platos, tres pocillos de peltre, un mercado de tienda, una plancha de carbón y otros enseres domésticos menores.

Con ese menaje la familia Mencino se fue para la casona de los Manzanero, muy cerca del municipio. Inmueble facilitado por aquella familia en donde, alguna vez, Bernardo dejó a su cuidado a Alcira, días después de habérsela arrebatado a Tránsito. La contraprestación consistía en que Gilda y los suyos podían habitar y usar la derruida casona, sin pago alguno, siempre y cuando le efectuaran las refacciones necesarias para hacerla habitable, y así evitar que se cayera por completo. Gilda, tras parar con adobe las paredes y recomponer la mayoría de las tejas de zinc, en esa casona armó con alegría e ilusión de vida tres cujas sobre horquetas unidas con cercos de árboles cortados en la manga del monte vecino. Encima de estas puso los dos colchones nuevos y, en la tercera, un junco que le regaló la prima de Olegario. Allá se instalaron las Mencino en su primer hogar. Para Gilda, ese fue un inmenso triunfo; su primer gran logro, gracias, además, a la incipiente y sana economía cafetera de la región.

—Aquello significó, Olegario Arturo —Gilda se lo dijo con orgullo, levantando la frente y mirándolo directo a los ojos—, el inicio de mi independencia. Allí me prometí, y les dije a todos: a mamá, a Eneida del Pilar y a Ebert Ernesto, que, en lo sucesivo, con la ayuda de Dios, no iba a permitir que mi familia volviera, jamás, a estar arrimada, a vivir a la deriva, ni mucho menos de la caridad.

Corría para entonces el mes de diciembre del año 1955. Desde ese momento Gilda recibió ropa de las familias del pueblo para lavar y planchar, mientras que Alcira, contagiada al fin con el entusiasmo de su hija, comenzó a trabajar en la panadería de don Paolo Romero. Allá aprendió el delicioso arte de elaborar galletas de vainilla y mantequilla, las famosas cucas oroguanenses.

Paloma sin nido

El 13 de febrero de 1956 nació Maira de las Mercedes Mencino. Solo Mencino. Olegario Perea se negó a reconocerla y darle su apellido. Además, Gilda poco le insistió, pese a los regaños del cura párroco municipal. Argumentó Olegario que:

—Yo lo que quería era un hijo varón… ¡no una mujer!

—Hijo, aunque cada vez que alguien le preguntaba que si lo que yo esperaba era suyo, él lo negaba y se burlaba. Siempre lo hizo, me lo dijeron mientras estuve embarazada; además, lo constaté varias veces.

Olegario Perea también negó su paternidad frente al cura párroco cuando este fue y lo encaró para exigirle su responsabilidad como padre. El sacerdote retardó por más de veinte días sentar la fe de bautismo de Maira de las Mercedes, argumentándole a Gilda, muy enojado, que:

—Esa criatura debe tener un padre, quien está en la obligación de reconocerla y registrarla. Dígame,

Gilda, quién es, que yo le hago cumplir con el sagrado deber de la paternidad.

—Padre —le respondió Gilda—, el papá es Olegario Perea; pero, él no está dispuesto a asumir su responsabilidad... y no tengo la forma de obligarlo, tampoco se lo voy a suplicar.

Como Olegario Perea se negó a ir a la casa cural cuando fue citado, en reiteradas oportunidades, el vicario, iracundo, fue después de misa de once, al siguiente domingo, día de mercado, hasta donde este se encontraba tomando cerveza con unos amigos a la sombra de un tenderete de lona, de los que se montaban en la plaza principal del pueblo. Olegario Perea, tras escucharle la reprimenda al cura, con voz entrecortada, pausada y firme, y con esa burlona y característica sonrisa suya, le dijo:

—Señor cura, jamás reconoceré lo que a todas luces no es mío. ¿Quién me lo garantiza, usted? —lo cuestionó con cinismo—. Acaso, señor cura, ¿usted está en condiciones de comprobármelo? ¿Le consta que esa niña sea hija mía?

Tras las risotadas que generó entre todos los que departían con Olegario, tanto su zalamera actitud como sus palabras de burla y cinismo, el sacerdote optó por retirarse de ahí. Días después llamó a Gilda y la autorizó para que bautizara a su hija, no sin antes recomendarle y reconvenirle que se cuidara de ese hombre, de Olegario Perea. Que no le convenía y, además, le advirtió:

—No quiero saber que usted, Gilda Mencino, tenga más hijos en tan indignas condiciones. Es decir, por fuera del sagrado sacramento del matrimonio, ni mucho menos de tan engreído, grosero e irresponsable papá.

Era solo en la intimidad, una vez Olegario Perea supo lo del embarazo, que él le manifestaba a Gilda su entusiasmo y alegría por el hijo que iban a tener. Pero, desde luego, daba por sentado que se trataba de un varón. Sin embargo, la mayoría de las personas le decían a ella que iba a ser una niña, por la forma del vientre, especialmente después del octavo mes. El día del alumbramiento, Nieva Pinto, la partera del pueblo, al acudir al llamado encontró a su paciente muy preocupada. Olegario Perea estaba ahí, a la espera de un hijo varón. La partera intentó tranquilizarla.

—Despreocúpese, Gilda, tengo experiencia en estas faenas. Sé cómo hacer las cosas.

Al nacer la criatura, y tras hacerle la respectiva limpieza, Nieva la envolvió en un pañolón de dulce abrigo azul que llevó Olegario para aquel momento, y se la pasó, mientras le decía:

—Olegario, aquí está su chino…

La falaz noticia embargó de felicidad a Olegario Perea, quien de inmediato tomó a su hija en sus brazos y lloró de la emoción; momento en el cual la partera aprovechó la situación para destapar la criatura y decirle:

—Dios sabe cómo hace sus cosas. Esta niña será la bendición para los dos.

La desilusión en Olegario no se hizo esperar al comprobar que lo que Gilda había dado a luz era una niña, no un varón. Una mueca de rabia y frustración recorrió su faz. Olegario le devolvió la criatura a la partera y, sin decir nada, salió de ahí. Solo quince días después del bautismo de Maira de las Mercedes volvió y le dijo a Gilda:

—Esa muchachita es su problema, Gilda, le va a tocar arreglárselas sola…

Sin embargo, al contemplar a su hija, esta le sonrió y estiró los brazos, como si quisiera ser abrazada por su progenitor. En ese momento Olegario sintió una fuerza interior, por completo desconocida, que le trajo, de nuevo, la esquiva sonrisa a su cara. Mientras alzaba a Maira de las Mercedes, Gilda le manifestó:

—Esta criatura no nos pidió que la trajéramos al mundo. La culpa de nacer mujer, si es que nacer mujer constituye culpa alguna, es tan ajena a la niña, como de los dos, o de alguien más. Esas cosas, Olegario, solo el destino las define. Si usted está en desacuerdo, lo siento mucho. Si la quiere aceptar y reconocer, bien, si no, tranquilo. Haré lo posible, y hasta lo imposible, para sacarla adelante, con o sin su apoyo; con o sin un padre; con o sin su apellido.

Ese día Olegario Perea no dijo nada más. Se limitó a acariciar y besar a su hija en la mejilla. Le sonrió y la mimó largo rato, después se fue. Durante 1956 Gilda y Alcira trabajaron arduamente. Con lo que les pagaron por la lavada y planchada de la ropa de algunas familias, y apalancándose con el sueldo de Alcira, el que le cancelaban por su jornada en la panadería de don Paolo Romero, las dos mujeres compraron más cosas para la casa, así como ropa y zapatos nuevos para todos. Desde entonces, en aquel humilde hogar, siempre hubo las tres comidas diarias; el que cumplía años estrenaba ese día, sin falta, de pies a cabeza. El hogar de Gilda Mencino, contra todo vaticinio, comenzó a cimentarse.

A finales de ese año Olegario Perea volvió, de forma esporádica, a ver a su hija; por ende, a Gilda. Para febrero de 1957 ya estaba encariñado con la niña. Esta llegó a ser su adoración, según se lo decía en la intimidad a Gilda. Sus visitas se volvieron reiteradas y, entonces, de un momento a otro, decidió comenzar a colaborar con diez pesos mensuales para lo que su hija necesitara, enfatizaba cuando se los daba a Gilda. Tal vez lo hizo, aportar esa cuota, presionado, además, por la permanente y altisonante insistencia de Alcira para que formalizara su ahora habitual convivencia nocturna con Gilda. Ante lo cual, el aludido le reclamaba en privado a su pareja para que Alcira dejara de entrometerse en su relación; pues esta era entre él, Gilda y su "Sapa", como se acostumbró a llamar a su hija, le reiteraba Olegario, y no con Alcira, ni menos con los hijos de aquella. Fue cuando le propuso:

—Véngase con su hija a vivir al pueblo —le dijo—. Saque una pieza en arriendo… yo le ayudo a pagar la mensualidad. Pero, eso sí, solo ustedes dos.

—Olegario, ¿por qué, mejor, no nos vamos a vivir los tres?, es decir, usted, Maira de las Mercedes y yo —Gilda le preguntó en esa oportunidad.

—Usted bien sabe que poco y nada comulgo con compromisos formales, mucho menos acepto ataduras —le respondió Olegario y sonrió con burla y cinismo—. Los formalismos me parecen tediosos. Entienda, lo que le propongo es para el bien y la duración de la relación. Es mejor para los dos y nos evitamos monotonía y rutina, así como los inconvenientes de la convivencia. Esta mata toda relación y apaga la pasión.

Gilda le rechazó la generosa "oferta". Para ella, en la cúspide de sus prioridades, estaba su familia, conformada por su madre, hermanos e hija. Muy en segundo plano lo estaba aquella relación inestable y falta de afecto mutuo que sostenía con Olegario, ahora justificada por la ayuda económica que él comenzó a ofrecer; tal vez en pago, así lo llegó a sentir ella, por sus favores nocturnos, antes que por sentimiento y, menos, por responsabilidad paternal. Para esa época Gilda, con gran reserva, practicaba más seguido las técnicas legadas por Zoila, la adivinadora de su infancia, allá, en El Fresnal, relacionadas con la lectura del destino de las personas. Augurios atisbados en los cunchos de los pocillos en los cuales le servía café o chocolate a Olegario, en sus ahora permanentes y nocturnas visitas. Lo "visto" en sus precarias conclusiones premonitorias, inherentes al padre de su hija, pronosticaba cosas para nada buenas, mucho menos alentadoras.

—Entonces, madre, teniendo esa premonitoria información —la interrumpió, inquieto, su hijo Olegario Arturo—, ¿qué pasó?, ¿por qué siguió la relación con él?

—Hijo, guardaba la inútil esperanza, eso sí, de que esas lecturas estuvieran equivocadas… quizá por mi impericia en el asunto, por lo clandestino de la acción, por la tercera condición inhibitoria expresada por Zoila, o por cualquiera otra razón… o, por lo que está pensando: ¡por terca y pendeja!

El 2 octubre de 1957, entre las 8:45 y las 9:05 de la noche, Gilda quedó embarazada por segunda vez. Otra vez por cuenta de Olegario Perea, el único hombre con quien hasta ese momento había intimado. Embarazo que le permitió hacer su primera comprobación respecto a uno de los resultados más frecuentes que aparecían en las lecturas hechas en la taza en la cual este bebía el chocolate que ella le servía: que el segundo de sus hijos sería varón. Pero que para él sería causa de disgusto y justificación de su irresponsabilidad paternal; mientras que, para ella, la razón fundamental de su futuro. Sin embargo, y como se lo resaltó Zoila en su infancia, no se lo dijo a nadie. Menos a Olegario, tampoco a Alcira. Olegario al enterarse del estado de Gilda, entró en gran cólera. Se enojó y le gritó que no quería más descendencia.

—Con la Sapa ya tengo suficiente —le recriminó—. La situación no está para darse esos lujos. Debió cuidarse, ¡carajo!

Además, le ordenó ir con el doctor Castillo, un médico que hacía poco había puesto su consultorio en el pueblo. Su intención era que este le practicara un aborto, para lo cual le anticipó doscientos pesos. Gilda, presionada por Olegario, tal vez para no perder aquel apoyo económico, fue a su consultorio. El galeno, contrario a lo que ella esperaba, la examinó y la felicitó por su embarazo. Le manifestó que contara con él para los exámenes y asistencia del parto.

—Gilda Mencino, estoy al tanto de su ingente esfuerzo para sacar adelante a su familia. Además —le enfatizó el doctor Castillo—, estudié medicina para salvar vidas, no para quitarlas.

La tranquilizó diciéndole que por sus honorarios y medicamentos se despreocupara. Estos estaban cubiertos con los doscientos pesos que le dio Olegario. La animó a seguir con su embarazo y le auguró que ese hijo sería su soporte en el futuro. Esto último, ella había creído ver en la taza del chocolate, tal vez con equivocación, como lo pensaba. También le formuló y dispensó unas inyecciones para fortalecerla y le entregó vitaminas y otros medicamentos para aumentar sus defensas. Enterado Olegario de la acción del médico, le insistió a Gilda, muchas veces, para que viajara a la capital, todo pagado por él, para que allá se hiciera ese "trabajito". Pero ella se negó. Por tal razón, Olegario le manifestó:

—Gilda, escúcheme bien, solo se lo diré esta vez: si sigue con tan absurdo plan de oponerse al aborto, olvídese para siempre de mí, así como de cualquier ayuda de parte mía. La dejo a su mandinga suerte. Además, le advierto: nunca intente, por nada del mundo, buscarme, pedirme apoyo, menos solicitarme el apellido para ninguno de los dos, si no quiere enfrentarse, de verdad, a mi ira y capacidad e ingenio para causarle dolor, vergüenza y humillación.

Desde ese momento terminaron, para siempre, sus visitas nocturnas. Dos años después de haber nacido su segundo hijo, un varón, Olegario Perea, cuestionado por el doctor Castillo, volvió a enviar, con cierta regularidad, los diez pesos, pero:

—Esto es para ayudar con la crianza de la Sapa —enfatizaba cada vez que le daba ese dinero.

Pese a tal percance, Gilda siguió con su acción emprendedora, decidida, más que antes, a sacar avante a su familia. Soportó con campesina altura las burlas y humillaciones que a partir de entonces Olegario Perea le hacía cuando la veía en la calle, y sin importarle su estado de gravidez, ni lo cargada que fuera con los bultos de ropa que solía llevar para lavar en su casa y obtener con ello el básico sustento, suyo y de su familia. Llegó a denigrarla en público, frente a sus amigos, henchido de inicua satisfacción. Pregonaba que Gilda era una cualquiera, una mujer fácil... Lo hizo, pues sabía que a las Mencino: Alcira y Gilda, como les pasaba a otras tantas inocuas mujeres caídas en desgracia; bellas y delicadas, pero, débiles y desprotegidas orquídeas en el paraíso; nadie las respaldaba. Nadie salía en su defensa. Eran presas fáciles y vulnerables objetos para satisfacer la tan impía pero exquisita e inevitable voracidad humana, esa que despiertan e inspiran los seres inermes en sociedades enfermas del alma.

Como Alcira, Gilda encontró refugio en el canto para sus tristezas y abandono, gracias a su voz, no tan aguda y contundente como la de su madre; por el contrario, fuerte y grave. Sobre todo, con los boleros y rancheras de la época. En particular, en esas canciones que con mayor sentimiento entonaba cuando sabía que él la escuchaba: *El puente roto*, *Río Manzanares*, *Tú y las nubes*, *La celosa*, *Retirada*, *Renunciación*, *Mi destino fue quererte*, *Ojalá que te vaya bonito*, *Tú, solo tú*, *Cruz de olvido*, *Mi dolor*, *Ocúltame tus ojos*, así como en el repertorio completo de Amalia Mendoza.

Para entonces, Olegario Perea tenía un billar en pleno centro del pueblo, en la esquina nororiental de la plaza principal, diagonal al templo. La animación musical de aquel establecimiento la hacía con una moderna radiola que compró en la capital. Cada vez que la veía pasar, subía al máximo el volumen de aquel artefacto, tras colocar canciones tales como *Paloma sin nido*, *Tu duda y la mía*, o *Temeridad*. Con este último bolero, de la autoría de Manuel Jiménez, Olegario Perea se embriagó, escuchándolo, innumerable cantidad de veces. No solo allá, en Oroguaní, cuando lo hacía en público, en su billar, con sus amigotes y compadres, sino en la capital, solo, en un rincón, detrás de la puerta de la tienda, con mayor ahínco y desolación después de no poderla seguir atendiendo al cumplir los setenta años, en el 2002, luego del accidente casero que le afectó y diezmó parte de su movilidad. En tan lamentable condición encontró, tanto en la cerveza, la que le endureció sus vísceras, sobre todo el hígado, como en cada verso de esa melodía que musitaba muy quedo, la compañía que siempre anheló, y que al final necesitó. Sin embargo, por vano y tonto orgullo, nunca la pidió, jamás la quiso solicitar, como tampoco la aceptó, ni a Gilda, mucho menos a Azucena, su letal captora. Mujer esta última quien, con aquel brebaje de sangre de chiribico y esencia de rubirnalia verde que le hizo beber en ayunas, sin él saber lo que ingería, le doblegó la voluntad por siempre, más no así sus endurecidos sentimientos, mucho menos su montaraz y esquivo amor.

Letargo sentimental

Rayaba el mediodía de aquel caluroso y soleado 4 de julio de 1958 cuando Gilda dio a luz a Olegario Arturo Mencino. Solo Mencino, como ocurrió con su mayorazga. Así hizo sentar la fe de bautismo de su segundo hijo; de ese nuevo vástago ilegítimo de Oroguaní. Eclesiástico documento calendado, no el 4 de julio, sino el 21, ante la reiterada objeción y enojo del reverendo párroco municipal. Fue registrado como hijo natural, muy a pesar de la indignación manifestada por el cura. Mucho más grande que la propiciada en la primera oportunidad cuando Maira de las Mercedes, no solo por la falta del apellido paterno, sino por:

—El homenaje que usted, Gilda, le hace a ese condenado, desvergonzado e irresponsable papá, al colocarle a esta inocente criatura su impío nombre, cual deuda del alma —la reprendió el cura cuando se enteró de que ese era el nombre que Gilda decidió colocarle a su hijo.

Desde el nacimiento de Olegario Arturo, Olegario Perea se apartó de forma abrupta del camino de Gilda, y del de sus hijos. Él no quería, ni asumió jamás, compromisos con sus descendientes. Solía repetírselo a los que lo cuestionaban por su abandono y desprotección para con aquellos. Él consideraba y sostenía:

—Mis hijos tienen que abrirse, por su cuenta, como lo hice yo, su propio camino. Labrarse su destino sin ayuda de nadie. De esa forma, lo así obtenido, si llega a ser poco o insuficiente, no tengan a quién culpar. Como tampoco agradecérselo, ni mucho menos a quién debérselo, si resulta lo contrario.

Sostenía, convencido, sobre todo cada vez que se embriagaba, casi a diario:

—Lo poco o mucho que lleguen a conseguir, ojalá con gran sacrificio, dificultad y privaciones, será exclusivamente de cada uno de ellos. Se garantizará, de esa forma, que aprecien, cuiden y defiendan con vehemencia lo por ellos sin facilidad cosechado. Lo que no harán si se les alcahuetean las cosas, o si se les da o las reciben sin esfuerzo, o con mediadora y paterna facilidad. Recuerden que para los pobres la carencia es la base de sus aspiraciones, así como el estímulo para la búsqueda del progreso.

Estas eran algunas de las frases con las que Olegario Perea solía poner fin a sus entrecortadas disertaciones al respecto. Por tal concepción de vida, sus hijos, en esa primera y fundamental etapa de su infancia, además de criarse con sentidas carencias económicas, nunca tuvieron, ni recibieron, el cariño, menos el amor, como tampoco las caricias paternas. La crianza de estos, lejos, retirados de su padre, les marcó un artero sendero en sus vidas. Cuando Olegario Perea notaba la presencia de Gilda, o la de sus hijos, se tornaba frío, impertérrito. Además, no les dirigía la palabra. Volteaba su cara para evitar sus miradas. Solo usaba el volumen de su radiola para comunicarle a ella, con canciones, lo que de verdad sentía, pero que era incapaz de expresar con palabras.

La primera víctima de aquella ignominiosa arremetida no fue ninguno de los hijos de Olegario Perea. Ellos, gracias a la frágil fortaleza que genera la inocencia durante la infancia, vendrían a sentir y sufrir, años más tarde, las inexorables consecuencias de esa corrosiva herrumbre, pagando con creces tan infame deuda ajena, como lo predijo el cura. Lo padecerían durante su adolescencia y temprana madurez, cuando pasión, lógica y razón les arrebatarían la lúdica, la sonrisa y la incerteza a las maravillosas cosas de la vida, entre ellas, la inocencia infantil. La primera víctima la embestida afectiva de Olegario Perea fue Gilda Mencino. Pese a la coraza con la que ella revistió y protegió, aparentemente, su humanidad; resguardada, también, con las arduas jornadas de trabajo a las que se sometió; no pudo proteger ni endurecer su corazón, ni sus sentimientos inoculados con el letal acíbar del dolor, destilado en el alambique del desprecio en el cual aquel tosco individuo fraguó indolencia con desdén.

La socavó, pese a estar segura de nunca haberlo amado; de nunca haber sido amada; de nunca haber sido feliz… tampoco satisfecha como mujer. La artera actitud de Olegario Perea hacia ella, pero, sobre todo, hacia sus hijos, la sumió en el letargo sentimental, en el averno de la desesperación, en la dehesa de la separación y la orfandad, afectándole sus deseos de vivir e intenciones de continuar en la batalla. Para su esquiva fortuna, en 1960 fue inaugurada en Oroguaní una agencia de la Caja Agraria. Entidad en la cual Gilda fue contratada para que hiciera aseo a sus instalaciones. La recomendó para esa labor pública el hermano de quien años más tarde sería el padre de su tercera hija. Contrato con cargo a pérdidas y ganancias, mediante la modalidad de prestación de servicios. Irregular forma, ¡nómina paralela!, de vinculación a la planta oficial, contraria a las políticas impartidas por el presidente Llerena durante su segunda administración.

El mandatario nacional, para intentar conjurar la crisis económica y social del país, acudió al aumento del gasto fiscal, en especial a través del crecimiento de la planta de personal del Estado. Aunque ahí, quizá, se esculpió el cancel que años más tarde consolidaría el inmensurable como insanable boquete del clientelismo oficial; por lo menos en Oroguaní.

El acceder a ese trabajo le mejoró, en parte, el ánimo a Gilda. Sin embargo, esa letal sustancia del desamor, impregnada en lo más profundo de su existencia, le produjo grave alteración funcional, no solo a su cuerpo; también lo hizo en su mente. Ahí se enquistaron aquellas abominables e irrefrenables intenciones de causarse daño, sentir temor, subestimación y autocompasión. Infestada por la nostalgia, Gilda decidió acudir ante el salvador de su hijo: el doctor Castillo. Le solicitó que le encontrara la causa y le recetara el lenitivo para erradicar de su cuerpo y alma ese extraño mal que la devoraba y el pecho le aprisionaba. El diagnóstico del galeno fue, además de acertado, contundente. Su problema era la carencia de amor. Fue por eso por lo que su receta y el medicamento, siendo los más indicados, fueron inviables e inoportunos en su caso.

—Gilda Mencino —dijo el doctor Castillo—, la única cura posible para su mal es amar y ser amada. Tiene que enamorarse y querer a alguien que le corresponda. Además, aproveche, usted es joven y bella, con toda una vida a su disposición.

Adicional a lo anterior, el galeno complementó su receta, por su propia cuenta y riesgo; pero, eso sí, de muy buena voluntad y con sano ánimo; es decir, con nobles y humanitarias intenciones. Fue y buscó a Olegario Perea y le comunicó el problema que padecía Gilda. Le explicó la causa del mal que la afligía, que la consumía. Además, sentenció, con médica inferencia, que aquello podría degenerar en algo más delicado, grave y hasta letal, como la hipocondría.

—Gilda de seguir así caerá en una profunda tristeza —le dijo el médico a Olegario—. Esta le inhibirá, de no atacársele de raíz las causas, sus funciones psíquicas. Le provocará trastornos neurovegetativos y afectará su sistema nervioso y con ello el control de sus vísceras, glándulas, músculos… mejor dicho, si usted, Olegario, no actúa ahora, siendo el causante directo de aquel mal de amor, ella enfermará de gravedad y morirá. Y, ¿adivine a quién le tocará encargarse de esas dos criaturas?

Preocupado, Olegario fue y la buscó, no tanto por la salud de Gilda, sino por la posibilidad de que, al enfermarse, o peor aún, al faltar aquella humilde y maltrecha mujer, le endilgaran la compleja e incómoda responsabilidad de la crianza de sus dos criaturas.

Desafortunadamente, el alma de Olegario carecía de amor. Era un hombre sin sentimientos, al menos manifiestos. Nunca los tuvo para con nadie. Creía que al exteriorizarlos su hombría se pondría en duda. A sus torpes, entrecortadas y repetitivas sílabas les cohibía cualquier dejo de conmiseración o templanza. La totalidad de sus palabras fueron siempre vacías de cariño: ¡huérfanas de humano calor! Su capacidad para expresarse con ternura, afecto o romanticismo era muy limitada. Y, frente a la posibilidad de que le tocara asumir tan incómodas responsabilidades paternales, ante la eventual partida de Gilda, su comportamiento se tornaba agreste. Tal vez, por esta última razón, al ir a ver a Gilda, a Olegario solo le salió un corto y agrio reclamo.

—Usted no tiene que andar contándole a nadie sobre sus necesidades sexuales —la increpó—. Ahora bien... si son muchas las ganas, muy sencillo: cada vez que las tenga... me avisa y vengo.

De inmediato se fue, no sin antes dejar diez pesos sobre la mesa. Cantidad de dinero que siguió mandando, en especial para la crianza de Maira de las Mercedes, su Sapa, hasta el último domingo de noviembre de 1968.

Aquel día, cuando él la visitó, ella comprendió que en ese hombre jamás encontraría la cura para su mal de amor. Como tampoco en el señor Melo. Este, coordinador de la Caja Agraria, es decir, su jefe, quien, desde cuando la contrató, comenzó a presionarla y asediarla sexualmente. Aquel funcionario acudió a la forma más ruin que tiene el ser humano para satisfacer sus malsanos e inicuos instintos de bestia. Pretendía esa infame contraprestación para permitirle continuar en aquel trabajo al servicio del Estado; incluso, con una posible vinculación a planta si ella "se portaba bien" con él.

—Usted, Gilda —le resaltaba y recordaba seguido el depravado sexual aquel en su afán de lograr satisfacer sus bajas intenciones—, por más que lleve el poderoso apellido de don Bernardo, no figura entre los elegibles para ocupar los escasos cargos públicos con plaza en Oroguaní. Por tal razón, y al ser usted aún tan bonita, y joven… tenga en cuenta que su única tabla de salvación soy yo. Además, por tan poco que le pido puede asegurar el sustento, suyo y de su familia.

Los escasos cargos públicos del nivel nacional, ubicados tanto en Oroguaní como en las seis cabeceras municipales del centro-occidente departamental, donde aún tenía influencia aquel gamonal y cacique regional, eran rabiosa y celosamente reservados y otorgados para las personas que decidiera el Comité Liberal Departamental, de lista que conformaba, imponía y enviaba don Bernardo Mencino. Él era en aquella región, para entonces, no solo el más ultra oficialista de los liberales, sino el ser humano más odiado y temido, tanto por sus copartidarios, como por sus contradictores conservadores y comunistas. Recóndito rencor que también le profesaban muchos de sus ofendidos familiares, así como un sinnúmero de enemigos, conocidos y no conocidos, amén de sus innumerables acreedores en el póquer.

A comienzos de 1963, dos meses antes de ser asesinado Bernardo Mencino, el señor Melo, de forma unilateral abolió, dejó sin efecto el contrato entre Gilda

Mencino y la Caja Agraria. Lo hizo porque ella en su calidad de contratista se negó a acceder a las pretensiones de corrupción sexual de tan inicuo, pero poderosa y políticamente muy bien respaldado funcionario. Bernardo Mencino lo autorizó para que dispusiera del cargo que ocupaba su nieta. Con mayor razón, al enterarse de que Gilda era recomendada por el moderado liberal Abundio Macanero, el más rico y pionero comerciante de electrodomésticos y mercado de grano, tercero en la dirigencia política de Oroguaní, después de él y Miguel Benito Riveneira, presidente y vicepresidente, respectivamente, del Comité Liberal Municipal.

Enterada de la cancelación de su contrato para continuar su trabajo en la sucursal bancaria, Gilda volvió a su oficio: lavar ropa ajena. Le solicitó a don Abundio Macanero que le permitiera retomar el trajín dejado tres años atrás. Allá había conocido a Federico Adonay Macanero, el hermano menor de Abundio. Federico, no solo le alegró el alma, sino que aceleró el latir de su corazón herido, por lo que afloraron nuevas emociones en su pecho y retornaron alegrías y sonrisas a su cara. Por tal razón, amplió su repertorio musical con boleros y rancheras más felices. Entre estas últimas canciones estaban: *Si nos dejan*, *Arbolito, arbolito* y otras tantas.

Hasta entonces solo eran cordiales y mutuos saludos, así como sonrisas con esquiva coquetería. Pero, ahora, al volverse a ver y, quizá, tal vez, por la presencia de la treintena de años en sus vidas, aquello fue más intenso y menos disimulado. Con él, ella experimentó el amor. Se enamoró. Se ilusionó, y, lo más importante: ¡fue y se sintió mujer a plenitud! Sin embargo, Federico Adonay era un hombre más interesado en su vanidad, cn su presentación personal y en la moda que llegaba de la capital mediante los canales de distribución de Lola Sanclemente, que, en los negocios, en el trabajo o en la política. Nunca le gustó el estudio, ni quehacer alguno. Era muy aficionado a dormir mucho y a levantarse tarde. A estar siempre con las manos tersas y las uñas bien arregladas. Gustaba de la ropa impecable y perfumada. Gozaba de buena dicción, la cual sazonaba con delicados y sutiles ademanes. En fin, todo lo contrario de lo que era y representaba Olegario Perea.

Federico Adonay y Gilda Mencino sostuvieron una relación oculta, pero, romántica y bonita. Idilio que duró en Oroguaní un poco más de cinco años, hasta cuando Gilda se tuvo que marchar para la capital.

Se amaron bajo el murmullo incógnito de los secretos pueblerinos, sin publicidad de ninguna índole. Buscaron evitar, ante todo, contagiar su amor con la impureza del conocimiento público. Podría decirse que, para Gilda Mencino, esa época fue la más feliz de su existencia, tan solo ensombrecida por el asesinato de su abuelo Bernardo Mencino el domingo 3 de marzo de 1963, como lo sentenció el padre Sarmiento y lo auguró Zoila Abigail.

La manda nacional

Gilda lo tuvo claro desde su fantástico encuentro con Zoila, allá, en su infancia, en El Fresnal, departamento del Tomima. Y lo ratificaba seguido cuando lo "leía", de manera subrepticia, en los cunchos dejados, no solo en la taza de chocolate que usaba Alcira, sino en las de otros parientes, incluso en la de Armando Mencino. Sin embargo, nunca se supo, judicialmente, la verdadera razón, como tampoco los obvios autores intelectuales y materiales de este otro magnicidio de mediados del siglo XX, el de la ignominia nacional.

Fueron innumerables los motivos, así como los soterrados enemigos que Bernardo Mencino gestó, y desde su díscola juventud. Pese a tal abanico, a tal concurso de posibles interesados, patrocinadores o beneficiados con su muerte, y no solo de carácter político, nadie fue culpado. No hubo condenas. Los resultados de *las exhaustivas averiguaciones* ordenadas, publicitadas y adelantadas por las autoridades fueron inocuos. Se trató de otro crimen en la más flagrante impunidad nacional; no obstante, la captura, proceso, liberación y asesinato posterior del autor material de los hechos, nunca judicialmente probado. Aquel no sería el primero, como tampoco el último, de tales acontecimientos en la vida política, social y económica de la nación. Así mismo, no sería la primera, como tampoco la última, flagrante y manipulada impunidad judicial, pese al público conocimiento de los interesados y actores intelectuales y materiales.

Quizá sus acérrimos enemigos los cosechó Bernardo en la mesa del póquer. En esta apostó y dilapidó todo lo que le heredó su padre Valentino; hasta su más preciada posesión: La Guasimalera. Esa propiedad él la perdió siete veces en el juego. Pero, fue recuperada, en las primeras ocasiones, por el propio Valentino, y en la última, durante 1950, por sus otros tres hermanos, influenciados y compelidos por Bermina, Mamá Mina, en cumplimiento de la postrera voluntad del viejo de hacer hasta lo imposible para preservar esa finca en poder de los Mencino. Para asegurar tal objetivo, Valentino dispuso una trifurcada fortuna en morrocotas enterradas en cada una de las fincas que les heredó a sus tres hijos mayores.

—Madre, ¿cuál fue la razón para que Valentino insistiera en mantener La Guasimalera en manos de los Mencino? —le preguntó Olegario Arturo a Gilda, aprovechando un receso que esta hizo.

—Algo de ello, de manera parcial, le transmitió él a Mamá Mina, y, ella, antes de enfermar de gravedad, me lo compartió —le respondió—. Mi bisabuelo Valentino, cuando decidió que no le transferiría el legado de la "custodia patria" a mi abuelo Bernardo, lo hizo con Bermina.

Esa vez, única vez, Valentino le dijo a su hija Bermina:

—En La Guasimalera, además de haber enterrado con celo, protección y secreto el más grande banco Mencino; pensado para asegurarle la posteridad a mi familia, al menos hasta su novena generación, y a la sociedad republicana hasta el tercer nivel de su círculo de influencia política y económica; se sientan las bases de dos gigantescas vetas de oro. Sus gruesos y garantes ramales convergen con una de las tres que sostienen el Cerro Con Oro.

—Olegario Arturo, según Mamá Mina —Gilda le enfatizó a su hijo—, mi bisabuelo también le dijo que la tercera veta cruza por el orográfico macizo de Planadas, el latifundio conservador en la época de Abduliano Arellano Ospina.

Valentino lo sabía. Junto con Abduliano fueron elegidos por sus respectivas tías abuelas, de origen español, como los siguientes garantes naturales de aquel soporte nacional, concomitante con la invaluable cantera hídrica que irriga con algarabía de vida y prosperidad la campiña, también a proteger de la ira y codicia humanas; en particular, de las depredadoras forasteras.

—Esas vetas, enclavadas geoestratégicamente en Oroguaní —le comunicó Valentino a Bermina, Bermina a Gilda y esta a Olegario Arturo—, no deben ser explotadas, extraídas ni contaminadas. Sobre estas se fundamenta la frágil existencia y precaria estabilidad moral de aquel pueblo enquistado en el centro-occidente departamental, epicentro del equilibrio económico, político y social de la nación.

Secreto que Abduliano, al parecer, se llevó a la tumba tras su repentino asesinato. Él, al no tener hijos varones, decidió no transferírselo a sus caprichosas, necias y rebeldes hijas. Abduliano esperaba que una de ellas le prodigara el nieto indicado para traspasarle la manda de la orográfica e hídrica custodia nacional. Espera que le truncara el cuchillo homicida de Carlos Eulalio Sanclemente Gómez, el mozo que entretenía a Visitación en la trastienda del almacén de telas de Lola Sanclemente.

Valentino solo le comunicó la historia a Bermina, de forma fragmentaria. Lo hizo, ante su desilusión con Bernardo: su malogrado proyecto y sucesor político escogido, quien, de haberlo sabido, Valentino también lo tenía claro y se atormentaba por ello, no hubiera dudado un instante en descubrir, en poner en evidencia, en intentar apropiársela. O en apostar y dilapidar aquella hacienda patria que, según le dijo Valentino a Bermina, y por su conducto, años después a Gilda y a Olegario Arturo:

—Mientras se mantenga prístina y sin contagios de ambición, proveerá despacio y a tiempo lo necesario y vital para la sociedad. Quizá, tal vez, algunos piensen que tal riqueza así es inocua o medianamente productiva, frente al ingente potencial industrial que dispararía el crecimiento económico, para unos pocos. Sin embargo, si se le da ese mercantil curso, desencadenará la hecatombe social incontrolable de la sangrienta miseria y maluquencia nacional, azuzada por el odio fraternal y la codicia individual armada…

que bien podrían prolongarse, de manera perenne y mutante, por todo el suelo patrio, y durante al menos tres veces doce generaciones nacionales...

La muerte de Bernardo Mencino

Pese a poseerlo todo, y a estar sobre tan monumental riqueza, Bernardo Mencino, en la última década de su vida, no tuvo nada. Ni propiedades, ni dinero en efectivo, tampoco disposición alguna sobre sus bienes. Solo le quedó su complicado prestigio político, diezmado paulatinamente. Garante irreal de su palabra para apostar en la mesa del póquer, en especial con desinformados tahúres llegados, casi todos, de la ciudad capital. Personajes estos obnubilados y atraídos por la filosofía del dinero fácil y la leyenda de la riqueza Mencino que se jugaba a las cartas en una paradisíaca finca. Predio engalanado con dos pomposas casaquintas, tres piscinas e innumerables especies de aves tropicales. Entre estas últimas sobresalían pavos reales y rojos cardenales; turpiales bañados en colores oro, amarillo y negro, así como multicolores guacamayos y tucanes, entre otros. Asimismo, era fascinante observar y percibir el concurso de fragantes árboles frutales, colindantes con un bosque en ladera pletórico de originarias palmas de cera, que a su vez hacían coro con un jardín de orquídeas: "El Edén de las Orquídeas", como lo bautizó Valentino. Ahí prosperaban y florecían diecisiete especies, sobre todo de catleyas, en perenne y armónica competencia con un sinfín de heliconias; entre las más abundantes de estas, estaban el bastón del emperador, la gínger y las lágrimas de Jesús. Ornamental naturaleza que rodeaba las casas de la finca, en nueve organizados jardines con cuidadas y preciosas flores, la mayoría de color rojo escarlata.

—El Santuario del Partido Liberal —dijo algún día el propio Valentino.

Enternecía el alma la presencia de diseminadas flores de begonias, siete cueros, dalias, rosas, claveles, anturios, diversos alhelíes, amapolas, san joaquinos, doble rojos, rojos sencillos, gardenias, hortensias, tulipanes, azucenas, gladiolos, jazmines, pensamientos y geranios, de entre una gran variedad de matas en flor; unos en los amplios corredores de las casas; otros en los cercados de los jardines y muros en piedra de los corrales y huertas. La Guasimalera era una poética constante ambiental, enternecedora para el espíritu. Ofrenda grata de la naturaleza para aquel recóndito rincón de la tierra, privilegiado con la vastedad de sus múltiples recursos físicos, hídricos, biológicos... y muchos más.

En las entradas de cada casaquinta sobresalían enredaderas con la nocturna, exquisita y olorosa flor de cera, así como innumerables mirtos blancos que le daban una embriagante y perfumada bienvenida de azahar a los visitantes, así como una sensación de tranquilidad y ensoñación a sus moradores. En los alrededores, y por toda la vasta y quebrada geografía de aquel prodigioso predio, impresionaba la abundancia y la generosidad del café, la caña de azúcar, el maíz, el plátano y de muchas otras riquezas agrícolas. Reinaban en el prolijo territorio, sobre todo en las llanuras aledañas al río Magdala, al menos novecientas treinta y cinco cabezas de fino y selecto ganado lechero.

La Guasimalera constituía, hasta entonces, el monumento al mérito, a la consagración y trabajo de un iletrado labriego campesino: Valentino Mencino. Él, en tan solo cuatro décadas de su vida, le arrancó tal riqueza a la prolija tierra que lo vio nacer… y morir. Todo lo contrario, a las gestas de su hijo Bernardo, quien, hacia el ocaso de sus días, solo le quedó su palabra… y eso: ¡más que empeñada!, sin posibilidad alguna de hacerla efectiva. Ester Julia Sagrario nunca quiso devolverle la escritura de la finca. Título hecho a mediados de 1952, primero a su nombre, después a los de su padre y hermanos: los Sagrario. Eso sí, todo "en confianza", como prevención por lo que pudiera suceder. Tránsito Arellano, la legítima esposa de Bernardo; según un recóndito marconigrama de alerta de su no reconocida hija Laura Marcía Arellano; iba para Oroguaní a reclamar lo suyo. Visita que tan solo se hizo efectiva en 1963.

En los últimos años Ester Julia tampoco le permitió a Bernardo disponer de un solo centavo, ni de enseres ni semovientes; excepto de su fiel mula Dulcinea Tercera. Aquella autoritaria, ambiciosa e inescrupulosa mujer estaba dispuesta a preservar lo último que quedaba de la riqueza Mencino, pero para su hijo Armando, el segundo y último registrado y bautizado como hijo de Bernardo; nacido en el 43, pero, muy comprometido con el trago y la marihuana... con esta última, no solo en cuanto al consumo, sino con el cultivo. Yerba de arbitrario y fatídico uso que prosperó de manera diversificada entre los cafetales, al principio de forma clandestina y sigilosa, en algunas alejadas zonas de La Guasimalera, unos pocos años después del asesinato de Bernardo, y veinte antes de la "agro industrialización" y politizada distribución y comercialización generalizadas de la amapola en toda esa hacienda, así como en otros tantos predios circunvecinos.

Armando Mencino, para obtener mayores y más expeditos dividendos, asesorado por algunos "negociantes" llegados de la ciudad capital, tuvo que erradicar de manera paulatina todos y cada uno de los no tan rápidamente rentables usos agropecuarios tradicionales de La Guasimalera. Los reemplazó por los que comenzaban a infectar, y que al final corrompieron, la economía subcontinental. Para lograrlo, también tuvo que obligar a su madre a viajar y radicarse en la capital, prohibiéndole volver por aquellas tierras. Le justificó su decisión diciéndole:

—Madre, los otros que dicen ser herederos amenazan con darle muerte a sumercé... la consideran culpable por lo que le pasó a papá Bernardo. Por lo tanto, para evitar que, por lo menos, lo intenten, la mejor forma es que sumercé no vuelva a Oroguaní, y menos a La Guasimalera. Yo me encargo de la finca, así como de resolver todos los pleitos iniciados tras la muerte de papaíto.

Bernardo Mencino le quedó debiendo más de novecientos millones de pesos a más de treinta y tres jugadores, todos foráneos. Deuda garantizada solo con su palabra y promesa de pagarla algún día. Sin embargo, las investigaciones para dar con los autores intelectuales de su muerte nunca fueron encausadas hacia ese móvil. Para esa fecha, cuando ocurrió el homicidio de Bernardo, Oroguaní, y en particular la hacienda La Guasimalera, eran fortines inexpugnables. Verdaderos búnkeres para los liberales, en especial para los oficialistas, amparados por el Comando Municipal de la Policía y por un batallón del Ejército. Guarniciones acantonadas en la región como medida para detener y contrarrestar la amenaza de la creciente guerrilla izquierdista. Armada organización ilegal que comenzaba a tomar fuerza, en especial en el Magdala Medio, muy cerca de esas edénicas y más que productivas tierras; sobre todo uno de sus frentes, el comandado por un temible hombre apodado Tinta Negra.

—Un chusmero sin entrañas —solía decir Bermina.

Además, el presunto homicida material de Bernardo Mencino, trabajador de la finca, nunca tuvo la oportunidad de ser contactado por ninguno de aquellos acreedores. Casi no salía de La Guasimalera; cuando lo hacía, era en compañía de alguno de los patrones, por lo general, del propio Bernardo, la víctima.

Todo jugador que por aquella época llegaba a Oroguaní, para ingresar a La Guasimalera, donde quedaba la última mesa de los torneos de póquer, tenía que pasar por tres cordones de seguridad. El primero estaba en el propio pueblo, en la alcaldía. Allí el retador se anunciaba e identificaba, luego se le avisaba a Bernardo del arribo de un nuevo jugador, para saber si lo iba a recibir. Muchas veces el jugador tenía que esperar su turno hasta uno y dos meses. Tiempo suficiente para que el Comando Municipal de la Policía le hiciera el respectivo estudio de seguridad. Una vez autorizado el ingreso a La Guasimalera, el retador tenía que sortear el segundo cordón de seguridad; esta vez por cuenta al menos de uno de los retenes del Ejército, montados a lo largo del recién construido carreteable que ahora comunicaba, amistosamente, a Oroguaní con San Vicente.

El tercer cordón lo conformaban comandos caninos. Seis formidables, feroces y amaestrados pastores alemanes y cuatro de raza dóberman, andaban sueltos por las casaquintas. Estos impedían la entrada o salida de cualquiera. Nadie entraba o salía del mayor latifundio liberal de toda esa comarca central sin la previa seña impartida por el mayordomo, Ester Julia, Armando, o por el propio Bernardo. Frente a estas entradas y estadías intimidantes, el tahúr de turno, una vez era declarado ganador del torneo millonario; el que podía durar dos, tres y hasta cuatro semanas seguidas; pocas eran las objeciones que colocaba para retirarse de allí y esperar en la capital que se le hiciera efectivo el millonario premio. El que nunca llegaba. Bernardo jamás le pagó a nadie. Sin embargo, por las circunstancias y el riesgo que oteaban si lo intentaban, ninguno se animó a emprender viaje de nuevo a Oroguaní para efectuar el cobro.

También fueron descartados de la autoría intelectual del crimen del que fue objeto Bernardo, no solo sus innumerables acreedores, sino sus rivales políticos, sus copartidarios. Estos, casi todos, disgustados por algún mal reparto burocrático o contractual. Lo mismo sucedió con sus familiares, nada afectos con él y, en general, con los oroguanenses a quienes Bernardo, de alguna manera, les causó algún tipo de daño cuando aún tenía sus propiedades y demás bienes, así como la disposición total sobre ellos; amén del respaldo y el autoritarismo oficial del Partido Liberal para negar sus deudas de juego, o sus responsabilidades políticas, familiares, sociales, civiles… O para pagarlas con favores mediante tal o cual cargo en la alcaldía de Oroguaní. O en los otros pueblos en los cuales ejercía su artera influencia y poseía su bastión electoral de al menos siete mil quinientos electores (votos). O en la gobernación, o en algunas entidades de nivel nacional como la Caja Agraria, o en otras tantas ubicadas en los sectores de salud, agricultura y educación, entre las más burocratizadas y afectadas por el clientelismo Mencino de ese entonces. ¡En ese entonces!

Bernardo, además de pagar sus favores y deudas con nómina oficial, también lo hizo mediante recomendaciones para acceder a los préstamos de la Caja Agraria. O a los subsidios agrícolas gubernamentales. O para ingresar a la Universidad La Patria, o a la Policía, o a las Fuerzas Militares, o al Servicio Diplomático. Desde luego, sus pagos más significativos tuvieron que ver con el otorgamiento de contratos públicos, tanto a nivel departamental como municipal. Inveterada y retardataria práctica oficial de ese entonces. ¡En ese entonces!

Según las conclusiones judiciales, ninguno de los oroguanenses, ninguno de sus paisanos, acreedores o no, enemigos o no, estaban en condiciones logísticas de haber planeado el magnicidio de Bernardo, tal y como acaeció. ¡Con tan refinada limpieza y eficacia criminal! Ninguno de ellos lo pudo haber hecho por sí solo; por más rencor, manifiesto o recóndito, que abrigara en su espíritu. Por más que sus ideas políticas fueran contrarias a las suyas; por más afectados que aquellos hubieran salido por las controversiales decisiones y órdenes del caudillo. Ni siquiera lo pudieron haber hecho los familiares o allegados de los ocho alcaldes asesinados en Oroguaní entre 1925 y 1962, tres liberales y cinco conservadores, cuando aquellos no hicieron lo que Bernardo consideraba de interés superior para el municipio, región, departamento, país o partido.

Para ingresar a las casaquintas de La Guasimalera, además de tener que sortear el tercer interior cordón de seguridad personal; es decir, la guardia canina, los perros entrenados para destrozar y matar a quien lo hiciera sin autorización; se tenía que rebasar una muralla de tres metros, hecha con piedra, que rodeaba la propiedad; así como un foso anterior infectado con alambre de púas, ortiga y abrojos. Barreras construidas por Bernardo entre 1945 y 1950 para resguardarse, al principio, de bandoleros y delincuencia común que se organizó y azotó aquellas tierras, así como de las posibles y anunciadas agresiones y atentados que pudieran provenir de los menesterosos liberales disidentes del oficialismo. Oficialismo que él representaba y defendía política, administrativa y militarmente; o como fuera menester hacerlo. Ello, ya que Bernardo nunca estuvo de acuerdo con las «populistas y comunistas posturas del líder de los disidentes del oficialismo liberal», a quien tildó como: "El Enterrador del Gran Partido Liberal".

Luego, aquellas barreras le servirían para defender su propiedad, su vida y la de los suyos, no solo de los chusmeros, sino de los chunavitas. Estos aparecieron en Oroguaní, y en gran parte del territorio patrio, tras la muerte del disidente líder del oficialismo liberal, allá, en la capital del país. Fuerza gubernamental que Bernardo y todos los liberales, de nuevo unidos por la adversidad de la dinámica política nacional, enfrentaron con vehemencia y sangre poco después del magnicidio del caudillo.

La única forma posible para acceder a las 31,5 hectáreas que ocupaban las protegidas y amuralladas casaquintas, piscinas, casa de huéspedes, casas de servicios, la del capataz, el rancho de Alfonso Goenaga y la barraca de los obreros, era a través de la verja metálica, de cuatro metros de altura por dos de cada hoja, ubicada en la entrada principal de la hacienda. Pórtico custodiado de forma permanente por dos campesinos armados, contratados para tal oficio, estratégicamente ubicados en lo alto de una colina desde una garita camuflada entre los matorrales. Antes de alcanzar aquella puerta, había que pasar, una vez se dejaba la carretera destapada y se tomaba el camino que concluía en dicha verja, por siete fincas más, cuyas casas, todas, daban al paso del camino.

Por lo tanto, el criminal, conocido o extraño, hubiese sido visto por alguno de aquellos vecinos. Estos, con toda seguridad, habrían notado su presencia con rumbo ineludible a la finca de Bernardo. Por tal razón, quizá, y con las indagatorias efectuadas a todos y a cada uno de los residentes en aquellos predios, los administradores de justicia establecieron que por lo menos en los dos últimos meses, y mucho menos ese sábado; como tampoco en la madrugada del domingo; nadie tomó ese camino.

También concluyeron los expeditos funcionarios judiciales que Alfonso Goenaga, supuesto y nunca judicialmente comprobado autor material del crimen, llevaba más de seis meses sin salir de La Guasimalera. A él la policía le encontró en su rancho una carabina acabada de ser disparada, del mismo calibre que la usada en el atentado, así como rastros de pólvora esparcida por todo el recinto de su vivienda. La prueba del guantelete que se le practicó esa mañana dio positiva, además de la coincidencia de sus botas de caucho con las pisadas, de ida y de regreso, en el pasto húmedo desde el sitio en donde le dispararon a Bernardo, hasta su morada. También, las autoridades le encontraron a Goenaga, al presunto homicida, tres vainillas disparadas, correspondientes a las tres que faltaban en la caja de munición, hallada en un cajón que hacía las veces de armario y que este utilizaba para guardar su ropa.

Alfonso Goenaga era el tercer hijo de Clorovea, la también presunta, nunca judicialmente comprobado, homicida del padre Sarmiento. Tras morir su madre, en 1937, en deuda, quizá, con ella por lo del efectivo favor que le hizo para deshacerse del padre Sarmiento envenenándole el vino de consagrar, Bernardo se llevó a Alfonso para La Guasimalera. Allá le asignó una choza, cercana a las casaquintas, para que viviera y trabajara en el hato y tuviera cómo alimentarse él, su esposa e hija. De los otros hermanos de Alfonso, de uno se dijo que siguió los pasos de su padre. Tomó los hábitos religiosos. Del otro, que al parecer le picó el bicho de la rebeldía contra el sistema. Este estuvo, antes de empuñar las armas, a finales de los años cincuenta:

—Alebrestando a los oroguanenses con ideas comunistas —le dijo Mamá Mina a Gilda.

Otras tres verjas, más pequeñas que la principal, daban, una hacia la zona alta de La Guasimalera. Por allá quedaban los más preciados y especiales cafetales, dada su suavidad, olor y sabor, y cuyas primeras matas fueron sembradas por Tránsito Arellano. La otra hacia occidente, zona cultivada con café, maíz y plátano. La tercera hacia el Magdala, rumbo al hato ganadero. Enrejados que solo se abrían desde adentro y tenían, cada uno, una garita escondida entre matorrales, desde donde vigilaban obreros armados. Para el día del asesinato, estas cancelas aún estaban con las cadenas y los candados cuando la policía y el juez fueron a inspeccionarlas, una hora y media después de haber llegado a la escena del crimen.

La estrategia de la defensa de Alfonso Goenaga fue tan contundente como simple. Nunca le dijo nada a nadie al respecto, ni cuando fue interrogado, ni durante su fugaz y tocado proceso. Negó ser el responsable de aquella muerte. Tampoco inculpó a nadie. No aceptó cargo alguno, asesorado por el abogado que le consiguió y pagó Armando Mencino, desde el mismo día de su captura. Respecto a la carabina que le fue hallada acabada de disparar, coincidente con el arma homicida, dijo que se la había entregado, ocho años atrás, el propio Bernardo, para que ejerciera vigilancia por aquel flanco de la hacienda. Versión que corroboraron Ester Julia y al menos diez obreros más. Alfonso Goenaga declaró que, en aquella madrugada, por casualidad, él usó la carabina para intentar cazar, sin éxito, unos conejos, cerca de su rancho. Razón por la cual faltaban los tres cartuchos en la caja, el arma estaba disparada y él tenía rastros de pólvora en su ropa, cuerpo y rancho; así explicó por qué sus huellas aparecían en el sitio en el cual, más tarde, alguien le disparó a su querido patrón... ¡su padre!

La misiva

Los Malaver también fueron descartados como posibles parricidas. Los cuatro hijos sobrevivientes de María del Carmen Malaver, de los seis que tuvo con Bernardo, todos, para entonces, estaban presos. Justiniano, el mayor de ellos, nació en 1928 y fue muerto el 9 de abril del 48. Fue objeto de un certero disparo en la nuca, hecho a quemarropa. Cayó muy cerca del lugar en donde la muchedumbre cogió y linchó al presunto asesino del caudillo de la disidencia liberal.

—Triste personaje aquel, inculpado histórica y convenientemente como el homicida del más grande líder popular que ha tenido este país —le dijo Bermina a Gilda después de leer el manuscrito de su hermano-hijo Bernardo.

Sin que hubiera quedado prueba alguna que lo corroborara, excepto en las subrepticias lecturas que hacía Gilda en los cunchos de las tazas de chocolate en las cuales algunos oroguanenses saboreaban esa bebida, así como en el inédito manuscrito Mencino, se rumoraba en Oroguaní que Bernardo habría engatusado a uno de sus hijos ilegítimos, a Justiniano, para que efectuara una misión reservada, trascendental.

—Hijo, se trata de un trabajo importante y secreto para la salvaguarda del gran Partido Liberal —le dijo esa vez Bernardo a su no reconocido hijo Justiniano—, y de pasada, para el beneficio del país entero.

Se decía que Bernardo le ofreció a su vástago que, si las cosas salían bien, no solo le escrituraría a su madre una finca en Oroguaní, sino que lo ayudaría para que ingresara a la Academia de la Policía Política, con todos los gastos pagos. También, le habría dicho; esa primera y única vez que le dirigió la palabra, cuidándose de no ser visto ni escuchado por nadie; que si aceptaba y ejecutaba con éxito lo que alguien le iba a encomendar en la ciudad capital; lo cual tenía que decidir en ese instante, sin posibilidad de comunicarlo ni consultarlo con nadie:

—Yo, Bernardo Mencino, su padre, me voy a sentir orgulloso de tener un hijo que pasará a la historia de la patria como un héroe.

Tras la compelida aceptación, Bernardo contactó a Justiniano, una vez en la ciudad capital, un mes antes de su muerte, con un capitán de apellido Yate, adscrito al Servicio Secreto. El contacto se hizo en una casona ubicada en el barrio Santa Bibiana, cerca al barrio El Crucero. En ese sitio Justiniano estuvo, todo el tiempo, durante su breve, marcada y controlada estadía en la capital.

El 27 de febrero de 1948 Justiniano desapareció de Oroguaní. Nadie volvió a saber de él, excepto por una incógnita carta fechada en la ciudad capital el 5 de abril de ese año. En un descuido de su instructor y supuesto contacto para ingresar a la academia policial, quien, siempre en el interior de la casona lo entrenaba y vigilaba día y noche, Justiniano logró escribirle y enviarle a su madre una misiva, con un paisano que ahí habitaba y quien viajó por esos días a su terruño. Operación que le costó a ese oroguanense ser torturado y asesinado una vez regresó, no sin antes ser compelido a confesar a quién y en dónde había entregado la nota escrita por Justiniano.

La madre de Justiniano contaba, de forma incongruente, que lo que su hijo le escribió, en esa oportunidad, era algo sobre un encargo y un ofrecimiento que Bernardo Mencino le hizo, relacionado con un trabajo para él en la capital, así como de una finca que le escriturarían a ella. Lo cual, era más que improbable, no creíble por nadie. Todos en Oroguaní sabían que para el viejo Mencino no existían hijos diferentes a Armando. Para entonces, ni siquiera reconocía como hija suya a Alcira, ni mucho menos hablaba, en público, de ella; ni de ningún otro hijo suyo. En relación con lo del supuesto ofrecimiento de escriturarle una finca a María del Carmen, eso era aún menos probable. Bernardo no dejaba de manifestar su especial repugnancia y desprecio hacia los Malaver, sobre todo desde cuando María del Carmen intentó, en el 44, demandarlo para que le reconociera a sus hijos y les diera su apellido.

La misiva de Justiniano, al parecer, según María del Carmen Malaver, se quemó una semana después de recibirla en el incendio ocasionado en el rancho en el que vivía con sus otros cinco hijos, y en el que murió el menor de ellos. Contaba dolorosamente que ella no pudo rescatarlo. Los siete uniformados, encapuchados y armados hombres que causaron la deflagración se lo impidieron, mientras se reían al escuchar los gritos de dolor y angustia de la criatura entre las llamas. Sus otros cuatro hijos se salvaron de ser asesinados por los causantes de la tragedia. Semanas antes se habían marchado hacia otra vereda a trabajar como jornaleros, pese a su escasa edad.

En octubre de 1953 llegó a Oroguaní un sargento de apellido Romero. Era el nuevo encargado de la comandancia del Cuartel de la Policía Municipal. Al enterarse de la existencia de los Malaver preguntó que si en esa familia existió un tal Justiniano. Alguien del pueblo le manifestó que así se llamaba un hijo ilegítimo de Bernardo Mencino, cuya madre era Carmen Malaver. El lugareño también le informó al uniformado que Justiniano desapareció de forma misteriosa a comienzos del 48. El suboficial, al corroborar su pensada sospecha, sonrió burlonamente. Días más tarde, y ante unos agentes de la policía con quienes departía cerveza, se refirió a Justiniano como:

—Ese fue uno de los chivos expiatorios de los cachiporros apoyados por los yanquis para dar de baja al disidente liberal, cochino comunista y candidato presidencial.

Tres años después, y antes de salir trasladado para el sur del país, el sargento le contó a María del Carmen una aterradora historia. Lo hizo, instigada su morbosidad por las lágrimas de la ensombrecida madre. Ella, durante todo ese tiempo le insistió:

—Sargento, por caridad de Dios… si usted sabe algo de mi hijo, como lo dejó entrever a su llegada, haga la misericordia y dígamelo, ¡por terrible que sea!

Macabra historia que, al escuchársela, presa del horror, se resistió a creerla. Por tal razón, a nadie se la comunicó, excepto a Gilda Mencino, tras la muerte de Bernardo, cuando esta le leyó, en la taza del chocolate, algo respecto al asesino de su hijo mayor, a quien, según los signos marcados en el recipiente, ella, María del Carmen, conoció y dialogó con él, años atrás, sin saberlo. Le habría dicho el sargento a María del Carmen que su hijo Justiniano fue uno de los tres hombres entrenados, con engaños, para que disparara contra el candidato presidencial de la disidencia liberal. Que, por tal razón, el joven fue ejecutado de un tiro de gracia en la nuca, minutos después de haber cumplido su misión, por un comando encargado de aniquilar a los asesinos del inmolado líder.

—Señora, su hijo Justiniano fue enterrado como NN —le dijo el sargento a María del Carmen, con morbosa frialdad—, como otros tantos, en una fosa común en el Cementerio Sur, allá en la capital.

Los sobrevivientes Malaver, para la fecha del asesinato de Bernardo Mencino, marzo del 63, estaban en la miseria; además, presos e incomunicados en distintas cárceles. Uno purgaba pena en la capital, otro en Facanativá, el tercero lo hacía en Los Tunjos. A los hermanos Malaver se les acusaba de ser los causantes de las horribles torturas y del macabro homicidio del que fue víctima el sargento Romero, en el municipio de Gigante, al sur del país. Por tal razón, no pudieron haber sido ellos los autores intelectuales de la muerte de su padre Bernardo Mencino, mucho menos los materiales. Pese a que juraron, desde enero del 62, vengar a sus dos hermanos asesinados, cuando se enteraron, por boca de otro agente de la policía, de la macabra historia sobre el final de Justiniano. Aquel agente les contó a los Malaver lo que él le escuchó decir al sargento Romero durante una noche en el cuartel, cuando los dos se embriagaron. Según aquel otro uniformado, el sargento le comentó:

—Hermano, a mí me correspondió, a comienzos del 48, como prueba final para graduarme como suboficial de los servicios secretos y de inteligencia del Estado, entrenar a Justiniano Malaver para que ejecutara un operativo especial. Una vez Justiniano cumplió la misión, lo di de baja.

Habría dicho el sargento Romero en esa oportunidad, según otro agente de la policía, quien también se lo compartió a los Malaver, una vez el sargento fue trasladado para el sur del país: «La desaparición inmediata de Justiniano; una vez este le disparó a la altura de la nuca al líder disidente liberal, candidato a la presidencia de la República; me fue ordenada para borrar evidencias y evitar testigos. De esa forma lo dispuso mi superior, el capitán Yate, y a ese oficial, los personajes de alta alcurnia que le encomendaron la misión». El sargento, según el mismo agente, le confesó que como alguien vio a Justiniano enviarle de forma subrepticia con un paisano un mensaje a su mamá, contándole que su padre lo contactó en la capital para que ingresara a la Policía Política y, además, que su padre le iba a escriturar a su madre una propiedad, se dispuso de inmediato un operativo para encontrar y destruir la misiva, al precio que fuera. «Yo tuve en mis manos, vi y leí —le manifestó el sargento Romero a su subalterno en esa misma ocasión— la carta recuperada por un comando especial enviado al pueblo de Justiniano con ese propósito. Luego, esta fue destruida y quemada». Se ufanaba el sargento Romero, según el agente que les contó a los Malaver la historia, porque: «Una vez muerto el cochino candidato comunista, y tras la ejecución por parte mía de Justiniano… yo, vestido de paisano, cumpliendo órdenes superiores, no solo incité a la turba, sino que señalé a un pobre diablo como el asesino del caudillo liberal».

Le habría dicho el sargento Romero al agente de policía que a esa persona que él señaló, se le programó para estar en ese lugar, a esa hora. Por esa razón, la ahucheada y enajenada muchedumbre la emprendió contra el desafortunado y a propósito "colocado" transeúnte, hasta quitarle la vida, y de manera brutal. «Una vez el hostigado pueblo se lanzó a las calles… ahí fue cuando más me divertí de lo lindo "bajando" cachiporros a diestra y siniestra, al lado de tres curas, ahí mismo, a lo largo de la calle Real». Así terminó la historia que el sargento Romero les contó a sus subalternos, y uno de estos, a los Malaver.

Móviles políticos

También se especuló que la muerte de Bernardo Mencino podía obedecer a órdenes del Directorio Nacional Liberal. El móvil de aquella colectividad habría sido garantizar la unidad liberal en la región. Esto, debido a que las votaciones del 58, y peor aún, las del 62, no respondieron a las expectativas, ni a las inversiones hechas por la dirigencia liberal. Los jefes de esa colectividad creían que aquellos comicios, al parecer, fueron manipulados por Bernardo Mencino en su área de influencia. Él era enemigo declarado del Gran Acuerdo Nacional, nunca aceptó los pactos para que:

—Durante un periodo gobiernen los oligarcas liberales y para el siguiente lo haga su contraparte conservadora —aseveraba el díscolo caudillo en cada oportunidad que tenía, además de haberlo plasmado en su inédito y refundido manuscrito.

Bernardo tampoco aceptó el darles igualdad de derechos políticos y civiles a las mujeres. Tampoco aportó recursos económicos, ni nada, para su partido durante el periodo 58–62. Al contrario, se convirtió en un gran estorbo para efectos de los nombramientos de los gobernadores para el departamento, y con mayor oposición, respecto de los seis alcaldes de los municipios bajo su influencia política, incluidos, desde luego, los de Oroguaní. Rechazó a todos los alcaldes que él no hubiera señalado o dado su guiño. Se llegó a sospechar de su culpabilidad intelectual en la muerte de dos de estos mandatarios de filiación conservadora en Oroguaní. Estos, una vez llegaron a ejercer su gobierno, discreparon de sus directrices y se apartaron de sus órdenes, por lo que, al parecer, el indómito cacique regional habría actuado igual como lo solía hacer en tales casos desde 1925, cuando asumió de forma vitalicia la dirección del Comité Liberal de Oroguaní, sin que nadie intentara, siquiera, y menos en franca lid, impedírselo y buscar su relevo. Hasta entonces, ni los liberales, ni la sociedad, como tampoco la atada justicia, le reclamaban, y menos, lo iban a enjuiciar por esos crímenes.

Se decía que Bernardo compró su estatus y poder dentro del Partido Liberal con una mínima parte de la inmensa fortuna legada para tal efecto por Valentino Mencino. Riqueza que Bernardo fue entregando a la causa partidista en forma táctica, estratégica, medida y oportuna, mediante tierras y morrocotas de oro, una vez falleció su padre. Fortuna esta gracias a la cual su partido, en aquella provincia departamental, además de recuperar el poder en 1930, mantuvo su hegemonía hasta el 45. Fortuna esta que sin duda constituyó la base para que en los años de la violencia conservadora; y después, durante la sangrienta pacificación del país por parte del general Romero; en Oroguaní y en los otros seis pueblos de influencia Mencino, y en comparación con lo que acaeció en la mayoría de los campos de la patria; él hubiera logrado mantener, según sus palabras:

—Un relativo orden... aunque a la brava, por la razón de las balas, antes que de las palabras.

Estabilidad política, social y económica, pese a las innumerables y atroces matanzas propiciadas, unas por parte de las fuerzas oficiales, otras por los rebeldes liberales, o por grupos de justicia privada, constituidos por algunos oportunistas para desplazar de sus fincas, casas y negocios a unos y otros, en especial, a pequeños finqueros y desprotegidos comerciantes.

Para cosechar aquellos salpicados logros Bernardo tuvo que enfrentar militarmente a las fuerzas policiales, en especial del 48 al 52, con un ejército de al menos setecientos cincuenta hombres armados y dispuestos a repeler cualquier arremetida. Quizá la más violenta de esas refriegas fue la del 8 de diciembre de 1948, en plena plaza principal de Oroguaní. En esa oportunidad el pueblo, instigado por los hombres de Bernardo, acorraló a los veinticinco policías. Los uniformados, en cumplimiento de la orden del recién nombrado y llegado alcalde de filiación azul, intentaron imponer el toque de queda en el municipio, la prohibición de vestir prendas de color rojo y, sobre todo, que la población acatara a su nueva primera autoridad.

Allí murieron catorce agentes del orden, el propio alcalde que llegó a gobernar la montaraz municipalidad, así como nueve civiles liberales.

Situación que desencadenó la reacción por parte del Comando de Policía Departamental en busca de los Mencino y los Riveneira, como responsables directos de la insurrección. Lo que a la postre dejó, según estadísticas oficiales, más de doscientos treinta y siete muertos en Oroguaní, en esos siguientes cinco años y, en especial, ciento cincuenta y seis de ellos fueron uniformados.

Tal batahola obligó a la autoridad sobreviviente a replegarse y mantenerse pacífica en su cuartel, en especial, a no seguir persiguiendo a los rojos, mucho menos a sus escurridizas, beligerantes, decididas y muy bien protegidas cabecillas.

Templo inconcluso

En relación con la muerte de Bernardo Mencino, la capacidad quimérica de la mayoría de los oroguanenses se atizó, aún más. Algunos paisanos de la víctima, de forma subrepticia, culparon de aquel atroz crimen al clero, a la propia Iglesia Católica y, en especial, ¡al padre Gallego! En 1961 este hombre de iglesia, al asumir en Oroguaní su gobierno eclesiástico, abanderó el proyecto para terminar la construcción del templo. Acción paralizada desde el 46, y no solo por falta de recursos. Influyó en tal suspensión la decisión política de los liberales oroguanenses, con Bernardo a la cabeza, al sentir, al ser objeto de las represalias conservadoras del presidente Marcial Oliverio Perea, apoyadas e instigadas por los jerarcas católicos. Dignatario nacional con quien regresó el Partido Conservador al poder, luego de quince largos años de ayuno gubernamental... y burocrático.

Por esos, y por otros tantos motivos, Bernardo suspendió la ayuda y el suministro de recursos con los que venía apalancando aquella obra civil, aunque con una ínfima parte de lo que quedaba del tercio de la inmensa fortuna que Valentino Mencino, preocupado por la suerte de su descendencia, dispuso después de enterarse, por boca de su hija Bermina, sobre la maldición del poderoso tres con la que el padre Sarmiento sentenció, no solo a su hijo Bernardo, sino a sus copartidarios liberales... y a la sociedad, presente y futura, de aquel ubérrimo y encolerizado país. Pese a la disposición de Valentino en 1925, solo fue hasta 1938 cuando en efecto Bernardo decidió comenzar a cumplir, gota a gota, la voluntad de su padre en ese sentido.

Bernardo decidió comenzar a cumplir la manda de su padre, movido, sugestionado, callado y temeroso, por los tres fallidos intentos de asesinato de los que fue objeto en esos últimos cinco años. Intentonas todas estas de las que siempre fue salvado por su mula Dulcinea Segunda. Animal que, al presentir el peligro, en cada una de esas ocasiones, por resabio, se negó a seguir por el sendero en donde metros más adelante le tenían preparada a su amo una emboscada para asesinarlo y quitarlo del camino. En especial, luego siempre se sabía, por alguno de los dirigentes de bajo rango del Directorio Liberal Municipal, instado por oscuras fuerzas externas, por lo general provenientes, o del directorio departamental, o del nacional, y en una de esas ocasiones, producto de una componenda entre cercanos familiares y copartidarios lugareños.

Su primera mula Dulcinea lo salvó en otras dos ocasiones similares, antes de la maldición del poderoso tres. En esas primeras oportunidades los móviles se relacionaban con orgullos familiares manchados en el plano sentimental y humano, en particular, por parte de los Arellano, la segunda vez, y de los sanvicentinos Gonzaga, hermanos y padre de Juliana, la primera.

Dulcinea Tercera hizo lo propio desde 1949, en ocho ocasiones diferentes, y por disímiles motivos y perpetradores, cada vez más obvios y cercanos. Atentados planeados para ser ejecutados, por los caminos, por la carretera, o a la salida del pueblo, o muy cerca de La Guasimalera. Mas, nunca ahí, en sus dominios, en su finca. Como acaeció en el intento número nueve cuando la mula no presintió peligro alguno. Pues, quien haló tres veces del gatillo, a tres metros de distancia, de frente a la víctima, mirándolo a los ojos entre la bruma del amanecer, tras saludarlo con desprecio y decirle: «Hola, papá», fue uno de los hombres a quien Bernardo más quería y apoyaba, y en quien confiaba por completo: Alfonso Goenaga, su ilegítimo y al parecer oculto hijo.

Bernardo creía que nadie sabía que Alfonso era hijo suyo. Sin embargo, el pueblo entero recordaba con nitidez su episodio con Clorovea, correlacionado con la muerte del padre Sarmiento, meses después de que él organizó y protagonizó, ese Sábado Santo al amanecer, el inolvidable Grito del Diablo. Motivo por el cual aquel cura párroco, no solo lo maldijo, también lo hizo con su descendencia, tanto en el plano familiar, como en el político, económico y social.

Cuando Bernardo, a mediados del 61, se negó a apoyar la terminación del templo, pese a la abierta y pública solicitud que le hizo el padre Gallego, la ira de este no se hizo esperar, ni mucho menos fueron disimuladas sus religiosas advertencias y amenazas. El presbítero sabía, por boca de Bermina, que Valentino había dejado una gran fortuna para la Iglesia, y que lo transferido hasta entonces a las santas arcas era una mínima parte de lo dispuesto. Por ese motivo se propuso, a toda costa, lo juró, hacer cumplir la inquebrantable voluntad del moribundo Valentino. Para esas calendas el caudillo liberal tenía dos poderosas e inexorables razones para no seguir apoyando la culminación del templo, nunca entendidas ni mucho menos aceptadas por el reverendo párroco Gallego.

—Madre, ¿cuáles eran esas poderosas razones? —intrigado, Olegario Arturo le preguntó a Gilda.

—No le quedaba un solo centavo, ni de la parte dejada por Valentino para la Iglesia, como tampoco de lo correspondiente a la herencia de su hija Alcira —le respondió Gilda—. Además, todo lo suyo: bienes muebles, inmuebles y semovientes, que para entonces también eran muy pocos, y desde luego, su voluntad, estaban bajo las férreas y mezquinas manos y decisiones de Ester Julia Sagrario, su postrer y letal concubina.

—O sea que... ¿mi bisabuelo Bernardo encontró y dilapidó la fortuna en morrocotas de oro que Valentino enterró en La Guasimalera? ¿Descubrió las vetas?

—Por fortuna Valentino, ni mucho menos su mamá-hermana Bermina, le comunicaron a mi abuelo Bernardo la existencia del mayor banco de morrocotas, ni sobre aquella riqueza natural resguardada con hermetismo a lo largo de la geografía de la gigantesca finca...

—Me imagino que le ocultaron lo de los filones o vetas de oro sobre los que, según la historia, se fundamenta la estabilidad de ese villorrio... ¡y la de todo el país!

—Hijo, de haberlo sabido, mi abuelo Bernardo también habría dilapidado aquella hacienda nacional.

—Entonces, ese otro banco de morrocotas… ¿todavía existe, igual que los filones? —preguntó Olegario Arturo.

—Es probable… están muy bien resguardados, según Zoila, la adivinadora de mi infancia. Si hubiesen sido descubiertos, se habría sabido y sentido en todo el país sus nefastas repercusiones, como lo advirtió Mamá Mina, quien también predijo que tal vez nunca los descubran.

En la víspera de su muerte Bernardo le comunicó a Ester Julia, mientras cenaban en compañía de su hijo Armando, que al siguiente día iba a madrugar para ir a Convenio, la finca vecina, colindante por el suroccidente con La Guasimalera, de propiedad de don Agapito Garnica.

—Don Agapito trajo de Tibaitatá unas semillas de maíz muy resistentes a los parásitos, así como a las plagas —Bernardo les dijo a Ester Julia y Armando—. Quiero introducir esa especie en La Guasimalera para mejorar la producción.

Para hacer ese desplazamiento Bernardo le pidió permiso a Ester Julia para que Jacinto, el mozo de cuadra de la finca, le alistara, antes de las tres de la mañana, a Dulcinea Tercera. Desde hacía más de dos años, desde cuando agotó los recursos dispuestos y guardados para el proyecto político, la parte de Alcira y lo inherente a la Iglesia, Bernardo le tenía que pedir permiso para todo a Ester Julia. Ella, casi siempre, le autorizaba lo que solicitaba. Menos dinero en efectivo, como tampoco la comercialización de productos, ni bienes, ni nada de su finca. Él ya no disponía tan siquiera de su tiempo libre para los torneos de póquer.

Estos, su concubina, los redujo a uno semestral. Eso sí, con un límite ínfimo de gastos y duración. Por tal razón, perdieron atractivo, no solo para los invitados, sino para Bernardo, quien para 1962 dejó de programar y organizar eventos de esa índole.

Desquite del destino

A lo largo de esos últimos veintidós años, y desde su inusual y fantástico encuentro con Zoila, la adivinadora de su infancia, allá, en El Fresnal, departamento del Tomima, Gilda fue construyendo imágenes de aquella escalofriante historia, sin lograr, o querer, concatenarlas en secuencia lógica para su mejor comprensión. Lo hizo a partir de sus subrepticias y nunca a nadie comentadas lecturas hechas en los cunchos de la taza de chocolate, ya en la de algún pariente suyo, ya en la de algún paisano, o en la propia.

Gilda lo tuvo claro, o lo vino a creer, hasta cuando ahí, en el parque central que se convertía en plaza de mercado los domingos, tras concluir de montar el toldo donde vendía cerveza a los campesinos y comerciantes que llegaban a negociar los productos de Oroguaní, a las ocho de la mañana del 3 de marzo de 1963, escuchó el estridente rumor que, cual trueno social, invadió la campiña oroguanense. Estaba con su hijo Olegario Arturo, de cuatro años y ocho meses, cuando se enteró.

—¡Mataron a Bernardo Mencino! —alguien gritó desde la esquina nororiental de la plaza, casi desde la puerta del café de Olegario Perea.

De inmediato se produjo una avalancha de gente camino a La Guasimalera tras las autoridades municipales y policiales que partieron hacia aquel sitio a constatar e "investigar exhaustivamente" los hechos, así como a efectuar el levantamiento del cadáver. El sacerdote interrumpió el oficio, el de los conservadores, y se sumó a la romería. Sobra decir que ese día tampoco hubo misa de once, la de los liberales.

A esa hora, y mientras su hija mayor paraba el tenderete en la esquina del parque, Alcira, en la panadería de don Paolo Romero, entonaba, sentida y concentrada, uno de los tangos que interpretó Gardel: *Yira, Yira*, a la par que sacaba del horno de barro, alimentado con leña seca de guamo, la quinta lata con otras veinticinco exquisitas cucas (galletas) de mantequilla. Desde aquel panificador establecimiento se dominaba con fluidez visual el dominguero y comercial paisaje oroguanense. Hasta allí llegó Gilda, agitada, presa de la exaltación, para comunicarle a su progenitora:

—Madre, la gente del pueblo se está marchando hacia La Guasimalera. Dicen que al amanecer alguien mató a mi abuelo Bernardo.

Alcira calló su canto. Luego de infinitos cinco segundos se le escuchó musitar:

—*Verás que todo es mentira, / verás que nada es amor, / que al mundo nada le importa... / ¡Yira!... ¡Yira!... / Aunque te quiebre la vida, / aunque te muerda un dolor, / no esperes nunca una ayuda, / ni una mano, ni un favor.*

Al terminar, suspiró profundo, sin pronunciar palabra alguna. Su mente le ordenó a su rostro estrangular cualquier asomo externo de sentimientos… muy por el contrario de la zafra que se cocía en su alma desde hacía más de treinta años, aliñada con el rutáceo zumo de la corteza del guásimo. Pasaron dos interminables minutos y Alcira permanecía callada, sin decir nada. Estaba como hipnotizada. Ausente de aquel sitio. No se atrevía a pronunciar palabra. Temía que aflorasen a sus labios incontenibles y estridentes gritos de júbilo por la espera, durante tanto tiempo, para saborear el desagravio del destino.

Desde cuando su amante-padre la persiguió para matarla al saber de su primer embarazo, aquel día desde cuando jamás le volvió a dirigir la palabra, y la dejó sola… sí, desde cuando la abandonó a su trágica fortuna, Alcira aliñó en su mente los más inconfesables deseos por escuchar lo que su hija le acababa de decir. Lo que soñó de manera reiterada y enfermiza. Ella esperó, con abyecto sentir, aquel entremés que la vida le estaba disponiendo. Sin embargo, sus labios callaron, no así su comunicación gestual. Pensamiento y sentimiento, aunque casi siempre son acciones racionales, el primero es susceptible de retener; el segundo, inexorable, aflora, explota sin control. Tan pronto Ana Rosario, la esposa de don Paolo, le manifestó que no se preocupara, que ella se encargaba de todo para que se fuera a averiguar qué era lo que había pasado con su padre, Alcira se quitó el delantal y emprendió camino por entre el río humano de curiosos oroguanenses, todos con rumbo a La Guasimalera. Alcira partió con derrotero al sitio al cual no iba desde hacía treinta y un años. También quería comprobar con sus ojos, preñados de dolor y resentimiento humano, que la fuente y razón de su recalcitrante y silente odio que violentaba su mísera existencia, por fin había obtenido su merecido; y poder así, tal vez, sentir algo de paz en su atribulada alma.

Camino a La Guasimalera, mientras el silencio imperaba entre madre e hija, quienes eran rebasadas por los oroguanenses; presos, casi todos, del tan humano y exquisito deseo de saber, de averiguar lo que, a la mayoría, al parecer, no les concernía; Gilda encajó todas y cada una de las piezas, hasta ahora disponibles, del rompecabezas Mencino. El cual completó a lo largo de los siguientes años con los resultados de las pesquisas, de la investigación, de las conclusiones de las autoridades policiales y judiciales y, en especial, de las innumerables complicaciones familiares, los juicios y los pleitos, y de tantas otras desafortunadas situaciones que sucedieron tras el homicidio de su abuelo materno.

Gilda a nadie se lo dijo. Se lo comunicó, en 2007, y solo de manera parcial, a su hijo Olegario Arturo Mencino, ante su conminadora insistencia. Además, al parecer, era inevitable que él conociera con mayor detalle lo relacionado con la descendencia y la vida de los marcados Mencino, y la pandemia subcontinental que aquella historia implicó.

Eran las 10:53 de la mañana cuando Alcira y Gilda llegaron a La Guasimalera. En ese momento finalizaba la diligencia del levantamiento del cadáver.

Legal acción efectuada en el empedrado patio, frente a la majestuosa casa principal hasta donde Dulcinea Tercera llevó a su amo tras los tres disparos que le propinó Alfonso Goenaga. Hija y nieta tan solo alcanzaron a ver el ebúrneo rostro de su padre y abuelo instantes antes de ser cubierto por una sábana de terciopelo de color blanco, con tres letras finamente estampadas en una de sus esquinas: EJS, correspondientes a las iniciales del nombre de la nueva, oficial y temporal ama usurpadora de La Guasimalera.

La multitud, como toda persona en Oroguaní, conocedora de que las únicas descendientes legítimas y reconocidas por Bernardo eran aquellas dos humildes y desprotegidas mujeres, abrió instintivamente el paso, permitiéndoles llegar hasta un metro de distancia del occiso. En ese momento el cadáver era rezado y regado con agua bendita por parte del padre Gallego, quien, al notar la presencia silente de las dos mujeres, les dirigió unas casi ininteligibles palabras de condolencia y fortaleza. Además de Alcira y Gilda, trescientos treinta y tres curiosos también fueron ese domingo hasta La Guasimalera. Apeñuscados, rodearon e invadieron la estancia, do pululaba la presencia del adiós y esa pegajosa esencia de la muerte transportada por el respiro de las innumerables matas en flor de aquel paraje. Fúnebre aroma mezclado con el de las orquídeas, con el de los tulipanes, con el de las heliconias de la variedad llamada bastón del emperador, así como con el del azahar de los cercanos cafetales. Estos últimos, entrados en trémulo duelo desde esa luctuosa madrugada, rasgada por el triple trepidar de una carabina que diseminó, sobre el tibio rocío que a esa hora abrigaba los pastizales de la finca, un rancio y criminal olor y sabor a pólvora.

Quienes asistieron, en ese instante, de manera recóndita e inconfesa, indemnizaron su picante necesidad de comprobar, de ver al otrora tiempos poderoso y temido gamonal: El Depredador, como lo apodaban en secreto sus enemigos y aparentemente amigos, ahí, así: caído a sus pies. Inerme… ¡muerto! Sus copartidarios, por la oportunidad que esa situación significaba para la, por más de treinta años, estancada movilidad municipal dentro del partido. Además de facilitar el cumplimiento en Oroguaní de las disposiciones provenientes de la ciudad capital, en torno a la consolidación del Gran Acuerdo Nacional. Aquellos, por las tantas y repetitivas ofensas, desplantes y burlas recibidas. Estos, por la desaparición o muerte de un familiar, de un amigo o conocido, cercano o lejano; ordenada, o endilgada, directa o indirectamente, por Bernardo, en alguna época. Ellos, por las deudas nunca pagadas. Los familiares: por la displicencia y maltrato, además de la espinuda expectativa de posibles herencias. Los conservadores, amén de la recóndita revancha que para ellos significaba la muerte de Bernardo Mencino, por el despeje del camino político en el municipio y la región. Las beatas, los hombres de Dios y el señor cura párroco, por la desaparición del mal ejemplo y la causa del pecado en Oroguaní. Todos, por el morboso y hormonal placer nacional que causa la sangre derramada, la violencia socialmente encrisnejada, la presencia de la muerte, el sufrimiento y el duelo, que no importan en tanto sean ajenos. Mejor, aún, si se asume como el desquite del destino.

Honores protocolarios

Se llegó a calcular la presencia de al menos tres mil trescientas treinta y tres personas en el sepelio de Bernardo Mencino. Nunca en Oroguaní se había efectuado un entierro así de multitudinario y ruidoso. Menos, con la asistencia de importantísimas personas de la vida política y económica; de la televisión, la radio y la prensa, tanto del nivel nacional como departamental. Ceremonia efectuada, eso sí, en la inconclusa iglesia, aún en obra gris, como el ahora difunto la dejó en 1946.

El señor presidente de la República, el gobernador del departamento Central y el director nacional del Partido Liberal se excusaron, pero enviaron sus mensajes y sendos discursos. Estos fueron leídos por sus encopetados delegados, antes de las otras tres intervenciones del alcalde del pueblo, del presidente de la Sociedad Oroguanense y del director del Partido Liberal del departamento Central. Alocuciones mediante las cuales todos coincidieron y exaltaron: «las innumerables y ejemplarizantes virtudes políticas, humanas, morales, cristianas, familiares, religiosas, culturales y sociales del inmolado e incomparable caudillo liberal...».

Bernardo Mencino fue declarado en aquella oportunidad como: «Un héroe y mártir nacional... Sí, de aquellos que al morir se perpetúan en la historia. Fue un adalid, un hombre que llenó de conceptos al departamento Central, y a la patria entera. Un líder que supo, como ninguno, interpretar, para el servicio y la grandeza del país, los principios del gran Partido Liberal. Un contestatario, el precursor, el gestor, el diseñador, el constructor, el artífice de las bases graníticas que requería la nueva y moderna sociedad, enfrentada al reto de la integración y la unidad nacional; del desarrollo sostenible; de la erradicación de la pobreza; del cierre de la gigantesca brecha social; del cambio con equidad; de las oportunidades para los pobres; de la soberanía y la autonomía nacionales; de la construcción de la paz y de la dignificación de la vida para todos los republicanos, sin distingo de ideologías, raza, credo, color...», dijeron en sus discursos los delegados.

Al finalizar las eufemísticas intervenciones, que hicieron que la celebración religiosa durara tres horas exactas, y antes de dar inicio al cortejo fúnebre con rumbo al cementerio, Miguel Benito Riveneira, el esposo de Bermina, subdirector del Comité Liberal de Oroguaní, interrumpió la ceremonia para cumplir un secreto deseo de Bernardo.

—Hace más de dos años mi compadre y jefe político me encargó que al finalizar la misa de su funeral les solicitara a los presentes dejarle cantar a La

Gardela, a su hija del alma, tres canciones… Yo sé el título de la primera. Bernardo me dijo que otras dos personas, que ignoro quiénes son, pero, según él, que con toda seguridad estarían aquí en sus exequias, dirían los nombres de las dos restantes. El título de la primera es un tango: *Tomo y obligo*.

Durante treinta y tres segundos el grito del silencio invadió las tres naves de la iglesia en construcción, aún hoy en obra gris, hiriendo los oídos del alma de todos y de cada uno de los allí presentes. Estridente silencio interrumpido por la cansada voz de la octogenaria Lola Sanclemente al pronunciar el segundo título:

—*Caminito*, es la segunda.

Lola fue la mujer que le facilitó a Alcira los discos y la vitrola de su sala para que los escuchara, y en donde aquella Mencino aprendió, no solo las letras que interpretaba Gardel, sino los otros tantos cantantes de su predilección. Tres segundos después de haber hablado Lola, el propio cura párroco confirmó:

—La tercera canción que Bernardo me pidió que su hija, a dúo con su nieta Gilda, canten en esta ocasión, es el bolero *Perdón*.

Las miradas de los asistentes, por pueblerino instinto, se dirigieron hacia el extremo izquierdo del templo. Allá, atrás, en el último rincón, del brazo de Gilda, y junto a sus otros dos hijos: Eneida del Pilar y Ebert Ernesto; así como de sus dos nietos: Maira de las Mercedes y Olegario Arturo, Alcira Mencino asistía como otro oroguanense más al funeral de su padre. Hasta allá llegó Bermina, la tomó del brazo y la llevó, junto con Gilda, al lado del féretro de Bernardo. En aquel sitio Alcira cantó, sola, las dos primeras memorables canciones que tanto le gustaba dedicarle a su amante-padre al presentir que la escuchaba. La tercera: *Perdón*, la cantaron a dos voces madre e hija.

Cada uno de aquellos tres mil trescientos treinta y tres asistentes, ubicados unos dentro del templo y la mayoría que no tuvo cabida en ninguna de sus tres naves, en la plaza parque, tuvieron la satisfacción inevitable e inefable de embriagar y estremecer su espíritu con la transparente, portentosa y por demás dolida voz de Alcira Mencino: La Gardela, como desde entonces se le conoció en toda la región. Tan disímil concurso de oyentes jamás olvidaría el ardor, fraguado con dolor, pasión y sentimiento, que aquella mujer puso en cada modulada sílaba. Cantó con y desde el alma, a tal punto que constriñó a humedecerse de tristeza, incluso hasta a los más duros y malvados corazones allá agazapados. Sufrida emoción que afloró de sus ojos a borbotones, en los sensibles, y de manera controlada o tenue, en los demás.

Durante el cortejo entre la iglesia y el cementerio, a las afueras del pueblo, Bermina le solicitó a su sobrina y ahijada que acompañara el desplazamiento con otros tres tangos que, a ella, a Mamá Mina, le encantaba escucharle a Alcira y que para la ocasión consideró propicios. Muy a pesar del señor cura párroco, los cánticos y las oraciones de «brille para él la luz perpetua, dale, Señor, el descanso eterno y que Dios lo saque de penas y lo lleve a descansar», entre otras plegarias de fúnebre despedida para las almas, fueron reemplazadas por los arrabaleros y vivenciales aires y compases de *Adiós muchachos*,

Tiempos viejos y *Mano a mano*. Cantares que terminó coreando la multitud con Alcira, camino hacia el recodo postrero de la vida oroguanense, do pulula el repulsivo bálsamo del inexorable y presto frío del olvido.

Durante la velación, y hasta segundos antes de la inhumación, tres banderas cubrieron el ataúd que le sirvió de último fortín a Bernardo. Lábaros estos que antes de ser introducido el féretro en el mausoleo de los Mencino, fueron doblados en triángulo por parte de tres soldados empenachados para la ocasión, al compás de los aires marciales que interpretó la banda de guerra del batallón con jurisdicción en la localidad.

La bandera tricolor de guerra del país, con el escudo nacional bordado en el centro, enviada por la Casa Nacional de Gobierno, le fue entregada a Alcira Mencino. La de color rojo fuego, oficial del Partido Liberal, la ofrendó la Dirección Nacional Liberal y la recibió Miguel Benito Riveneira, nuevo dirigente, por muy poco tiempo, de esa colectividad en aquella comarca. Y, la amarilla con franjas verdes y el escudo formado con los tres majestuosos cerros del municipio de Oroguaní, prestada por el alcalde municipal, le fue devuelta a su mandatario.

La banda de guerra entonó un muy sentido minuto de silencio, al cabo del cual un piquete de treinta y tres soldados, con pesados, encerados y elegantes fusiles R-Famage, de fabricación belga y calibre punto treinta, con sus respectivas y relucientes bayonetas aceradas y engastadas en la punta, dispararon al aire tres veces tres balas de salva, mientras introducían el féretro a la bóveda. Con inusitado y rabioso afán el sepulturero selló la entrada de la bóveda con ladrillos y cemento. Momento este cuando al compás de *La Pastora*, postrera canción que interpretó Alcira en aquella ocasión, a dúo con su hija Gilda, la muchedumbre constató que Bernardo Mencino, El Depredador, ya nunca más estaría entre ellos. Fue cuando se dejó sentir en la fúnebre estancia, al unísono, un gran y prolongado respiro... No precisamente como manifestación de pesar o dolor. Por el contrario, este se constituyó en la más vehemente exteriorización de lo que guardaba, de lo que aprisionaba el alma de todos y de cada uno de los oroguanenses y no oroguanenses allá presentes. Fue la más obvia manifestación de descanso, tranquilidad y controlado refocilo que les propiciaba la esperada y por demás oportuna, para todos, desaparición de Bernardo Mencino.

Para aquellas calendas su presencia, entonces más que nunca, superaba el límite de la incomodidad social. Aquel cacique se había convertido en un gran estorbo público. Su existencia era, por demás, indeseada social, política, familiar, afectiva y económicamente. Desde cuando se supo la noticia de su muerte nadie lo lloró. No lo hicieron ni en su velorio en cámara ardiente en el salón de sesiones del concejo municipal, por lapso de tres días, durante los que se declaró duelo nacional y banderas izadas a media asta en todos los colegios, escuelas y entidades gubernamentales y directorios liberales, tanto a nivel nacional como en municipios, departamentos, intendencias y comisarías. Tampoco, durante las pompas fúnebres y la rapidísima lapidación de la bóveda. Menos, en los días, semanas, meses, años y décadas posteriores. Nadie sintió, nadie experimentó congoja alguna por su desaparición. Ninguno lo lamentó de manera sincera, sin ambages de ninguna índole. Nadie sufrió ni padeció con el dolor y la impotencia que se fraguan en el alma cuando se presenta la irremediable pérdida de un ser amado o respetado.

Los que simularon hacerlo, sentirlo y hasta los que lo manifestaron abierta y escénicamente durante el sepelio, no lograron ocultar que lo hacían, o corroídos por el inicuo afán ante la posibilidad hereditaria, o ante la inminente apertura comercial y económica del mercado, o ante el obvio y represado despegue político que su muerte facilitaba. Su familia cercana, mediana y más lejana; incluidos los Sagrario: padres, hermanos y primos de Ester Julia, a nombre de quienes quedaron las escrituras de La Guasimalera, lo hicieron con tibieza, por aquello de la guarda de las apariencias.

Tal congoja, mucho menos, la experimentaron los tres seres a los que Bernardo murió amando. En los que él confiaba a ojo cerrado, y de quienes para entonces dependía en todo sentido: Ester Julia, Armando Mencino y Alfonso Goenaga. Los artífices materiales de su muerte, nunca judicialmente probado. Tampoco lo sintieron con franqueza los otros treinta y tres familiares, en primero y segundo grado de consanguinidad, a quienes después de él caer en los letales brazos de Ester Julia, optó por ignorar, despreciar, rechazar y, por ende, negar todo vínculo, apoyo y ayuda… incluso, en los postreros diez años, su mirada y palabra.

De igual indiferente manera se expresaron las trescientas treinta y tres personas sobrevivientes, afectadas por sus acciones criminales, relacionadas familiar o sentimentalmente con alguno de los que, de forma directa o indirecta, murieron por su acción u omisión. Por supuesto, esa también fue la manifestación pletórica de fingimiento de los tres mil trescientos treinta y tres asistentes al sepelio. Personajes inéditos, la mayoría, a los que Bernardo también afectó en su subsistencia básica con alguna de sus controversiales, absurdas, caprichosas o arteras órdenes y decisiones administrativas, burocráticas y políticas. Acciones con las que les generó desempleo, o pérdida de algún contrato con la Administración Pública, y hasta inconsultas reubicaciones de funciones administrativas. Como en el caso del sepulturero municipal… el que atendió la diligencia el día de su sepelio. Él terminó en ese cargo, tres años atrás, tras haber sido por más de nueve el telegrafista municipal. Tal reubicación acaeció cuando aquel se opuso a la orden de Bernardo de que toda la información que llegara o saliera, relacionada con sus contradictores, por aquella época era ya muy grande el listado de aquellos, debía ser canalizada por su conducto, antes de su respectivo envío o entrega a los formales destinatarios.

Ni siquiera lo lloraron, ni lo sintieron, con sinceridad, ninguno de los que bajo su pestífera y contagiosa sombra se enriquecieron o beneficiaron de alguna u otra manera. Aquellos cuya riqueza fue obtenida, o consolidada, en uno o varios de los tantos hartazgos prediales y comerciales acaecidos durante la hegemonía liberal, o al amparo de la partidista guerra civil y posterior sangrienta pacificación militar. Flagelos que azotaron y arrasaron a Oroguaní, desde luego, con la "bendición u orden oficial" de Bernardo Mencino.

Menos lo iban a sentir los innumerables contratistas y contratantes que, gracias al guiño Mencino, obtuvieron y otorgaron, unos y otros, jugosos contratos oficiales para el desarrollo de la infraestructura y productividad agroindustrial en toda la región, y con lo cual cosecharon significativas dádivas y participaciones, los segundos, y por demás elevados, desproporcionados e ignominiosos dividendos, los primeros. Hoy en día consuetudinario proceder, pero que en su momento afectó, desde luego, la calidad y efectividad del objeto contractual pertinente en las pocas oportunidades que algunas de esas obras o inversiones fueron concluidas; pese a que en todos y en cada uno de esos contratos los desembolsos presupuestales fueron hechos de forma oportuna y por la totalidad, y más aún, de lo pactado.

Casos concretos de esa consuetudinaria infamia presupuestal, mudos testigos de aquella génesis de corrupción administrativa, los son el Centro de Investigación Ambiental, Desarrollo Agrario y Pecuario Municipal, el Matadero Frigorífico, el Colegio Politécnico, la ampliación y pavimentación de la carretera hacia El Guadual, doce caminos veredales, nueve escuelas rurales, la cárcel municipal, el centro de salud, el palacio de gobierno en Oroguaní... Por citar solo las obras más escandalosas que se iniciaron desde la administración Mencino, las cuales, todavía hoy, la mayoría, pese a los millonarios y periódicos desembolsos, a las multimillonarias regalías y a los anuales situados fiscales para su finalización, incluso, reiterados mantenimientos, durante y después de Bernardo, permanecen inconclusas unas, derruidas otras tantas, e inoperantes, casi todas, en aquel cada día más humanamente empobrecido municipio del centro-occidente del departamento Central de la nación; cuna y tumba de la génesis Mencino.

Tampoco lloraron ni sintieron la muerte de Bernardo Mencino, ni mucho menos le agradecieron ni se lo reconocieron después de su partida a lontananza, los más de seis mil novecientos noventa y nueve beneficiados con los empleos que proveyó a nivel municipal, departamental y nacional, a oroguanenses unos y no oroguanenses los demás; pero, eso sí: todos de filiación liberal, al menos nominalmente, según sus respectivas escarapelas.

Para ser nombrado en una vacante oficial, en ese entonces, solo bastaba una carta de recomendación de Bernardo Mencino para que de inmediato el puesto le fuera asignado al protegido, cumpliera o no con los requisitos, perfiles administrativos y competencia para su desempeño.

Y los que a su sombra y bajo su corrompida égida iniciaron, consolidaron y proyectaron su carrera política, militar, policial, eclesiástica, diplomática, administrativa o consular: ¿qué podría decirse de ellos en relación con lo que experimentaron o sintieron con su muerte? Nada. Lo mismo. Indiferencia total... o, mejor sería decir: respiro. Para ese momento ya no lo necesitaban. Incluso, buscaban lavar su imagen, quitarse la mancha Mencino a pesar de haber nacido y progresado gracias a tal protervo engendro. En ese histórico momento aquel decrépito árbol sin hojas verdes, con solo chamizos como parcas, servible, si acaso, para hoguera, no ofrecía ya más abrigo, seguridad ni protección. Solo era un tronco corroído que amenazaba ruina para los que aún persistieran guarecerse bajo sus resecadas ramas.

Bernardo Mencino se convirtió en una gran complicación nacional, en un infranqueable, mientras viviera, obstáculo para la causa, para los objetivos superiores de aquel estado republicano y, en particular, para los inmensos intereses de algunos de los poderosos terratenientes del centro-occidente departamental. Grupo en el que militó, al que apoyó y fortaleció, en todo aspecto, sin ambages, sin escrúpulo alguno... incluso, de manera sanguinaria, según el manuscrito del propio Bernardo, entregado en secreto a su mamá-hermana Bermina, Mamá Mina, veinte días antes de su asesinato. Documento aquel transferido por ella, años después, a su ahijada Gilda, quien lo guardó, desde entonces con celo y temor, hasta el 2007 cuando, ante su vehemente insistencia, desafortunadamente, se lo tuvo que entregar a su hijo Olegario Arturo Mencino.

Según sus inquietos y rápidos grafos plasmados en tal libelo, Bernardo, para entonces, sentía que sería objeto, víctima de su propia estrategia. La misma que él impuso para: «Limpiar el espinoso camino de necios y poderosos opositores, amigos y enemigos», justificó el caudillo frente a sus camaradas cuando les propuso aniquilar a Abduliano Arellano, su suegro; tal y como lo plasmó en el manuscrito.

Bernardo tenía la certeza, y también lo dejó escrito, de que, al haberse rebelado contra las oscuras e inexorables directivas del poder, pero, sobre todo, al ya no tener cómo imponer económica y militarmente su voluntad para garantizar y preservar su vida, les brindaba una ineludible y nada despreciable opción, un fácil flanco para que se planeara su desaparición. *Magnicidio* —escribió Bernardo Mencino—, *del cual será culpada la oposición, o algunos de mis enemigos abiertos u ocultos. O tal vez justificarán que caí por la acción terrorista de los comunistas; o de la chusma, con el temible Tinta Negra a la cabeza; o como resultado de una incursión de los grupos de delincuencia común... Entonces, me aclamarán, "post mórtem"* —escribió Bernardo, cual premonición—, *como a un mártir, como a un héroe de la patria; siendo ello el mamparo pago por mis servicios y apoyos hechos a la sociedad republicana desde la tercera década del siglo XX...*

Época esta, tercera década del siglo XX, desde cuando Bernardo se alternó con uno y otro bando el poder político y la riqueza de la región… y gran parte del país. Lo hizo, por encima de principios, preceptos, discursos y falsas ideologías partidistas con las que solía ahincar los ánimos de la montonera. Lo hizo, desde cuando entendió, explotó y, desde luego, aprovechó; para él, pero en especial para ellos, los demás poderosos de la región y del país; el intrincado, frondío y manipulador juego del póquer político subcontinental.

Lo pudo hacer, «alternarnos el poder y repartirnos el botín», como lo decía él mismo, gracias a su privilegiada posición de terrateniente acaudalado que le abrió el sinuoso camino por entre la artera oligarquía de entonces. Según su concepción, expuesta en aquellos grafos de su manuscrito: *Por entre aquel limitado grupo de falsas y rapaces personas, "sui géneris" en el subcontinente, que premian, protegen y enriquecen a sus servidores y amigos; pero, que nunca perdonan y siempre destruyen a sus contrarios. Por entre aquel reducido grupo de hacendados, comerciantes e incipientes industriales; así como por entre algunas otras pocas personas inmensamente acaudaladas, opulentas y adineradas...*

Estas últimas personas, según el escrito Mencino: *Las que derivaron sus riquezas, la mayoría, de formas casi todas obscuras y muy diversas; por lo general en la corrupción oficial; o bajo la sombra de las fortunas abandonadas a la fuerza por el desplazamiento y ante la inminencia de la muerte; o de los millonarios pagos exigidos para perdonarles la vida a unos, a estos, a tales otros...*

Desde entonces, y con casi todos los poderosos, y sin mirar los orígenes del poder económico de unos y otros; e independientemente del rojo o del azul en el que militaban y que enarbolaban con fiereza frente a sus desinformadas y manipuladas huestes; Bernardo Mencino se alternó, a veces de forma subrepticia, abierta en otras, el poder en todas sus expresiones posibles, en más de la tercera parte del centro-occidente del departamento Central del país, y desde el comienzo de la hegemonía liberal.

Así lo siguió haciendo, no solo durante la violenta década conservadora. Lo hizo con mayor ahínco e insaciable voracidad y crueldad a lo largo de la sangrienta dictadura de transición hacia el oficializado Gran Acuerdo Nacional. Sistema este, el Gran Acuerdo Nacional, con el cual él nunca estuvo conforme. Lo atacó frontal y abiertamente, hasta cuando pudo. Nunca fue partidario, ni apoyó, por el contrario, combatió, la oficialización y regularización de lo que se venía practicando desde cuando ingresó a la promiscua política municipal. No veía, ni encontraba justificadas razones para hacerlo, entonces, de esa forma, es decir, durante periodos alternados. Bernardo Mencino oteaba en esa alternación oficial del poder un letal riesgo para su integridad y decadente predominio político, social y económico.

Durante 1962 Bernardo se dio cuenta, y lo reconoció: *ya no tengo cómo imponer mis ideas...*, lo dejó muy claro en su manuscrito. Los poderosos sabían, vieron y constataron, que ya no poseía a su nombre tierras, cultivos ni ganado; menos oro y, por supuesto, en absoluto, dinero en efectivo, o en bancos, o atesorado en algún lugar. Todo lo perdió, gran parte en la mesa del juego. Lo que le quedaba estaba muy diezmado. Además, por temor a que su esposa e hijos, legítimos e ilegítimos, se lo reclamaran, se lo escrituró "en confianza" a los Sagrario; a la familia de su concubina Ester Julia. Familia esta que carecía, según su propia percepción y opinión, también consignada en su manuscrito, *...del perfil, fortuna suficiente y, sobre todo, de la estirpe social requeridos para encargarle la delicada y custodiada misión de asumir las riendas del destino liberal en estas vastas dehesas...*, por demás, y aún, muy ricas y estratégicas.

Era una verdad ineludible: Los Sagrario jamás heredarían su vasto feudo político. Bernardo Mencino lo sabía muy bien. Él contribuyó, cn el año 36, con el diseño y empotramiento de la filosofía, estatutos e ideario político de su partido, así como de los excluyentes perfiles y requisitos para ser uno de sus directivos y adalides sociales.

Lo que sí poseían los Sagrario, padre y hermanos de Ester Julia, aunque Bernardo nunca concibió como su posible victimaria directa a su concubina Ester Julia, como tampoco a su supuesto hijo de sangre, Armando, eran ambición y ciega necesidad, como ellos, los poderosos, antes sus aliados, de deshacerse pronto de él para quedarse con la carroña que dejaba tras de sí, aunque ya muy hedionda.

Bernardo terminó aquel escrito con tan premonitorias y terribles frases sobre lo que presentía sería su triste, presto e ineludible final.

Sin embargo, Bermina no le hizo caso a Bernardo. No lo escuchó. Tampoco leyó por completo el manuscrito, ni le creyó lo que le manifestó, de viva voz, en esa postrera vez que se vieron. Ella, como la mayoría de sus familiares, en primero y segundo grado de consanguinidad, estaba muy sentida con su actitud y desprecio hacia los verdaderos Mencino. En especial, por lo que le hizo a su sobrina y ahijada Alcira, su única hija legítima, al dejarla, al arrastrarla sin misericordia alguna a sufrir en tan abyecta y acérrima pobreza.

—Eso no se le hace a nadie, Bernardo... —le sostenía y sostuvo Bermina hasta el día de su muerte en 1968, y se lo dijo en su cara aquella postrera vez— y, menos, a la sangre de su sangre.

Días después de haber sido asesinado Bernardo, Mamá Mina leyó parcialmente el manuscrito. No solo se asombró, sino que fue presa del pánico. Lo que ahí confesaba su hermano-hijo era espeluznante. Sobre todo, la impactó, la confesión que hacía en cuanto a lo relacionado con el caudillo liberal inmolado, con lo del atroz asesinato de Erasmo Chiguasuqui, con lo de los ocho alcaldes de Oroguaní asesinados, con una gran cantidad de crímenes y otros tantos desafueros cometidos directamente por él, o bajo sus órdenes; así como por lo que Bernardo predijo, con macabra precisión, en relación con el trágico fin de sus días, y el agitado, sombrío y comprometedor devenir político, social y económico del país.

Bermina tomó, en consecuencia, la decisión de callar, de no decírselo a nadie. Incluso estuvo muy cerca de romper el aciago papel aquel. Pero reaccionó y optó por encargarle a Gilda Mencino, a su otra ahijada, la hija de su sobrina Alcira, la misión de contarle al mundo tan bárbaras acciones. Escogió a Gilda porque Zoila, en cumplimiento de la manda nacional, en etérea intervención, así se lo indicó.

—Olegario Arturo, cuando mi madrina Mamá Mina me entregó este manuscrito —le dijo Gilda a su hijo, con énfasis, previo a entregárselo—, me hizo jurar que solo lo hiciera público cuando ella y todos sus hijos ya no estuvieran expuestos a funestas consecuencias o represalias por lo que su hermano-hijo ahí denuncia, cuenta y confiesa.

En esa misma oportunidad Bermina también le entregó a Gilda la primera copia original de la escritura de El Salado. Un predio de cincuenta y una hectáreas, alrededor del tres por ciento del terreno de La Guasimalera, anexo a su costado occidental. Tierra en su totalidad cultivada, en cse entonces, con café, plátano dominico y árboles de guamo para el sombrío del café.

Predio este vendido por Valentino Mencino a Miguel Benito Riveneira, esposo de Bermina. Al leer con detenimiento el título de tradición quedaba en claro la voluntad del primero, en el sentido de que aquel pedazo de tierra debía ser repartido entre los hijos de Bernardo, una vez Valentino falleciera. Lo previó, porque quería evitar que su descendencia, ante la azarosa irresponsabilidad de su Cuba, fuera a quedar desprotegida.

El manuscrito

La vida de Bernardo Mencino, al final, y como él se lo reconoció con tristeza, arrepentimiento, ¡y muy tarde!, a su mamá-hermana Bermina, además de consignarlo en el escrito, no dejó de ser más que una gran farsa humana. Una dramática y grotesca sumatoria de acciones contrarias a la verdad y a la rectitud, con las que, además de destruirse él, perjudicó a muchas personas, en especial a los suyos... y a su país.

Así se lo expresó a su mamá-hermana en Los Azahares cuando, veinte días antes del homicidio del que fue víctima, la visitó y le entregó el manuscrito. Postrera visita que le hizo a Mamá Mina, a hurtadillas, cual ladrón nocturno. Presentía que iba a ser asesinado. Por ese mismo motivo, y para evitar riesgos, poco y nada salía de La Guasimalera.

—Allí no es que se sienta más seguro —le dijo esa vez a su mamá-hermana Bermina—, solo algo menos vulnerable.

Cuatro años después de haber sido asesinado Bernardo, Bermina le entregó a Gilda el manuscrito, junto con la escritura de El Salado. Le hizo jurar a Gilda que solo haría público el manuscrito, algún día... mucho después de que ella y sus hijos hubieran muerto.

—La escritura de El Salado —le precisó—, para que disponga de esas tierras cuando lo estime conveniente; tal vez para cuando usted y Alcira se den cuenta de que lo del pleito por La Guasimalera es una perdedera de tiempo. Para entonces, y solo entonces, hagan efectivo este título inmobiliario y procedan a reclamar lo que mi padre Valentino les heredó.

La muerte de Bernardo amilanó a Bermina. Situación que aumentó cuando llegaron las amenazas contra Mencinos y Riveneiras, así como contra el reducto de liberales de la vieja guardia; es decir, contra los pocos adeptos a Bernardo que todavía quedaban en Oroguaní. Intimidaciones lanzadas desde múltiples y contundentes flancos como la Iglesia, los advenedizos líderes de la modernizada política liberal y de la reencausada conservadora, las fuerzas policiales y las militares, las autoridades judiciales, las emergentes bandas criminales comunes, y hasta de la creciente, patrocinada y fortalecida guerrilla.

Todo ello, concomitante con el descarado y manipulado giro que tomó la investigación del crimen de Bernardo. Pese a la contundencia del acervo probatorio, y a la evidencia obrante en folios, el presunto homicida salió con libertad provisional, gracias a la fianza que a su favor canceló Ester Julia Sagrario. Ella, además, y para garantizarle la vida a Alfonso Goenaga, solicitó y obtuvo, una semana después del homicidio, que lo trasladaran de la cárcel de Oroguaní a la de San Vicente, junto con el expediente.

—Señor juez —justificó Ester Julia—, allá, en esa conservadora municipalidad, se le juzgará con imparcialidad y llevarán a cabo todas las diligencias judiciales, con el debido proceso, garantizándole el derecho a la defensa al presunto implicado. Además, para protegerle la vida, frente a supuestas amenazas proferidas por copartidarios y familiares del inmolado caudillo liberal.

Bermina estaba, entonces, compelida al silencio, no solo por el viperino peso de aquellos oprobiosos, además de premonitorios, aconteceres de la cotidianidad social de entonces, sino por tan fatal, infame y comprometedora información que le heredó su hermano-hijo mediante el manuscrito en el que describió y proyectó, según su percepción, el dramático e inexorable ideario y trasegar futuro de las colectividades políticas del país, en especial: las liberales y conservadores, que al desprestigiarse, mutarían en múltiples y peores facciones, infectas de atorrante poder y avaricia sin límite, como ahí lo plasmó.

Dos años después de salir con libertad condicional, el presunto, judicialmente, homicida de Bernardo, es decir, Alfonso Goenaga, apareció asesinado, ultimado a tiros, junto a su esposa e hija, en una de las habitaciones de una casona ubicada en el barrio Santa Bibiana, entre El Crucero y San Agustín, en pleno centro de la ciudad capital.

—Sí, Olegario Arturo —le confirmó Gilda a su hijo, quien abrió la boca, ante la revelación—, usted no se lo está imaginando… está en lo cierto. En la misma vivienda en la que, según su manuscrito, mi abuelo Bernardo hospedó a Justiniano Malaver en el 48.

—Increíble, madre —atinó a decir, volviendo de inmediato a su actitud callada y expectante ante las revelaciones que su madre le compartía.

En ese sitio Justiniano aprendió, en un improvisado polígono ubicado en el solar de aquella casi derruida casona, a manipular y disparar un revólver bajo las instrucciones de Tiberio Romero, el entonces alumno de último año de la Escuela de Inteligencia y Servicios Secretos de la Policía Política; y siempre supervisado por el capitán Yate. Oficial que ascendió ese año al grado de mayor, antes de salir en misión diplomática para la embajada del país en Washington. Allá, finalmente, se enroló en una agencia de seguridad de los Estados Unidos.

Era la propiedad que adquirió Bernardo Mencino a finales del 47. Ahí algunos personajes, incluido Bernardo, según su manuscrito, perfeccionaron los detalles del magnicidio del disidente caudillo y candidato liberal. Se trataba del mismo inmueble en donde aquellos cofrades recibieron y distribuyeron, de forma secreta y extraoficial, los aportes, nacionales e internacionales, por valor de setenta y cinco mil dólares, cuya destinación específica era la ejecución de la operación: *A country without communists*.

Fue en esa vieja casa, según el manuscrito Mencino, en donde *se formalizó el acuerdo para contrarrestar la amenaza que significaba aquel hombre, de extracción proletaria, contra la propiedad privada*, consignó Bernardo. Contubernio, según sus nerviosos grafos, en el que participaron, además de agentes foráneos y representantes gubernamentales, algunos muy acaudalados dirigentes gremiales, económicos y políticos, tanto del Partido Conservador como del Liberal y, desde luego, Marco Aurelio Mancipe e Ismael Gómez Serrano, dos de los más temidos como inmensamente ricos gamonales de San Vicente de Sumapaz, pequeña pero fructífera campiña del centro-sur del departamento Central.

En aquella vieja casona, cuartel general de los "Dignificantes del País", como solían autoproclamarse aquellos, se coció el vituperable acuerdo de tregua política y alianza estratégica celebrada en la hacienda El Porvenir, en la zona rural de San Vicente de Sumapaz, municipio centro-sureño departamental, en noviembre del 47. La razón para tan artera asociación se fundamentó, según los grafos de Bernardo, arañados con nerviosismo en su manuscrito, con el argumento de que si no se eliminaba de forma presta al disidente caudillo liberal; aclamado por las desarrapadas masas populares que incidirían en el triunfo de este en las próximas elecciones presidenciales; los comunistas accederían al poder. En consecuencia, temían, sus gigantescas riquezas les serían arrebatadas para ponerlas a disposición de los guaches; mientras que ellos serían expropiados, o muertos, o puestos prisioneros… o, en el mejor de los casos, desterrados, sin su hacienda, de su amada y explotada patria.

Gran parte de las historias que consignó Bernardo Mencino en su manuscrito son fatales, reveladoras, comprometedoras y premonitorias del acontecer nacional de la última mitad del siglo XX y primera del XXI. Por tal razón, pero, en especial, por la inédita como aterradora información relacionada con el magnicidio del disidente liberal, Bermina Mencino decidió guardar silencio.

—Hijo —le dijo Gilda a Olegario Arturo—, Mamá Mina sabía que esa mandinga información, por el bien, no solo de su descendencia, sino de la sociedad, debía seguir un señalado e inexorable curso. Tal y como se lo manifestó en su lecho de muerte su padre Valentino, y, a él, su respectiva progenitora.

—Madre —la interrumpió Olegario Arturo para preguntarle algo que todavía no encajaba en su análisis—, entonces, por qué razón la tía Bermina, Mamá Mina, ¿decidió entregarle a usted el manuscrito de Bernardo?

—Según me dijo mi madrina Bermina, antes de entregármelo, a ella así se lo indicó la etérea y reciente aparición de Zoila, cuatro años después del homicidio del abuelo Bernardo. Entonces me transfirió el escrito aquel, no sin antes imponerme, bajo juramento, que solo tras su muerte y la de todos sus directos descendientes, podría divulgarlo o transferirlo al siguiente guardián de la manda nacional… si yo lo consideraba necesario, o era preciso hacerlo, para lo cual siempre contaría con la orientación e instrucciones de Zoila, "la adivinadora de su infancia", me enfatizó esa vez Mamá Mina.

Gilda guardó con celo aquel manuscrito hasta el año 2007 cuando su hijo, al enterarse de su existencia, y de lo que ello implicaba, la conminó a entregárselo. Se lo transfirió a Olegario Arturo Mencino. Ella estaba segura, lo sabía por las lecturas hechas en la taza del chocolate, que los días de su hijo del alma pronto terminarían... intuía, o tal vez Zoila se lo dijo en sueños, que el manuscrito aquel, entonces, pasaría de las mansas y escribientes manos de Olegario Arturo, a las de un ignoto primo suyo. A un hombre de iglesia, y a su vez el señalado para transmutarle el legajo al último de los Mencino, por nacer en día santo. Este, pese a llevar en su sangre el acíbar y en su alma el estigma protervo, portaría la clave genética que podría finiquitar la tríada maldita que aún corroía a su familia, y, por su conducto, hasta el tercer anillo de su influencia social, política y económica.

Letal sentencia

Siete meses después de que los Manzanero le autorizaron a Gilda a usar, siempre y cuando reconstruyera primero, y a sus costas, una desvencijada y abandonada casona de su propiedad, permitiéndole, eso sí, la oportunidad de edificar hogar por primera vez; aquella benefactora familia se dio cuenta de que ese inmueble ahora sí podía ser vendido a mejor precio. Así lo hicieron: ¡lo vendieron! Gilda, por tal razón, se vio abocada a iniciar un periodo de alquiler de piezas y ranchos en Oroguaní.

—Hijo, pese a ese primer tropiezo, mantuve a flote mi proyecto de consolidación familiar —le enfatizó Gilda.

—Verdaderamente plausible, madre —le respondió Olegario Arturo—. Permítame expresarle, una vez más, mi admiración, respeto y agradecimiento por su tenacidad y responsabilidad para con nosotros, su familia.

Como los recursos provenientes de la lavada de la ropa y del jornal de su madre en la panadería de don

Paolo Romero eran escasos e insuficientes, Gilda colocó en la plaza principal del casco urbano un tenderete para vender cerveza durante el mercado campesino dominguero.

—De ese toldo guardo imborrables y gratos recuerdos —la interrumpió su hijo, con marcada nostalgia en sus palabras y expresión facial—. Es, quizá, lo más nítido que tengo de mi infancia... cada domingo nos madrugábamos a colocarlo en la esquina nororiental de la plaza. Las canastas de cerveza para vender nos las facilitaba, al fiado, un señor de apellido Peña... creo que mamá le decía don Chucho... ¡don Chucho Peña!

—Así era. De ahí, con su apoyo, hijo, obtuvimos un leve incremento en los ingresos familiares, los que me ayudaron con parte de mis propósitos hogareños.

—Recuerdo que en ese tenderete solo atendíamos usted y yo... ni mi hermana mayor, como ninguno de mis tíos con los que vivíamos, nos ayudaban...

—Su hermana, Maira de las Mercedes, desde pequeña, fue muy orgullosa. Siempre se negó a ir con nosotros a vender cerveza. Mis hermanos estaban en otras cosas, mientras que mamá trabajaba en la panadería de don Paolo... —instó justificarle a su hijo.

En 1961 un primo hermano paterno de Gilda fue nombrado personero municipal de Oroguaní. Acudió a él para que les permitiera irse a vivir a un ranchito, desde su construcción oficial en 1933, usado como beneficencia para los ancianos desamparados. Habitaba en el derruido inmueble fiscal una anciana ciega de nombre Cipriana. Por las noches también buscaba refugio ahí, para dormir, el bobo Vicente, un trastornado hombre de casi cincuenta años, muy servicial en el pueblo, con lo que se ganaba el sustento diario. En 1950 Vicente fue olvidado y dejado a su suerte por su familia cuando tuvieron que marcharse, de la noche a la mañana, para la ciudad capital, ante las amenazas de un grupo local anónimo que les exigió que tenían que irse, antes de doce horas, dejando libre el negocio de la comercialización de productos agrícolas que traían de la capital.

—A su salida también les exigieron olvidarse de sus dos fincas en el campo, de la casa y la tienda en el pueblo —le precisó Gilda a su hijo—. Que nunca pretendieran, si no querían morir por ello, regresar, menos intentar reclamar sus tierras y otras propiedades que les quitaron. Todas estas quedaron bajo custodia clerical y el respaldo oficial del Directorio Conservador de Oroguaní.

—Por lo visto, desde entonces los desarraigos eran ya comunes en este país, así como las justificaciones injustificables y sus respectivos afilados perpetradores —comentó Olegario Arturo.

En aquel albergue se acomodó Gilda con su madre, hermanos e hijos, hasta cuando, ocho días después de la muerte de Bernardo, el rector del colegio de varones, edificio construido tres años antes y que lindaba por el costado oriental con aquel hospicio, les notificó:

—Ustedes, las Mencino, herederas de la incalculable fortuna de don Bernardo, ya no necesitan de la caridad pública, por lo que les toca desocupar este albergue.

Según aquel funcionario, era cuestión de unos días para que Alcira y Gilda se convirtieran en las personas más acaudaladas de Oroguaní, al ser las indiscutibles herederas del inmolado caudillo liberal. En consecuencia, les ordenó desocupar el albergue para darles paso a otros conciudadanos verdaderamente menesterosos. Gilda le refutó y se negó a dejar su morada. Tres días después, por orden de aquel rector, un profesor sacó a la calle todas las pertenencias de las Mencino y procedió a echarle candado a las puertas. Avisada Gilda del ilegal lanzamiento y atropello, no tuvo a quién más acudir que a su secreto amor: Federico Adonay. Él, de inmediato, la apoyó.

—Gilda, alquile una casa, ojalá aquí en el pueblo —le dijo Federico Adonay—. Yo me encargo de pagar el arriendo.

Ese mismo día Gilda alquiló una vivienda en la zona urbana. Ahí, por lo general, dos y tres noches por semana, llegaba Federico Adonay, se quedaba y le hacía romántica compañía; siempre bajo el manto de la más absoluta reserva, el mayor de los sigilos, y al amparo de las celestinas sombras nocturnales de aquel paraíso enquistado en las ondulantes, verdes y prolijas estribaciones de la imponente cordillera de Oriente, las cuales, presurosas, descienden a la siga del exhalo hasta las briosas y sedimentadas aguas del río Magdala, el torrentoso río de la patria.

A la casa que habitaban Alcira, Gilda y sus cuatro respectivos hijos, en arriendo, y ya en el casco urbano, llegaban a hospedarse, con sus correspondientes madres, los hijos de Bernardo, supuestos y congénitos, que vivían fuera de Oroguaní. Todos se aparecían dispuestos a iniciar sendos pleitos de sucesión por la imaginada gigantesca herencia que debió dejar, según sus fundados cálculos, ambiciones y esperanzas, "nuestro idolatrado padre". Algunos fueron más de doce veces. Como Laura Marcía y su progenitora, la esposa formal de Bernardo: Tránsito Arellano, y cinco hijos más. Estos últimos, todos, por fuera del matrimonio.

—Recuerdo, madre —le comentó Olegario Arturo a Gilda—, que la primera vez llegaron con un encopetado abogado para iniciar y finiquitar lo más pronto posible el litigio por su herencia.

—Sí, lo recuerdo —apuntó Gilda—, el abogado les prometió que eso era un pleito sencillo, un hueso fácil de roer, cual carnaza de runcho.

Sin abogado, lo propio hicieron, llegar a la casa de las Mencino, dos hijas y un hijo de Juliana Gonzaga, de los que tuvo con Bernardo; así como Abraham, hijo de Ederminia Sanmiguel; Eleonor, hija de Aparición Zárate; María de La Rosa, primogénita de Aura Roxana Auyerbe y, varios años después, al ir saliendo de la cárcel, los cuatro sobrevivientes Malaver se aparecieron y constituyeron parte del truculento juicio de sucesión, antes del asesinato de tres de ellos. Todos aspiraban a ser herederos formales de Bernardo, con el convencido argumento de que muchas personas de Oroguaní podían sostener y dar fe de la relación, más que pública, impúdica, que Bernardo sostuvo, en su respectivo momento, con cada una de sus progenitoras.

—También aparecieron cuatro hombres y seis mujeres con sus respectivas madres, procedentes de pueblos vecinos —le dijo Gilda a Olegario Arturo, con algo de gracia en sus palabras—. Estos aseguraban ser descendientes de mi abuelo. Hasta tenían, y aportaron al pleito, argumentos y pruebas documentales y testimoniales, así como el indicio fundamental: su parecido físico, impresionante, con los Mencino, amén del taimado comportamiento.

Todos llegaban a la casa de Alcira y Gilda. Todos, cual común denominador, en la más abyecta pobreza. Además, corroídos por egoísmos, ambición, desunión, rivalidad y, en especial, la afrenta enfilada contra Alcira, a quien le endilgaban:

—Usted fue la única a quien papá le dio riquezas, lujos, vanidades y, desde luego: ¡el apellido! Por tal razón —vociferaban—, al resto nos negó todo.

Armando vino a enterarse de que su madre y Bernardo no eran casados, solo hasta cuando apareció, documentos en mano, Tránsito Arellano, la legítima esposa de su supuesto padre. Eso sí, los Sagrario supieron capitalizar de manera estratégica la desunión, ambición desmedida y egoísmos de los herederos, tanto en el pleito de sucesión como en el penal. Usaron ignominiosas pero eficaces tácticas, entre otras, la fabricación de testigos y pruebas, incoadas en la justicia nacional desde entonces, y tal vez desde antes.

Otra de esas argucias efectuadas por los Sagrario, el soborno, les permitió tener bajo control y manejar a su antojo a casi todos los abogados de la contraparte. Como los menesterosos poderdantes herederos de Bernardo solo les ofrecían a los profesionales del derecho contratados hasta un treinta por ciento de lo que llegaran a obtener, Ester Julia y Armando les anticiparon a esos juristas, a todos, menos a uno, significativas e inmediatas sumas de dinero. El propósito fundamental de la coima era que aquellos enredaran el proceso, o renunciaran al caso e hicieran lo que a los Sagrario les convenía. Como era evidente la rivalidad, ausencia absoluta de recursos y desunión entre los herederos querellantes, además de la trascendencia de su ignorancia en materia procesal y jurídica, Ester Julia y Armando no escatimaron esfuerzos para ahondar la rivalidad, enemistad y ambición entre aquellos. En especial, para que negociaran con ellos en privado, individual y no en colectivo.

Para lograr esta tremebunda táctica, los Sagrario les ofrecieron, a casi todos los legítimos herederos, banales recompensas a cambio, comprometiéndolos para que declararan en contra de sus parientes, endilgándoles las autorías intelectuales de la muerte de su padre, del robo de las casi mil cabezas de ganado, y muchos otros semovientes, incluida Dulcinea Tercera, así como la de una gran cantidad de bienes materiales, de propiedad y marca registrada de Bernardo. Ganado y demás bienes que desaparecieron de La Guasimalera durante los siguientes veinte días, tras aquel aleve, y hasta la fecha, impune asesinato. Al siguiente año se supo de la venta de un buen número de esas reses, declaradas robadas, en la feria ganadera de San Vicente. Estas salieron al mercado remarcadas con las iniciales EJS, las de Ester

Julia Sagrario, encima de la sigla BM, correspondiente al difunto.

La instigada división de los herederos querellantes fue tan solo una de las tácticas en la inmunda estrategia de los Sagrario para que no se conociera, y menos se ejecutara ni llevara a efecto, el fallo con el que concluyó la investigación por la firma de las escrituras en confianza hechas por Bernardo, primero a nombre de Ester Julia, luego por ella a su padre y hermanos. Tradición esta última que irrespetó una cláusula consignada por Bernardo en la primera escritura. Ahí, de manera expresa, se le impedía a Ester Julia, mientras él viviera, hacer cualquier tipo de tradición, y menos con particiones. Sin embargo, aquella mujer lo hizo. Lo cual invalidaba las segundas escrituras, arregladas por un notario amigo de los Sagrario en Facanativá. Este, por algo más de quinientos mil pesos, hizo caso omiso, o tal vez no vio, la cláusula inhibitoria en esos títulos inmobiliarios.

Muy pocas personas conocieron la trascendental decisión lograda por el doctor Mancera en un juzgado neutral, no en Oroguaní, menos en San Vicente, ni en El Guadual, tampoco en Facanativá: en la ciudad capital. Él fue el único abogado que rechazó, lo que le costaría la vida, todas y cada una de las reiteradas y deshonestas ofertas de los Sagrario y su inescrupuloso grupo de jurisconsultos. Por el contrario, le hizo dar un giro jurídico limpio al amañado juicio. Por la contundencia de sus argumentos y pruebas aportadas se comprobó lo irregular de esas tradiciones y motivó, en consecuencia, su declaratoria de nulidad.

Esto dejó casi a disposición inmediata de los legítimos herederos la totalidad de La Guasimalera.

La pulcra y efectiva gestión de aquel abogado, cadalso en una sociedad enferma, obligó a los apoderados de los Sagrario a buscar nuevos argumentos que pronto iban a presentar en el juicio para intentar, tal vez, volver a dejar lejos del alcance de los querellantes tan maravillosa hacienda. Fulleros pleiteadores quienes alegarían que como la última tradición de La Guasimalera, antes de que Bernardo se la vendiera en confianza a su concubina, fue por una compra que este hizo con los postreros rezagos de morrocotas de Valentino; pues la había vuelto a perder en la mesa del póquer; tal compra-venta no solo se hizo con posterioridad al voluntario y manifiesto abandono del que fue objeto Bernardo por parte de su esposa, como reposaba en un documento firmado por ella en la alcaldía de Oroguaní, sino mucho tiempo después del nacimiento de todos y cada uno de los demás supuestos hijos querellantes. Con tal ardid, le solicitarían al juez para que sentenciara en el sentido de que la única persona que tenía derecho hereditario sobre ese recientemente adquirido predio era la mujer que para entonces velaba por Bernardo Mencino, quien, además, fue la única que le ayudó a trabajar para adquirirlo, es decir: Ester Julia Sagrario.

Pero, no fue necesario acudir a esas enjutas menudencias legales para mantener lejos de La Guasimalera a los herederos de Bernardo. Para esa época, 1966, cuando mataron al doctor Mancera, solo quedaban unidos en la infructuosa causa cuatro herederos: Alcira, Laura Marcía, Gloria Patricia

Gonzaga (la hija mayor de Juliana) y Hernando (el menor de los Malaver). Los otros estaban en contra de estos, incluida Tránsito Arellano, madre de Alcira y de Laura Marcía. La muerte del doctor Mancera, el apoderado de los cuatro, acaeció en la ciudad capital. Por mera coincidencia, una semana antes de su programado viaje a Oroguaní, cuando les comunicaría a sus poderdantes los resultados de sus gestiones y les entregaría la copia de la sentencia que declaraba la ilegalidad de las tradiciones de Ester Julia a su padre y hermanos.

Este otro crimen ocurrió tres días después de proferido y notificado el fallo en el que se declaraba la ilegalidad de las tradiciones, en consecuencia, las anulaba. Según medicina legal y las autoridades de la ciudad capital, el doctor Mancera fue objeto de un atraco violento, durante el cual recibió dieciséis certeras y letales cuchilladas. Minutos después del asalto, el abogado Mancera falleció sin haber alcanzado a recibir asistencia médica. Los hechos acontecieron en el barrio Eduardo Salas, en la ciudad capital, muy cerca de la casa en la cual vivía, desde hacía dos años, desplazada de Oroguaní por su propio hijo, Ester Julia Sagrario.

Hasta ese sector se fue el jurisprudente a cumplirle una cita que le hizo aquella mujer, quien pretendía, una vez más, convencerlo para que le recibiera los dos millones de pesos que le venía ofreciendo desde cuando tomó el caso, y para que la representara a ella, y no a la contraparte. Coima que aquel jurisprudente tampoco aceptó en esa oportunidad, imprimiéndose en ese instante su letal e inexorable sentencia.

Precaria subsistencia

Con la muerte del doctor Mancera el pleito entró en letargo. De la sentencia aquella nadie supo nada en Oroguaní, ni mucho menos los herederos querellantes. Los cultivos del cáñamo índico en La Guasimalera alcanzaron una tercera parte de su extensión. El dominio de la hacienda comenzó a disipársele a Armando de entre sus manos hacia las de sus oscuros socios llegados de la ciudad capital.

Por aquella época Gilda Mencino quedó embarazada, esa vez por parte de Federico Adonay. Sucedió el 15 noviembre de 1966, a las 10:57 de la noche, recordaría Gilda, siempre, ese premonitorio momento.

Las Mencino aún sobrevivían con el jornal que Alcira recibía en la panadería de don Paolo Romero; con lo del producto de la lavada de ropa, sobre todo en la casa de los Macanero; con algo de lo que dejaba el tenderete en la plaza los domingos; así como con los diez pesos que volvió a dar Olegario Perea para su Sapa, los que Olegario Arturo le recibía, el primer domingo de cada mes, allá, en el billar de la esquina nororiental de la plaza, diagonal al inconcluso templo. Federico siguió aportando, cada vez menos cantidad, para el pago del arriendo, y siempre muy en secreto.

Las finanzas de las Mencino, por demás precarias, estaban muy afectadas por los gastos propios del hogar y, más aún, por las erogaciones que implicaban las frecuentes llegadas de los familiares interesados en el avance del pleito hereditario. El cual continuó, pese a todo, ahora representados por un primo hermano materno de Alcira. Muchos años después se supo que él era, al tiempo, abogado de las dos partes.

Ante las dificultades económicas, Alcira decidió enviar a la ciudad capital a Eneida del Pilar, ya de diecisiete años, y muy bonita, esbelta, de ojos verdes; pero, desaplicada y muy poco y nada acomedida con los oficios domésticos; menos, con los productivos de la familia, es decir, la lavada de la ropa ajena. Decidió aprovechar la oferta, en ese sentido, hecha por su hermana Alondra (Gloria Patricia Gonzaga), en procura de ubicarle algún trabajo. Además, para evitar que aquella bonita joven fuera a repetir su historia, o la de Gilda, allá en Oroguaní.

De esa forma solo quedaron en el hogar: Alcira, Gilda, Ebert (el hijo menor de Alcira) y los dos hijos de Gilda; estos ya estudiaban en la escuela municipal. Maritza Alcira venía en camino. Nació el 18 de julio de 1967, marcando tres hechos significativos y decisivos en la vida futura de las Mencino.

El primero de estos tres eventos lo constituyó la muerte de Bermina, efectuada por un fulminante cáncer gástrico desarrollado, o por lo menos que se le manifestó con énfasis durante esos postreros años, tras la muerte de Bernardo y, específicamente, en los dos últimos; cuando Mencinos y Riveneiras, ante las demandas de los Sagrario y de algunos de los ilegítimos herederos, todos ahincados por Ester Julia y Armando, fueron acusados de confabulación para matar a Bernardo, así como de robar mil cabezas de ganado y otros semovientes y bienes que la propia Ester Julia se apresuró, en menos de veinte días después del asesinato, a sacar de La Guasimalera y volver a marcar en las fincas de su padre y hermanos; así como venderlos en San Vicente, El Guadual, Facanativá, Villetas y en otros pueblos cercanos a Oroguaní.

El segundo hecho que marcó el nacimiento de Maritza Alcira Mencino fue la demanda que Norfidia, esposa de Federico Adonay, le interpuso a Gilda para quitársela. Gilda la inscribió solo Mencino, como los dos mayores. De esa manera quería evitarse darles a sus hijos explicaciones complejas e incómodas, así como a las personas entrometidas en relación con la diferencia de apellidos. Así se lo justificó a Federico cuando él le manifestó, al momento del parto:

—Gilda, voy a reconocer a mi hija... ella llevará mi apellido, como debe ser.

—Federico —le respondió Gilda—, mis tres hijos, lo decidí, llevarán, todos, el mismo apellido: el Mencino.

—Madre, no entiendo: ¿cuál fue el motivo para rechazarle a Federico que reconociera a su hija? —cuestionó Olegario Arturo.

—Mijo, usted puede pensar, ahora, que fue soberbia… pero, no. Tenía mis razones.

—Pero, madre, ¿cuáles?

—No quería ocasionarle, en ese momento, ni en un futuro, compromisos con nadie; y menos complicaciones con su esposa Norfidia Perea.

Federico se acababa de casar con una sobrina de Olegario, a quien dejó en cinta un mes antes de embarazar a Gilda, su secreto amor por más de quince años.

Antes de que Federico Adonay se enterara de que Gilda también esperaba un hijo suyo, una noche él le comentó:

—Gilda, estoy en problemas con la sobrina de Olegario Perea.

Le confesó que la mamá de Norfidia, desde cuando se enteró de la gravidez de su hija, la encerró en un cuarto, en su casa, y amenazó con que, si Federico no se casaba de inmediato, le impediría salir de aquel encierro, haciéndolo responsable por lo que le pudiera pasar, tanto a la joven como al bebé.

—Mijo… esa misma noche Federico me propuso e insistió para que nos casáramos al otro día —Gilda le reveló tal secreto a Olegario Arturo—, como se lo aconsejó su propio hermano, don Abundio, a quien fue el primero en comunicarle su problema.

Abundio sabía de la relación que Federico mantenía con Gilda. Él prefería como esposa de su hermano menor, desde luego, a Gilda. Si bien era cierto que ella tenía dos hijos de Olegario Perea, le reconocía que era una mujer muy trabajadora, comprometida y de gran iniciativa. A diferencia de Norfidia, quien:

—No sabe ni siquiera preparar un agua caliente —le argumentó en esa oportunidad Abundio a su hermano menor.

Sin embargo, Gilda le rechazó la propuesta de matrimonio a Federico, nunca sabría justificar la verdadera razón. A cambio lo conminó:

—Si usted, Federico Adonay, quiere seguir y mantener esta, nuestra clandestina relación, tiene que responder por aquel hijo… casándose de inmediato con Norfidia. De lo contrario, me pierde, y para siempre, así como a lo que llevo en mis entrañas.

Federico se casó con Norfidia una semana después, a las dos de la mañana, un jueves, sin más testigos que el cura párroco, su hermano Abundio y la madre de la novia como padrinos, en la penumbra de aquel inconcluso templo.

Al parecer, Gilda, como su madre Alcira, estaba condenada al desamor. A ser infeliz en el plano afectivo. No fue concebida para amar… ni para comprometerse en una relación cariñosa, seria y duradera. Aquella pasión, aquel sentimiento, esa necesidad tan humana fue arrancada de su alma desde su niñez, extirpada de su corazón, de sus genes. Esto no significaba que ella fuera ajena al afecto, al aprecio o al cariño y, desde luego, a la atracción y femeninos deseos por los hombres; que fuera insensible al dolor, la traición, el engaño, el abuso, la humillación o la burla; de lo que fue víctima toda su vida. El querer y el amar fueron, social y familiarmente, erradicados, arrancados de sus entrañas, de sus expectativas.

Las sanguinarias, infames, mezquinas y ajenas contiendas libradas en su entorno social, al parecer, empedernieron sus vísceras. Más grave aún, y Gilda lo reconocía en su interior, sin decírselo a nadie: carecía, también, y como si no fuera suficiente con el desamor de su existencia, de sincera pena, de dolor ajeno, de la total y abierta falta de adhesión circunstancial a la causa, a las penurias, a las carencias, a las dificultades y esfuerzos de los demás. Presentía y experimentaba insensibilidad frente a la tragedia de sus congéneres, que no fueran, o su madre, hermanos o hijos. Lo intuyó desde cuando conoció a Zoila, la adivinadora de su infancia; lo pronosticó en la adolescencia con las subrepticias lecturas en la taza del chocolate y del café; lo comprobó con Olegario Perea, primero, luego con Federico Adonay, en lo inherente a sentimientos y amores.

En cuanto a su insolidaridad en general, lo reafirmó con la muerte de su abuelo Bernardo; así como con otras cuantas y muy seguidas tragedias, ¡baños de sangre!, muertes, reiterados episodios de horror social... Anestésicas historias aquellas, unas contadas por su madrina Mamá Mina Bermina, y desde la Guerra de los Muchos Días. Otras tantas que ella le escuchó decir a los amedrentados campesinos de esas enlutadas labrantías, como también a los propios sanguinarios y temidos Riveneira, sus primos, con quienes convivió su infancia y parte de su adolescencia.

La mayoría de esos arteros hechos nacionales acaecidos durante la fratricida violencia de los años cuarenta, cincuenta y gran parte de los sesenta. Gilda fue inerme testigo de lo acontecido allá en su pequeño, fecundo, bucólico y bonito municipio del centro-occidente del departamento Central, de aquella subcontinental nación.

Sí, allá, en donde autoridades civiles, policiales, militares, eclesiásticas, políticas, administrativas; familias enteras; familiares suyos, unos; conocidos, casi todos; oroguanenses estos; extraños, otros; inocentes... muchos; culpables, algunos; pero, eso sí, todos se alternaron, en vorágine de enconadas y ajenas pasiones, los fatídicos roles de víctimas y victimarios. Pero, a ella, a Gilda Mencino, no la inmutaba... la tenía, y la tuvo por mucho tiempo sin cuidado. Sencillamente no le importaba en tanto no le concerniera, en tanto no la afectara de manera directa y específica; es decir, en lo personal. Su preocupación, miedo, impotencia y dolor los experimentaba, los proyectaba hacia el futuro con su inmediata descendencia. Todo indicaba que sus hijos, hermanos y sobrinos, sin descartar a sus tíos y primos, también cargarían con aquel inexorable y por demás insano carácter sentimental y social. ¡Veneno social corría por sus venas! ¡Heredado acíbar letal infectaba su sangre!

Sin embargo, lo más grave, y Gilda lo sabía, que así vaticinara las desdichas, que así las predijera, debía evitar interceder con el destino. De hacerlo, como lo intentó en tres imprudentes oportunidades, lo único que lograría; tal y como se lo advirtió Zoila, allá, en El Fresnal, a los siete años; era obtener castigo y mayor sufrimiento. Además de precipitar y ahondar en las ineludibles desgracias, propias y ajenas.

Así sucedió con Alcira cuando Gilda procuró evitarle dos veces, en épocas distintas, que recayera en su reiterado, irrefrenable y femenino error de pretender calmar su dolor y angustia de abandono, ante la indiferencia de su padre, entre los indiscriminados y oportunistas brazos de los hombres que cruzaron por la triste y pobre vera de su camino. También lo comprobó con Olegario Perea, antes de que se encaprichara con Azucena, la mujer con la que finalmente él se fue a vivir. La que, pese a la prohibida y desatendida advertencia que Gilda le hizo, lo atrapó e impidió irse de su lado. La que lo apresó, sin escrúpulo alguno, con argucias, ardides y bebedizos de toda índole... Mujer aquella quien, además, y junto a Norfidia, le hicieron a Gilda imposible continuar su vida en Oroguaní.

El tercer evento que marcó el nacimiento de Maritza Alcira tuvo que ver con el matrimonio inesperado e inevitable de Eneida del Pilar. Julieta la hija de Alondra estaba enamorada de Arnoldo Duque, un compañero de trabajo. Al llevarlo a su casa, allá, en la capital, en el barrio Quiroga, y al presentárselo a su joven y bonita prima, él de ella se prendó e ignoró de plano a Julieta. Por tal razón, Alondra decidió quitarle el apoyo a su sobrina. En consecuencia, Eneida del Pilar no tuvo otra opción que renunciar a su trabajo de mostrador en un almacén de calzado en el centro de la ciudad y regresarse a Oroguaní.

Por aquella época Gilda se encontraba en el último y por demás delicado y riesgoso mes de su tercer embarazo. Por su parte, Alcira comenzaba a ser objeto de los padecimientos propios del inicio del climaterio. Quizá por aquel biológico cambio el costado derecho de su faz sufrió una inflamación; este, a la postre, le produjo el reventón de un vaso sanguíneo de su ojo. La pequeña herida se infectó, complicó y la incapacitó por más de tres meses. Esa lesión hizo que de su ojo derecho fluyera, por más de treinta y nueve horas, un líquido rojizo, como sanguaza. Tal evento les recordó a las Mencino la sentencia proferida por Bermina, en el sentido de que Alcira vertería lágrimas de sangre. Premonición que desafortunadamente se cumpliría en esa y otras dos oportunidades, aún más penosas.

—Olegario Arturo, aunque sé que no cree en predicciones, sucedió tal y como lo predijo Mamá Mina.

Pese a la delicada y difícil situación grávida de Gilda, y a la incapacidad oftalmológica de Alcira, Eneida, una vez regresó al hogar materno, se negó a colaborar con los oficios domésticos. Desde luego, también con la lavada de las abultadas tareas y contratas de ropa que por entonces tenían para sobrevivir. Frente a tal situación, Gilda se rebeló contra la pusilánime actitud de su hermana Eneida, quien decidió regresar a la ciudad capital.

Una vez Eneida se encontró en la metrópoli capitalina, y ante la incertidumbre de no tener qué hacer, ni a dónde ir a vivir, ni con qué subsistir, le aceptó a Arnoldo Duque la por demás oportuna propuesta de matrimonio, a pesar de no tener definidos sus sentimientos hacia él... los que, tal vez, nunca terminó de concretar. Aunque después de muchos años, y cuatro hijos, dos hombres y dos mujeres que procrearon: los Duque Mencino; así como demasiados "ires y venires", problemas y dificultades que padeció a su lado; comprendió, se resignó, finalmente, y al no tener otra alternativa, a que él era su única, segura y final estrategia de compañía para la vejez.

—Todavía así, no logró quererlo jamás —sentenció Gilda suspirando—. Solo aceptarlo como compañero de viaje hacia la vejez.

Al casarse Eneida del Pilar, y al quedar casi de inmediato embarazada, presto les pidió apoyo a su madre y a su hermana para que alguien fuera en su auxilio.

—Eneida del Pilar nos dijo y prometió que: «Siquiera mientras pasan los meses de gestación» —le dijo Gilda a su hijo—. Pero, lo que realmente necesitaba era que alguien le colaborara con los desconocidos, arduos y denigrantes, para ella, oficios caseros.

Alcira consideró que la indicada era Maira de las Mercedes, su nieta mayor, la primogénita de Gilda, ya de once años. En esos días la adolescente había concluido en Oroguaní el quinto año de primaria y tenía que iniciar su bachillerato. Oportunidad educativa inexistente allá, en aquel municipio. Además, Norfidia, la esposa de Federico, por esa época la emprendió contra Maira. En cada oportunidad que tenía le decía:

—Gilda, su sin tantica madre es una cualquiera… ¡se mete con mi marido!

Fatal dosis de dolor que jamás saldría del corazón de Maira; ni siquiera cuando, años más tarde, se lo enrostró y le endosó aquella pena del alma a su hermana menor, Maritza Alcira.

Con tal ardid, Alcira le vendió, impuso, la idea a Gilda, y entusiasmó a Maira de las Mercedes. El 23 de noviembre de 1967, en la Rápido Transportes Tomima, en la línea de las siete de la mañana, rumbo a la ciudad capital, Maira de las Mercedes Mencino salió de su pueblo natal, junto con su tío Ebert Ernesto. Él decidió, a sus trece años, irse también para la capital en busca del progreso, así como de mejores oportunidades laborales. Estas, allá, en Oroguaní, eran por demás escasas, esquivas y gravosas. De esa manera se redujo de nuevo el núcleo familiar a Alcira, Gilda, Olegario Arturo y Maritza Alcira. Esta última aún de brazos y objeto fundamental de la demanda que Norfidia instauró contra Gilda, con la injerencia intrigante de Azucena Santana, la captora de Olegario Perea, asesorada por el nuevo secretario de gobierno municipal, el doctor Julio César Sánchez Mendoza, de filiación conservadora.

—Madre, ¿quién era ese? —le indagó Olegario Arturo—. Me parece conocido.

—Un político oriundo de La Sierra —le respondió Gilda—, un pueblo vecino. Al parecer ese hombre fue enviado por la dirigencia nacional dizque «a poner orden en esta montaraz municipalidad», fue lo que dijo al llegar. Se apareció con el respaldo contundente, «y en cumplimiento de directrices y políticas directas del doctor Carlos Llerena Estepero», o al menos eso era lo que decía. «El presidente de las grandes transformaciones nacionales, gestor del crecimiento burocrático del Estado y, a su vez, tercer mandatario del Gran Acuerdo Nacional», como contaba Mamá Mina.

Creía Norfidia, o por lo menos eso le instó hacer ver su escudera, Azucena Santana, que al arrebatarle la criatura a su común rival sentimental; ya que todos en el pueblo sabían de aquella secreta relación entre Federico Adonay y Gilda Mencino, incluso desde antes del nacimiento de la primera hija de Federico, con veinte días de diferencia entre aquella y la de Gilda; él dejaría de tener motivos para seguir con "La Calandria", como apodaba Azucena a Gilda por lo del canto. Como tampoco la necesidad de continuar suministrándole los mercados semanales que reclamaba sin falta Alcira en la tienda de don Abundio, ni los apoyos económicos mensuales, ni mucho menos, seguir con sus nocturnas y subrepticias pero obvias visitas. Pretendía Norfidia que ella, como la esposa legítima, podría tener y disponer de esa manera, y en exclusiva, a su escurridizo… y ahora muy rico marido. Dineral obtenido gracias a la muerte repentina de Abundio, el soltero, y sin descendientes, hermano mayor de Federico Adonay.

Infamia

Don Abundio Macanero, el hermano mayor de Federico Adonay, el 17 de diciembre de 1967 tuvo un paro cardiaco, propiciado, al parecer, por su relevo inconsulto de la dirigencia del liberalismo en Oroguaní y, en consecuencia, por su salida de la administración municipal. El mismo *modus operandi* del que fue objeto Miguel Benito Riveneira, su antecesor, quien reemplazó a Bernardo Mencino en la dirigencia liberal luego de que aquel fuera asesinado.

Al acaudalado comerciante liberal lo substituyó en sus lides políticas y funciones administrativas municipales, también «por orden nacional», según Sánchez Mendoza, uno de los desconocidos, poderosos y acabados de llegar al pueblo, y casi nunca visibles huéspedes de La Guasimalera, con dominio y manejo productivo en otras nueve haciendas más de aquella jurisdicción política. El hombre que reemplazó a don Abundio Macanero, eso sí, contaba con el pleno respaldo de Sánchez Mendoza, el secretario de gobierno municipal, y, por su conducto, del nuevo alcalde.

Sánchez Mendoza se interesó en la demanda de Norfidia contra Gilda. No tanto por el objeto jurídico en sí: la reclamada maternidad sobre la criatura en disputa. Este pronto se enteró de que Gilda, la demandada, era la hija mayor de la principal heredera de La Guasimalera, ahora cuartel de operaciones, centro de producción y acopio de la nueva y vedada agroindustria que apenas afloraba en el centro-occidente del departamento, y en la que él y el nuevo impuesto alcalde de Oroguaní, emisarios de poderosos, económica, política y, con ello, socialmente señores de la capital, tenían la misión de respaldar y proteger... de manera extraoficial, desde luego.

A las 10:45 de la mañana del domingo 19 de mayo de 1968 el calor era más que sofocante, en algo contrarrestado por la fresca brisa que, proveniente del Magdala, subía hasta el Cerro Con Oro. Esta, al estrellarse con su majestuosa altura, se devolvía, lamiendo en su apresurado descenso con el silbido de su frescura las laderas municipales, y, por ende, al medio empinado casco urbano trazado en siete niveles. A esa hora, sudoroso, el secretario de la alcaldía, doctor Julio César Sánchez Mendoza, pasó por el tenderete que atendía Gilda en la plaza principal del pueblo.

—Gilda Mencino —le dijo—, hágame el favor de acercarse a mi despacho, como a las dos, después de almorzar. Tengo un asunto oficial que comunicarle.

Así que como a la 1:45, pasado el mediodía, Gilda, muy nerviosa ante la incertidumbre que le causaba desconocer el motivo por el cual aquel personaje; quien no le inspiraba confianza a ella, ni mucho menos a los ahora atembados oroguanenses, en especial a los liberales de la época de Bernardo; dejó a su hijo Olegario Arturo atendiendo el puesto de cerveza y se dispuso a cumplir el inesperado e inquietante requerimiento oficial.

—Pensaba que se trataba del manuscrito que me dio en confianza y reserva mi tía y madrina Mamá Mina —le compartió Gilda a su hijo—, a quien en esa ocasión no podía consultar, como lo hacía siempre ante las tribulaciones que me presentaba la vida.

Gilda encontraba en las palabras de Mamá Mina, así fuesen equivocadas, una salida. Pero, en esta oportunidad, no la podía consultar. Ocho meses antes fue llevada, muy grave, para la ciudad capital, de donde se recibían muy pocas noticias de ella, siempre malas, en especial las últimas, que anunciaban un pronto y fatal desenlace.

—O, quizá, volví a reflexionar, camino a la alcaldía —continuó Gilda su relato frente a su hijo—, se trataba de la escritura de El Salado. Instrumento público que aún, como el manuscrito, no me atrevía a revelar. Bermina me dejó bien claro que el manuscrito solo lo podría dar a conocer hasta cuando hubiera muerto ella, así como sus hijos… mientras que la mandinga escritura esa, aunque ella no puso condiciones al respecto, sabía que aún era inconveniente sacarla a la luz pública.

Olegario Arturo, esa tarde, sin saber el motivo, estaba más intranquilo que todas las anteriores, durante las cuales le dedicó tiempo, bastante tiempo, a escuchar el largo relato de la vida de los Mencino.

—En ese entonces —prosiguió Gilda— las cosas entre Mencinos y Riveneiras, enfrentados por las demandas interpuestas por los Sagrario, se hallaban en el peor momento. Además, pensaba, si por lo del pleito relacionado con la herencia de La Guasimalera existían tantos líos y enredos, al dar a conocer lo de El Salado, suponía, todo empeoraría, y los intereses insanos de unos y otros se avivarían e incendiarían lo poco ileso que quedaba de nuestras familias, cada vez más pobres y fragmentadas.

Gilda decidió, entonces, al ingresar a la oficina de Sánchez Mendoza, quien la esperaba risueño y con unas hojas de papel oficio, escritas a máquina, en las manos, así le tocara el tema, negarlo todo. Mejor, diría que no sabía de ningún documento. Ella tenía la certeza de que nadie conocía el sitio en el cual los guardaba, y permanecerían incólumes por bastante tiempo, en especial el terrible como riesgoso manuscrito Mencino, que ya, en sigiloso secreto, había leído varias veces.

Mandinga declaración manuscrita de Bernardo que solo salió de aquel viejo y destartalado baúl de madera de naranjo, y a las manos de Olegario Arturo Mencino, a mediados de 2007. El manuscrito permaneció guardado en ese baúl, debajo de una vajilla de loza compuesta por veinticuatro finas piezas envueltas en papel periódico. Menaje que le heredó Mamá Mina a Gilda, antes de ser llevada de urgencia al hospital en la ciudad capital, donde murió a finales del 68.

El asunto era aún más afrentoso, inverosímil y delicado. El secretario del alcalde, antes de tocarle el tema principal a Gilda, se interesó por su vida, pasado, abuelo Bernardo, madre Alcira y por sus familiares que iban seguido por lo del sonado como interminable pleito Mencino, como todo el mundo le decía. El secretario recibió, para todas y cada una de aquellas preguntas, por parte de Gilda, respuestas fragmentarias, elusivas e incompletas. Él, a pesar de saber que eran respuestas fragmentarias, elusivas e incompletas, no se molestó. Su verdadero objetivo era conocer de primera mano a la mujer que podría, en un futuro cercano, de tener los alcances suficientes, encarar formal y legalmente la reclamación de La Guasimalera. Sin embargo, con esa primera entrevista, Sánchez Mendoza quedó tranquilo al respecto. Muy rápido comprobó que Gilda no era rival de gran cuidado, ni obstáculo para lo que se tenía decidido, no solo hacer con La Guasimalera, sino en toda la región. Aquella mujer no dejaba de ser una más de tantas orquídeas del paraíso; por aquella época, abundantes, montaraces, bellas e inermes.

Aunque para aquel malandro hombre, y lo pregonaba, por lo tanto, así actuaba siempre, no existían enemigos pequeños. Por esta última razón, Sánchez Mendoza pasó de inmediato al asunto de la citación. Le hizo preguntas personales e inherentes a la cantidad de hijos que tenía, y a los nombres de los respectivos padres de cada uno de aquellos. Ella respondió lo pertinente, sin molestarse siquiera cuando este le enfatizó por los verdaderos padres de su hija menor. De inmediato y sin titubear se reiteró como la madre consanguínea de Maritza Alcira y aseveró que Federico Adonay Macanero era el padre biológico. Entonces, con tono conciliador, manipulando la situación con sagaz inteligencia, le hizo sentir que él estaba con ella en tan molesto e incómodo trance.

—Lo que sucede, Gilda, es que Norfidia Perea, la formal esposa de Federico Adonay Macanero, le entabló una demanda por el secuestro de aquella criatura. Ella alega ser la madre biológica de Maritza Alcira.

Le dijo, también, que Norfidia, para sustentar y comprobar su demanda, lo declaró bajo solemne juramento, además de tener varios testigos, entre ellos a Azucena Santana, la captora de Olegario Perea, quien le habría servido de partera. Que la demandante manifestaba haber tenido mellizas, y que, a una de las dos criaturas de aquel parto, Federico se la encargó, de forma temporal, a Gilda para que la cuidara mientras Norfidia pasaba la dieta.

—Denuncia Norfidia —le reiteró el secretario—, que una vez ella le solicitó a usted, Gilda, que le devolviera la niña que le dieron a cuidar, no solo se negó a devolvérsela, sino que amenazó con causarles daño, tanto a la criatura como a ellos, a sus padres biológicos, si intentaban quitársela.

Gilda no podía salir de la sorpresa. Sintió que la ira la invadía, pero se supo controlar. Sabía que tenía que manejar la situación con calma.

—Obra en el expediente de la demanda —añadió Sánchez Mendoza—, que Norfidia también la acusa por haber registrado y bautizado a la niña como hija natural suya. Lo cual, si se comprueba —le enfatizó—, es otro delito diferente al del secuestro y extorsión, en el que podría estar seriamente comprometida usted, Gilda, de ser cierto lo que alega y le endilga Norfidia.

Sánchez Mendoza hizo una pausa prolongada antes de continuar.

—Por lo tanto —reanudó el secretario de la alcaldía—, le pido el favor, antes de proceder formalmente a darle tránsito a la demanda hacia el juzgado promiscuo municipal, que me cuente la verdad, y solo la verdad, en lo posible con pruebas, para resolver de la mejor manera esta embarazosa situación.

Sin poderle dar crédito a tan inconcebible historia, Gilda procedió a contarle a Sánchez Mendoza los pormenores de su relación con Federico. Le precisó fechas, sitios y hechos. Le citó testigos que aseverarían sobre su estado gestante. Mencionó el nombre y apellido de la enfermera del centro de salud municipal que la atendió durante el parto; de quien, además, por su solicitud, tomó su nombre para colocárselo a su hija, ya que sonaba muy bonito en combinación con el de Alcira, su madre.

—Estaba tan segura de lo que expresaba —se ufanó Gilda al exponérselo a su hijo—, que le solicité que llamara a Federico Adonay, al papá de mi hija, para que él ratificara mi historia.

Sánchez Mendoza fue, durante los últimos veinte años, una de las tantas víctimas, él y su familia, de los liberales, allá, en La Sierra, en la misma jurisdicción territorial de Oroguaní. Él padeció, fue objeto directo de la acción política, administrativa y armada de los Mencino. En especial de Bernardo, El Depredador. Por tal razón, mucho antes de llegar como secretario de la alcaldía de Oroguaní, apoyado por las directivas conservadoras del departamento, soterradamente respaldado y patrocinado por las del Partido Liberal de la región, se constituyó en el principal artífice para la desaparición de Bernardo Mencino.

Lo hizo mediante el concurso y por el conducto material de Ester Julia, así como de los propios hijos de Bernardo: Armando y Alfonso. A estos los conoció y contactó cuando en cumplimiento de su misión llegó en 1961 a La Guasimalera. Se apareció por allá en calidad de jugador retador de póquer. Una vez se hospedó en la hacienda, sondeó, analizó y concluyó que el flanco débil de Bernardo Mencino estaba en su infecto seno familiar inmediato. Él fue a quien, amparado entre la bruma de aquel amanecer, Ester Julia le hizo el comentario: «Doctor, ¿será que por fin habrá muerto este infeliz?», mientras tiraba al empedrado patio, con desprecio y odio, el moribundo cuerpo de Bernardo Mencino.

Tal vez por el conocimiento y experiencia que tenía en relación con los Mencino, Sánchez Mendoza consideró que Gilda, o alguno de sus hijos, podrían ser, tarde o temprano, un obstáculo para los depredadores planes de su malandra organización. Aunque aquella mujer, en ese momento, era insignificante en todo aspecto, y sus hijos heredarían, de manera inexorable, tal lastre, no dejaban de llevar en las venas la sangre de Bernardo. Por tal razón, y para evitar sorpresas en un futuro cercano o mediano, por aquello de que: «Aunque hoy al enemigo pequeño lo vea, ¿quién garantiza que mañana tu cuchillo no sea?», como solía decir, optó por promover la erradicación y desplazamiento definitivo de todo vestigio Mencino de Oroguaní.

—Mujer, le creo su historia, y estoy de parte suya. Pero, le aseguro que Norfidia va a insistir, no tanto para quedarse con su hija Maritza Alcira, sino para buscar recuperar y tener para ella, en exclusivo, a su marido, a Federico.

Entonces, le propuso refundir la demanda. Le prometió que iba a interceder para que Norfidia la retirara; siempre y cuando Gilda, Alcira y sus respectivos hijos, es decir, los diezmados Mencino restantes, se marcharan cuanto antes de Oroguaní. También condicionó el favor, a título de recomendación, para que no siguieran perdiendo el tiempo, ni esfuerzos, ni mucho menos recursos con lo del pleito por La Guasimalera. Que según lo que él sabía y los documentos que conocía, esas tierras les pertenecían a sus actuales y legítimos poseedores, es decir, a los Sagrario. Por lo que la ley y las autoridades, en todo nivel y orden, los protegían y defendían. Que de seguir insistiendo en esa causa más que perdida, con toda seguridad lo que iban a lograr era un carcelazo.

—Se rumora en el pueblo —le dijo—, con algunos por verificar contundentes indicios, que la muerte de Bernardo, y el robo posterior de los semovientes y otros bienes de La Guasimalera, fueron planeados y ejecutados por los que ahora están muy interesados en quedarse con las tierras del viejo. En especial, la esposa y la hija legítimas… lo escuché —enfatizó.

Sánchez Mendoza no necesitó acudir a más argucias y presiones, ni a más vedados y atemorizantes argumentos. Gilda fue fácil presa del temor, la angustia y la preocupación por Alcira y sus hijos. En consecuencia, quedó más que agradecida con aquel hombre. Según su manejado parecer, él tuvo la deferencia de llamarla, avisarle y aconsejarle qué era lo que debía hacer para salir de aquel trance.

Se acercaban las fiestas de San Juan y San Pedro, las que marcan el inicio de las patronales que se celebran cada año, entre julio y agosto, en honor y veneración al santo patrono de Oroguaní: El Señor de la Salud Corporal y la Prosperidad Espiritual. Por tal razón, aquella humilde y desprotegida mujer se vio compelida a solicitarle a su perspicaz victimario que la dejara, por favor, trabajar con su tenderete de venta de cerveza durante las próximas festividades.

—Doctor, permítame hacer algunos pesos extras en las fiestas del pueblo, con lo cual pienso emprender el traslado hacia la capital —le imploró Gilda—. Además, mi hijo Olegario Arturo está haciendo su tercer año escolar en la Concentración Municipal de Varones San Agustín, y va hasta noviembre. De aquí a entonces —reiteró suplicante—, coordinaré en la capital para ubicar o ver la posibilidad de algún trabajo para mí.

Logrado su objetivo, refocilándose con su inicua victoria, magnánimamente le concedió a Gilda hasta ese siguiente noviembre, el del 68, para que se hiciera efectivo el concertado destierro, desarraigo social, de los Mencino restantes de Oroguaní.

—Mire, Gilda —le dijo Sánchez Mendoza—, lo hago, le otorgo el plazo que me solicita, conmovido e inspirado por la visita que en agosto de este año hará al país su Santidad Pablo VI, a quien venero ciegamente. Este Santo Padre es mi guía y consejero espiritual para la realización de todas mis pulcras acciones públicas y privadas.

Argumento que Sánchez Mendoza solía decir y justificar muy seguido para lograr en la gente, sobre todo la más pobre y con menor o nula formación académica, mayorías en aquellas labrantías, respeto y obediencia. Él sabía que la fe era, en ese entonces, una de las más eficaces herramientas de dominación política y social.

Gilda no le contó a nadie, ni siquiera a su madre, lo que le pasó esa tarde de aquel tercer domingo de mayo del 68. Menos, aún, iba a sacar del baúl las escrituras de El Salado, o el comprometedor manuscrito Mencino; por ahora. Siguió su vida como si nada, trabajando y soportando los permanentes, grotescos y más de uno de ellos, atrevidos ataques verbales y físicos que en esos seis meses siguientes le prodigaron Azucena y Norfidia; algunos efectuados al unísono; otros, por parte de cada una.

En ese lapso, en la ciudad capital, de un repentino infarto murió Bermina Mencino. Para cumplirle su última voluntad, su féretro fue llevado a Oroguaní. Allá le dieron sagrada sepultura en la bóveda junto a su hijo-hermano Bernardo y a su padre Valentino, mientras Alcira cantaba, con su entonces más que nunca preciosa, aguda, potente y transparente voz: *Ladrillo*, *Adiós muchachos* y *La muchacha del circo*, como se lo encomendó la propia Bermina desde el día del sepelio de Bernardo, frente al padre Gallego como garante eclesiástico para el cumplimiento de su cantada manda.

Gilda, igual, soportó con paciencia los acosos, casi semanales, de Sánchez Mendoza. Solía visitarla los domingos en el tenderete para preguntarle cómo iban los contactos en la ciudad capital, relacionados con la ayuda para la vivienda y la consecución de algún trabajo. En cada una de esas ocasiones el funcionario le recordaba el plazo que vencía en noviembre para que se marchara definitivamente de Oroguaní, y con toda la familia, los restantes Mencino.

Cuando Maira de las Mercedes fue a Oroguaní, durante las fiestas de agosto, la joven le confirmó a su madre que ella solo volvería a su pueblo, pero de visita, mas, nunca a vivir de nuevo. Aunque permanecía ayudando a su tía Eneida en los quehaceres domésticos de su casa, sin paga alguna, y esquivando a diario los cada vez más atrevidos y descarados acosos sexuales de Arnoldo Duque, el esposo de su tía, ella tenía la certeza y contagiosa seguridad de que en la ciudad capital encontraría la forma de progresar y, con ello, de llevarse a su familia para darle un mejor y merecido destino. El que en Oroguaní, lo daba por seguro, jamás lograrían. A Gilda no la sorprendió tal declaración. Lo sabía premonitoriamente. Lo había "visto", todo, en los cunchos de la taza de chocolate. Era lo mismo, pero con distinto y marcado sino, lo que al respecto pensaba su hermano Ebert Ernesto. Él vivía en la casa de otra tía, la hermana menor de Gloria Patricia: Sandra Clara Gonzaga. Allá se encarriló en un trabajo de manufactura y bisutería que tenían con su esposo en el barrio La Fragua.

A quien sí le comentó Gilda la decisión de irse de Oroguaní fue a Federico Adonay. Lo hizo en agosto de ese año, una vez concluyeron las fiestas patronales. Tras entender las razones que ella le expuso, Federico le manifestó su apoyo y le propuso que le iba a seguir colaborando en lo económico para que pagara un apartamento donde él pudiera llegar cuando subiera a la capital. Le ofreció ayuda para que colocara un pequeño negocio tan pronto ella se ubicara en la metrópoli. Promesas estas que nunca se hicieron efectivas. Gilda no aceptó que en el lugar en el cual viviría con su madre, hijos y hermano, llegara él a quedarse. Le parecía mal. Ya en la ciudad capital quería olvidar y romper con todo vínculo afectivo que le marcó su vida pueblerina. Además de nunca haber amado a ningún hombre, nunca soportó su rol de amante; nunca lo asimiló; nunca lo admitió; nunca le interesó lo suficiente como para luchar por él. Tampoco le aceptó, cuatro en Oroguaní y tres en la capital, las veces que tras pelear con Norfidia le propuso que se iba a vivir con ella, que se haría responsable de toda la familia. ¿La razón? Olegario Arturo, una tarde de 2007 y, mientras Gilda le contaba su historia, le preguntó:

—Madre, ¿cuál fue el motivo para rechazarle, de verdad, la propuesta a Federico?

—Hijo, alguna vez, recién nacida Maritza Alcira —le contestó—, le pregunté por qué nunca alzaba, acariciaba ni consentía a su hija. Que por qué razón cada vez que me daba sus apoyos económicos o mercados, me decía que ahí tenía lo mío, y no lo de la niña. En esa única oportunidad que toqué ese tema con

Federico, él me respondió, con frialdad: «Gilda, a la que yo quiero es a usted».

Quien sí estalló de júbilo por la noticia de la partida hacia la capital fue Alcira. Gilda se lo dijo el 18 de octubre de 1968. Durante su aniversario número cincuenta. El día cuando La Gardela cumplió la media centuria de años. A partir de ese momento Alcira no hallaba cómo hacer correr el calendario para que llegara pronto ese día.

Al amanecer de ese postrer lunes: 25 de noviembre del 68, en el camión de Pedro Ramírez, encima de unos bultos de café, maíz y azúcar, fueron cargados los pocos corotos de los últimos Mencino de Oroguaní. Enseres estos entre los cuales, desde luego, iba el viejo baúl de naranjo y su especial contenido. Sobre este se acomodó Olegario Arturo, al lado del ayudante. En la cabina viajaron junto al conductor, Alcira y Gilda, quien cargó a Maritza Alcira en sus brazos durante todo el camino.

Sabor a destierro

Los últimos Mencino partieron de Oroguaní por entre la clandestina sombra de la madrugada, rasgada por titilantes y distantes luceros pegados en la oscura y nostálgica bóveda celeste. Emigraron con lúgubre sabor social a desplazamiento, bajo la sombría y callada tristeza del Cerro Con Oro, vía a San Vicente, rumbo a la capital del país. Cuatro horas y media después: a las 8:30 de esa fría y lluviosa mañana sabanera, arribaron al barrio Quiroga, a la casa de la tía Alondra, medio-hermana paterna de Alcira.

La tía Alondra, una vez más, estuvo dispuesta a colaborarle a Gilda mientras se abría paso y reorganizaba su vida, la de Alcira y, desde luego, la de los muchachos. Así lo justificó cuando llamó a su sobrina por teléfono y le confirmó su decisión de apoyo para que se hospedaran en su casa. En ese momento Alondra vivía con sus dos hijos menores. La mayor partió para Estados Unidos meses antes. El siguiente, desde comienzos de ese año, cursaba carrera de oficial en la Academia del Ejército Nacional. Su primer esposo, así como el padre del menor, ella decidió que ya no eran parte de su hogar ni de su vida; como tampoco lo sería ningún otro hombre en el futuro. La experiencia con cada uno de ellos fue ingrata, de olvido.

Nadie en Oroguaní supo de la partida, de la ida, del compelido viaje sin retorno de las Mencino; excepto Pedro Ramírez y su esposa. Ese atardecer del domingo, después de guardar el tenderete, a la casa de estos llevaron sus enseres, los pocos que se escogieron, y se quedaron esa noche para salir muy temprano. Ni siquiera lo supo Federico, tampoco Sánchez Mendoza, quien estaba muy pendiente del disimulado pero forzado desarraigo; menos Olegario Perea. Él, cuatro meses después, vendió el billar y veinte días más tarde, con su captora Azucena incluida, también se fue a vivir a la ciudad capital, muy cerca del Quiroga, en el barrio Santa Lucía. Allá, con lo de la venta del billar, montó una tienda de víveres.

En la mañana de ese lunes 25 de noviembre de 1968 una intrépida y fría brisa, recurrente e incrédula, se desprendía del Pan de Azúcar, el cerro tutelar ubicado al noroeste de Oroguaní. Iba y recorría, con desesperación y angustia, las solitarias calles y las vetustas casas de aquel pueblo. Estaba en busca de las Mencino. La embargaba e intrigaba no escuchar, como todos los días a esa hora, la potente voz de Alcira en la panadería de don Paolo Romero, interpretando tangos, valses, milongas y boleros; o recientemente las canciones de su nuevo ídolo: Antonio Aguilar. Tampoco la de Gilda, quien, en el lavadero de su ranchito, o en el anexo cafetal al que solía ir a pepear, dejaba salir, volar, escapar sus sentimientos mediante apasionadas rancheras y boleros. Tonadas estas con las que aquellas heridas mujeres, orquídeas en el paraíso, hacían que los árboles, las matas de café, los multicolores pájaros... y todos los huéspedes del bucólico paraje oroguanense se sintieran arrullados y nostálgicos.

Aquella acongojada brisa, al no encontrar a las Mencino, al no poder recoger y llevar consigo el eco dolido de sus voces, retornaba una y otra vez, con lúgubre silbido, cual lamento de amante abandonado, a su sitio de origen en el centro del por demás escarpado cerro en el cual pernocta, en perenne otoño social, una laguna encantada.

Al empinado Pan de Azúcar también le dicen los oroguanenses Cerro Con Oro. Según la leyenda contada por Valentino a Bermina, quien se la compartió a Gilda, aquel se sostiene impetuoso gracias a que en su interior hay tres vigas, tres columnas de oro con ramificaciones hacia los seis pueblos ubicados en sus inmediaciones. Material precioso este casi imposible de extraer por la agreste e inaccesible geografía allí reinante.

Según la leyenda, de hacerlo alguien no indicado, no elegido, ocasionaría una hecatombe nacional, cuyo epicentro estaría en esos seis poblados... Se lo trasmitió a Valentino su tía abuela, lo mismo que a Abduliano la suya. Estas dos mujeres, de origen español, estaban, además, emparentadas en cuarto grado de consanguinidad, y descendían de los dos primeros pobladores españoles que llegaron, conquistaron y colonizaron las tierras y sometieron a los habitantes originarios de ese escondido y prolijo terruño subcontinental, fraguando su sangre con la indígena.

—Ingente y sin parangón riqueza natural que, de mal gobernarse, o de hacerlo con voraz infundio, odios fraternos o mezquindad, se convertirá en infinita e irremediable desgracia y miseria social —lo predijeron y advirtieron las tías abuelas de Valentino y Abduliano.

Contaba Bermina que, hacia la mitad de la ladera, en todo el centro de aquel cerro, con vistas a Oroguaní, por su lado más escarpado, y exactamente donde se observa una triangular mancha de monte sobre una breve y caprichosa ondulación, tenía su espacio una laguna encantada, muy profunda.

—¡Es un pozo sin fondo! —reiteraba Bermina—. Aquel espejo de agua, además de estar medio cubierto con matas verdes de caracuchos y buchones, está rodeado por árboles de jabón michú, higuerilla y pomarrosa. Allá se anidan —le dijo algún día Mamá Mina a Gilda—, las susurrantes orquídeas doradas del paraíso, única en su especie. Flores estas que exhalan un sutil néctar combinado entre vainilla, chocolate y caramelo caliente.

—En esa laguna —le dijo Gilda a su hijo—, como me lo confió Mamá Mina, suelen nadar, pero solo entre octubre y noviembre, unos patos de oro con incrustaciones de piedras preciosas como ojos, picos y alas. Palmípedos objetos, según la leyenda que contaba mi madrina, muy sensibles al ruido, más, aún, a la corrosiva ambición humana. Ella decía que tan pronto perciben la presencia de intrusos, se sumergen en sus oscuras y frías aguas. Que, si algún individuo ingresa en busca de aquel esquivo tesoro, nunca vuelve a salir. Según mi tía madrina Bermina, esas acuáticas, abombadas y verdes hojas de aquellas plantas que ornan el lugar devoran a los hechizados que osen sumergirse en su yerta y negra profundidad... la de la ambición.

Entre sus coterráneos la ausencia de las Mencino, durante varios días, pasó desapercibida. Muy pocos notaron de inmediato su vacío. Olegario Perea y compañía, y Federico Adonay y señora, en el lapso de los dos siguientes días fueron los primeros en aspirar el perenne aroma de su partida, cual olor de guanábana fresca, al ser abierta. Sánchez Mendoza lo notó hasta el jueves cuando le comentó a Norfidia que se le hacía raro no ver a las Mencino desde el domingo en la tarde. Norfidia, absorbida por el entusiasmo inocuo y pasajero de creer extinta la causa de sus fundados celos, le manifestó que al parecer salieron, se fueron de aquel poblado, en la madrugada del lunes.

La noticia se oficializó ese siguiente domingo cuando en la esquina noreste de la plaza parque no se armó el toldo donde Gilda y su pequeño hijo Olegario Arturo vendían cerveza los días de mercado. Las galletas (cucas) de mantequilla tuvieron que esperar varios domingos una nueva repostera para que las hiciera, nunca igual, desde luego, como las de Alcira Mencino. Pero, antes de que sus nombres y las imágenes de sus rostros se disiparan en el patrio, consuetudinario y anestésico olvido de las gentes de aquel villorrio, tal vez a los tres o cuatro meses de su sigilosa retirada, algunos paisanos comenzaron a murmurar, al comienzo, luego fue voz de pueblo, que oían a La Gardela entonar tangos, boleros, valses y milongas, sin falta, en cada velorio que se efectuaba en Oroguaní. También, en las madrugadas de los domingos cuando salían las primeras odoríferas latas con galletas en la panadería de don Paolo Romero. De nueve de la mañana a las tres de la tarde en las quebradas donde Alcira solía ir a lavar la ropa de las contratas que hacía Gilda. Los desprevenidos viajeros y caminantes decían que la oían por la carretera que conduce a La Guasimalera. Los arrieros, las comadres, las parteras y, sobre todo, las mujeres embarazadas, en los caminos hacia las fincas y veredas en las que trabajó desde su juventud.

Desde luego, los subrepticios y noctámbulos amantes aseveraban, y hasta lo juraban, que la escuchaban cada noche, pasadas las once, en las desoladas naves del inconcluso templo, desde donde se escabullía su transparente voz para ulular por las oscuras calles, celestinas de los nuevos y viejos, pero eso sí, la mayoría prohibidos, proscritos e inevitables amores oroguanenses.

Similar fenomenología aconteció, más trascendental, con Gilda Mencino, La Calandria. No alcanzó a pasar un año de su partida cuando la gente comenzó a decir que la escuchaban cantar rancheras y boleros, en especial: *La retirada*, *El puente roto*, *Tú y las nubes*, *Tu duda y la mía* y *Frivolidad*, entre otras tonadas de dolor y olvido. Aseveraban que la sentían, y hasta veían, algunos entre los frondosos cafetales arrullados por los sonidos de la sinfonía perenne e inconclusa de las quebradas. Otros, en las gotas de lluvia en el atardecer de los venados; o en la trivial escarcha sutilmente esculpida sobre las hojas de los naranjos al amanecer.

La pueblerina situación fue tal, que mucha gente aseveraba que al pasar por sobre el sitio en el que Gilda colocaba su tenderete los domingos, percibían las vibraciones de su desesperada y triste voz. Además, insistía la gente, que los que se detuvieran sobre el sitio, ahí donde hasta el 24 de noviembre de 1968 no solo luchó por ganarse unos pesos adicionales para subsistir ella y su familia, sino donde regó aquella reseca tierra con sus lágrimas de ahogado dolor, y en más de una oportunidad frente a muchas personas, de inmediato el transeúnte evocaba y sus labios musitaban, de manera inexorable, los versos de esa canción que interpretaba Amalia Mendoza: *Paloma sin nido*. Una de las tres melodías que Olegario Perea siempre le colocaba en su radiola cuando la veía pasar frente a su billar, con el propósito de reiterarle de esa desplazada forma sus nunca declarados sentimientos de amor, afecto y emoción, por ella profesados en la solemne intimidad de sus amordazadas pasiones, apretujadas por su inútil como canceroso orgullo masculino.

Los más supersticiosos llegaron a decir que la persona que se posara en ese cuadro de tierra, así tan solo fuera un segundo, y llegara a sentir las vibraciones de la canción, y desde luego, a musitar alguna de sus estrofas, de ser mujer, nunca llegaría a casarse, si fuera soltera; la abandonaría su esposo por una más joven, de ser casada; y moriría en el total olvido amoroso y la más abyecta melancolía, de ser separada, viuda o abandonada. Y que de ser hombre el desprevenido caminante que allí posara sus pies, simplemente se condenaría a la perenne infidelidad de su pareja, y con ello, a la desgracia de los malditos celos.

Por tanta habladuría sobre aquellas mujeres, tres años, tres meses y tres días después de su partida de Oroguaní, el nuevo alcalde, el doctor Sánchez Mendoza, sembró allí una ceiba. A su alrededor hizo construir un escaño para el descanso de las personas. El burgomaestre instaba evitar de esa forma que los oroguanenses continuaran exaltando y pregonando las creencias extrañas y contrarias a la razón respecto de las Mencino. Él reemplazó al anterior alcalde del que fuera su secretario de gobierno hasta el día que un grupo que por aquella época se autodenominaba: Muerte A Malandrines (MAM), lo asesinó vía a El Guadual, supuestamente por pertenecer a un grupo de izquierda; o por lo menos eso fue lo que al respecto difundieron los medios noticiosos del departamento y la nación, a partir de la fuente oficial de información municipal: La Secretaría de Gobierno de Oroguaní.

A pesar de lo cómodo que era aquel descansadero, ningún oroguanense osó sentarse en él. Mucho menos, nadie quiso tumbar el bombacáceo vegetal que alcanzó veintinueve metros de altura, pese al riesgo que ofrecía su grueso y viejo tronco que amenazaba ruina, que además inundaba al nuevo y adoquinado parque, de manera permanente, con sus rojizas hojas, con sus escarlatas flores tintóreas y con esa exagerada cantidad de por demás inmensos y dulzones frutos que nadie, tampoco, se animaba a recoger. Todos inmersos en el popular augurio de la fatalidad Mencino que se le adjudicaba al escaño, y a la ceiba.

En aquel espacio público, incluso hasta en el interior de las desgastadas casas de su alrededor, golpeadas por el paso de los días y el descuido, imperaba el desagradable, empalagoso e ineludible olor a fruta podrida proveniente de aquel árbol. Por pueblerino agüero nadie se atrevía a derrumbar La Ceiba Mencino, como fue llamada en toda la región. Lo que sí hizo un huracán emergido de las entrañas del Cerro Con Oro que desraizó al marchito árbol y destruyó los pedazos de escaños que aún persistían en su entorno, el 11 de octubre de 2007, a las 3:33 minutos de la tarde, cuando Olegario Arturo Mencino; en los brazos de su eclesiástico tío segundo, tras terminarle de implorar para que hiciera posible sus últimos deseos; sonrió con fúnebre aliento al recordar las calzonarias del trole que se zafaban de las eléctricas líneas, lo que generaba un momentáneo y sonoro chispazo.

Leyendas pueblerinas

Treinta y siete años después de la partida de las Mencino de su pueblo natal, Olegario Arturo; aunque era poco y nada creyente de leyendas, mitos, maldiciones, premoniciones o cosas etéreas similares; comprobó parte de las historias que respecto de su abuela y madre contaban los oroguanenses. Él no creía, y se enojaba con Gilda, o con cualquier otro familiar o conocido al escucharles pregonar que cuando Alcira, su desvalida abuela, ya presa del destino en el ancianato, cantaba sus tangos, en especial *Tomo y obligo*, de inmediato en las alas de la brisa, desgranada desde el centro de la ladera del Cerro Con Oro, se esparcían por los caminos, veredas, calles, fincas, cultivos y casas de Oroguaní, como un susurro, como un débil lamento, no solo los fragmentos de las letras que desde la ciudad capital ella musitaba, sino que se anegaban aquellas estancias con el olor de la guanábana fresca, acabada de abrir.

Sucedía así, lo creyeron y acuñaron de esa forma los que conocieron su historia, porque cuando La

Gardela cantaba, decían, lo hacía con inmarcesible pasión. La anciana encontraba en el canto el único remedio capaz de mitigar su artero dolor, perenne frustración, atosigante desgracia de haberlo tenido todo en su infancia y adolescencia... disipándosele de un momento a otro, como la bruma del amanecer, sin posibilidad jamás de recuperar.

Al parecer, Alcira Mencino también exteriorizaba mediante el canto el letal abandono del que fue objeto en su precaria vejez por parte de toda su familia. Canto herido que manaba de su ensangrentada alma como único lenitivo, compañía y consuelo para instar sobrellevar su miserable, solitaria y empecinada longevidad. Portentosa voz de la que hacía uso a título de desplazado imploro en el interior de la inicua e ignominiosa cárcel de los viejos en la cual pagaba la inexorable condena por haber envejecido en la absoluta miseria y, además, por haber perdido sus facultades físicas básicas. Así lo consideraban, y lo pregonaron sus paisanos y lejanos familiares que fueron a visitarla a ese lugar, al saber de su postrera y lamentable situación.

Olegario Arturo comprobó la veracidad de esa historia pueblerina el 3 agosto de 2006; tres meses después de haber sido recluida Alcira en el ancianato por parte de su hija Eneida del Pilar. Esa vez él fue hasta su pueblo por un registro civil. Un tibio hálito emanado del corazón del Cerro Con Oro lamió sus oídos al cruzar por el adoquinado parque en el que se convirtió la destapada y polvorienta plaza donde los campesinos, cada domingo, sacaban para la venta sus productos; muy cerca del lugar exacto en el cual Gilda y él armaban el tenderete para vender cerveza y gaseosa; y en donde, para entonces, se erguía una gigantesca y mal cuidada ceiba rodeada por un derruido escaño.

Olegario Arturo tuvo la certeza de escuchar, nítida y lejanamente, la cantarina voz de su abuela; como tantas veces, sobre todo en su infancia, se la oyó, muy de cerca. Ahí estaba él. En el centro del parque, de espalda al inconcluso templo que aún conservaba los tres inmensos y bellos rosetones de vitral traídos en 1939 por su bisabuelo Bernardo desde Florencia, Italia. De inmediato se detuvo para cerciorarse y precisar lo que sus sentidos le comunicaban. Dirigió, por mero instinto, su mirada hacia la ladera del Cerro Con Oro… ¡Sí!, ¡ahí estaba! Sus sentidos pudieron ver, oler, probar, oír y sentir aquel delgado filón de aire que, desde la mata de monte, ubicada en la mitad del cerro, ululaba transparente y se deslizaba caprichosa por sobre el costado noreste de Oroguaní, llevando consigo no solo la dulce y sutil fragancia turquesa de la guanábana fresca, acabada de abrir, sino la letra, cantada en la voz de Alcira, de *Tomo y obligo*.

De inmediato extrajo el celular del bolsillo de su pantalón y marcó el número de Gilda, su madre, para contarle la inverosímil situación que estaba, más que sintiendo, probando, viendo, oliendo, oyendo… ¡sufriendo y admirando! En ese instante Gilda visitaba a Alcira en el ancianato. Cuán inmensa sería para Olegario Arturo su sorpresa y confusión, cuando al responderle su madre, de fondo él pudo escuchar, esta vez en el audífono de su teléfono, la voz de su abuela. La inerme anciana entonaba esa melodía: *Tomo y obligo*. La Gardela cantaba en atención a la solicitud de los otros ancianos, quienes alegraban el crepúsculo de su olvidada existencia y la condena insensible de sus seres queridos, con las canciones de la más decrépita, inválida, casi ciega y pobre de aquel refugio.

No cabía la menor duda. Lo que él estaba oyendo en Oroguaní, era la tonada que su abuela Alcira estaba cantando allá, en la capital; *en aquel inicuo sitio donde se insta justificar la más inmunda de las indiferencias; la más abyecta de las vergüenzas; la más imperdonable de las ignominias e irresponsabilidades: la desatención, el desamor, el olvido y el descuido de los viejos; cuando estos ya nos estorban; cuando su precaria e inerme presencia nos incomoda... o, simplemente: ¡cuando nos dejan de ser útiles!,* pensaba y se atormentaba por ello, muy seguido, Olegario Arturo Mencino.

Experiencia que él guardó sin compartir con nadie. Ni siquiera con Gilda, de quien solía escuchar parte de aquellas historias pueblerinas, y él se las rebatía con represión. Moriría con ese secreto. Aunque para los oroguanenses, para esa fecha, aquella ya no era una leyenda; muchos de ellos la llevaban en sus almas como una profesión de fe, amén de considerarla un augurio, de esos que es mejor poco hablar, menos compartir. No fue necesario que su hijo se lo dijera para que Gilda supiera que él lo experimentó. Ella lo sabía. Desde hacía mucho tiempo que lo había visto en los íconos de sus lecturas. Lo tenía más que interpretado en las señales que aparecían en la taza en la cual él libaba el chocolate; recipiente que a hurtadillas llevaba a la cocina para verificar, sin poder, aunque hubiera querido, mil veces, intervenir, interceder en el desenlace fatal de los días de su hijo; tal y como aquellos sortilegios se lo indicaban cada vez con más trágica, evidente y cercana premonición...

SEGUNDA PARTE

Orquídeas en el asfalto

Penoso periplo

Para los restantes Mencino, con o sin aquel imprecado apellido, la vida les fue más que difícil durante las cuatro siguientes décadas, contadas a partir del lunes 25 de noviembre del 68. El día cuando Gilda y Alcira emprendieron la forzada partida, ¡su desarraigo de Oroguaní! Cuando les tocó irse de su terruño del alma con destino ignoto hacia a la caótica e impersonal ciudad capital.

Desde entonces, todos ellos enfrentaron situaciones espinosas. En especial, los que optaron, o fueron forzados, por residir en la algidez humana de esa gran metrópoli subcontinental. Más ardua, aún, para los ubicados dentro de las tres siguientes generaciones de Bernardo Mencino, así como para sus allegados y relacionados hasta el tercer anillo de su entorno económico, político y social.

Pobreza, inequidad, dificultades, problemas, desamores, celos y traiciones fueron lacerantes constantes en sus vidas. Y, para al menos veintiuno de ellos, también la fatalidad, la tragedia, la maldad y el crimen. Estos últimos, desgraciada, inexorable y tristemente relacionados con los peores, trascendentales e ignominiosos acontecimientos de la artera vida nacional.

Aunque Gilda Mencino alcanzó, con medianía, a satisfacer gran parte de los objetivos que se propuso al salir de su bucólico y refundido terruño, falló en lo inherente para sobrellevar una vejez digna y soportable, suya, y por lo menos la de su madre Alcira. Le fue imposible lograr lo fundamental por más que se esforzó y sacrificó por ello. Falló en lo básico: ¡lo económico! En lo que aquella salvaje, inhumana y amebiana urbe capitalina le exige y dificulta al unísono, sobre todo a los sin nada.

Si bien fue cierto que Gilda consiguió levantar el diario para atender y satisfacer de manera ínfima las necesidades familiares básicas, le fue imposible ahorrar algo para el futuro. No le alcanzó en cuanto a la previsión para la tenencia y garantía asistenciales. Sensibles, y más que necesarias: dolorosas y costosas para el espíritu, por ende, para el vulnerable y desvalido cuerpo al llegar al portal de la senectud, al abandonado y maltrecho puerto de la ancianidad, a la inexorable y solitaria vejez.

Gilda lo supo desde El Fresnal, desde su niñez, desde cuando, a los siete años, conoció a Zoila, la adivinadora de su infancia. Pero, nunca se dio por vencida. Se empeñó en buscar salidas, sin decírselo a nadie, sin lamentarse. Luchó toda su vida para sobreponerse a las invisibles y desconocidas fuerzas que obraban sobre ella, su núcleo familiar y entorno social inminente. Estuvo siempre dispuesta a derrotar, en tan desigual batalla, a la social y heredada pobreza que marcaba su destino pletórico de ignominia, dificultades insupcrables, angustias e inevitable dolor.

De no haber sido así, de no haberlo hecho de esa infatigable y abnegada forma, las cosas hubieran salido peores para ella, para sus tres hijos y madre, y, tal vez, para su agobiada y desequilibrada patria.

Para conseguir lo de su subsistencia básica, y la de su familia, a Gilda Mencino, hasta 1972, le tocó seguir lavando ropas ajenas. En ese segundo periplo de su vida se encargó de los atavíos de algunas de las alumnas internas del Colegio Departamental Las Mercedes. Aquella institución educativa estaba ubicada en la esquina noroccidental de la avenida Carabobo con calle 14. Las nuevas clientas de Gilda provenían de familias acomodadas de Oroguaní, enviadas por sus padres a estudiar en ese plantel de formación secundaria.

Como el servicio de agua en la ciudad capital era leoninamente costoso, a diferencia de Oroguaní, en donde no existían tarifas, y siendo este el insumo fundamental para el negocio, pronto la benefactora tía Alondra se vio en la penosa necesidad de pedirle a Gilda que buscara alguna pieza en arriendo. Era obvio e inexorable que así aconteciera. Además de la incomodidad familiar que implicó en la casa de Alondra la convivencia con cuatro personas más, el coste de aquel servicio público domiciliario se incrementó de manera significativa.

Gilda no tuvo otra alternativa que comenzar el penoso periplo de instar sobrevivir en los complejos y atorrantes inquilinatos capitalinos durante los años setenta, ochenta, noventa y primeros nueve del por demás tecnológicamente avanzado, políticamente ignominioso y socioeconómicamente desequilibrado siglo XXI. Lo hizo al frente de su reducto familiar en barrios como El Claret, El Carmen, Santander, Santa Inés, Veinte de Julio, Granada Sur, Bello Horizonte y, al final, en La Fraguita. Todos estos conglomerados ubicados al sur de la pujante, pero irracionalmente expandida y urbanísticamente caótica, contaminada y fría ciudad capital.

Durante esos cuarenta años, y pese a su denodado empeño, también le fue imposible lograr otro de sus más preciados y batallados objetivos: la tenencia de una casa propia. Por aquella época el precio de venta de una vivienda elemental, en el estrato más bajo, y dotada con mínimas condiciones habitacionales, a la cual categorizaban las autoridades gubernamentales, con eufemismo político: "¡de interés social!", equivalía a ciento ochenta salarios mínimos legales vigentes mensuales.

En tan particulares condiciones un conciudadano cabeza de una familia popular promedio, y que devengara un salario mínimo legal, para hacerse propietario de una de aquellas inacabadas viviendas de cuarenta y cinco metros cuadrados de construcción, tendría que destinar el ciento por ciento de sus ingresos mensuales, en exclusivo, para el pago de la "solución de vivienda de interés social", durante al menos quince años seguidos.

Ese era el precio, a pesar de que el constructor, incluido el lote, tan solo hubiese invertido en la misma el equivalente a veinte salarios mínimos legales vigentes mensuales. El excedente se justificaba, de manera legalizada y política, como el pago por el dinero prestado y el margen de contribución al capital de los inversionistas, cada vez más acaudalados. Situación contraria con la de la inmensa mayoría nacional aferrada en los ribetes de la miseria social.

A finales de 1969, al año de su llegada a la gran metrópoli, Gilda logró emplearse en una pastelería. La paga correspondía a un salario mínimo legal. Con tal ingreso, que le implicaba jornadas de doce horas diarias, seis días a la semana, Gilda tuvo la oportunidad de comenzar con el aporte de semanas al Seguro Social para su pensión, así como para su cobertura médica.

Con tal ingreso, ínfimo pero estable, Gilda pudo, de forma paulatina, dejar de lavar ropa ajena. Pese a ese mínimo mensual emolumento, y gracias a su admirable y empírica capacidad de administración, ahorro y economía, aprendida de lo que escuchó de su abuelo Valentino por boca de su tía madrina Bermina (Mamá Mina), como le seguía diciendo, Gilda logró darles, no solo estudio de bachillerato a sus tres hijos, sino vivienda en arriendo, salud, alimentación, vestuario y, algo, aunque precario, de recreación y diversión.

Ese ingreso le permitió consolidar, a su manera, su hogar y núcleo familiar, compuesto, además de sus tres hijos, por su mamá y hermano menor. Ese fue, quizá, su más caro y laudable triunfo; aunque por nadie reconocido, al parecer. Ni siquiera por sus tres hijos.

Gracias a ese empleo en 1990 Gilda Mencino obtuvo parte de su salvación económica básica mínima para su vejez: la pensión del Seguro Social.

En esos casi cuarenta años, aunque ya casi no se le volvió a oír, seguido, su canto, ahogado tal vez por el grito atorrante, asfixiante y por demás estridente de la gran ciudad, Gilda logró sobreponerse a casi todos los acérrimos, complejos y tristes acontecimientos que la impersonal mole y el implacable destino le colocaron en su camino, de forma inexorable y perenne. Sendero por demás plagado de abrojos, espinos y vicisitudes: ¡Nostalgia social!

Uno de esos tropiezos lo constituyó la diferencia con su madre Alcira, degradada en agria disputa. ¿La razón? Maira de las Mercedes, su hija mayor, ante el riesgo y la incomodidad que le generaban la cada día más azarosa, alevosa, continua y descarada persecución de Arnoldo Duque, el esposo de su tía Eneida, decidió empacar sus pocas pertenencias en una bolsa plástica de los almacenes La Ley y se fue en busca del abrigo materno. Lo mismo había hecho semanas antes Ebert Ernesto. Ya no fueron cuatro, sino seis, los integrantes de la familia, y todos hacinados en el cuarto que la tía Alondra le facilitó a su llegada de Oroguaní.

En esa oportunidad, Maira de las Mercedes sentenció:

—Madre, me vine de Oroguaní con el firme e irrenunciable propósito de estudiar el bachillerato y luego la universidad. Por lo tanto —le dijo, muy cerca al límite altanero de la exigencia—, le pido que cumpla su responsabilidad de madre y me garantice, como sea, ese derecho.

Alcira, al ver que la mayor damnificada con la vehemente decisión de su nieta era su hija Eneida del

Pilar, quien se quedaría sin muchacha de servicio; además, gratuita; instó imponerle una vez más a Gilda su materna autoridad y vieja extorsión de irse a morir sola, tirada en alguna calle de Oroguaní. Buscó Alcira presionar a su primogénita para que obligara a Maira de las Mercedes a volver con Eneida del Pilar.

—Gilda, dígale a Maira de la Mercedes que regrese, de inmediato, con Eneida del Pilar —amenazó Alcira—. De lo contrario… me voy de aquí, ahora mismo, a reemplazarla. Entonces, usted se las tendrá que arreglar sola para cuidar a sus hijos; sobre todo a Maritza Alcira. También tendrá que encargarse de las otras tantas labores propias de este hogar que, tan desinteresada y juiciosamente, le hago el favor de realizar para facilitarle que se vaya todos los días a trabajar.

Esa situación colocó en la encrucijada a Gilda. Intentó interceder ante su hija para que reflexionara y reconsiderara su decisión. Pero, recibió un contundente argumento por parte de la adolescente para no declinar en su posición: El hecho de la persecución sexual, las agobiantes propuestas y amenazas de las que venía siendo víctima por parte de Arnoldo. Confesión que conturbó a Gloria Patricia (Alondra), de tal manera que la hizo intervenir a favor de Maira de las Mercedes.

—Alcira, hágalo. Márchese para donde Eneida. Yo miro cómo hago para colaborarle a Gilda —Alondra le manifestó a su hermana, quien salió furibunda en defensa de su yerno—. Sí, haré lo que sea necesario para cuidar a Maritza Alcira.

—Olegario Arturo —le dijo Gilda a su hijo—, no sé si recuerde que mi tía Alondra hasta habló de pagar un jardín infantil para la niña, entonces tenía dos años.

—Sí, madre, lo recuerdo con nitidez —le respondió saliendo del mutismo con el cual solía, cada tarde, escucharla contar la historia de su familia, mientras él tomaba notas en unas libretas—. En esa oportunidad mi abuela Alcira reconsideró su partida para donde mi tía Eneida del Pilar, eso también lo recuerdo, madre.

Alcira se quedó con Gilda. Pero, dejó señalada su marcada y errante tendencia de vida. Contraria y diferente a la concepción del sedentario y unificado hogar de su primogénita. Objetivo que tampoco logró consolidar, pese a sus sacrificios y esfuerzos.

En 1986, después de la aciaga muerte de Ebert Ernesto, Alcira decidió irse del lado de Gilda, tras una entre tantas disputas con su hija mayor. En esa oportunidad, otra vez por culpa del bendito pleito por la herencia de La Guasimalera y El Salado. Fue y asumió los quehaceres domésticos en la casa de su hija Eneida del Pilar, quien acababa de dar a luz a su tercer hijo.

—La partida de mamá para donde Eneida del Pilar tuvo varios motivos —le precisó Gilda a Olegario Arturo—. Uno de ellos, el asesinato del que fue objeto Ebert Ernesto Mencino… mi hermanito menor. Tan solo tenía treinta y tres años.

—También lo recuerdo, mamá —le aclaró Olegario Arturo a Gilda—. Su muerte acaeció una noche cuando en su rol de agente de la Policía Nacional atendió un llamado para intervenir frente a unos delincuentes que acababan de cometer un robo.

—Sí, esos facinerosos lo esperaron, emboscaron y acribillaron... según nos contaron, a mamá y a mí, días después cuando fuimos por allá, algunos compañeros de Ebert Ernesto.

Al morir, Ebert dejó una viuda muy joven con tres hijas: las Mencino Rosales. Su muerte fue el detonante para la decisión que tomó Alcira, apalancada por los continuos y permanentes coqueteos de Eneida desde cuando su sobrina se rebeló y dejó de colaborarle. Eneida necesitaba que Alcira se fuera a vivir con ella. La presencia de su madre en su casa le significaba una ayuda, una descarga, más que económica: ¡gratis y eficaz!, respecto a los odiosos oficios caseros.

—Sin embargo —le precisó Gilda a su hijo—, lo que mayor peso tuvo en aquella decisión de mamá fue, otra vez, lo del trajinado pleito por la herencia Mencino.

Desde cuando Gilda dio a conocer la escritura de El Salado, en 1973, comenzaron las suspicacias y los arteros ataques en su contra por parte de los posibles herederos Mencino, con Alcira a la cabeza.

—Mamá y todos me enrostraban la intención de haber guardado silencio, ¡tanto tiempo!, de la existencia de aquel documento, para, al parecer, me decían, quedarme en exclusiva con tal legado. Por otro lado, desde cuando di a conocer ese bendito papel, mis primos, los hijos de Bermina y Miguel Benito, emprendieron sendos y escabrosos litigios para que se desconociera la manifiesta voluntad de mi bisabuelo Valentino.

El alegato de los Riveneira Mencino se fundaba en que aquella fue una venta común y corriente entre Valentino y Miguel Benito. Por lo tanto, los herederos de tal pedazo de tierra, ante la muerte de sus padres, eran sus respectivos hijos, es decir: solo ellos, los Riveneira Mencino.

—Algo recuerdo al respecto, madre —le manifestó Olegario Arturo a Gilda—. Esa situación, el dar mamá a conocer la escritura de El Salado, la disputa y desunión entre los herederos fue capitalizada por Armando Mencino y sus abogados.

—Así fue, hijo, así fue, desgraciadamente. Ellos, Armando y sus secuaces, además de tener el dominio, usufructo y explotación de esos predios, no dudaron en anexar El Salado, de manera física, política y armada, a La Guasimalera…

—Alguien me dijo que de inmediato estos sembraron amapola en las cincuenta y una hectáreas.

—Así fue, Olegario Arturo, así fue; para desgracia, no solo de la familia, sino de aquellas fértiles tierras, de Oroguaní, y, a la larga, del país entero.

—Hasta donde averigüé, de esa forma se apalancó y diversificó la producción del más que productivo cáñamo índico que reemplazó, casi por completo, los cafetales, el bosque de palma de cera, los cañaduzales, los maizales, los huertos frutales y hasta los jardines, el Edén de las Orquídeas y los pastizales de La Guasimalera. Narcótico producto que para entonces ya tenía posicionamiento comercial y soterrado respaldo oficial y político, más que significativo y evidente, tanto en el mercado nacional como en el internacional, en especial en el del mundo desarrollado.

—Hijo, cuando en 1986 el doctor Carlos Eugenio Mata Montaña, el último abogado que manejó el pleito de la herencia de los Mencino, citó a los herederos, allá, en su casa ubicada en la carrera 9 con calle 122, al norte de la ciudad capital; supuestamente para comunicarles la última decisión judicial al respecto; el jurisconsulto nos impidió, a usted y a mí, entrar y acompañar a mamá Alcira.

—Claro, madre, que lo recuerdo. El legista ese argumentó que nosotros no éramos herederos formales; por lo tanto, no teníamos que estar allí.

—Y nos sacó.

—Así fue… y no tuve, en ese momento, cómo refutarle. Él era el abogado, y se suponía que sabía cómo hacer las cosas de la mejor y más recta forma... Hasta entonces, ¡qué iluso!, creía en la buena fe de la mayoría de la gente; sobre todo, de la entereza de los profesionales y, más, de los que estudiaron para respetar y hacer cumplir las normas.

En esa oportunidad aquel docto profesional del derecho se encerró en su oficina con los siete herederos. En la frondía intimidad de su despacho le dio unos papeles a Hernando, el único sobreviviente de los hijos de María del Carmen. Los otros tres Malaver murieron en diferentes episodios de orden público y enfrentamientos con la autoridad por delitos comunes. El mayor, Justiniano, murió, ejecutado, el 9 de abril de 1948 en pleno centro de la ciudad capital, luego del magnicidio del que fue objeto el entonces caudillo de las masas liberales del país. Hernando recibió del abogado la instrucción para que leyera los documentos aquellos, a nombre de los herederos.

—Léalos, pero, hágalo en silencio —le ordenó el jurista.

Una vez concluyó la lectura, el doctor Mata Montaña le preguntó:

—Hernando, ¿está conforme?

Este aceptó con un movimiento de cabeza, por lo que el abogado les ordenó a todos, incluso a Hernando, que firmaran en el sitio que les indicó. Una vez salieron de la casa del abogado, Hernando les dijo a los otros herederos, ladina y lánguidamente:

—Familia... de esta forma concluye el pleito por La Guasimalera y El Salado. El juez, en su sabiduría judicial, sentenció a favor de Ester Julia Sagrario y su hijo Armando como los únicos herederos legítimos de Bernardo Mencino. La notificación de esas sentencias fue la que todos firmamos... y, no vale la pena ni siquiera tener copia de esos papeles... ¿Para qué guardar malos recuerdos o abrigar ilusiones baratas?

Esa reunión fue otro ardid de la familia Sagrario. Esa vez, para lograr la firma de notificación de dos decisiones judiciales. La primera sentencia fue sobre La Guasimalera, la de 1966, gestionada y lograda por el asesinado doctor Mancera. En esa el juez dictaminó, no solo la declaratoria de tradición irregular hecha por Ester Julia Sagrario respecto a ese latifundio, sino que ahí se dio la sucesión oficial de los bienes de Bernardo entre nueve herederos. Alcira era uno de ellos. La segunda sentencia contenía el reparto formal de El Salado en partes iguales para los herederos

Mencino y sus primos, los Riveneira Mencino. Sin saberlo, los beneficiarios legítimos también firmaron el poder para que aquel abogado vendiera, a su nombre, todo lo heredado por cada uno de ellos y colocara el producto de las ventas a disposición de Ester Julia y su hijo Armando, tras descontar lo de sus jugosos honorarios.

Excelso abogado aquel quien, con el apoyo del grupo de Sánchez Mendoza, unos años más tarde fue magistrado de la Supra Corte y, poco tiempo después, ministro de Justicia Nacional, así como canciller de la República.

En 1993 Hernando Malaver simuló su muerte en el atentado dinamitero ocurrido en el Centro Comercial 93 de la ciudad capital. Él, durante los primeros segundos de la confusión causada, reemplazó sus documentos con los de un anónimo transeúnte, víctima de la onda expansiva del carro bomba que llevó y estacionó allá, y que hizo estallar a control remoto segundos después. La supuesta y compungida viuda, una vez que Gilda fue a su casa y aquella le pidió que le leyera la taza de chocolate, le confesó, muy apesadumbrada y apenada, compelida por la revelación que aparecía en esas marcas, que:

—Mire, Gilda, le tengo que confesar algo…

—Si eso la hace sentir mejor… hágalo con confianza, la escucho.

—Hernando, mi marido, compró esta casa, el carro y la pequeña finca en el campo, con lo que Armando Mencino le dio, no solo por la parte de su herencia, sino por haber callado lo que en realidad decían las sentencias que les hicieron firmar, sin leerlas, a todos los demás herederos y hermanos suyos que confiaron en él… por ser el único que concluyó sus estudios de básica primaria y, en consecuencia, el que mejor sabía leer y entender esos escritos.

Desde luego que Gilda obvió decirle a la engañada viuda; y a todos los demás, excepto a su hijo Olegario Arturo, en 2007; que ella, para entonces, no era viuda. Que su esposo Hernando seguía con vida. Evadió compartirle otras tantas terribles y delicadas situaciones que leyó, que aparecieron en la taza en la que tomaron el chocolate durante esa fría tarde capitalina. Hernando Malaver, el penúltimo hijo de la clandestina relación que sostuvieron entre 1928 y 1939 María del Carmen y Bernardo Mencino, allá, en Oroguaní, por aquel entonces comandaba una de las temibles, monstruosas, poderosas, pero, sobre todo, protegidas organizaciones que sembraron, a finales de los ochenta y hasta mediados de los noventa, de carros bomba el territorio patrio y, más en particular, a la ciudad capital.

—Mi primo Hernando fue reclutado y enlistado en esa organización por conducto de su medio hermano… mi tío Armando, después del arreglo para lo de la notificación de las sentencias del juicio de sucesión —le precisó Gilda a su hijo.

Armando Mencino estaba dedicado de lleno a tan lamentables actividades. Se involucró en el negocio del terrorismo desde cuando perdió la tenencia de La Guasimalera. Predio que pasó a manos de sus socios. Los mismos que decidieron, según las capacidades y habilidades que le descubrieron e incitaron, sacarlo de sus tierras y separarlo del área de la producción y comercialización de hierba, cocaína y heroína. Una vez perdió la tenencia de La Guasimalera, sus criminales socios lo compensaron encargándolo de la dirección; a nivel departamental y, en especial, en la capital, en franca alianza estratégica con otros poderosos grupos con sede en varias regiones del país; de los escuadrones que limpiaron, a punta de bombas y balas, el camino de opositores, periodistas, políticos, competidores… y de todo aquel quien, en su momento, fue considerado una amenaza para la expansión y consolidación comercial, política e institucional, que aquel fatal negocio implicó en aquella subcontinental nación.

Pese a lo que rezaban las muy poco publicitadas, y menos conocidas, sentencias con las que finalizó el juicio de sucesión a favor de los herederos de Bernardo, por lo de La Guasimalera, y de Valentino, por lo de El Salado, desde entonces aquellos dos pedazos de tierra nunca fueron usufructuados, y ni siquiera pisados, por ninguno de los dictaminados herederos: Tránsito Arellano, Alcira Mencino, Ester Julia Sagrario, Armando Mencino, Hernando Malaver, Gloria Patricia (Alondra) Gonzaga, Sandra Clara Gonzaga y Laura Marcía Arellano, en cuanto a La Guasimalera; y Alcira y Armando Mencino, junto con los Riveneira Mencino, en cuanto a El Salado.

Alcira, decepcionada por haber perdido el pleito, y con ello su tan esperada, única y última oportunidad de rehacer su vida, además de reivindicarse con las comodidades que disfrutó durante su infancia y adolescencia al lado de su padre-amante, no tuvo más a quien culpar de su suerte que a su hija Gilda.

—Mi madre me atribuyó la responsabilidad de todas sus desgracias —Gilda le confesó a su hijo Olegario Arturo.

Alcira le endosó a su primogénita, con injustos y blasfemos gritos, no solo el haber ocultado la escritura de El Salado para instar quedársela, sino que le endilgó de manera indirecta la muerte de Ebert Ernesto, su hijo menor, quien, según Alcira, se tuvo que enrolar en la Policía Nacional, a sugerencia y por presión de Gilda, al dejarle de colaborar con lo de su estudio. Por tales motivos, le reprochaba seguido:

—Mi chinito se vio obligado a emplearse como agente policial, tras realizar ese curso al que Gilda lo empujó… ¡Fue usted, Gilda, quien lo arrastró hasta esa escuela de carabineros para que encontrara la muerte! Pues, a sus veinte años, él no tenía otra oportunidad, ni otra opción…

Alcira le vociferó a Gilda, hasta desahogarse, cantidad de cosas e improperios con los que tuvo, además, la oportunidad y justificación para irse de su lado y refugiarse en la casa de su hija Eneida del Pilar, quien necesitaba, a gritos, una empleada del servicio, ¡y qué mejor que gratis!

Por vez última

A pesar de haberlo leído, muy seguido, en los cunchos de la taza de chocolate, Gilda nunca aceptó, ni asimiló, tampoco superó, el repentino y tempranero matrimonio y, en consecuencia, partida de sus tres hijos, en un más que breve lapso de ocho años: entre 1979, cuando lo hizo Maira de las Mercedes, su primogénita, a escondidas, con engaños, a un año y medio de graduarse como licenciada en matemáticas; 1980, en el caso de Olegario Arturo; y 1987, cuando le tocó el turno a Maritza Alcira, la menor de sus hijos, un año y medio después de obtener el título de bachillerato clásico.

Le fue imposible aceptarlo, ya que sus hijos se fueron de su lado cuando, pensaba dolida Gilda, habían superado tantos altibajos, gracias, y a costa de sus múltiples privaciones y perennes sacrificios como mujer, persona, empleada, hija, hermana, madre, amante… ¿Cómo era que la abandonaban y dejaban sola, a su suerte, ahora que arañaban los primeros escalones de su superación académica? Cuando podían comenzar a generar ingresos. En ellos fincó en silencio sus esperanzas para solidificar el hogar, fortalecer las finanzas familiares, aumentar la capacidad económica y adquisitiva de su entorno y, en consecuencia, al fin obtener un techo propio y comprar, lo añoraba, y añoró toda su vida, sin lograrlo, un juego de sala y un comedor. Hogar para vivir, todos, en sensibles mejores condiciones. Incluso con Alcira, a quien intentaría llevar de nuevo a su lado. Gilda guardó la inútil e ilusa esperanza de que su lectura en los cunchos de la taza de chocolate, en ese sentido, estuviera errada. Para su desgracia, en eso nunca se equivocó. Todo lo que interpretó en aquellos íconos, tarde o temprano se hizo ineludible y triste realidad… llegando a ser más fatal y dolorosa la contundencia de los fatídicos hechos, que la agobiante revelación e interpretación de sus agüeros.

En relación con la premonición sobre la ingratitud y partida presta del hogar de sus hijos, hay que decir que este fue otro de sus aciertos más dolorosos. Ella vio por anticipado, en los cunchos dejados por el chocolate en la taza, las vicisitudes, indiferencia, insensibilidad humana, frialdad, ingratitud e insolidaridad económica, cariñosa y sentimental que carcomían a sus inmediatos descendientes. Su clarividencia fue la más letal, dolorosa e inoportuna de sus facultades. Lo sabía. Zoila, la adivinadora de su infancia, allá, en El Fresnal, le advirtió que por más que tratara, le sería imposible evitar que ocurrieran las cosas que predestinaba, que conjeturaba o, simplemente, que veía con antelación. Sobre todo, las relacionadas con sus parientes hasta el cuarto grado de consanguinidad, y allegados hasta el tercer anillo de su entorno social. Inútil era instar disuadirlas, menos modificarlas. Si lo hacía, o siquiera lo intentaba, las apresuraría e incluso magnificaría sus efectos negativos. Sin embargo, Gilda buscó a toda costa desviarlas, aunque con algo de disimulo. Lo pretendió hacer mediante su sacrificio, con su denodado apoyo brindado a sus hijos, así como con las extenuantes jornadas de trabajo a las que se sometió durante esos cuarenta años. Desde 1990 buscó hacerlas correr en otra dirección, sin lograrlo, pese a su lucha tenaz en contra del destino.

Paradójicamente, y desde cuando Olegario Arturo le coadyuvó con unos conocidos del Seguro Social para que le saliera su pensión en menos de doce meses; esquivando de esa particular manera los cinco a diez años que demoraba el amañado trámite "normal"; Gilda se vio confinada, relegada a vivir sola en una pieza, allá, en el barrio El Claret, al sur de la ciudad. Sola, cuando arribaba al frío portal de la senectud. Fue esta última adversidad; el quedarse sola al llegar al recodo de la vejez, tendida por el destino y en la cual cayó sin remedio; la que le causó el mayor dolor de su vida, así como el más significativo daño a su frágil corazón. Penalidad ni siquiera comparable con la que le generó la inicua sarta de viles argumentos y pagadas declaraciones esgrimidas y usadas en su artera defensa por Olegario Perea y su apoderado, el primo de Gilda, uno de los hijos de Mamá Mina: Richard Riveneira, a quien ella ayudó a criar en Los Azahares, allá, en Oroguaní. Ardides jurídicos aquellos para instar negar la paternidad de Olegario Perea en relación con sus dos hijos, dentro de la fallida demanda que ella le instauró en 1975. Artero pleito al que renunció presionada por su primo.

—Gilda, la vamos a demandar por difamación, calumnia e intento de extorsión —le dijo su primo—, si no retira el proceso en contra de mi cliente Olegario Perea.

Gilda inició el pleito en procura del apellido paterno para sus dos hijos mayores. En especial, para Maira de las Mercedes, quien, objeto de las imprudentes, morbosas, malintencionadas y permanentes preguntas de las gentes por lo del otro apellido, sobre todo en el colegio, la emprendió de forma inmisericorde y altanera contra su madre para que demandara a su padre. Pero, al ver que la justicia, de nuevo, y ante el peso del metálico dinero, se inclinaba en contra de su inerme causa, como venía sucediendo con lo de la herencia Mencino, y, por el contrario, de seguir adelante podría complicársele, aún más, la vida, decidió firmarle a su primo un ignominioso memorial para poner fin a la demanda. Desistió en presencia del propio Olegario Perea, quien, con mueca burlona y triunfante le manifestó, con entrecortadas palabras, fuera del despacho del juez:

—Mi apellido se lo daré a sus hijos cuando me busquen y soliciten. Antes no.

Condición que Olegario Perea le recordaba a Gilda cada vez que iba a buscarla a la pastelería en la cual trabajaba, algunas veces cuando ella lo llamaba para que la apoyara con algún requerimiento económico extra para alguno de sus hijos mayores, o en las más de quince oportunidades que él, con descaro machista, fue, la buscó y le propuso convertirse en su amante de ocasión para recordar y disfrutar:

—Como en los viejos tiempos... pero, eso sí: ¡sin compromisos!

Incluso, le reiteró en varias oportunidades la desfachatada propuesta tras casarse por lo civil, en 1983, con su captora: Azucena. Mujer quien nunca le pudo dar a Olegario Perea un hijo biológico. Por tal razón, Azucena acudió a la adopción de una criatura abandonada por su madre a la semana de nacer. Hija que al cumplir los quince años se rebeló contra sus padres adoptivos y se dedicó a la prostitución, luego al robo y, por último, al narcotráfico, entre otros delitos. En el 2005 la díscola joven fue encarcelada en Madrid, España. Le encontraron en su vientre un alijo que le embaló un secuaz del, para entonces, ya honorable senador Sánchez Mendoza, el mismo que desarraigó de su pueblo a los últimos Mencino, en noviembre del 68.

Este otro revés, el de su hija adoptada, en la fragosa vida de Olegario Perea, fue uno de los más contundentes. Por esa misma razón se le profundizó y agudizó su insana, dolorosa e indeleble herida; cada vez más intestinal, infiltrada y comprometida en sus entrañas. Sin embargo, no tan letal ni insufrible como lo fue aquella vez... aquella lánguida tarde del 15 de octubre de 2004, cuando ya el sol crispaba tenuemente en el poniente. Cuando, viejos, enfermos y solos, soportando la pesada carga de su respectiva y común historia, allá, muy cerca de sus casas, al sur de la gris metrópolis, en el barrio Santa Lucía, en una calle sucia y desolada, de nuevo y por caprichos de la vida, al llegar simultáneamente a una esquina, ...*cara a cara los puso el destino...*

Gilda Mencino y Olegario Perea se encontraron por intrigante casualidad, a menos de dos metros de distancia y, sin poderlo ni querer eludir, cruzaron sus agobiadas miradas. Pero, como si hubiera sido un pacto, instintivamente se eludieron, sin decirse nada. Se cruzaron *sin darse la mano, como dos que ni se han conocido...* Como si entre ellos no existiera aquel vínculo inexorable: *nuestros dos hijos*, pensó Gilda. Todo un gran capítulo en la historia de sus complejas y tristes vidas; todo aquel cúmulo imborrable, indeleble de recuerdos compartidos. En ese momento, y tras los treinta y tres metros que los dos recorrieron, silentes y trémulos, una vez se cruzaron antes de volverse a mirar, coincidiendo en tal acción, recordaron la canción: *Paloma sin nido*, la que interpretaba Amalia Mendoza y que, cada vez que Olegario veía a Gilda pasar por donde él tenía su billar, allá, en la esquina nororiental de la plaza de Oroguaní, diagonal al inconcluso templo, le dedicaba en su radiola... allá, cuando vivían en su bucólico y recóndito terruño oroguanense.

Entonces, tras estrellarse sus miradas, con dolorosa violencia afectiva, tal vez veinticinco segundos después, y ya a unos sesenta metros de febril y angustiante distancia, mentalmente se dijeron, además de un postrer y amargo adiós: *¡Gracias!* Un *siempre te quise* y *aún te quiero y necesito*. Un *nunca te olvidé y jamás lo haré*. Un *perdóname...* antes de proseguir sus distintas y marcadas sendas, con derrotero enfilado a lontananza, tras rebasar el recodo de sus vidas, a la siga del ocaso de los días.

Prosiguieron, aún más heridas sus almas, al presentir que esa ocasión sería, y así fue, la última vez que se encontrarían, que cruzarían sus pasos. Al razonar que pronto ninguno de los dos estaría. Al reconocer que cada uno hizo todo lo posible por ser infeliz, uno al lado del otro. Que sellaron desde jóvenes, con vano, inútil y atorrante orgullo, el cancel que dividía la habitación de sus solitarias existencias.

Cruel indiferencia

El indecible dolor que le causó a Gilda la ida de sus hijos contribuyó a lacerar, aún más, su alma destrozada casi por completo. Dolor trastocado en ardor ante el definitivo rompimiento de la relación afectiva y económica con Federico Adonay. Le rechazó, durante los doce años siguientes, ya en la capital, que él llegara a quedarse en la pieza en la cual ella vivía con su familia.

Ardor fraguado con amarga decepción y angustia ante las cada vez más evidentes noticias de sus paisanos que la mantenían al corriente de la forma como La Guasimalera; la que absorbió a El Salado después de que ella dio a conocer la escritura; se convirtió en las más grande y rentable finca dedicada al cultivo y procesamiento de marihuana, heroína y, por último, cocaína. Y, a comienzos del siglo XXI, en tierra de bandas criminales. Algunos poderosos y respaldados malandros llevaban a personas secuestradas para torturarlas, ejecutarlas y enterrarlas en fosas comunes.

Dos de esas cárcavas, precisamente, fueron ubicadas, una en el sitio en el que Valentino hizo un jardín con predominio de flores de color rojo, en "El Santuario del Gran Partido Liberal", como solían llamarlo; la otra, en la ladera donde Tránsito Arellano sembró la mejor variedad de café que en su época produjo Oroguaní, al lado del sitio originario de la palma de cera.

Para Gilda Mencino, estas y aquellas, no fueron las únicas causas que se fraguaron en el crisol de su tristeza. También coadyuvaron las experiencias amargas de entusiasmarse y sufrir la obvia desilusión, a sus cuarenta y ocho años, por un joven. El ilusionarse y sufrir, a los sesenta y dos, la ineludible decepción por un hombre adulto, mayor que ella. Las siete delicadas intervenciones quirúrgicas de las que fue objeto a partir de la media centuria de años; todas practicadas en el agónico Seguro Social. Las arremetidas y consecuentes secuelas de las enfermedades que se encapricharon contra su salud; en especial, la por demás dolorosa osteoporosis, así como la depresión y la arritmia.

Pero, sobre todo, la tragedia de su madre inválida, internada por Eneida del Pilar en el ancianato en el cual, al poco tiempo de su reclusión, se enfermó de uno de sus ojos. Por lo que tuvo que ser operada en el tortuoso Seguro Social de comienzos del siglo XXI. Institución moribunda ante su inexorable y rapaz paso, camino, no solo a la ignominiosa privatización, sino a la «mercantilización del servicio de la salud pública», como solía decir Olegario Arturo.

Cuando le extrajeron su ojo derecho, tras habérsele estallado un tumor, Alcira Mencino lloró, por segunda vez en su vida, lágrimas de sangre durante siete días. Tal y como se lo presagió Bermina. A falta del metálico dinero para comprarle la prótesis, tras el procedimiento quirúrgico, le quedó el orificio a la vista. Ni siquiera hubo para adquirir los medicamentos inherentes, entre estos, los ciento veinte milímetros de solución antiséptica que obvió recetar el galeno, al estar por fuera de los incluidos en el restringido Plan de Medicamentos Básicos. Esta solución oftalmológica, entre muchas otras medicinas, luego de la mercantilización de la salud en el país, si el paciente la requería, tenía que adquirirla con cargo a su cada vez más diezmado bolsillo.

En consecuencia, a Alcira la herida se le infectó, sin que nadie, en el ancianato aquel, le hiciera las curaciones, ni siquiera la limpieza que para el caso se requería. Procedimiento asistencial que solo hasta cuando Gilda, o la propia Eneida, cada tres o cuatro días, al ir a verla, se lo realizaban de forma más que penosa, dramática y casera con agua de té.

Tal vez Gilda lo hubiera asimilado y soportado todo, finalmente. Incluso, hasta el perenne, punzante y físico dolor en la espalda, cadera y hombro derecho; consecuencia del paulatino e imparable deterioro de sus frágiles huesos, víctimas de la insufrible e incapacitante osteoporosis. Pero, no así, recibir el más abyecto de los tormentos posibles para una madre: ¡la indiferencia, ingratitud y dureza de sus hijos! Precisamente, para el momento cuando menos lo esperaba… o lo merecía; es decir, tras cumplir los sesenta. Para cuando la mayoría de sus facultades físicas comenzaron a abandonarla e impedirle, como lo hizo hasta entonces, valerse por sí sola para abordar un bus. Para ir de un lado a otro, para el lugar que ella quisiera. Para participar en los grupos de danza auspiciados por la administración de la ciudad capital. Para hacer los retiros mensuales de su mesada en el banco, posterior al denigrante y desconsiderado procedimiento de la constancia notarial de sobrevivencia. Para bañarse. Para barrer su pieza. Para hacer su comida. Para lavar, remendar y planchar su ropa. Para hacer los oficios de la cocina. Para cambiar de manera periódica la ubicación de sus pocos muebles y corotos…

Cruel indiferencia y dureza de sus hijos, cada uno a su manera y estilo. Cada uno con su respectiva y muy bien argumentada explicación y justificación. Pero, al fin y al cabo, manifestado, exteriorizado con la evidente falta de afecto, abrazos, ternura, fraternales besos, caricias, consentimientos, voz de aliento y compañía… que era lo único que para entonces ella hubiera querido haber tenido y recibido de ellos y, por su conducto, de sus por demás distantes y desafectos nietos.

Maira de las Mercedes Mencino

La hija mayor de Gilda siempre se escudó, cuando no en la agresividad, en la frialdad y distancia hacia su madre, con mayor énfasis y evidencia desde cuando se casó y marchó de su lado. Maira de las Mercedes justificaba (encubría) su actitud con regaños insulsos y añejados, así como con reiterados reclamos moralistas contra su madre por, entre un sinnúmero de cosas, haber escogido a Olegario Perea como su padre. Más grave aún, le recriminaba seguido, sin haberse casado antes de tenerla. Inaudito, que después de la primera vez recayera y tuviera con el mismo irresponsable, inculto y tosco hombre, un segundo hijo.

—Madre —la censuraba—, imperdonable que ocurriera por tercera oportunidad, ¡y con otro peor que el primero! Además, no solo inadmisible; pues aquel se casó con otra mujer estando usted esperando un hijo suyo; sino pecaminoso al haber seguido con esa relación impura —la descalificaba—, y por demás larga, infructuosa y tortuosa.

Maira de las Mercedes jamás olvidó que Norfidia, la esposa de Federico Adonay, en Oroguaní la ofendió de manera profunda y pública cuando tan solo tenía doce años. Agresión que hirió su alma y que años más tarde instó desplazarle tal deuda a su hermana menor Maritza Alcira. También eran causas de sus frecuentes y agrios reproches contra su progenitora por no exigirle a su padre el apellido tan pronto los bautizó y registró, a ella y a su hermano Olegario Arturo. Solía reclamarle, también, por haberle colocado esos nombres que poco compaginaban, que eran asimétricos, feos y sin proyección. Que comenzaban, los dos, con m, lo mismo que el apellido, por lo que algunos compañeros le pusieron el apelativo: Tres M.

Para cada cumpleaños Maira de las Mercedes le endilgaba a su progenitora por la demora que tuvo de un mes para registrarla. Esa situación la hizo figurar en sus documentos de identidad con una fecha diferente a la de su verdadero nacimiento. Y todo, según Maira de las Mercedes, por evitarse la multa ante la indecisión de ponerle o no el apellido Perea, cuando, según su forma de ver las cosas:

—Aquel no era un favor que ese señor (Olegario Perea) nos tenía que hacer, sino una obligación para con nosotros, sus hijos.

En cada oportunidad que llamaba a su madre por teléfono; cada quince o veinte días; o cuando iba a visitarla, siempre de carrera, dos y máximo tres veces al año: Navidad, día de la madre y cumpleaños de Gilda; como la encontraba o la notaba llorosa, triste o dolorida por esta u otro maluquera, o por el concurso de todas las anteriores; o preocupada porque aún faltaban algunos pesos para lo del arriendo que le pagaba Olegario Arturo, quien por lo general aumentaba su endeudamiento rotativo con el Banco Capital para completar el canon mensual, Maira de las Mercedes, compelida por la precariedad de la situación económica y el estado de salud de su madre; más que evidente; le manifestaba, casi siempre de forma nada afable, y desde luego: ausente de todo dejo, y menos, manifestación de ternura o cariño:

    —El siguiente mes miro a ver cómo levanto o consigo algunos pesos. Pero, eso sí, no se acostumbre a ello. Espero que no lo tome como una obligación mía, ni mucho menos espere que lo siga haciendo. ¡Para eso tiene su pensión! Si no le alcanza ese salario mínimo que le da el Seguro Social, es, sobre todo, por estar de buena gente gastándose lo que no tiene en cuotas que no le corresponden para el pago del ancianato de la abuela Alcira. —Maira nunca perdonó a su abuela por la posición que tomó cuando ella se rebeló y se negó a regresar a la casa de su tía Eneida—. Pero, eso sí, después no se esté quejando por la falta de plata —le reiteraba a su madre—. Coja lo de su pensión y con eso se paga su estadía, atención, cuidado y comida en un ancianato. Es lo mejor para todos. ¡La solución ideal! De esa forma, su situación deja de ser un pereque y una preocupación permanente para sus ocupados hijos. Todos tenemos nuestros propios problemas en que pensar. Nuestras propias dificultades, penas y cuitas que resolver… y sin ayuda de nadie.

    Actitudes y posturas de Maira de las Mercedes Mencino ajenas a su situación económica. Para entonces, ella sí contaba con algo de recursos. Desde cuando obtuvo, gracias a las gestiones de Gilda en 1996, su grado catorce en el escalafón docente del magisterio, aquel cargo le proporcionó un cómodo ingreso que les permitió vivir bien. Su esposo ganaba algo más en su calidad de coordinador de educación. Con ese doble ingreso pudieron comprar cuatro propiedades, todas en municipios circunvecinos al sur del departamento Central. En una de esas casas, en la más grande, en la de siete alcobas, en un caluroso municipio sobre la margen del río Magdala, a dos horas y media de la ciudad capital, de forma amplia y cómoda vivía los Suescún Mencino. Pero Maira evitaba que su familia fuera a visitarla, que interviniera en su vida, que supiera de su situación. Que conociera de sus muchos aciertos, en especial de orden académico, docente y económico, y desde luego, de sus pocos, pero significativos y trascendentales desaciertos. En particular, estos últimos, relacionados con la dificultad que les significó la crianza al llegar sus tres hijos: dos hombres y una mujer, los Suescún Mencino, a la adolescencia y temprana madurez.

Las otras tres propiedades las tenían arrendadas mientras sus hijos se casaban e independizaban. Esperaba el matrimonio Suescún Mencino que sus hijos las habitaran. La pareja planeó la vida de cada uno de sus descendientes inmediatos de forma más que meticulosa y presupuestada. Les fijaron, además, tres grandes metas: obtener un título profesional en el país, otro de postgrado en el exterior, así como aprender una lengua extranjera, la correspondiente al país al cual fueran a estudiar. El matrimonio Suescún Mencino quería que al volver sus hijos a suelo patrio se ubicaran, o ellos les ayudarían a hacerlo, en una entidad del Estado, o en una empresa privada. Eso sí, tendría que ser en una que tuviera sede en esa región, y en un cargo del nivel ejecutivo, como mínimo.

A ninguno de los esposos Suescún Mencino le gustaba la metrópoli. Decían que en la ciudad capital existía inseguridad, cundía el estrés y era insoportable el ajetreo, la contagiosa voluptuosidad y las malsanas pasiones. Si ellos permitían que sus hijos se radicaran allá, aquella mundana vida terminaría por devorar y consumir la moral y buenas costumbres impuestas a sus hijos «desde la cuna», solían manifestar. Planearon para que cada uno de sus hijos consiguiera digna pareja para casarse. Para tal fin adquirieron las otras tres casas en la región, en las inmediaciones del municipio en el cual quedaba el epicentro familiar. Así las cosas, el futuro para su descendencia estaba más que programado y asegurado.

Para obtener aquellas propiedades y la relativa estabilidad económica de la que gozaban los Suescún Mencino tuvieron que pasar, sortear y soportar veintiséis años de ardua y sacrificante docencia en los pueblos más golpeados por la insurgencia y el orden público, allá, en el centro y suroccidente departamental. Y, desde luego, mucho antes de que Maira obtuviera, a comienzos de 2005, una plaza permanente en el municipio en el que decidió establecer, en definitiva, su epicentro familiar. Plaza obtenida gracias a las gestiones, otra vez, como en el caso de su nombramiento, y el de su esposo en 1980, así como el logro del escalafón catorce, de Gilda, por conducto de un primo segundo suyo: de los Riveneira Mencino. El que entonces, como en su época Bernardo, manejaba a su antojo y arbitrio la nómina de la Secretaría de Educación del departamento Central.

No les fue fácil conseguir lo que medianamente tenían. Ni pocas las privaciones, riesgos corridos, incomodidades y dificultades de toda índole, en especial de tipo económico y familiar, que afrontaron y resolvieron para llegar hasta donde estaban. Es decir, rasguñando las escarpadas, filosas y deleznables estribaciones de la clase media republicana. Fueron muchos los conflictos internos entre los dos, en particular al principio cuando les tocó trabajar en pueblos tan distantes. Fueron demasiadas las disputas entre la pareja y sus hijos, cuando los muchachos alcanzaron la adolescencia. Problemas casi por nadie externo a su núcleo familiar conocidos, ni mucho menos compartidos. Todo ello, quizá, coadyuvó a endurecer y le hizo acrisolar el alma a Maira de las Mercedes, así como a poner cada vez mayor distancia e indiferencia entre ella y Gilda, y con sus hermanos menores y sobrinos.

«Sí, tal vez esa fue la razón», instaba justificarse muy a menudo Maira de las Mercedes. Ni ella, en la más recóndita y desnudada intimidad de su conciencia, se podía explicar la causa que la movía a ser así, en especial con su humilde, enferma y, ahora, ¡de un momento a otro!, anciana madre. Quien, incluso, hasta le demostraba tenerle miedo para hablarle, llamarla y, menos, pedirle algo. Así la necesidad de verla, de decirle cosas propias de madre, de escucharle cosas de hija, la estuvieran carcomiendo.

Maira, últimamente, se proponía evitar tal actitud, así como ese agrio comportamiento que la hacía sentir mal. Sin embargo, cuando la iba a visitar, cuando hablaban, cuando se veían o la escuchaba, una fuerza superior a su conciencia le endurecía su mirada, fruncía el ceño, opacaba su faz y, en especial, descariñaba las pocas y cortadas palabras que lograba, que atinaba a decirle. La razón de tal predisposición hacia su familia por línea materna era, quizá, muy simple: estaba, sin siquiera ella saberlo, y menos poderlo evitar, en su sangre. Corría indómita infectando, no solo su cuerpo, sino su alma. ¡Veneno social en sus venas hervía! Enjundia que además de ser aliñada con la fiereza en la austeridad económica imperante, autoimpuesta a propósito en aquel particular hogar, le ahincaba su ánimo, le turbaba su compostura y le encendía el color del rostro cada vez que recordaba su origen humilde, su condición de hija ilegítima… ¡hija de una madre soltera, pobre, casi analfabeta y campesina! La agobiaba tan solo pensar que su círculo de pocos amigos, conocidos y compañeros de actividades docentes llegara a enterarse de aquella, para ella, acción deshonrosa y humillante: inexcusable falta cometida por su parentela materna.

Responsabilizaba de ello, sin posibilidad alguna de perdón, a su abuela Alcira, quien, según Maira, marcó el inicio de tan escondidiza historia. Así mismo, le endilgaba a Gilda por no haber hecho nada para evitar el error; por seguir aquel ignominioso camino trazado por Alcira. Ella quería y buscaba blindar su hogar, y por ende a sus hijos, de aquella tragedia. ¡De esa mancha familiar! De ese pasado indecoroso y vergonzante, pero, sobre todo, de la paupérrima herencia social y económica: la pobreza que la marginó durante su niñez y juventud, por lo que se propuso vencerla con su tenaz lucha. Estigma que le significó mucho esfuerzo, demasiado estudio y tiempo, así como ingentes sacrificios para tan solo alcanzar un insignificante y asfixiante escaño socioeconómico por encima del de su madre y abuela. Maira de la Mercedes luchó a toda costa, a como dio lugar, sin importar los daños afectivos que pudiera causarle a otros, o a sí misma, como tampoco los medios, con tal de zafarse de aquel estigma. Solo le importaba el fin: impedir que se repitiera el ciclo de pobreza y errores con sus hijos. La historia de miseria y tristeza de las postrer Mencino. Se empeñó a fondo, a cualquier precio, para que la suya fuera una descendencia diferente respecto de la que ella provenía.

En relación con sus hijos, Maira de las Mercedes y su esposo solo fallaron, por completo, en dos de los tres objetivos para llevar a efecto sus planes y sueños. El pensamiento y las concepciones de los tres muchachos tomaron caminos disímiles a los señalados y esperados por sus padres. Si bien fue cierto que los dos menores lograron una carrera profesional, sin postgrado en el exterior ni dominio de una segunda lengua, las otras metas, los tres, las acomodaron y ajustaron a sus gustos, conveniencias e intereses y, en especial, llevados por la inexorable fuerza de la contradicción, propia de la adolescencia y de la complicada como prematura madurez que mueve, guía y arrastra los pasos de una gran mayoría de hijos, frente a los planes, gustos, deseos y opiniones de sus padres.

Al parecer y, sobre todo, cuando esto último: deseos y planes de los padres, son los que más les conviene y se les facilita. Mediatizado proceder nacional este, cada vez más evidente en aquella subcontinental sociedad.

Para el matrimonio Suescún Mencino ese sería un trascendental desacierto familiar. Tan impactante, o tal vez mayor aún, que la amenaza de la descentralización administrativa y fiscal, así como las permanentes reformas pensional, educativa, docente, laboral y tributaria, de las cuales fueron objeto de manera más que reiterada. Legislativas y gubernamentales medidas, todas estas, que colocaron a Maira y a su esposo en la nómina oficial municipal, al descender, más que abruptamente, desde la departamental; cerniéndose de esta forma sobre sus cabezas, en consecuencia, la inminencia de, no solo perder sus puestos de trabajo y, por ende, sus fuentes de ingresos, sino de ver aumentar el riesgo de disipar, o por lo menos dilatar, por tiempo indefinido, quizá por ocho y diez años más, es decir, hasta cuando cumplieran los sesenta y dos y sesenta y tres años, respectivamente, la programada y más que esperada pensión oficial.

Todo ello se le convirtió a Maira de las Mercedes Mencino, y a su esposo, en la causa de sus más álgidas preocupaciones e inestabilidad emocional, económica, laboral y familiar, por desgracia cuando estaban por traspasar el dintel de la vejez. Cuando los dos rebasaban la media centuria de años. Cuando su común proyecto de vida no tenía reversa ni posibilidad alguna para cambiar de cauce. Cuando Gilda había envejecido de forma tan súbita, requiriendo, en consecuencia, constante atención, cuidados y apoyo de sus hijos. Todo tan de repente y difícil de sobrellevar, y aún más: ¡de remediar! Más terrible y ahondado por el vacío que dejaron sus hijos, los Suescún Mencino, en la inmensa casa arrullada por la brisa huérfana del Magdala.

Los tres muchachos salieron de su hogar, se marcharon para ejecutar sus propias, diferentes y contradictorias vidas en la ciudad capital... ¡a su manera! El primero de ellos lo hizo en el 2004, marcado con el albur trágico de la violencia nacional. En 2006 el segundo, en 2007 la menor.

Armando Mencino

Muy joven, antes de cumplir los catorce años, Rodrigo Albeiro; el más consentido, a quien le dieron todo, el primogénito de los Suescún Mencino; demostró y enrostró su posición contraria a las conservadoras concepciones de sus padres. El muchacho era inteligente e inquieto. Pero nada amigo del estudio ni tampoco del oficio casero. Menos de las severas reglas, costumbres y pautas de conducta con las que sus padres buscaron formar su indómito carácter y disipada vida. Fue un adolescente problema. Antes de su aciaga partida en 2004, se fugó en tres oportunidades de su cómodo hogar a orillas del Magdala. La segunda vez que lo hizo fue en 1999. En esa ocasión conoció a Armando Mencino. El mismo que le ofreció protección, apoyo y la forma para que hiciera de su vida lo que él quería, diferente a la imposición de sus ortodoxos padres.

Allá, en el barrio San Carlos, al sur de la ciudad capital, Rodrigo y Armando se encontraron en una gallera. Se tropezaron sus destinos en las graderías de una clandestina arena cuando coincidieron en ser los únicos ganadores en el combate entre Tornado, el favorito, un gallo negro, contra Musaraña, un viejo pero mañoso gallo al que los dos, de manera empecinada y contradictoria apostaron.

Cuando se presentaron al momento de cobrar el premio, les llamó la atención la coincidencia del Mencino como primer apellido del viejo y segundo del joven. Entonces, se ofrecieron una cerveza. Hablaron sobre su común interés y afición por los gallos, pese a ser estos, según le dijo Armando al muchacho, la razón de su pobreza desde muy joven, en su pueblo natal, Oroguaní, pues todo lo que conseguía en su hasta entonces próspero, protegido y rentable negocio, en una sola noche, ahí lo perdía.

—Es como una maldición —se quejó dolido y decepcionado el decrépito hombre, alias Destrozos, como lo signó Bernardo, su supuesto padre.

Al finalizar de libar las dos primeras cervezas, sabían que por sus venas corría la sangre de Bernardo. Rodrigo Albeiro aprovechó el encuentro para preguntarle por La Guasimalera, El Salado, la bendita herencia de la que varias veces le escuchó hablar a su bisabuela Alcira, a su abuela Gilda, y hasta a la propia Maira de las Mercedes, su madre. Agobiado por el peso de los años y las tribulaciones de su vida, Armando resumió la historia con una frase que tal vez el muchacho no entendió, o no le importó.

—Sobrino, la antinatural y breve alianza entre hienas y leones culmina cuando uno de los dos se convierte en el alimento del otro. Yo fui, en esa lamentable historia, iluso e incauto, bocado de felinos.

Esa noche Armando llevó al bisnieto de Alcira, su media hermana, hasta una casona ubicada en el barrio Santa Bibiana, entre el Crucero y San Agustín, en pleno centro de la fría, gris y caótica ciudad capital, a escasas cuadras de Palacio, la nueva sede del Gobierno nacional. ¡Sí!, lo llevó a la misma casona, ahora más derruida, casi en ruinas, en la cual Bernardo hospedó a su ilegítimo hijo Justiniano Malaver, en 1948, cuando lo sacó de su terruño con quiméricas como falaces promesas, y con la fatídica misión de ultimar de un tiro al caudillo liberal, candidato presidencial. Lo llevó a ese lugar cuando el muchacho, tras otras tres cervezas, después de presentarse y hablar unas cuantas frivolidades, fue objeto del alcohol y se embriagó. Al otro día Armando Mencino salió de la casona muy temprano. Pero, antes de irse le dijo:

—Sobrino, tengo un asunto oficial pendiente, ¡un servicio a la patria! Le doy mi palabra: cuente conmigo y toda mi organización para su emancipación del hogar y el rediseño de su futuro… riesgoso, pero ¡histórico!, uno que sí vale la pena vivir.

Le manifestó que lo esperaba allá cuando se decidiera. Que lo pensara, que no se arrepentiría. Podía llegar a esa casa, como si fuera la suya, cuando él quisiera.

—Entre Mencinos siempre nos daremos la mano… y un arma para trabajar y ganarnos la vida.

Solo fue hasta enero de 2004 cuando Rodrigo Albeiro Suescún Mencino decidió alistarse en la fatídica y temible organización de su tío bisabuelo. Lo hizo tras pelearse con sus padres por enésima vez. Para entonces, la mutada banda criminal de Armando se encontraba en franca decadencia por las gestiones de paz que pregonaba el Gobierno nacional. Rodrigo Albeiro fue reclutado y enrolado como sicario motorizado, dada su agresividad, sangre fría y versatilidad para manejar motos de alto desempeño y armas cortas. Esto no fue garantía para que en su primer trabajo cayera muerto por los escoltas de un industrial del cuero, allá, en el barrio San Benito, al sur de la ciudad capital.

—¡Terco industrial aquel! —le justificó Armando a su sobrino nieto al encargarle la criminal y letal misión—. Ese empresario rechazó el servicio de seguridad que le brindó mi organización y se negó cancelarme el aporte inherente para tal causa. Por tal razón —le reiteró Armando a Rodrigo Albeiro—, hay que mandarle este mensaje, a él y a todos los de esa zona. Así evitamos que se propague tan nociva indisciplina en este, nuestro por domar y ablandar nicho de mercado.

Después de haberles prestado, hasta el 2003, efectivos y certeros servicios a los "grandes", Armando Mencino perdió su empleo, su criminal trabajo y, con ello, lo más grave: su respaldo institucional y político. Eso sí, legalmente salió limpio, al igual que muchos otros cabecillas y "patrones", entre ellos el senador Sánchez Mendoza, su jefe inmediato. Ello, gracias a la eficacia de una iniciativa de amnistía que presentó el Gobierno al Congreso en donde, como era obvio, se volvió ley. Después de tantos, y muy bien pagados crímenes, alias Destrozos se quedó solo. Apelativo que le puso el propio Bernardo Mencino, a mediados de los años cincuenta, ante su desilusión al comprobar lo estéril que le salió su hijo para el trabajo digno, el estudio y, en general, para todos los buenos y honrados oficios. Así se quedó toda la vida, como Destrozos. Después de todo aquel trágico prontuario, a Armando solo le quedaron sus recuerdos y banales como ensangrentados triunfos. ¡Así como el pestilente peso de los incontables compatriotas muertos por él! Ineludible, mefítico e insoportable luto patrio.

En la postrera etapa de su vida para nada le sirvió que él, al mando de su tenebrosa y protegida organización criminal, les hubiera eliminado a sus mandantes y contratantes, o a sus asociados de todo el país, en forma directa y fulminante, al menos a ciento noventa y cinco enemigos. Latentes, unos; declarados, la mayoría; rivales, otros; competidores, algunos; posibles, aquellos; potenciales, estos; inocentes, ¡muchos! Se quedó solo y sin recursos, a pesar de haberles trabajado, con entrega y lealtad, a los que se apañaron La Guasimalera, El Salado y el setenta y cinco por ciento de las mejores fincas de Oroguaní. Así como con el ochenta por ciento de la producción de narcóticos de todo el centro-occidente departamental. Personajes estos que, a su vez, algunos de ellos, ascendieron de manera vertiginosa en la vida social, económica, pública y política del país. Entre ellos, el ahora honorable senador doctor Julio César Sánchez Mendoza y su grupo, antes de ser detenido en 2007; involucrado, de manera abierta, descarada y declarada en el escándalo de la parapolítica.

Armando Mencino quedó a la deriva e inerme después de haberles ejecutado trabajos impecables, limpios, perfectos. Negocios estos de los cuales nunca se sabrán los nombres de los verdaderos autores materiales. Menos, desde luego, de los intelectuales. Quedó en la inopia después de sembrar un manto de dudas, un jardín de zarzas, un valladar de abrojos sobre las reales y complejas causas de sus consumados trabajos. Sobre todo, en casos tan sonados y muy bien remunerados como lo fue el operativo de la avenida Ecuménica, en diciembre del 86. O los del 89, en la terminal aérea; en Sacha, municipio anexo y al sur de la ciudad capital, y de nuevo en la avenida Ecuménica, pero esa vez con explosivos. Y para cerrar con ensangrentado broche de ignominia nacional, ese año, también con explosivos, el de Árbol Quemado. Este último, desde luego, sin precedentes por su ferocidad, magnitud, ingenio y alcance físico, social y político. O en eventos como los del año 1990 contra los dirigentes de partidos opositores al sistema, de nuevo. O el de la carrera 15, al norte de la capital, en el 95. Y, el más reciente, y como una mampara estratégica y política, también con explosivos, en el club El Roble aquel anochecer de febrero de 2002.

Armando Mencino, además de quedar ocioso, y con ello, sin su única fuente de ingresos, también terminó sin recursos económicos, debido a su afición incontrolable por la riña de gallos. Por tal razón se aferró a su experiencia profesional que quiso usar por su cuenta, apalancado con la ilegal y mortífera infraestructura bélica, con la información y logística del negocio que aún tenía a su disposición; así como con algunos muy eficaces hombres que le trabajaron con lealtad y obediencia durante la época de la protegida y nauseabunda prosperidad, durante aquella guerra del miedo. Tres de estos hombres eran oroguanenses, como él. Uno de ellos era su medio hermano Abraham, el ya anciano hijo de Ederminia Sanmiguel; experto, como ninguno, en cálculos y preparación de explosivos. Abraham murió, delatado, en el 2004, a balazos, por las fuerzas del orden cuando transportaba un carro bomba que según inteligencia militar iba dirigido hacia unas instalaciones policiales.

Por esa, y otras tantas razones conexas, Armando Mencino decidió ofrecer, por su cuenta y riesgo, sus servicios de seguridad y protección a industriales y comerciantes ubicados en el sur de la ciudad capital. Esta iniciativa final de Destrozos también fracasó antes de 2007, por la gran competencia que con el mismo móvil se ofertó por parte, no tanto de los jefes y los líderes amnistiados, desmovilizados y recompensados, quienes se enquistaron en la alta e imperante sociedad y en la burocracia, sino por los cuadros medios, bajos y rasos de esas mismas organizaciones criminales amnistiadas. A estos últimos poco y nada les servía la absolución política, como tampoco les satisfizo, ni les alcanzó, el monto económico que se les entregó, a manos llenas y con cargo al erario, por parte de las autoridades, según las órdenes emitidas desde el Gobierno. Pago hecho en contraprestación a su inmediata desmovilización y promesa de desarmarse y reinsertarse a la vida civil y productiva del país. Estos grupos, los reorganizados cuadros medios, bajos y rasos de aquellas bandas, apabullaron el mercado, sector y nicho escogido por Armando Mencino, expulsándolo del negocio, además de absorberle a sus hombres más rentables y eficaces.

Para abril de 2007 a Destrozos solo le quedaba la vieja y derruida casona cercana al Palacio de Gobierno, así como su artera vejez. La cual tuvo que vivir en paupérrimas condiciones. Fue entonces cuando, compelido por la precariedad, acudió, para comer y vestirse, a la caridad de algunos de sus hermanos y sobrinos, en particular a los que vivían en el barrio Estepero. Entre ellos, a la "viuda" e hijos de Hernando Malaver. Este último fue una de las víctimas letales de los doscientos cincuenta kilogramos de explosivos que él y un sobrino suyo llevaron y sembraron, aquella noche de febrero del 2002, en el exclusivo y suntuoso club hotel El Roble, al norte de la ciudad capital. Mortífero artefacto que él reprogramó en secreto para que detonara antes de que sus dos mandados hombres lograran abandonar el sitio. La idea de eliminarlos era para borrar testigos, cabos sueltos, como se lo ordenó el ministro Lineros, ladino esbirro de Sánchez Mendoza, quien lo contrató para tan feroz y palaciego atentado. Años después, alguien, muy cercano a Destrozos, comentó que este y Abraham decidieron aprovechar tal oportunidad para sacar del negocio y de la criminal sociedad a su medio hermano, además de cumplir la palaciega orden del ministro Lineros.

Aquel personaje también llegó a manifestar que el propio Armando le informó a la policía metropolitana sobre el desplazamiento que haría su otro medio hermano, Abraham, en el carro que los dos prepararon.

—Armando les recomendó a las avisadas autoridades —enfatizó el oculto testigo—, no darle oportunidad de reaccionar a Abraham, dada su peligrosidad y el armamento que portaba, pese a su edad avanzada.

Les habría dicho que aquel no dudaría en usar sus armas para contraatacar y causarles múltiples bajas a las fuerzas del orden.

Hediondo luto fraterno que también cargaría Armando Mencino, alias Destrozos, hasta el día de su adiós, sin podérselo desprender de su socialmente enfermo ser.

Inventario de logros

Viejo, solo, sin respaldo político, sin dinero ni salud, Armando Mencino intentó por todos los medios quedarse, sin lograrlo, con los rezagos de su organización criminal. Para garantizarse la tenencia de medios, subsistir y eludir el padecimiento de penurias y dificultades, desde joven se acostumbró a buscar vías fáciles y rápidas, siempre al margen de la ley y de las buenas y sanas costumbres.

Algún mediodía, a finales de julio de 2007, por casualidad, o tal vez por mero capricho o entuerto del destino, Armando se encontró con su sobrina Gilda. Se cruzaron sus cansados pasos en el polideportivo del barrio Loloya. En esa oportunidad ella le socorrió a ese despojo de hombre los cuatro mil pesos que costaba el almuerzo en un restaurante cercano. Lo hizo, ante la desesperada y lamentable solicitud soslayada de su haraposo, hambriento y desvalido tío. Mendicidad impulsada por la inanición, por el no comer en las anteriores setenta y dos horas; prisionero del frío, de la soledad y del ebúrneo olvido. Le socorrió a su tío sin siquiera considerarlo; sin rencor alguno; sin escatimar que era lo único que le quedaba en su raída y vieja cartera.

También le facilitó, sin escatimo alguno, su viejo sacón de lana para que se resguardara, para que se abrigara de la yerta brisa capitalina; más intensa y tenaz para los que les llega el ocaso de la vida en condiciones como la suya: en el olvido; en la adversidad del abandono, bajo la condena cosechada con sus arteros actos. Aquella triste y lamentable experiencia con su tío Armando hizo que Gilda reaccionara y refractara su existencia en ese espejo tan cercano y lamentablemente familiar.

Tras despedirse de su tío, camino a su pequeña y solitaria pieza en el barrio La Fraguita, Gilda comprendió que lo suyo, que su vida y la de sus seres más queridos no constituía, del todo, la sumatoria de fracasos con la que a diario se atormentaba y por la que renegaba en perenne silencio. No lo era, pese a todas las adversidades encontradas en su vera; a la perseverante y heredada pobreza que se negaba a abandonarla; a las continuas tristezas, desamores y desafortunados ires, venires e ingratitudes padecidas y soportadas a lo largo de sus días. Temas estos que constituían, no solo la esencia y razón de su continua queja, sino el alimento diario de su depresión. Instrumento formidable para lograr la atención y mimos, de cualquier forma, de sus hijos. En especial de Olegario Arturo y Maritza Alcira, los más impresionables y sentimentalmente manejables de sus retoños.

La lamentable situación de Armando le hizo concluir que, a pesar de todo, ella, básicamente sola, a pulso, en tan desiguales y dramáticas condiciones que caracterizaron su existencia, satisfizo, alcanzó logros importantes y fundamentales. Que cumplió, a su manera y con los menguados medios que tuvo para ello, gran parte de los objetivos primarios que se trazó desde los años cincuenta, allá, en Oroguaní. En especial, los relacionados con salvaguardar a sus hijos del presagiado trágico destino Mencino… en particular, a Olegario Arturo.

De igual forma logró, recapacitó Gilda, construir un hogar que le permitió dejar de vivir arrimada, de depender de otras personas para un techo. Hogar a partir del cual se gestó en sus entrañas la motivación y el esmero para conseguir, con dignidad, el diario bocado de comida. Hogar en el cual, bajo su empírica, pero efectiva administración, todos los integrantes de su familia encontraron siempre un trapo limpio, y propio, para ponerse. Reconoció con henchido orgullo que desde cuando se lo propuso, jamás, ni ella, ni su madre, ni sus hermanos, menos sus hijos, se acostaron sin comer, o salieron de la casa sin desayunar. ¡Tampoco descalzos ni con ropa rota! Siempre tuvieron con que almorzar. Con que cubrir su humanidad del frío. Un techo y un lecho tibio para guarecerse y pasar la noche; aunque humilde, pero bien habido.

Su riqueza no estaba reflejada en extractos bancarios, mucho menos en bienes físicos. Su grandeza no la constituían terrenos ni ladrillos; ni enseres finos, joyas o prendas costosas; menos en títulos o apellidos.

Su patrimonio moral, aunque por aquella época sin liquidez ni valor económico o social alguno, estaba representado en lo que hizo y obtuvo durante su vida, para ella, sus hijos, hermanos y madre. Por pequeño que ello pareciera, pero, eso sí, siempre obtenido con rectitud. Su máximo y más rentable activo era ella misma: Gilda Mencino, quien aún se valía por sus propios medios para hacer sus cosas, a pesar de sus achaques. Todos, o casi todos creados, establecidos, menos la osteoporosis, para tener a sus hijos pendientes y que no la fueran a olvidar.

Consideró en ese momento que derrotó, a su manera, competencia y alcance, ese destino trágico de su familia. En especial, el de sus tres hijos, quienes, aunque no se sintieran conformes ni satisfechos con sus logros, con lo que eran, con lo que tenían, ni mucho menos con sus respectivas situaciones, para ella: Gilda Mencino, todos eran triunfadores; y, gracias a lo que ella les pudo dar, inculcar, apoyar, fortalecer y corregir. Tanto a ella como a sus respectivos padres, sus tres hijos, de lejos, los superaban en todo aspecto.

Para Gilda Mencino sus hijos eran grandes personas. Razón por la cual se sentía orgullosa de su obra, que si bien era cierto aún estaba en construcción, como el templo de Oroguaní desde la época de su abuelo Bernardo, lo que a ella concernía, a esa hora de balances, podría decirse que había cumplido bien la tarea. Ella, en aquella inconclusa iglesia impartió y difundió, en particular a sus tres hijos, mediante su diaria y puntual misa, su dogma, filosofía, concepción de vida (de manera acertada o no) inherente a la familia, al hogar, a la autodeterminación, a la independencia, al progreso, pero con rectitud; así como a ser cada vez mejor. Y, en tanto ahí se ofreciera el servicio, su misa, no importaba que aún el templo tuviera las paredes huérfanas del pañete, estuco y acabado veneciano que habría querido Valentino; sin lujosos ni caros ornatos como los ofreció e incumplió Bernardo.

Ella, ahí, en "su iglesia" seguiría con su predicación, decidió. Lo seguiría haciendo e inculcando hasta cuando le fuera posible. Ojalá hasta lograr lo que ¡sí! parecía imposible de evitar: que se cumpliera lo que en los íconos de las lecturas de la taza de chocolate o el café se mostraba, en especial en el caso de Olegario Arturo. Razón por la cual instó apartarlo, en parte, del sino trágico que se cernía sobre él.

Recapacitó en ese momento que de no haber alejado a Olegario Arturo de su pueblo natal, de no llevarlo, ya en la ciudad capital, por la senda del estudio y el trabajo, ¡así se hubiera casado tan rápido!, de no haberlo escindido sutilmente de la putrefacta politiquería pueblerina, habría; aunque el peligro estaba latente, gobernaba en silencio su mente; tomado el marcado, indeleble, maldecido sendero Mencino… similar, si no igual, al destino de Bernardo, ¡El Depredador!; y de forma paralela, inexorable y trágica con el de Armando, por la misma posible equivocada y maltrecha senda de su primo, el hijo menor de Mamá Mina, Richard Riveneira, muchacho que ella ayudó a criar en Los Azahares y quien luego fue el apoderado de Olegario Perea, en su contra. Familiar abogado quien con marrullas y chantajes le hizo firmar el desistimiento de la demanda en procura del apellido

Perea para sus dos hijos mayores. Y también fue, a la vez, el apoderado, tanto de los Sagrario como de la contraparte querellante, en el pleito por la herencia de Bernardo. Él sí le aceptó, por algunos tapados reales, la frondía oferta que le hizo Ester Julia Sagrario.

Richard Riveneira, su primo, también asesinado, al parecer por el grupo autodenominado Muerte A Malandrines (MAM) cuando su movimiento de izquierda Lucero Rojo comenzó a tomar fuerza política (clientelista) en Oroguaní, y en toda la región, entre el 83 y el 95. Periodo cuando sobrepasó en las urnas a los partidos tradicionales mediante la vieja, pero siempre efectiva, estrategia de Bernardo. Es decir, con la oferta de cargos y contratos en entidades públicas, tanto en la capital como en ciudades y pueblos grandes y medianos del departamento Central.

Enquistada marrulla nacional que le permitió a Richard Riveneira, hasta el momento de su asesinato, cerca de San Vicente, que el ochenta por ciento de los concejales y alcaldes de Oroguaní pertenecieran a su grupo político. Movimiento que como él también desapareció tras su muerte, y la de cinco de siete dirigentes municipales y copartidarios suyos, en el lapso de escasos catorce meses.

Maritza Alcira Mencino

La hija mayor de Gilda, Maira de las Mercedes, se casó a escondidas, sin el consentimiento de su progenitora, a menos de un año de concluir su carrera universitaria y, por ende, de volverse productiva para el hogar, como lo pensó Gilda. Esto, la frustrada madre nunca lo pudo superar, pese a las reflexiones y conclusiones a las que llegó tras el reciente episodio con su haraposo tío Armando.

Casi dos años después, a un mes de haber concluido sus estudios tecnológicos en redacción, letras y sociales en el Servicio Nacional de Aprendizaje Tecnológico (SENAT), Olegario Arturo le comunicó que también se casaría. Le dijo que lo iba a hacer, incluso antes de recibir su primer sueldo en la eclesiástica Editorial La Moderna. Empresa en la cual el SENAT lo ubicó con patrocinio desde el inicio de sus estudios, y en donde fue enganchado tan pronto obtuvo su grado. Así lo hizo, se casó dos meses después. Por ende, formó hogar aparte al de su madre. Olegario Arturo había dejado embarazada a su novia y él respondería por la criatura, distanciándose, al respecto, de la posición y actitud de su inconsciente padre cuando este embarazó a Gilda, ¡y dos veces!

Si lo acaecido con sus dos hijos mayores fue doloroso para Gilda, lo de Maritza Alcira, la menor de sus vástagos; a seis meses de haber culminado su bachillerato, cuando le comunicó que haría lo propio, es decir, que se casaba; no la dejó de ofender, tampoco de sorprender. Le dolió con intensidad. Laceró su alma. Aquella predestinada noticia la defraudó, la afectó tanto, y más, como en las dos anteriores oportunidades. Más grave esa vez, pues, con el matrimonio de su última hija, Gilda estaba condenada a lo que más temía y que intentó evitar durante toda su vida: ¡quedarse sola! Tal y como lo infirió, con reiteración, en la lectura que hacía en los cunchos de la taza de chocolate, pero que de manera obstinada guardaba la inútil ilusión de que tal premonición estuviera equivocada.

En relación con su madre, y a diferencia de sus dos medios hermanos mayores, Maritza Alcira era una gran mujer. Una hija con muy buenas, abiertas y declaradas intenciones, así como con prolijos proyectos para con Gilda. Decía y pregonaba a los cuatro vientos, casi a diario, que:

—Yo quiero lo mejor para mamá: una vida pletórica de lujos, con una vejez cómoda y tranquila. Jamás permitiré que le pase lo de mi abuela Alcira. Nunca la abandonaré ni la dejaré sola, pase lo que pase.

Siempre hacía planes y se comprometía a dar aquello y lo otro cuando de su progenitora se trataba. Nunca se negaba. Tenía un gran corazón, junto a una infinita voluntad. Desafortunadamente, lo único que le faltaba a ese árbol era savia. ¡Carecía de absoluta autonomía económica!, de disponibilidad real de dinero, de liquidez, de efectivo papel moneda en su billetera para llevar a feliz término sus buenas y abundantes intenciones.

El esposo de Maritza Alcira era un ingeniero metalmecánico egresado de la Universidad La Patria. Ese hombre construyó, en menos de veinticinco años, tras comenzar de la nada, con ingentes y admirables esfuerzos y por demás grandes complicaciones y asfixiantes sacrificios, una exitosa empresa productora de canales y bajantes en aluminio. Maritza Alcira figuraba en la nómina de su empresa como gerente general, con un sueldo superior a los veinticinco mil dólares anuales. Tuvo tres hijos: los Bríñez Mencino. Gracias al trabajo, pero, sobre todo, a la astucia industrial y comercial de Marco Antonio, su esposo, su familia alcanzó y se estacionó «en la inestable, deleznable y pletórica de apariencias, clase media alta capitalina», como manifestaba seguido Olegario Arturo.

Marco Antonio solía expresarle a Maritza Alcira, a diario, mediante su brutal y machista manera, que la amaba. Que ella era su vida. Que mientras él existiera jamás la dejaría libre. Y, menos, irse viva con otro hombre. Tampoco le permitía trabajar. Que, sin ella, él no era nada… A pesar de tan subcontinental manera de "amar", en asuntos de dinero la mantenía a raya. No le consentía manejar con autonomía ni un centavo. Todo lo que le daba era por medio de controladas tarjetas de crédito para que comprara y pagara lo que estrictamente se necesitaba para el hogar:

servicios públicos, pensiones de colegios, enseres y demás requerimientos domésticos. Erogaciones que él verificaba, extracto y recibos de pago en mano. Comprobaba que lo comprado o pagado fuera lo autorizado y ordenado. Llegó al cotejo físico del mercado mensual. Verificaba que lo que figuraba en la factura coincidiera con los víveres de la alacena. De llegarle a faltar, así tan solo fuera una libra de chocolate; como ocurrió en tres oportunidades cuando Maritza se las dio a su madre por haberla acompañado a mercar; no dudaba en pasar de la agresión verbal a la física; además de descontárselas del poco y supervisado efectivo que le entregaba a diario para el pago de la empleada doméstica; o para los pasajes de los desplazamientos que él autorizara; o para la compra del pan, la leche, la carne y otras adquisiciones similares, que él indicaba con meridiana precisión.

Ante tal desfase en la economía familiar, Maritza Alcira solía acudir, a menudo, a los menguados ahorros y mesada pensional de su madre para que le colaborara y poderle completar el sueldo a la empleada, o para lo del almuerzo de ese día, entre otras situaciones similares. No podía faltarle nada de lo que él dijera, exigiera y pidiera. Le tuvo que soportar, por más de veinte años, todo tipo de maltratos, vejámenes y permanentes como escandalosas aventuras.

Le tenía vedada su presencia en la empresa, a pesar de ser ella, según nómina, la representante legal de la sociedad. La razón de tal determinación: en las oficinas trabajó con él, durante más de once años, una de las tres compañeras con las que convivió. Mujer esta que al final, con sagaz inteligencia, se quedó con el ochenta y cinco por ciento de la primera empresa, tras lo cual montó su propio negocio en compañía de uno de los operarios que ella contrató para que le aprendiera el oficio a Marco Antonio.

Maritza Alcira tuvo que experimentar en carne propia para comprender y comprobar, más que tardía, dolorosamente, las premonitorias palabras que su progenitora le dijo aquel día cuando la sorprendió, en su propia cama, haciendo el amor con él. Gilda le manifestó, no solo en aquella primera vez, sino en reiteradas oportunidades:

—Hija, este hombre la hará sufrir. Sé que no le conviene, que no la valorará jamás. Nunca la dejará ser usted misma… y, lo peor, la esclavizará, humillará, asfixiará y la hará, toda su vida, en todo aspecto, depender en de él.

Para entonces, marzo del 85, y en lo sucesivo hasta noviembre del 87, lapso que duró su tortuoso noviazgo, Maritza Alcira no oiría, ni mucho menos entendería de razones. Estaba obnubilada con aquel joven universitario, casi diez años mayor, quien le ofrecía "esta vida y la otra". Hizo caso omiso de las conjeturas de su madre. Menos iba a seguir sus consejos de retrasar su matrimonio y presta partida de su hogar…

—Hija —le rogó Gilda—, postergue su ida con él, por lo menos hasta cuando haga, como Olegario Arturo, una carrera técnica en el SENAT, con la que, en un futuro, no tenga que depender de nadie.

Pero, no, ella estaba convencida de la buenaventura, en todo sentido, que su relación con aquel hombre le traería a su vida apabullada, empobrecida en ese cuarto de inquilinato en el que la tenía viviendo su madre, allá, en el barrio El Carmen. Inquilinato del cual quería salir huyendo lo más pronto posible. Como en efecto lo hizo, además, como mecanismo de escape ante el descarado y sucio asedio y propuestas desvergonzadas que Arnoldo Duque, el esposo de su tía Eneida del Pilar, le comenzó a hacer. Esto último, ya que los viernes, sábados, domingos, feriados, y en vacaciones de colegio, desde cuando cumplió los catorce años, Alcira convenció a Gilda para que le permitiera a su nieta Maritza Alcira ir a ganarse algunos pesos adicionales en la pizzería que Arnoldo tenía.

—Sí, madre —le confirmó Olegario Arturo a Gilda—, esa historia también la tengo viva en la memoria. Oportunidad que Arnoldo aprovechó para instar seducirla, sobre todo a la hora de cerrar, a la madrugada, cuando él se ofrecía para llevarla hasta la casa, dado el riesgo que significaba que saliera sola… y a esas horas.

Una vez los dos en el carro, comenzaban un tortuoso recorrido por bares y discotecas, en especial de bisexuales, dada la marcada tendencia que se le acentuó a Arnoldo después de los cuarenta años. Pretendía con tal ardid comprometer y amedrentar a la joven para lograr su sucio objetivo. Al principio Arnoldo lo hizo de manera taimada y mesurada. Con el paso del tiempo y ante la reiterada negativa de Maritza, acudió a tácticas más agresivas, ofensivas y represivas. Pronto la joven no soportó y se lo comentó a su madre, y esta a Olegario Arturo, para ver qué hacían. Olegario Arturo consideró que lo único que podían hacer era, así se enfureciera la abuela Alcira, no dejarla volver a ese trabajo, menos de noche.

Pero, como Maritza Alcira también se lo dijo a su novio Marco Antonio, este, objeto del ímpetu que conlleva la briosa juventud, y consigo la absoluta ausencia de moderación, instigada por las feromonas, la emprendió contra Arnoldo. Lo agredió físicamente, además de amenazarlo.

—Si usted se vuelve a meter con mi mujer… —le advirtió Marco Antonio— ¡aténgase a las consecuencias!

Esa violenta y decidida actitud de Marco Antonio, frente a la tibia reacción de su madre y hermano, le indicó a Maritza Alcira que era el momento, por encima de todo, para entregarse y refugiarse de una vez por todas entre sus brazos, sin medir las venideras y nefastas consecuencias. Tampoco las represalias, ni los reproches con los cuales, de forma perenne, aquel le endilgó y cobró en lo sucesivo, no solo por su origen humilde, sino por su capacidad y rol de ángel guardián «cuando nadie más salió a defenderla», le recordaba a cada instante.

Esa humillante y flamígera situación se le convirtió a Maritza Alcira en el pan de cada día, con mayor y penoso énfasis cuando él llegaba ebrio, casi día de por medio, y la conminaba para que no se quejara, ya que desde niña había sido abusada, ultrajada. Le enrostraba que ella no tenía, fuera de él, quién la respaldara. Que debía estar acostumbrada a su maltrato, a su humillación… y a suplicarle.

—Maritza —le solía decir—, con toda seguridad, al dejar de portarme de la forma como lo hago ahora, usted lo va a extrañar... entonces, terminará por clamarme, por pedirme a gritos que lo siga haciendo, que la siga maltratando... Sí, lo que usted tiene que hacer es agradecerme —le reprochaba a diario—, ya que, sin mí, usted es y vale menos que nada. O, ¿ya se le olvidó que fui el único que reviró por usted cuando lo de Arnoldo? Además, ¿se acuerda de la pocilga de donde la saqué? Allá estaría, si no es que peor, de no haber sido por mí, ¡mujer desagradecida!

Solo hasta el 2006 Maritza Alcira aceptó su error. Entonces, desesperada, lo reconoció frente a su compungida madre. Aceptó su equivocación, tal vez a título de disculpa o, quizá, de inútil consuelo. Tardía recapacitación tras comprobar que su esposo hacía cada mes otro desembolso; este, por un millón doscientos mil pesos. Esta última impelida erogación patrimonial correspondía al fallo de la tercera demanda, la tercera en menos de seis años, que por concepto de alimentos le instauró otra de las exempleadas de la empresa con quien Marco Antonio procreó un hijo, ya de doce años, y el quinto fuera de los tres del matrimonio oficial. Fuera de los Bríñez Mencino.

Maritza Alcira también comprobó que su marido se había casado hacía ocho años en un país vecino con una de las socias de la compañía. Esta mujer, tras otro pleito judicial, reclamó y se llevó el ochenta y cinco por ciento del patrimonio empresarial.

Ante tantas dolorosas evidencias, Maritza Alcira quiso reaccionar. Para aquel momento el sol hipaba en el poniente y ella estaba más que atrapada en el laberinto de la incertidumbre y la frustración. Bordeaba la agreste e incierta esquina de los inesperados, de los repentinos cuarenta años. Situación que, según su concepción, le imposibilitaba dejar con facilidad las comodidades físicas que aquel infierno, que aquel maltrato infame, pese a todo, le implicaba y propiciaba. O, mejor sería decir: le compraba su dignidad. Trocó la gratuidad de la libertad y la decencia por fatuos y pesados eslabones de oropel y argénteas galas.

Instó buscar trabajo por su cuenta. Pero, la edad, además de su impericia y de la violenta negativa de su esposo, se lo impidió. Luego se propuso, entusiasmada por su hermano, colocar su propio negocio. Marco Antonio no le facilitó recurso alguno para apalancar al menos una de sus cuatro o cinco iniciativas. Estas naufragaron en el oscuro océano de sus intenciones, de sus ilusiones, de su somnoliento espíritu emprendedor. En consecuencia, le quedó solo la opción de refugiarse en su rol de madre.

Buscó, alarmada y con maternal precipitación, enderezar e instar salvar del despeñadero, de la roída carrilera por la cual sus tres hijos: los Bríñez Mencino, estaban empecinados en echar a rodar las montaraces e indómitas locomotoras de sus pobres vidas.

Inevitable engendro resultante de múltiples circunstancias incoadas en el seno del hogar. En especial, de las dos más constantes y significativas que marcaron su deformación como personas: el triste y mal ejemplo de Marco Antonio como insufrible esposo; desprendido y elusivo padre; así como nefasto y ruin hombre de negocios, fundamentado siempre en la tan común y casi socialmente aceptada cultura de la trampa, la mentira y el engaño comercial. La segunda deformadora circunstancia familiar que afectó a los Bríñez Mencino fue la tolerante actitud permisiva de Maritza Alcira al conllevar con callada y celestina resignación tan inicua situación marital.

Para emprender esa tardía responsabilidad maternal, Maritza Alcira encontró en su anciana y enferma madre, con nuevo desacierto, la asistencia para que la acompañara y apoyara en esa última como inútil lid.

Durante esa compleja industria Maritza Alcira solo logró interponerse ella, y de paso exponer a su madre inerme, frente al vendaval agreste de las pasiones y concepciones de sus hijos adolescentes, por completo contrarias a las suyas. En consecuencia, las dos fueron vituperadas y golpeadas, si bien es cierto que no de forma física; aunque hubo momentos que ello estuvo cerca; sí de la manera más dolorosa para un ser humano, y en particular para una madre y una abuela: ¡en el alma!

Fueron laceradas por sus hijos y nietos, ahí, donde la herida nunca sana; donde la huella es indeleble; donde el dolor es supremo y solo genera aciagas e irreversibles consecuencias de amargura y silente penar. Tal vez, quizá, por lo tarde que ella pretendió el resarcimiento y salvaguarda del destino y futuro de sus mal criados y mal formados hijos.

Aunque Gilda también sabía de este otro funesto desenlace, o tal vez lo presentía, o creía haberlo visto en la taza del chocolate; en esa ocasión, tal vez, no tan nítido como en las anteriores; apoyó a su hija menor. Estuvo a su lado en ese trance. Nunca le insinuó que desistiera de su idea e intento. Solo siguió el doloroso juego. Sabía que, si se oponía a las inexorables fuerzas de la predestinación a las que, al parecer, estaban condenados aquellos, sus burlones y altaneros nietos: los Bríñez Mencino, simplemente, y como se lo sentenció Zoila, la adivinadora de su infancia, le era imposible evitarlo. Por el contrario, magnificaría y apresuraría la desgracia para antes, incluso, de su presta partida. La que presentía o, tal vez, muy en su atribulado subconsciente buscaba. Hasta llegó a rezarle a las almas de su hermano Ebert Ernesto y de su madre Alcira para que esto acaeciera lo más pronto posible. Por ello, decidió callar con amargura, arrobada por el dolor intenso que tal pena moral le causaba. Tenía la insípida esperanza de estar equivocada, y en ese sentido le rogaba a Dios para que por lo menos en esa oportunidad así fuera.

Basó sus conjeturas, esa vez poco claras, por la falta de contundencia en los íconos, en las lecturas que hacía en los cunchos dejados en las tazas en las que tomaban chocolate o café, ella, su hija menor y, por supuesto: los Bríñez Mencino. Gilda anhelaba con todo el ímpetu de la preocupación y la impotencia que anegaban su espíritu, que, aunque fuera en esa ocasión su impertinente e infortunada facultad predictiva, como ella, estuviera en decadencia. Sobre todo, porque faltaban por darse los peores y más trágicos desastres en relación, no solo con los Bríñez Mencino, sino con los Mencino Durán, los Suescún Mencino, y con todos aquellos que aún llevaban el veneno Mencino en sus venas, o estaban relacionados, o se llegaran a relacionar, de manera directa o indirecta, con alguno de ellos, y hasta al menos el tercer anillo de su entorno social.

Lo intuía. En esa oportunidad con extraña y muy baja nitidez. Sumatoria de fatalidades que tal vez coincidirían con la fecha para la cual la maldición de la tríada de la desgracia, impuesta por el padre Sarmiento en 1923 tras El Grito del Diablo que organizó y protagonizó su abuelo Bernardo, se acercaba, quizá, a su fin… o, muy posible, a su reiteración total o parcial: ¡El culmen de la desgracia patria!

Además, todas aquellas fatalidades por llegar, al parecer, también coincidían con otra premonición: ¡El advenimiento de los trillizos! Estos, a partir de sus particulares y probas concepciones tendrían, tal vez, la oportunidad de conjurar, encausar o reiniciar la imprecación en contra de la sociedad nacional Mencino.

Sí, la tríada de los desconocidos e ignorados hijos extramatrimoniales de Olegario Arturo. Los que nacerían el 8 de septiembre de 2007, un día santo, como también lo sentenció el párroco de Oroguaní. En especial Victoria Cifuentes, melliza intermedia quien podría, según las normas morales que para entonces imperaran y guiaran la conducta general de los republicanos, facilitar el perdón y la reivindicación para los Mencino sobrevivientes de ese entonces, y sus inficionados coterráneos. O su consumación fatal, coadyuvada por la abrupta liberación de una implacable, invisible e insonora esencia estelar.

Fatalidad aquella que, tal y como fue predicha por el padre Sarmiento, muy posiblemente:

—Detendrá los relojes a las tres y treinta y tres de la mañana, en un día tres, de un mes tres, en un año cuya suma de sus tres primeros dígitos dé tres, o múltiplo de tres, coincidente con el cuarto y postrero de aquellos. Magnitud a la que si se le resta su anterior vuelve a la inicial, de la misma forma como lo haría el destructivo e inexorable pulso celestial…

Olegario Arturo Mencino

A mediados de mayo de 2007 la recalcitrante y callada obsesión por la muerte volvió a invadir, con inusitada voracidad, los sentimientos y pensamientos de Olegario Arturo. La inesperada partida de Magnolia era, ahora, el acibarado condimento de su nostalgia. Nunca comentó su obcecación con nadie. Gilda lo intuyó a partir de la lectura que solía hacer en los cunchos que quedaban en la taza en la cual su hijo libaba el chocolate. Sin embargo, prevenida, estaba resuelta a no intervenir. Sabía las consecuencias de llegarlo a hacer. No iba, entonces, a entremeterse ahora, pese a ser evidente que tanto esta última, pero, en especial, aquellas otras tres añejas penalidades ensombrecían, aún más, la existencia de su hijo, diezmando con ahínco el hálito vital de sus ilusiones corroídas desde cuando la nostalgia social se le agazapó en lo más recóndito de su alma. Herrumbre impetuosa que se enquistaría en su inerme corazón, mientras tales penalidades continuaran ahí, sangrantes y latentes, como lo estuvieron durante los últimos diez años.

Padecer hostigado por la dolorosa, evidente e inexorable imposibilidad de, pese a su ingente trabajo y sacrificado esfuerzo, resolverle la paupérrima situación, tanto a su cada vez más enferma madre, como a su anciana y ahora inválida y casi ciega abuela Alcira.

Para entonces, Olegario Arturo ya tenía armonizado los relatos y premoniciones contados por Gilda, con la información obtenida y decantada por él, tanto en la Internet como en otras fuentes: notarías, juzgados, alcaldías y gobernación del departamento Central; así como en documentos privados y oficiales; en textos, periódicos y libros especializados, poco comunes y de muy restringida circulación y difusión... y, desde luego, con los datos que fue extractando del manuscrito Mencino que, forzada y a regañadientes, le entregó su madre. Fuentes documentales facilitadas, casi todas, por el padre Alirio Cifuentes, excepto el perdido manuscrito de Bernardo. La información así obtenida, Olegario Arturo la depuró, clasificó, ordenó y procesó en bases de datos y en archivos de Excel, Project y Word. Esto le permitió comenzar a develar lo que en lo más profundo de su atribulada mente le inquietaba, en especial desde cuando cumplió los treinta años: lo relacionado con la razón de su aciago y contradictorio hado.

Tal discernimiento introdujo un cambio en sus concepciones. Ahora le mortificaba, no solo desconocer la respuesta, la posible causa por la cual, en materia de dinero, todo le salía mal, la pobreza carcomía cada vez más a todos aquellos ubicados hasta el tercer nivel de su círculo social y entorno familiar y le era esquiva la obtención de público reconocimiento, autoridad o estima; y, por ende, justa recompensa por lo que hacía. A pesar de haberlo intentado todo, sin escatimo ni reparo alguno, con ahínco y devoción en lo que se proponía, en lo que trabajaba sin descanso, de sol a sol, con honestidad, limpieza, eficiencia y tenacidad.

Ahora lo que le afligía el alma, comprimía el pecho y constreñía su existencia era intuir, con un bajo grado de incertidumbre, que comenzaba a entenderlo todo; y con una muy alta posibilidad y comprobada respuesta para sus interrogantes. Peor, aún, cuando a lo anterior se le adicionaba esa lacerante ausencia, al parecer definitiva, sin regreso, de su amada Magnolia.

—Tal vez si la hubiera perdonado y escuchado —se recriminaba a solas y en voz alta—. Si le hubiera aceptado sus inauditas explicaciones, Magnolia no habría desaparecido tan de repente aquella noche… a finales de febrero pasado. O, si por lo menos no la hubiera tratado de tan infame manera, quizá este desesperado afán por refugiarme en los prestos adioses del olvido, en el ebúrneo recuerdo del ayer, no me estaría lacerando con ácido padecer la piel, los huesos, el alma… y toda mi insoportable y vacía vida.

Matriz cabalística

Para esa época Olegario Arturo tenía casi que terminada, con la ayuda del padre Alirio Cifuentes, la compleja matriz relacional cabalística. Engendro que él venía alimentando con las averiguaciones hechas en las redes sociales, bases de datos, archivos digitalizados, el manuscrito de Bernardo y la infinidad de información recolectada y armonizada por él. No quería, no iba a dejar la explicación de la situación que lo aquejaba y afectaba hasta su tercer círculo social y familiar, menos a soportar la radical toma de sus inmediatas y futuras decisiones al respecto, a partir de la simple y mera interpretación de las historias, cuentos, leyendas o sabiduría popular. Sobre todo, en esa revolucionaria época con tantos recursos tecnológicos disponibles para demostrar la razón de todas las cosas; de todo aquello que cualquier persona quisiera o necesitara saber o conocer.

Así pensaba y, en consecuencia, así actuaba Olegario Arturo.

Comenzó la construcción de su herramienta metodológica de trabajo, como también la llamó, relacionando en una hoja sencilla de cálculo lo que cada tarde le fue contando Gilda. De esa forma concluyó que cinco eran las líneas de descendencia en su árbol genealógico. Ubicó en la primera rama a su bisabuelo Bernardo. En la segunda a los dieciocho hijos de aquel, procreados con ocho de sus mujeres conocidas, o por lo menos de las que Gilda sabía y recordaba. La segunda línea la encabezó su abuela Alcira. En la tercera ubicó a los cuarenta y nueve nietos de Bernardo, con Gilda como la mayor de todos ellos. En la cuarta, la suya, ubicó a los sesenta y seis bisnietos y, en la quinta, a los cuarenta y nueve tataranietos de Bernardo, entre estos, a los Mencino Durán, los Suescún Mencino y los Bríñez Mencino; es decir, sus hijos con Adelaida y los hijos de sus dos hermanas: Maira de las Mercedes y Maritza Alcira, en su orden.

Para estas lides siempre tuvo el apoyo y acompañamiento de un aliado: un anciano sacerdote jesuita con quien entabló, a partir de 1989, una secreta y duradera relación literaria, nacida por su común actividad correctora. Con la ayuda de su presbítero amigo, aliado y jefe, Olegario Arturo hizo la difícil y compleja lectura, traducción e interpretación de aquellos viejos, raídos, proscritos y olvidados textos eclesiásticos, también facilitados por el anciano sacerdote. Esto le permitió copiar y aplicar, de la manera más fidedigna y cercana posible a la intrincada metodología que sugerían aquellos textos y escritos, parte de los rasgos y fórmulas que usó para asignarle a cada descendiente un ordenado e irrepetible código genealógico consanguíneo.

El primer dígito de ese código: el uno, indica que se proviene en línea directa de Bernardo. Excluye, de esa forma, a las parejas de estos. También revela que el descendiente lleva, aunque no necesariamente el apellido Mencino, sí la sangre del maldecido con la tríada de la desgracia. Las posiciones pares del código: segundo, cuarto, sexto y octavo dígitos, identifican el número de la descendencia. Las impares, de la tres en adelante; es decir, los dígitos tres, cinco, siete y nueve; dan el orden de nacimiento dentro de la respectiva línea consanguínea inmediata.

Una vez consolidada la matriz multivariable, indeterminada y relacional cabalística, sus arquitectos intentaron seguir de la manera más fidedigna posible las extractadas y complejas instrucciones, traducidas por el padre Alirio, de los textos en los cuales figuraba la forma intrincada de hacerlo. Cada día Olegario Arturo y su mentor jesuita buscaban perfeccionar y comprender mejor las instrucciones. Una vez iniciada la fatídica industria de interpretación de humanos e intemporales comportamientos, el padre Alirio sabía que no existía reversa: tenían que continuar y terminar con cada uno de los diez pasos indicados en los manuscritos. En el siguiente escalón calcularon las sumatorias de los dígitos de cada código y asignaron a cada descendiente un primer número matricial cabalístico, dentro del rango del uno al treinta y tres. Luego elaboraron, por cada línea de descendencia, mediante la técnica de la tendencia central, a partir del promedio modal, el número matricial cabalístico más representativo. En seguida extrajeron, de entre los cinco números matriciales cabalísticos, a su vez, su respectivo promedio simple. A este le adicionaron el promedio simple de los números matriciales cabalísticos, el número de líneas, es decir: cinco. A partir de los cinco números matriciales cabalísticos los dos hombres crearon los dígitos submúltiplos y seleccionaron y decantaron los dígitos libres pares, entre los dígitos submúltiplos de los cinco números matriciales cabalísticos. Vino luego la decantación de la sumatoria de los dígitos libres pares y la obtención de la sumatoria de los dígitos pares con el primer dígito libre, así como de la sumatoria de los dígitos pares con el segundo dígito libre. Con fundamento en tales resultas, seleccionaron y decantaron un único dígito impar y libre.

Durante la segunda etapa del proceso de elaboración de la herramienta, además del derroche tecnológico que en esta involucraron, Olegario Arturo y el padre Alirio llevaron a cabo la asignación de la caracterización cabalística de la sumatoria de los dígitos para cada código, respecto a la suerte sustanciada de cada matricial descendiente. Para ello tuvieron muy en cuenta la información real cuantificada y cualificada, a partir de los resultados de la investigación, con fundamento en la documental y de campo dentro de los enfoques exploratorio y causal, que de cada uno de los matriciales hizo Olegario Arturo. En este paso se aprovechó el valioso aporte de los relatos de Gilda, la información extraída de los artículos de prensa, textos de historia, recuerdos y memoria de los oroguanenses, archivos en la Internet, algunos documentos privados y otros oficiales extraídos o facilitados en la curia, en notarías, en la secretaría de la alcaldía de Oroguaní, en la registraduría, así como en otras tantas fuentes más, incluido el manuscrito Mencino.

Tampoco escatimaron esfuerzos ni recursos a su alcance para escudriñarles, a todos y a cada uno de los relacionados matriciales descendientes de Bernardo Mencino, tanto su pasado como su presente. Eso era primordial. A partir de ello inferirían su respectivo y técnicamente decantado posible futuro; con especial, azaroso y desafortunado énfasis, los relacionados con Olegario Arturo: hijos, madre, abuela, hermanas, sobrinos, primos...

Todo el ingente proyecto que realizó Olegario Arturo; desde luego, con los secretos recursos de los jesuitas, desviados de manera refinada por su eclesiástico amigo y colega de letras; se ciñó, en la medida de lo posible, a las difusas instrucciones contenidas en los raídos escritos y textos, la mayoría en latín, griego, hebreo y arameo. Mohosos documentos que narran e ilustran lo relacionado con la inédita, no aceptada y proscrita maldición católica del Poder del Tres. La misma con la que el padre Sarmiento imprecó, a comienzo del siglo XX, a Bernardo Mencino y su descendencia, no solo consanguínea, sino social, económica y política, allá, en Oroguaní.

La primera tabla de doble entrada de la matriz multivariable, indeterminada y relacional cabalística tiene, en su primer segmento, en la primera fila, ubicado y correspondiente con cada una de las cinco columnas: el número de la línea de descendencia directa, con su respectivo promedio matricial cabalístico y cantidad de descendientes; con más o menos una desviación típica, dentro de cada una de estas. Con tal variable se correlaciona (n) la (s) característica (s) promedio (s), central (es), inherente (s), más representativa (s) del (os) ubicado (s) dentro de cada línea.

En resumen, le corresponde a la primera, es decir, a la de Bernardo Mencino: «el génesis entuerto», como lo llamaba el jesuita, los aspectos y tópicos propios de su personalidad y comportamiento: desesperación, incomprensión, desesperanza, fracaso, riqueza entregada, pobreza perenne, maldad y crueldad, sexo, desenfreno, irresponsabilidad, albur, desidia, negligencia, dependencia y flojera. En la segunda columna, segunda línea, cuyo promedio matricial es trece, consignaron lo correspondiente a las características más significativas y con mayor frecuencia de seis descendientes, coincidentes con este número promedio respecto a su código, a saber: maldad, crueldad y muerte trágica.

En la tercera, con promedio dieciséis y respecto a nueve descendientes históricamente así caracterizados: sexo, desenfreno e irresponsabilidad. Así lo hicieron para las siguientes categorías.

En la cuarta, cuyo calculado promedio respectivo es veintiuno, inherente a doce descendientes, estaban los signados por el sufrimiento afectivo y la tragedia. Para la quinta fue veintisiete y seis, respectivamente. Estos últimos reconocidos por su desidia, negligencia y flojera. En el segundo segmento de la matriz encontraron una clara relación entre el promedio de los promedios matriciales, es decir: diecinueve, y los correspondientes diez descendientes. Estos, durante toda su vida, tendrían un patrón de comportamiento caracterizado por la desesperación, incomprensión, desesperanza, fracaso y pobreza. Igual metodología siguieron para los análisis y diligenciamiento de las celdas restantes.

En el tercer segmento, veinticuatro era el gran promedio general de la sumatoria de los dígitos, una vez le adicionaron el número de líneas de descendencia. En este se mostró que nueve matriciales estaban marcadas, según el resultado de la probabilística, con la realización plena de sus proyectos y existencias. Contrario a los del cuarto segmento, rubricado con los dígitos múltiplos y submúltiplos matriciales cabalísticos: dos, tres, cuatro, siete y nueve, con cero, cero, uno, uno y dos descendientes, respectivamente. Para ellos, su característica histórica de vida sería la desesperación, incomprensión, desesperanza, fracaso y pobreza.

En el quinto segmento hicieron figurar, según las instrucciones algo entendibles de los manuscritos y textos guías consultados, los dígitos libres pares seis y ocho, con uno y dos descendientes. Cada uno de estos, según los análisis efectuados, gozó, durante su vida, de victorias, éxitos y realizaciones, y ofrendó en cada acto público y privado: bondad, amor y dulzura.

En el sexto segmento, correspondiente a la sumatoria de los dígitos libres pares, es decir, al número catorce, fueron ubicados cinco descendientes. Su característica fundamental estuvo marcada, durante su existencia, por la debilidad de carácter, tristeza, melancolía, sufrimiento, ilusión infundada, pensar con el deseo y emprendimiento desafortunado. Muy parecido con los trece descendientes relacionados con el número veinte, del séptimo segmento, la sumatoria de los dígitos libres pares, adicionado con el primer digito libre, para los que la constante en sus vidas fue desesperación, incomprensión, desesperanza, fracaso y pobreza. No tan diferente con lo predestinado para los trece signados con el veintidós: la sumatoria de los dígitos libres pares, adicionada con el segundo digito libre, incluidos en el segmento octavo, caracterizados por una vida dura, muy difícil y complicada.

En el noveno segmento, en la sumatoria de los dígitos libres pares, adicionado con el segundo dígito libre: cinco; solo tuvo cabida la segunda hija de Tránsito Arellano y Bernardo, nacida en 1920 y muerta en diciembre de ese año sin ser reconocida por su padre. Circunstancia que generó todo lo que a partir de entonces le sucedió a Tránsito, a Bernardo y a tres generaciones más, incluido su círculo hasta el tercer nivel de relación social.

De igual forma, el padre Alirio y Olegario Arturo, a quien también llamaban El Corrector, encontraron que, además de lo inherente a lo asignado por el código genealógico cabalístico, el hecho de ser descendiente de Bernardo, y de llevar o no, solo o acompañado, de primero o segundo, su apellido; implicaba la existencia de otro segmento: el décimo y último, con sus respectivas y comunes características entre sí. En ese postrer y anexado segmento recopilaron lo inherente a los ocho descendientes que tan solo tenían el Mencino como único apellido. Ese era el caso de Olegario Arturo, Gilda, sus dos hermanas y sus tres tíos maternos, incluida ahí su abuela Alcira, quien, pese a tener el Mencino y el Arellano como apellidos, cumplía con las características destiladas para tal grupo. Para estos, sus vidas estaban preñadas, casi en su totalidad, con la sumatoria de las fatalidades posibles y sufridas entre sus descendientes.

Para los diez descendientes, de una parte, y siete de la otra, respectivamente, que llevaban el Mencino acompañado, de primero o segundo, con otro apellido, tales adversidades se iban diluyendo de manera paulatina, no en su totalidad, y aparecía en sus vidas algo de mejores condiciones, situaciones y oportunidades. Aunque no faltaban nuevas y dramáticas adversidades. Asimismo, los que llevaban la sangre Mencino, pero que por cualquier situación no tuvieron tal marca como apellido de civil identidad, su situación había sido mejor. O al menos diferente… ¡no tan abyecta!

Una vez construida la compleja e intrincada herramienta metodológica de trabajo, sus arquitectos y creadores acudieron al apoyo de expertos en varias áreas. Fue así como llegaron a colaborar con su acabado, a partir de datos compartimentados, desde luego, entre otros, expertos en diseño, programación y sistematización de datos. Estos organizaron y crearon intrincados vínculos, operaciones y cálculos para hallar las soluciones e inferencias respectivas. Todos siguieron las complejas instrucciones que tradujo e impartió el padre Alirio.

Finalizado el proyecto, es decir, la herramienta metodológica de trabajo, Olegario Arturo y el padre

Alirio iniciaron el procesamiento de la información matricial. Las resultas de tal industria fueron presentadas en un tablero de control electrónico sobre la pantalla del computador, que a su vez fueron proyectadas en un telón. Los resultados del procesamiento se podían ver, no solo en forma numérica y textual, sino mediante ilustrativos, impactantes, sorpresivos y sugestivos gráficos y ayudas sofisticadas, escalofriantemente interactivas. Se recreó, también, con videos, fotos y creaciones animadas digitalizadas, casi reales, tanto las inferencias como las acciones, actos, historia, vida pasada y presente de la mayoría de los Mencino, desde Valentino. ¡Era sorprendente, intimidante y turbadora la capacidad de ese programa!

Se llegaron a mostrar ahí, basado en la inferencia, de forma textual, numérica, holográfica, gráfica, fílmica y animada, los hechos, acciones y cosas por acaecerles día a día, semana a semana, mes a mes, año a año... y durante las siguientes tres décadas, tres años, tres meses y tres días, a quienes, para entonces: junio de 2007, estaban con vida y habían sido marcados con el respectivo código genealógico Mencino... y sus relacionados hasta el tercer círculo social, económico y político.

Nada de todo aquello hubiera impresionado ni afectado de tal manera a Olegario Arturo; quien pese a ser su diseñador y constructor principal, no le daba total credibilidad ni confiabilidad a su herramienta; a no ser porque aquel tecnológico engendro demostró su fatal e irrefutable capacidad de inferencia. La metodología de trabajo fue sometida a su máxima prueba predictiva con el código genealógico de Alcira Mencino Arellano. Experimento crucial realizado el 20 de junio de 2007. El tercer día, de la tercera semana, del sexto mes, a las nueve de la noche, en aquel año cuya sumatoria de sus dígitos es nueve, perfecto múltiplo de tres, y cuyo tercer dígito, ascendente o en descenso, coincide con la nada matemática.

Esa noche el programa corrió a la perfección… y mostró, dedujo, con espeluznante precisión, no solo el día, hora y sitio, sino que recreó las ignominiosas circunstancias en las que fallecería La Gardela Alcira Mencino Arellano. También expuso, con apabullante exactitud, los pormenores de su funeral y último destino...

El adiós de Alcira

El jueves 21 de junio de 2007, a las 3:33 de la tarde, al darse inicio el solsticio de verano... sí, durante la jornada más larga de aquel año, falleció Alcira Mencino Arellano, marcada con el código: 1.2.1, en el árbol genealógico que elaboró su nieto Olegario Arturo. Expiró ese día, cuya suma de sus dígitos es tres, que, sumados con el seis, correspondiente al de dicho mes, coincide con la suma de los dígitos de ese año. Además, estas dos sumatorias son, a su vez, múltiplos de tres. La Gardela sucumbió allá, en la sala de cuidados intensivos de la que se llamó, por mucho tiempo, «la Clínica Clavel, la del Seguro Social antes de ser privatizada y rebautizada con un nombre más diciente política y económicamente», solía murmurar Olegario Arturo.

Alcira pereció tras habérsele practicado una intrincada e indebida intervención quirúrgica con la cual los médicos pretendían extraerle unos coágulos de sangre que aparecían, según radiología, no solo dentro de su frente, sino bajo su aguileña y lacerada nariz.

Diagnóstico acorde con el del cirujano que la atendió por urgencias cuando fue llevada por los encargados del albergue en donde, por tercera vez en dos meses, se habría caído y golpeado al tratar de levantarse de su silla de plástico... o, eso fue lo que dijeron los encargados del ancianato. Incómodo asiento que le ampolló su trasera humanidad durante los catorce padecidos meses de su estadía en el "reclusorio" aquel.

La verdadera causa, la que a nadie le importó, la que callaron por menesterosa necesidad y más que fundado y cómplice miedo los otros huéspedes y demás empleados, no solo frente a los familiares de Alcira, sino ante los tres salesianos propietarios del negocio, al parecer, según lo pronosticó y mostró dieciocho horas antes la herramienta metodológica de trabajo, se trató de un criminal error del encargado de mover a los ancianos del albergue. Aquel dependiente había cogido tal confianza, que usaba un entretenido, para él, más no para los inermes viejos, método para realizar con rapidez su oficio, gracias al cada día más liviano peso de aquellos. Tomaba las sillas de sus respectivos respaldares y las enviaba, las lanzaba, con todo y cargamento humano abordo, hasta dos y tres metros de distancia. Al parecer, en las dos anteriores oportunidades cuando Alcira se cayó por causa del particular procedimiento usado por ese hombre, salió ilesa. No sucedió lo mismo en la tercera. La anciana no logró asirse bien del borde de la silla. Salió disparada y se estrelló, primero contra la pared, y de rebote contra el piso. El golpe fue fulminante. Quedó sin sentido sobre el duro baldosín del antejardín del albergue, allá, en el barrio Galán... Yacía ahora agonizante en aquel depósito de trebejos familiares a donde se abandonan, con elaboradas justificaciones sociales y económicas, a sus miserables suertes, a los obsoletos, improductivos, menesterosos y estorbosos viejos.

Tras la intervención quirúrgica, durante la cual el facultativo se encontró con el tumor que le oprimía el cerebro a Alcira, y que, por el impacto del golpe, nueve horas antes, se desprendió, diseminándose e invadiendo su cabeza y sistema respiratorio, a Eneida del Pilar le comunicaron los médicos que no había nada que hacer. Que era cuestión de horas para que se produjera su deceso. La anciana sangraba por boca y nariz, y por el orificio del ojo que se le extrajo ahí mismo, tres meses antes. Fue la tercera y última vez que del alma herida de Alcira Mencino manaron lágrimas de sangre. Como lo vaticinó, o mejor sería decir, como lo sentenció Bermina Mencino cincuenta y seis años atrás, allá, en Oroguaní. La Gardela calló su triste canto por la vida. Murió en el frío del olvido, en una lúgubre e impersonal, ajena y fúnebre habitación de la Clínica Clavel, ubicada en el centro-occidente de la gran ciudad. Tan lejos del sitio que había sido, que había querido… que incluso expresó como su última voluntad. Esa, su última voluntad, la manifestó Alcira durante los anteriores meses, y desde antes de ser encarcelada en el ancianato, de forma más que insistida: llorada, suplicada y gemida. Lo imploró, no solo a sus familiares más cercanos, sino a los pocos amigos y conocidos que fueron a visitarla al albergue.

Alcira quería ir a morir, a pasar sus postreros y tristes días, allá, en Oroguaní, así hubiera sido acurrucada, abandonada y sola en cualquier andén, en cualquier calle de su Oroguaní del alma. Ella quería irse a morir a su pueblo natal, cerca de la tumba do reposan los restos de Bernardo Mencino; su amado, idolatrado y nunca olvidado, aunque tampoco perdonado ¡padre y amante! Última voluntad que nadie quiso, que a nadie le importó satisfacerle. Ni siquiera hacerle caso y, menos, ayudarle a cumplir. Todos: hijos, nietos, bisnietos, familiares y conocidos tuvieron siempre a flor de labios más que elaboradas, escurridizas justificaciones... Ninguno quiso oír la petición de la anciana. ¡A nadie le importaba! Se escudaban en el que «no hay plata, tiempo, ni mucho menos alguien disponible para que la lleve. Además, allá, en Oroguaní, ¡tan lejos!, donde ya no queda familia alguna... ¿quién la cuidaría? ¡Y sin saber por cuánto tiempo!».

Todos, y en especial sus tres hijos, inconfesamente rezaban, rogaban a diario para que Dios Todopoderoso la sacara de penas y se la llevara a descansar. Junto a Él y lejos de ellos. De esa forma, buscaban ahorrarse los casi trescientos cincuenta mil pesos mensuales que les costaba su sostenimiento en el menesteroso ancianato aquel. A su vez, para evitarse, también, las incómodas y costosas idas a verla. De paso, dejar de oírle sus quejas, peticiones, canciones, desvaríos... y para evitar el tener que soportar verla en paupérrimas, tristes e injustas condiciones. Para los demás familiares que, o nunca fueron, o lo hicieron muy contadas veces, la desaparición de la abuela fue un peso que se les quitó de sus frías y endurecidas conciencias, amén de aliviar su inicua y mezquina irresponsabilidad. Más cruel, aún, que la del impersonal, indiferente, distante y frío *Estado Social de Derecho*, como lo pregonaba un acápite de la Carta Magna de ese singular país subcontinental, fue el caso de Beto Alfonso Mencino, el hijo de Alcira al que la familia de Crispín Garnica, el padre de este, se lo arrebató a su regreso del Fresnal y que ella, al instar recuperarlo, le fue negado e impedido por la parentela de Crispín, argumentándole que ella no era económica ni moralmente la mujer que podría brindarle un futuro digno.

Beto Alfonso, durante toda su vida, sobre todo después de que a sus catorce años tuvo que salir del hogar de su padre y comenzar a rodar por el mundo, sintió que su madre lo había regalado. Que se aligeró de él, abandonándolo a su suerte. Desde cuando tuvo uso de razón sintió enojo, resentimiento e inconfesable rencor. Sentimientos estos que disipó al verla en aquel módico cofre fúnebre cuando, compungido, le pidió perdón y descargó el lastre que arrastró desde niño, pero que esgrimió, sirvió y usó de mampara justificativa cada vez que había que aportar, o que se le sugería su presencia, reclamada por su vieja. Pese a todo, fue gracias a él, y al prepagado seguro funerario en el que la tenía afiliada, que se le pudo dar a Alcira un funeral, unas exequias dignas, al menos en infraestructura. ¡Afortunadamente! Pues al momento de su muerte ninguno de sus familiares, lo manifestaron todos tan pronto se supo la infausta noticia, contaba con recursos para los elevados costos que tal circunstancia implicaba.

Fúnebre estancia

Por la sala C del tercer piso de aquel próspero negocio funerario, allá, en la avenida Carabobo con calle 66, durante las treinta y tres horas y treinta y tres minutos que permaneció su cadáver en velación, cruzaron tres veces treinta y tres personas: desde tres de sus sobrevivientes medio hermanos, hasta sus tres sobrevivientes hijos. También lo hicieron sus nietos, menos la mayor, Maira de las Mercedes. Ella se encontraba en «…un ineludible congreso pedagógico lejos de la ciudad capital», se lo dijo a Olegario Arturo cuando este le comunicó la noticia. Maira de las Mercedes, la mayor de las nietas de Alcira, usó aquel académico argumento para justificar su inasistencia al velorio, misa y exequias. Otros que acudieron fueron sus bisnietos, excepto, los hijos de Maira. Ni siquiera se disculparon por su indiferencia y ausencia.

También fueron a ver el maquillado despojo de Alcira, la viuda de Ebert Ernesto como sus seis hijos: los tres que tuvo con Ebert y, desde luego, los que luego procreó con Orlando… el hombre con el que a los quince días después del sepelio de su amado esposo, veintiún años atrás, se fue a vivir, dizque para sobrellevar la pena de haberlo perdido. Sí, con Orlando. Con quien subsistieron, toda su vida, sin trabajar, sin ingreso adicional, tan solo con la media pensión que le dio a la viuda la Policía Nacional.

No faltaron a la velación, tampoco, algunos sobrevivientes de la segunda y tercera generación Riveneira, así como otros tantos conocidos y paisanos. Casi todos ubicados dentro del tercer anillo social de influencia Mencino. Estos últimos querían comprobar con sus cansados ojos la desaparición del penúltimo de los descendientes directos de Bernardo. De los que aún llevaban el Mencino como apellido. Con la partida de Alcira tan solo quedó Armando con tal marca, entre los descendientes directos de Bernardo. De él se perdió su pista desde cuando la casona, en la cual habitó desde su llegada a la ciudad capital, se desplomó sobre la carrera Central. ¡Esa misma!, la ubicada en el barrio Santa Bibiana, entre El Crucero y San Agustín. La que compró Bernardo, según su manuscrito, para planear y ejecutar la muerte del disidente candidato liberal en el 48. La vieja edificación cedió por falta de mantenimiento, sumado al peso de su marrullera y convulsionada historia. Una vez derruida, ahí encontraron refugio, por mucho tiempo, habitantes de la calle, en especial, en las heladas noches capitalinas.

Pocos supieron del pordiosero paradero y trágico final de Armando Mencino, el del código: 1.2.18, según el árbol genealógico que elaboró Olegario Arturo para tratar de entender su origen y destino, suyos y de su parentela. O, a nadie le importó la suerte y dramático como solitario desenlace de Destrozos, objeto de la inanición y del frío del amanecer, aquel tercer día de la tercera semana de noviembre de 2007, frente a la casa del barrio Eduardo Salas en donde, igualmente sola y enferma, nueve años atrás, murió Ester Julia Sagrario, su progenitora, la principal determinadora de la muerte de Bernardo.

En el carnaval de escasas, escenificadas y sobreactuadas lágrimas; esporádicos e ininteligibles rezos; destemplados cánticos; permanentes, abundantes y contenidas risotadas; animadas y chabacanas conversaciones; arteras críticas; mezquinas risas; no desaprovechados y descarados coqueteos; soterradas burlas; abiertas bromas; morbosos susurros; taimadas miradas; festejados recuerdos y efusivos encuentros de familiares y conocidos; y libación de cerveza y licor en la tienda cercana… Sí, en medio de tan carnestolendas y comunes actividades en el que se convirtió el velatorio de Alcira Mencino, tres coronas y tres ramos florales entonaban en la sala de prepagados velorios un silente himno de melancolía. Orquídeas, heliconias y rosas eran las únicas flores en cada uno de aquellos íconos de fúnebre despedida.

A las nueve en punto de la noche del viernes 22 de junio de 2007, cuando la algarabía y animación de los asistentes al velorio; plácidamente acomodados unos en las poltronas colocadas a lado y lado del féretro y no tan incómodos, de pie, otros tantos; amenazaba contagiar con su morboso entusiasmo las salas vecinas, de repente una brisa extraña y yerta golpeó las mejillas, labios, orejas, manos, cabelleras y grisáceas conciencias de los asistentes. Todos enmudecieron y dirigieron, al unísono, sus miradas hacia las coronas y ramos ubicados alrededor, encima y debajo del féretro. De entre aquellos arreglos parecía brotar una corriente de aire que hacía tiritar los pétalos de las flores... y parecía que fluía, cual arcoíris al ocaso, la potente voz de Alcira interpretando *Cambalache*, primero; luego, *Sus ojos se cerraron*; después, *Qué le importa al mundo*. En esos momentos los presentes creyeron, no solo escuchar esas tres melodías, sino que sus fosas nasales percibieron el lejano y sutil néctar combinado entre vainilla, chocolate y caramelo caliente que expelían las susurrantes orquídeas del paraíso, originarias, vernáculas de Oroguaní. Esa situación, además de aletargarles sus pensamientos, les quitó, a todos, la voluntad de irse, de retirarse de ahí, de siquiera instar moverse de sus sitios. Entonces, supieron, interpretaron, o tal vez recordaron que esa era la brisa del Cerro Con Oro, el cerro tutelar de Oroguaní.

Aquel prominente accidente geográfico municipal también se hizo presente en el velorio de su paisana. Vino a recoger y llevarse a su sitio de origen el alma de otra exhausta orquídea del paraíso fallecida en el asfalto citadino. Lo hizo acompañado de su particular, único e inconfundible perfume de sus entrañas, arropado en duelo con las melodías que cantó Alcira en su juventud y temprana madurez.

Todos, de manera inapelable, evocaron la leyenda de las Mencino tras su partida de Oroguaní en 1968. Entendieron que aquel era el último tributo, la sentida y dolida despedida que su lejano terruño le hacía a la desplazada Alcira Mencino Arellano, La Gardela.

Una vez la yerta brisa acaramelada se disipó por entre la bruma de la nada que adornaba la fúnebre estancia, y aquella voz volvió y se enchipó en lo más recóndito de las turbulentas mentes de los presentes, Eneida del Pilar, nerviosa y muy de prisa, como si quisiera salir presto de ahí, inició el último rosario de la noche; tras el cual todos los asistentes, muy afanados, con cara de conmoción, callados y anonadados, abandonaron, con rapidez, sobre las 9:45 p.m., el recinto en el cual pasaría la noche, acompañado solo por las tres coronas, los tres ramos y sus respectivos anuncios de los remitentes, el rígido cadáver de Alcira Mencino; cuyo parecido físico con el de Tránsito Arellano, muerta en el 89, también en la más absoluta pobreza y abandono, era asombroso, escalofriante y con punzante evidencia. Como si quisiera recordarles a los vivos, no solo sus familiares orígenes, la génesis de su existencia ineludible, sino también su inexorable y penoso final.

Por ese motivo, por los acontecimientos de la noche anterior; o, quizá, ante la ausencia de herencias por pleitear, o al haberse satisfecho el mórbido placer por la muerte ajena; al día siguiente, a la misa, del total que asistió al velorio, tan solo lo hizo una tercera parte, y al funeral, la mitad de estos últimos: los obligados familiares más cercanos. Los que tal vez no encontraron excusa alguna para dejar de ir; así como otros, muy pocos, seis amigos de aquellos.

Sinfonía mortuoria

La misa, celebrada en la iglesia de la calle 69, muy cerca al barrio Nueve de Agosto, la presidió el reverendo y anciano padre Luis Enrique Goenaga. ¡Qué casualidad! O, tal vez, tan solo fue un capricho del destino el que esa funeraria tuviera una relación contractual con esa iglesia. Casualidad o capricho del destino… ¡nunca se sabrá! En el último minuto el padre Goenaga substituyó al titular designado para ese evento. Reemplazó al que no pudo ofrecer el servicio ante una repentina y aguda indisposición estomacal que se le presentó.

Cuando, iniciado el oficio, el robusto y ojizarco padre Goenaga, aún con el porte mezclado entre panche y español, leyó el nombre, pero, en especial, el apellido Mencino de la difunta, sintió un escalofrío que heló su sangre y refrescó su arrugado recuerdo. En ese instante llegaron a su memoria, anegando sus sentimientos, las historias que les contaba, respecto de los Mencino, a él y a sus hermanos, antes de morir, su madre: la india Clorovea. Estos y otros tantos relatos eran actualizados por algunos de sus beatos paisanos que solían visitarlo y enterarlo de todo lo que acaecía o no, allá, en Oroguaní.

Ahí, frente a él, estaba el féretro de Alcira Mencino: la hija del Depredador. La primogénita del hombre que fue tres veces maldecido por su padre, el reverendo padre Sarmiento. Y tenía que ser ahí, preciso, en esa iglesia, y no en otra… en la que lo acogió después de su calvario durante los años setenta. ¿Por qué tenía que ser en su templo adonde tenía que llegar el cadáver de aquella infortunada mujer para recibir el postrer sacramento? ¿Y por qué tenía que ser él, justo, a quien le tocara ofrecer ese servicio cuando casi nunca realizaba, o le permitían realizar, menesteres de esa índole?, se preguntaba en silencio el padre Luis E. Goenaga. ¿Por qué el despojo de aquella Mencino hacía presencia en el lugar en el que él tan solo esperaba morir tranquilo? Por qué se daba tal circunstancia en la iglesia a la cual, por órdenes superiores, desde el escándalo, no le encargaban sino tareas sencillas, menores, de orden logístico y muy pocos oficios religiosos, sin gran trascendencia… Ahora, en los últimos años, justificado por lo de su edad y la afectación paulatina que venía sufriendo su memoria después de casi cincuenta años de complicado y polémico sacerdocio.

Tal veto, lo reconocía silente y con desazón el padre Goenaga, fue impuesto por sus superiores por su presunto, y a toda costa escondido, origen paterno eclesiástico; amén de la filtración de la muerte del padre Sarmiento, al parecer, nunca judicialmente probado, a manos de su progenitora, la india Clorovea;

según la infidencia, a finales de los años sesenta, durante una confesión que hizo Bermina Mencino, en busca del perdón de ella y de su hijo-hermano Bernardo. En 1968 Bermina recibió los santos óleos en la clínica en la cual poco tiempo después falleció. Se los impuso un párroco rival, directo competidor en la jerarquía sacerdotal, y de la misma congregación del padre Luis E. Goenaga. Ese sacramento final le fue suministrado por aquel sacerdote tras la truculenta y comprometedora revelación que la moribunda le hizo, al ya no poder compartírsela a su ahijada Gilda. Aquel hombre de iglesia quedó estupefacto con lo que Bermina le contó, en relación con lo consignado en el manuscrito de su hijo-hermano Bernardo. Sin embargo, se reservó, con terquedad, pese a la artera insistencia del reverendo, eso sí, el paradero y guardián del documento aquel. Manchado manuscrito nacional, en ese momento, bajo la secreta custodia de Gilda Mencino. Alguien, muchos años después, y cuando aquel santo hombre fue investido como obispo, manifestó que la presión que este ejerció sobre Bermina para que le dijera el paradero y el nombre del poseedor del manuscrito Mencino, fue la causa fundamental para el desencadenamiento de la falla cardiaca que se llevó a Mamá Mina de este mundo, víctima terminal de un cáncer gástrico.

Este no era el único lastre que hundía en el olvido de la estructura del mando sacerdotal al padre Goenaga. También fueron muy significativos y definitivos en su imposible figurar en la nómina directiva eclesiástica; lo que a su vez lo apartó de forma abrupta de la posibilidad de disfrutar por completo las mieles de tan esquivo poder; muy en particular, los caminos, poco santos, así como las acciones contrarias a las virtudes cristianas, sociales y políticas que decidieron seguir sus dos hermanos tras la muerte de Clorovea, la progenitora de los tres Goenaga. El mayor de ellos, al parecer hijo del padre Sarmiento, fue el cabecilla; y desde mediados de los años cincuenta, poco tiempo después de la tortuosa muerte del disidente caudillo liberal en el 48; de uno de los frentes guerrilleros más feroces de la historia republicana. El menor sería el presunto parricida, desde luego, nunca judicialmente comprobado, de Bernardo Mencino en el 63. Esas máculas, tras la revelación hecha por Mamá Mina, conminaron al padre Goenaga en el último de los escalones del poder eclesiástico nacional.

Gracias a su formación sacerdotal, a su situación particular y, en especial, por la tranquilidad de espíritu y la capacidad de perdón que llega inexorable con el arrobamiento de los años, el padre Goenaga se repuso y dispuso a ofrecer el oficio religioso lo más sereno y formal posible. Al fin y al cabo, pensó, la ahora difunta, «la hermana de mi hermano menor», se dijo, no fue la culpable, ni mucho menos la responsable de las desgracias que a su madre y hermanos, y a él, Bernardo Mencino les causó de manera directa o indirecta. Alcira era otra más de las tantas tristes víctimas del Depredador; y tal vez la que se llevó la peor parte, concluyó en ese momento el sacerdote.

Durante la fúnebre homilía sorprendió a los escasos treinta y tres asistentes cuando se refirió a la difunta como «La Gardela»; como «la única y legítima descendiente de Bernardo»; como «esta triste orquídea de Oroguaní», y otros tantos epítetos y específicos detalles más. Y, muy en particular, generó mayor sorpresa cuando antes de la santa bendición, por intermedio del monaguillo, le ordenó al organista que entonara *Polvo de los caminos*. Tema que cantó al unísono con los feligreses. Las notas de esa melodía hicieron, de nuevo, que los asistentes no solo evocaran y sintieran la brisa del Cerro Con Oro en la nave del templo, sino también sobre y adentro de sus humanidades. Y además que percibieran con nitidez el podrido y familiar perfume de los rojizos frutos en descomposición de la ceiba sembrada por Sánchez Mendoza en la esquina nororiental de la plaza del parque, allá, en Oroguaní. Sitio en el cual, hasta noviembre del 68, Gilda armaba, cada domingo, su tenderete de lona para vender cerveza en compañía de su hijo Olegario Arturo, con el propósito de arañar algunos centavos adicionales para llevar a cabo su proyecto de vida, por todos sus paisanos admirado, pero por nadie patrocinado, visto que a ninguno le importaba la suerte de las Mencino.

El cortejo fúnebre, una vez finalizó la misa, tomó por la avenida Carabobo y luego por la autopista Norteña, rumbo a los Jardines de la Recordación. Eran tan solo, además de la carroza que transportaba el cadáver de Alcira Mencino, cuatro carros particulares, cada uno con tres dolientes y una buseta de turismo, incluida en el económico y prepagado paquete funerario. Esta última solo llevó nueve pasajeros. Gracias a la hora, y a la impresionante cantidad de vehículos que colmaban los carriles de la autopista;

fuera del exclusivo para los rojos y articulados buses del masivo transporte; no se hizo tan notoria la orfandad en el acompañamiento. Imposible de eludir una vez ingresaron al parque cementerio, treinta y tres minutos después. Ahí, el escaso acompañamiento sí fue más que triste y evidente; sobre todo cuando el reverendo que atendió el postrer ritual insistió, afanado porque tras el de Alcira llegó otro servicio más nutrido y de mejor categoría social y económica, para que los seis hombres que hicieron presencia en el católico ritual tomaran las manijas del féretro y lo depositaran en la bóveda del recibo de cadáveres. Estos, obedientes, levantaron, llevaron el féretro y lo dejaron en el interior de la pequeña capilla, sobre unos rieles de tracción. El párroco leyó unas cortas y brevísimas oraciones, entonó unos resumidos cánticos propios para la ocasión, dio la bendición y salió rápido; no sin antes decir que tras despedirse de la difunta tocaran el timbre de la derecha para continuar y finalizar con el ritual.

Cuando se retiró el padre para ir a atender el siguiente negocio, los tres sobrevivientes hijos de Alcira: Gilda, Beto Alfonso y Eneida del Pilar, se acercaron al ataúd. Tras unos interminables segundos abrieron la tapa-ventana del féretro. Los tres Mencino rompieron en llanto. Igual emoción embargó a los otros doce acompañantes. Ninguno de los asistentes logró evitar que sus ojos se humedecieran, como tampoco ignorar sentir esa inexorable opresión en el pecho, ese lacerante vacío en el alma, esa quemante pena en su corazón. Situación que se hizo más intensa cuando Olegario Arturo comenzó a entonar, con destemplada y desafinada voz, *Adiós pampa mía*. Durante todo el proceso fúnebre de su abuela él habló poco, y lloró, pero para sí mismo, ahí, parado en la entrada de la capilla, donde se ubicó después de ayudar a cargar el féretro desde la carroza hasta la pequeña bóveda. De inmediato Gilda lo siguió en el canto, así como otros asistentes que sabían fragmentos de esa vieja canción que alguna vez le escucharon entonar a Alcira, en especial en su juventud.

Alguien tocó el timbre y la pequeña puerta de la bóveda comenzó a abrirse, al tiempo que los rieles arrastraban el cajón hacia el interior, mientras emitían un incómodo y estridente chirrido metálico, ahogado por las voces disonantes de los improvisados intérpretes. En ese instante comenzó a ulular, con insolencia y por toda la estancia, el olor empalagoso de la guanábana fresca acabada de abrir... Fragancia que como el ataúd desapareció con la última letra de la canción, en el momento cuando terminó de cerrarse la puerta y se esfumó, también, el metálico chirrido.

El 30 de junio de 2007, tras ofrecer la misa correspondiente a los nueve días de su fallecimiento, y bajo la sinfonía mortuoria de una pertinaz, fría, fina y borrascosa llovizna, el padre que rezó velozmente antes de ser incinerado el cadáver el sábado anterior se desplazó con los deudos hasta lo más alejado del parque cementerio. Allá les dieron cristiana sepultura a las cenizas de Alcira Mencino Arellano.

En esa oportunidad solo estaban presentes Eneida del Pilar y dos de sus hijas: las Duque Mencino; así como Gilda y su hijo Olegario Arturo. Ellos fueron los únicos que no tuvieron ningún contratiempo ni prioridad diferente para asistir.

Allá quedó La Gardela, en un diagonal, diminuto y compartido cenizario, con el ignoto compañero de eternidad que por orden secuencial le correspondió. Sepulcral recinto signado con la nomenclatura trescientos treinta y tres, de la etapa tres, sector C.

Por coincidencia, aquel parque cementerio limita, por el costado occidental, con otro camposanto, en el cual, veintiún años atrás, y a escasos seiscientos sesenta y seis metros, incluso visible de una tumba a la otra, enterraron a Ebert Ernesto Mencino, el hijo menor de Alcira. Serían entonces, por capricho del destino, madre e hijo, inmóviles vecinos para la eternidad.

Allá quedaron, finalmente, los despojos de Alcira Mencino Arellano, sus cremados restos mortales, después de una semana de familiares debates e incertidumbres de conciencia en el sentido de que si las benditas cenizas eran o no llevadas a Oroguaní para ser esparcidas desde el puente Amarillo sobre la quebrada Sardinata, la que cruza por un costado de La Guasimalera. Eneida del Pilar consideraba que esa sí, tal vez, era la última voluntad de su progenitora. Pero, Gilda esgrimió el argumento decisivo, de peso, de fondo, para que se aprovechara lo que incluía el plan pagado por Beto Alfonso. Es decir: el respectivo oficio religioso y un sitio cerca de la ciudad capital para irle a rezar y llevarle flores de vez en cuando. Fue la opción, económica y moral, más viable. Gilda manifestó que no tenía dinero, ni buena salud para hacer el viaje a Oroguaní. Desde luego, Eneida del Pilar no asumiría, ella sola, los costos; ni mucho menos lo iba a realizar sin su hermana mayor, quien hacia futuro era el único pariente cercano y querido, por sustracción física, que le quedaba «en aquella gris metrópolis, donde las inermes orquídeas, dispersas en el asfalto de la inconsciencia, avaricia y desigualdad social, están condenadas a una existencia precaria, breve, solitaria y triste», como solía mascullar, de vez en cuando, Olegario Arturo.

Obcecación

Para Olegario Arturo no fue coincidencia el parecido entre la realidad y las inferencias que su herramienta metodológica de trabajo hizo sobre su amada abuela Alcira, escasas horas antes de la ocurrencia de los terribles hechos que concluyeron con su desaparición. Le dio plena credibilidad a su humanado engendro. Lo hizo al ver con antelación en el telón en el que proyectaron la matriz cabalística, no solo los similares aspectos al momento del causado, irresponsablemente, accidente, sino la intervención quirúrgica, el fallecimiento y todo lo que en los siguientes días tuvo que presenciar, vivir y sufrir, en relación con el funeral de su mamá señora. Eso, para él, no fue ninguna casualidad. Ni siquiera lo consideró así. Lo tomó como el resultado decantado y metodológico de un proceso científico, con un calculado, muy bajo y aceptable sesgo y margen de error. Así lo asumió, por lo que le causó una profunda y traumática conmoción que lo mantuvo alejado de su sitio de trabajo y escondite por varios días.

Frente a esa inesperada situación, el padre Alirio le sugirió olvidarlo todo. Él consideraba que «este es un proyecto de locos», así llamaba el eclesiástico hombre a esa proscrita actividad.

—Olegario Arturo, dejemos así las cosas... no sigamos insistiendo en esto, que, además de improductivo, los dos sabemos que es riesgoso —lo exhortó su jefe, amigo y cómplice la tarde del 4 de julio de 2007.

En esa ocasión el jesuita le celebró en forma privada su cumpleaños número cuarenta y nueve, allá, en el escondido y prohibido sótano de la Capilla Pureza de María, ubicada sobre la carrera Central, cerca al edificio viejo del Capitolio Nacional. Ahí trabajaban, en secreto, aquel vetado proyecto. Al padre Alirio le pareció prudente, oportuno y necesario pedirle a Olegario Arturo suspender el plan. Sentía que debían destruir el programa, bases de datos, archivos, raídos textos y documentos con los que alimentaron aquel "monstruo", como le decía. A cambio de abandonar esa locura le propuso a su discípulo de pilatunas, autorizado por los jerarcas de la iglesia y propietarios de la editorial, una actividad mejor remunerada.

—Necesito que te encargues de un nuevo proyecto de corrección de textos escolares para educación básica y media vocacional. Estos serán distribuidos en todos los colegios, no solo en los de nuestra congregación, sino en al menos tres muy prósperas y expandidas hermandades católicas más, tanto en el país como a lo largo y ancho del subcontinente.

Olegario Arturo, desde hacía años, quería trabajar en algo así. Eso le implicaría contrato laboral a término anual, y no por prestación de servicios de tres o cuatro meses, como máximo, con salario integral, como lo venía haciendo desde cuando el reelegido presidente Abelardo Uribia Morales, en su primera administración, *modificó y denigró,* pensaba Olegario Arturo, las condiciones laborales para la clase trabajadora. Reforma laboral que le implicó, tras casi veinticinco años seguidos de trabajo con aquella empresa editorial, perder y renunciar voluntariamente a su condición de empleado y aceptar volverse trabajador independiente, si era que quería continuar vinculado, pero con una paga menor con respecto a la anterior. Tuvo que aceptar esa nueva forma contractual. De ahí obtenía su única fuente de ingresos, su único sustento: el suyo y el de su familia. Esa nueva contratación, ya no laboral, se hizo con el mismo patrón, por más horas y con mayores responsabilidades profesionales. Pero, ahora, era de carácter dizque comercial.

También, gracias a la última reforma laboral, iniciativa bandera del reelegido mandatario nacional, Olegario Arturo fue contratado; como Gilda en la Caja Agraria, allá, en Oroguaní, por los años 60; por prestación de servicios. Lo que implicaba prestaciones médico-asistenciales, ya no a cargo del patrón, sino por su cuenta y pecunia en su calidad de trabajador independiente. Además, sin cesantías, asistencia de salud, horario de trabajo fijo, reconocimiento de festivos, dominicales, horas extras, distinción entre jornada diurna o nocturna y, en especial, sin una probable pensión de vejez. Esto último, en razón a la entrada en vigor de la nueva norma laboral que le implicaría jubilarse, ya no en seis años, o sea, a los cincuenta y cinco de edad; pues tenía más de las reiteradas y recientemente ampliadas semanas de cotización requeridas; sino a los sesenta y, tal vez, hasta los sesenta y dos, o más.

Lo que a su vez le implicaba tener que trabajar y esperar, al menos por trece años adicionales, para comenzar a devengar, como jubilado, no el setenta y cinco por ciento de sus, de por sí disminuidos ingresos laborales actuales, sino el sesenta y cinco por ciento de su salario básico, menos otro doce por ciento de descuento para el régimen contributivo. Es decir, mesada equivalente a una tercera parte de su neto mensual actual devengado. Similar a la cantidad que recibía por entonces Gilda, la cual no le alcanzaba, para ella sola, ni siquiera para cubrir y satisfacer sus necesidades más elementales, mucho menos sus medicamentos, los que los médicos no se atrevían a formularle, y que sabían que eran los que resolverían sus dolencias.

El padre Alirio vio la urgente necesidad de sacar a Olegario Arturo de aquella cruel y peligrosa encrucijada en la que estaban embarcados los dos. No solo porque lo consideraba su amigo, compañero y subalterno, sino por lo valioso (rentable) como colaborador en las actividades de corrección que le llegaban. Además, sentía en sus cansados y erosionados huesos que debían abandonar esa actividad clandestina. Gatuperio al que el padre accedió, en principio, por mera curiosidad. *Y que dejé avanzar demasiado*, pensaba y se recriminaba, en contraprestación por los favores que Olegario Arturo le hacía cuando se le acumulaban los trabajos de corrección… además de lo inherente a su secreto personal, de índole familiar. Tras la muerte de Alcira, el sacerdote consideró necesario, imperioso, detener el asunto: intentar amolar el filo de la tajadera. Por tal quid, le sugirió a su subalterno, con sutileza y habilidad, que, en cuanto al programa aquel, dejara las cosas de ese tamaño. Le advirtió:

—Olegario Arturo, sé de una gran cantidad de antecedentes que indican que todos aquellos que han insistido en esto… en develar, entender, usar o contrarrestar la trágica maldición de la tríada, desde al menos el siglo XIII… todos terminaron mal. Por lo general sin juicio y, en consecuencia: ¡muertos en el intento!

El padre Alirio, quien pese a desconfiar, y por ende a no darle crédito a las inferencias de aquel humanado programa para computadora, ocho días antes de que su amigo volviera, también, y por humana curiosidad, además de agregarle aquella secreta información que compiló y depuró durante varios años, lo puso en ejecución, no solo en lo inherente a él, sino en relación con el futuro de Olegario Arturo y sus descendientes. Lo ahí digitalizado para ser mostrado, consideró para sí y con prudencia el anciano sacerdote, era mejor que su cofrade no lo viera ni confrontara. Sí, ¡que nunca lo supiera! Difícil, por no decir imposible, detener el humano ímpetu de la mortal duda.

Desde luego que el padre Alirio no lo iba a lograr, por lo menos en cuanto a lo que a Olegario

Arturo correspondía. Este empecinado hombre, ahora más que nunca, estaba empeñado en develar, metodológicamente, las causas arropadas en su pasado familiar y sus inexorables efectos: presente, suerte y sino; no tanto los suyos, como los de su parentela y, en particular, los inherentes a sus hijos y madre. A ello se dedicó Olegario Arturo, por desgracia, durante los siguientes meses, incluso, contra la abierta pero sutil oposición del padre Alirio, así como de su enojo al recibir un delicado como tajante «no» a la propuesta de trabajo permanente que le ofreció. Y, otro no, para que hiciera omiso caso respecto de sus proyectos de inferencia genealógica y social. Pese a todo, optó por seguirlo acompañando en tan riesgosa industria. Le siguió facilitando el sitio, equipos, recursos, conocimientos, dominio, interpretación y explicación en lenguas muertas y sabiduría respecto de los tan fácilmente predecibles, universales e intemporales comportamientos humanos... más, tratándose de los marcados Mencino. Olegario Arturo siempre contó, hasta el día de su muerte, con el apoyo, compañía y guía espiritual del padre Alirio.

El estudioso y hábil lector religioso sabía que esa herramienta, al fin y al cabo, era «una creación a imagen y semejanza suya», como lo pensaba y se lo dijo más de una vez. Basada, ¡sí!, en una profusa cantidad de datos. La mayoría: real, ordenada con meticulosidad y procesada a gran velocidad. Empero, el padre Alirio también sabía que tal engendro mostraría lo que aquel agobiado hombre andaba buscando. Lo que con desesperación y suma obsesión quería y necesitaba encontrar. O, mejor sería decir:

Justificar, pensaba en silencio el padre, viéndolo trabajar sin cansancio, con inusitado delirio; a la vez que Olegario Arturo escuchaba en el reproductor del portátil, una, y otra, y otra, y otra vez, el bolero, en la voz de Daniel Santos: *En el juego de la vida*. Tonada que alternaba, de vez en cuando, con la ahora favorita de sus canciones: *Quererte fue un error*. A Olegario Arturo esta última tonada le recordaba, con sempiterno ardor, a su desaparecida amada Magnolia.

Las heridas del alma

Con el sol y el aire las heridas de la piel al final secan y sanan. Aunque dejen feas cicatrices. Pero, las del alma se adhieren a los recuerdos de sus causas y ni siquiera con quirúrgica y falsa belleza desaparecerán. Perdurarán ahí adentro lacerando con ese ardor perenne que producen las intenciones fallidas. Estas quedarán, por siempre, indelebles, castigando la memoria, recordando los errores, hostigando los desaciertos, rotulando el destino trágico de la vida. Síndrome este que venía carcomiendo a Olegario Arturo. Amargo padecer reactivado con inusitada voracidad, con avanzada e inexorable mordacidad desde la intempestiva desaparición de Magnolia. Intenso sufrimiento ahora ahondado, recalcitrante, con la repentina muerte, en aquellas tan lamentables circunstancias, tan a destiempo, de su abuela Alcira.

Su amada abuela materna se fue sin que él le hubiera podido cumplir su secreta promesa, a nadie, ni a ella, jamás comentada. Sus buenos propósitos en relación con lo que, según él, aquella viejita se merecería y tenía más que ganado y justificado… y que él se lo iba a propiciar. Lo juró en silencio, alguna vez, frente al desolador paisaje social y económico de su abuela. ¡Dos letales golpes más a su ya maltrecho corazón y frágil dominio, y en menos de seis meses!

Olegario Arturo lo tenía claro: A su abuela, antes de que se muriera, y a pesar de todo, alguien le tendría que ofrendar, en esa precaria etapa de su maltratada vida, el bienestar físico y moral que le fue, siempre, además de ignominiosamente vulnerado, negado… ¡y tan esquivo! Y ese alguien era él. Por ello trabajó sin descanso, sin decírselo a nadie y desde antes de que la internaran en el ancianato aquel. Este otro callado propósito tampoco lo alcanzó a cosechar, por ende, ni a ofrecérselo a su abuela. Se le constituyó en una más de sus dolidas y truncadas metas. En la más sentida de sus derrotas morales. En otro de sus innumerables, secretos y estruendosos fracasos. Irritantes causas directas de sus intestinas rabias y enfermizas y represadas iras, contra sí mismo y, desde luego, contra supuestos, por concretar, por establecer, ¡responsables!... a los que instaría, una vez los identificara con certeza, tal vez, a hacerles pagar por ello.

Por tal razón, y desde marzo de 2007, antes de la muerte de Alcira, comenzó a tramar en lo más oscuro de su conmovida mente, así como a actuar de forma tenue en ese sentido, con relación a la venganza contra los culpables, directos e indirectos, de su contradictorio albur… ¡suyo y de su familia! Contra aquellos quienes, con sus decisiones o intereses, por acción u omisión, desde lo más alto del Gobierno, o desde el Congreso, o desde cualquiera otra instancia pública o privada, concebía y argumentaba desde la atormentada cárcel de sus frustraciones, se hubieran confabulado, hubieran intervenido o actuado para causarle daño, afectándolo e impidiéndole cumplir sus objetivos. Comenzaría su vindicativa industria, seguía elucubrando, con la identificación y posterior ejecución ejemplar de los cabecillas. Con aquellos que mayor responsabilidad directa tuvieran en la construcción y gestión de sus mayores fracasos en el plano económico, laboral, social y político. Hasta, incluso, familiar y afectivo.

Desde marzo de 2007 Olegario Arturo cambió y refinó sus planes de una muerte técnica y exclusiva para él. Concibió una intrincada táctica: lo haría mediante una acción masiva, refinada y arteramente programada. Se incubó en su febril mente que lo haría de tal forma que acabaría con su vida y la de todos, o por lo menos, la mayoría de los principales responsables de sus tristezas y angustias privadas. De esa forma, él, al morir como una víctima más de una de aquellas acciones: la postrera, le dejaría a su madre, esposa e hijos, los sesenta y cinco mil dólares, producto de las tres pólizas de seguros de vida que mantenía vigentes con tal propósito. Recursos necesarios, según sus cálculos, para que ellos obtuvieran lo que él jamás les proporcionaría en vida, por más que trabajara. Como lo había comprobado y sufrido por casi treinta años... desde cuando, además de trabajar sin descanso, semanal, religiosa e infructuosamente, optó, con tal fin, por los juegos de azar. Engañifas... ilusiones baratas a las que de manera inexorable acude un pueblo pobre, agobiado y sin esperanzas. Él llevaba más de treinta años apostando de forma semanal y religiosa. Comenzó con los juegos hípicos; el que se corría en el Hipódromo Nacional. Luego lo hizo con la lotería La Millonaria, hasta cuando esta dejó de jugarse por no pagar los premios, según informaron algunos medios. Después, con la lotería de la ciudad capital. De esta compraba los billetes por Internet. Por último, con el Loto Multimillonario, al comienzo solo los sábados, después, también, uno entre semana.

Instaba con irrefrenable angustia refugiarse en esos intrincados y confusos laberintos de su mente, de sus pensamientos, a la siga de algún síntoma de consuelo, de alguna recóndita brisa tibia que le prodigara tranquilidad y protección, al menos por un instante, contra el recalcitrante frío que helaba sus venas infectas por el acíbar de la amargura. Más ahora cuando, pensaba y concluía, por culpas ajenas, por la irresponsabilidad, por el desenfreno y avaricia de aquellos, de tan inicuos, insolidarios y malvados personajes de la vida política y económica del país; la mayoría gobernantes al servicio de los insanos intereses de unos pocos: los detentadores del poder; Alcira, su viejita, partió sin que él le hubiera podido dar lo que le tenía presupuestado. Indeleble constructo de sus callados deseos.

Allá, frente al rígido cadáver de su abuela, en la funeraria, el 22 de junio de 2007; mientras que la orgía de los demás asistentes al velorio proseguía su marcha, es decir: hablaban, reían, coqueteaban, criticaban, rumoraban o saludaban con morbosa efusividad, o libaban aguardiente unos y cerveza otros en la tienda cercana; Olegario Arturo, ajeno, impertérrito, callado, más que serio y con mirada hacia su convulsionado y golpeado interior; estático, en la mitad de la puerta de la sala de velación; conversaba en silencio con la muerta, con su mamá señora. Fue ahí cuando le prometió que su trágica defunción no quedaría sin castigo. Que los principales responsables tendrían que pagar... que iban a ser castigados todos los que de alguna forma contribuyeron para que él no hubiera alcanzado sus objetivos económicos con los que llevaría a efecto sus propósitos reivindicatorios para con ella, y de esa forma brindarle lo que tenía más que ganado.

Promesa que repitió con recóndito llanto y muda conversación con la difunta; no solo ese viernes en la noche de su velorio, sino el sábado durante la misa y la cremación, así como a los siete días, en el entierro de sus cenizas. También lo hizo el domingo 22 de julio, en la misa de mes, en la Iglesia de Nuestra Señora del Amparo, al occidente de la ciudad capital, cerca de la casa de Eneida del Pilar, su tía. Y, en adelante, hablaba con la muerta casi a diario, durante sus oraciones antes de irse a dormir, o cuando iba conduciendo su viejo Fiat UNO PIU 1997. Vehículo este que compró nuevo, pero que nunca pudo cambiar al comenzar a diezmarse sus ingresos de manera vertiginosa. Además de perder poder adquisitivo frente al IPC oficial, en especial y con mayor impacto desde el 2002, cuando llegaron y comenzaron a hacerse efectivas las encaminadas y abrasivas reformas sociales del presidente Uribia Morales.

Promesa que de igual forma repercutía en los calabozos de su mente cuando trabajaba en su herramienta metodológica. O mientras corregía algún texto, discurso, proyecto de norma o de acto administrativo del Gobierno nacional, o del burgomaestre de la ciudad capital. Textos, todos estos, llegados a sus manos por el estricto y exclusivo conducto regular del padre Alirio, trabajo adicional a sus funciones laborales en la eclesiástica Editorial La Moderna. Carga adjunta que le generaba un ingreso suplementario a su flaca paga contractual formal, correspondiente a un salario y medio mínimo mensual, aproximadamente... menos de la mitad de lo que ganaba cuando era empleado de planta en esa misma editorial, antes de la extractiva y retardataria primera reforma laboral del presidente Uribia Morales. Emolumentos que le entregaban con cargo a su fraccionado contrato de prestación de servicios, y con el cual debía aportar, por su cuenta, a un fondo de pensiones, a una entidad prestadora de salud y a una administradora de riesgos profesionales, según lo dispuesto por ley en la última reforma.

Amañada reforma que fue velozmente aprobada con impresionante mayoría por aquel histórico y aberrante Congreso, como solía rumiar Olegario Arturo.

Inconfesas, elucubradas posturas y actitudes suyas, algunas apenas conocidas, otras intuidas, por su prudente y leal jefe y amigo: el padre Alirio Cifuentes. Este sacerdote daba por descontado que su subalterno y amigo fuera capaz de llevarlas a efecto, cavilaba el religioso al verlo, sobre todo después de correr el programa de la computadora. Sabía que, a ese Mencino, pese a tener las intenciones y los infundados motivos para pensarlo, le faltaban las agallas de Valentino, incluso las de Bernardo, y, sobre todo, los medios específicos para actuar.

Olegario Arturo carece del perfil criminal requerido para una histórica ejecutoria de tal envergadura, así lo consideró y se decía el padre Alirio.

El jesuita estaba seguro, tras las innumerables confesiones de su feligresía a lo largo de su servicio espiritual, de que el pueblo de aquel país subcontinental, frente a las autoridades legalmente constituidas, así como militar y mediáticamente sostenidas, era tan atrevido de pensamiento como cobarde en el actuar en contra del sistema.

Hirsuto pueblo este que a lo sumo llega a ser enconado contestatario verbal. Lo daba por hecho el padre Alirio, lo creía con conocimiento de causa. *Esta gente lleva incubado en sus genes culturales mansedumbre, subordinación, predictibilidad, temeridad... además de ser manejable en el obrar. Sobre todo, los integrantes de las cada vez más grandes, empobrecidas y alinderadas clases sociales: media, baja y mísera*, solía decirse de cuando en vez el padre Alirio.

Aviesas posturas y actitudes de Olegario Arturo, desde luego, con impotencia y dolor, también percibidas, vistas por Gilda, aunque nunca compartidas con nadie. Ella no mediaba, hasta ahora, ante la sentencia, varias veces verificada, de Zoila, la adivinadora de su infancia, en el sentido de que, si lo hacía, de que, si instaba oponerse o intervenía en el destino premonitorio suyo, o en el de sus seres queridos, tan solo lograría magnificar y apresurar los fatales e inexorables desenlaces.

El Corrector

Fueron innumerables los trabajos de corrección de estilo y redacción, adicionales a los propios de la editorial, que su amigo y jefe jerárquico padre Alirio, desde cuando llegó como editor de La Moderna en 1989, le encargó a Olegario Arturo, cada vez con mayor frecuencia. Esto, en razón a la calidad y rapidez con las que el callado, reservado, leal y sumiso dependiente los atendía sin mayor miramiento de lo que le reconocía. Quien nunca fisgoneó, ni violó el comercial conducto regular. Jamás intentó hacerlo, ni cobrar por su cuenta, mucho menos reparó en las tarifas que le pagaban al padre Alirio. De lo cual, por lo general, él solo recibía menos de la tercera parte.

Aquel trabajo adicional consistía en corregir y revisar la ortografía y redacción de los proyectos de ley para ser presentados al Congreso. También, los borradores de los decretos del Gobierno nacional y de la ciudad capital, así como de un buen número de actos administrativos y textos oficiales, entre muchos otros escritos. Gracias a ese encargo, Olegario Arturo tuvo acceso, antes que nadie, a una infinidad de primicias de normas que se cocinaban en las altas esferas de las ramas del poder público; así como a los respectivos ponentes e incógnitos, particulares, creados o mandados intereses. Y, por su conducto, a los ostentosos, intimidantes, dominantes y privilegiados beneficiarios. «¡Los patrones!», como los llamaba Olegario Arturo.

Algunos de estos últimos muy conocidos, públicos. Otros preferían el anonimato y se valían de terceros para impulsar e imponer sus iniciativas, unas extractivas, otras ominosas, costara lo que costara. Eso sí, siempre a cargo del pueblo menos favorecido, que lo era la inmensa, desafecta, amorfa y manipulada mayoría social. Ante ello, Olegario Arturo rumiaba y sufría en silencio. Estaba convencido de que ninguna de esas normas favoreció sus intereses. Mucho menos mejoró su situación particular, como tampoco la de la sociedad en general. Por lo menos no las legislaciones y reglamentaciones que pasaron, y las que no lo hicieron también, por su óptica correctora durante los casi veinte años que estuvo en ese oficio complementario. Todas tocaron sus ingresos y gastos. Y afectaron, de manera dramática, su estabilidad económica y emocional… la suya, la de su familia y la de la sociedad, al menos hasta el tercer nivel de su entorno.

—¡Siempre se legisla a favor de otros! En particular, de unas excluyentes y poderosas minorías… a las que, ¡qué absurdo!, a pesar de ello, elegimos —así lo concluyó Olegario Arturo Mencino y se lo compartió a Alcira el día de su funeral.

Desde luego que tales conjeturas Olegario Arturo las mantuvo siempre en secreto. No se las dijo a nadie, excepto a su difunta abuela durante su velatorio. Ni siquiera se las participó a su confidente, jefe y amigo: el padre Alirio Cifuentes. Casi todas esas normas, por el contrario, pensaba, fueron adversas. Por lo menos para él y su círculo familiar y tercero social, según su recóndito elucubrar. Perjudiciales allá, en su cruda realidad y entorno social. Allá, en su dura cotidianidad donde sobraba, donde para explicarlo no se requería de un pergamino profesional, de especialista, de magíster, de doctor. Allá, donde, para verificarlo, no era necesario acuñar ni esgrimir elaborados conceptos, enmarañadas fórmulas econométricas, complejas e ininteligibles palabras. Menos, intrincadas, justificativas e importadas teorías. Allá, donde, para padecerlo, sentirlo, vivirlo, ser objeto activo de la real y depredadora acción del espíritu de la ley, solo se necesitaba ser eso: nacional sujeto cierto, de carne, hueso y sentimiento.

En aquel contexto Olegario Arturo sufrió y vivió en carne propia, así lo consideró hasta el día de su muerte, todos y cada uno de los nefastos efectos que conllevó la puesta en ejecución de las manifestaciones de voluntades de aquellas etéreas autoridades del país; las de su época. Esos silentes, amargos y enredados pensamientos, cuales percoladas aguas, se fueron acumulando, como infección, en la recóndita, desoxigenada e inconfesa represa de sus rencores; en la pútrida laguna de sus resentimientos. Social reflujo gástrico que le corroyó con inclemente e inexorable eficacia su compostura, cada vez que esta o que aquella otra norma entraba en vigor y, por ende, incidía de forma dirccta sobre sus derechos y beneficios, de manera paulatina, algunas; inmediata, otras; postergadas, las demás.

Balumba normativa que le implicó a Olegario Arturo, de manera inexorable, que, o tenía que asumir nuevas erogaciones contra sus deprimidos emolumentos, o pagarle a un particular, o al propio Estado, por lo que antes no le correspondía hacerlo, por ser hasta entonces de público o gratuito uso, beneficio o servicio. *Y, esto, pese a que, contradictoriamente, desde 1991, con la promulgación de la nueva Constitución Política, se proclamó que este país subcontinental es, ahora, un ¡Estado Social de Derecho! Por lo que la soberanía emana, en exclusiva, del pueblo, del constituyente primario. Inalienable razón de ser del servicio y del accionar de las instituciones estatales, con preferencia hacia los más necesitados...*, concluyó Olegario Arturo, al respecto, antes de iniciar su estrafalaria y truncada acción vengadora. *Sí, desde cuando tengo conciencia social se ha legislado, decretado y administrado siempre, y no solo en mi contra, sino afectando de forma negativa y profunda a las inmensas y crecientes clases menos favorecidas del país. En especial, y con afrentosa voracidad, a la media baja...*, estrato en el que él, con gran dificultad, batallaba a toda costa para lograr aferrarse, mantenerse, debido a la presión ejercida por su arribista y desconsiderada familia.

Olegario Arturo solía elucubrar y rumiar en silencio, con recalcitrante pero inocuo odio en contra de los poderosos y dirigentes del país. Su oposición, su contestatario discurrir, hasta entonces, solo pensado, en teoría, giraba en torno a los despedazadores del estado social. En relación con aquellos que, según su frenética concepción, *están empecinados contra los desposeídos, los obreros, los empleados y los desocupados; contra los paupérrimos trabajadores independientes... En sí, contra el inerme como manso, aletargado y supeditado pueblo. Bien, quitándole lo poco bueno y regular que aún le queda; o aumentándole cargas impositivas sin consideración racional ni consecuente con su deprimido poder adquisitivo, colindante con la generalizada pauperización social,* pensaba con rabia. *O creando nuevos pagos adicionales, mayores periodos de aportes y de edad para obtener la pensión. O con incrementos en las jornadas y horarios ordinarios de trabajo. O imponiendo más requisitos y mayores cuotas moderadoras para acceder a los servicios básicos y obtención de medicamentos... entre muchos otros servicios públicos semejantes,* le dolía el alma y su boca se anegaba con el sabor de la verdolaga, cada vez que así reflexionaba.

De esa amarga forma lo sentía, debido, entre muchas otras circunstancias, porque así venía sucediendo con las medicinas que requería Gilda, su amada madre, y que en su calidad de pensionada del Seguro Social debía acudir cada mes al médico, teniendo que pagar, previo al recibo del servicio, el bono por la consulta para que le expidieran la fórmula, máximo con tres remedios en su económica, poco confiable y menos eficaz versión genérica, así llegara a requerir, como en efecto requería, un número mayor y mejor de medicamentos. Por su deteriorada salud —de lo cual eran conscientes todos los médicos— algunos de los doctores, en la intimidad del consultorio, y en hojas sueltas, sin logotipo oficial, le indicaban a Gilda el nombre de los productos que ¡sí! aliviarían sus dolencias y las contrarrestarían con mejor desempeño. De esta acción los galenos le advertían que esos medicamentos, por lo caros, estaban excluidos del Plan de Medicamentos Básicos. Por lo que, si ella quería alguna mejora, los tenía que comprar por su cuenta. Además, y como si esto no fuera ya suficiente ignominia social, de los tres remedios genéricos que le recetaban de forma regular, los que en promedio nunca podían costar más de doce mil quinientos pesos, «si el respectivo médico quiere evitarse una inexorable sanción», rumiaba dolido Olegario Arturo, en la farmacia contratada, tras pagar un segundo bono, solo encontraba uno, máximo dos.

Ahí mismo, en la farmacia, le decían que ese producto se demoraba en llegar. Que mejor lo comprara al frente, en la droguería particular de la esquina, donde en efecto se lo vendían. En reiteradas oportunidades, al comprarlos, por mera casualidad, estos venían con un impreso, en color verde, que decía, debajo del logotipo del Seguro Social: *"Distribución institucional. Prohibida su venta"*.

Por su callada y eficaz labor de corrección de estilo Olegario Arturo, siempre a la sombra de su benefactor y amigo el padre Alirio, se fue haciendo indispensable en muchas actividades que requerían expresión escrita por parte de numerosos hombres de la vida pública y social de la ciudad capital de los años noventa y primeros ocho del siglo XXI. Su anónima presencia llegó a ser indispensable, para unas más que otras, administraciones nacionales, allá, en la Casa de Gobierno, cuando de leídos discursos por televisión requería el primer mandatario de turno. Para algunos de estos ejecutivos nacionales, no salían al aire sin que El Corrector, como toda su clientela lo conociera, ignorando de plano su nombre, y con mayor razón su apellido, hubiera revisado, corregido y arreglado los respectivos discursos. Circunstancia que facilitó su presencia y accesos a la presidencia de la República, Congreso, ministerios, Palacio de Justicia (una vez fue reconstruido tras el holocausto), alcaldía capital, cancillería y en otras tantas instituciones ubicadas en su jurisdicción.

Facilidades de ingreso avaladas, además, con las escarapelas y ficheros que al respecto le proveían, como si él fuera un funcionario más de tales entidades. De esa forma, cuando algún jerarca requería de sus servicios, Olegario Arturo podía llegar oportuno y presto, sin ninguna dificultad de seguridad, hasta sus respectivos despachos. Además, estaba referenciado como el discípulo predilecto del respetado, casi sabio, toda una autoridad en materia de arte, letras y filosofía cristiana, editor de La Moderna, así como reputado corrector político, eclesiástico y económico: el padre Alirio Cifuentes.

Olegario Arturo también tenía la venia de casi todos los integrantes de la curia capitalina, de donde, a su vez, desde luego sin recordar su nombre, y menos su apellido, solían acudir a sus servicios para que les escribiera o corrigiera algunos de los sermones, así como otros tantos documentos, pero, en especial, los de actividades litúrgicas que llegaran a implicar transmisión radio televisada con cobertura nacional.

Fuera de tener la escarapela que lo acreditaba como trabajador de aquella vicaria editorial y un buen número de ficheros oficiales, poseía un brazalete, una tarjeta digitalizada y varias claves mecánicas y electrónicas, de exclusivo y restringido uso de algunos jerarcas eclesiásticos. Estas le permitían su acceso a muchos recintos y locaciones vedadas para los mortales, laicos, seres comunes y corrientes. Entre estas, además de las por demás privadas habitaciones, les facilitaban su ingreso a los despachos, oficinas, catacumbas, intrincados túneles y pasadizos secretos que aún hoy comunican, entre otras edificaciones, desde la oficina de la redacción de la editorial, la del padre Alirio, con la capilla privada, anexa a la catedral, y los túneles entre esta y la cancillería, anterior palacio presidencial.

Mediante esas secretas e históricas rutas es posible, aún, comunicarse desde la oficina del padre Alirio en la editorial, con el edificio viejo del Congreso, y a través del más largo de los túneles, con los sótanos de la carrera Central con avenida San Francisco; con el edificio viejo de la gobernación departamental; con la capilla del antiguo Colegio las Mercedes, en la avenida Carabobo, al costado sur del edificio en donde durante mucho tiempo operó el conservador e influyente periódico *La Época*; entre otros sitios.

El culpable de sus culpas

En la estridente soledad de su alcoba; hostigada su alma por la muerte de su abuela materna Alcira, y tras recordar el compartido y minúsculo cenizario horizontal en el cual inhumaron sus cremados restos; aquella noche del martes 3 de julio de 2007, un día antes de su biológico cumpleaños número cuarenta y nueve, Olegario Arturo se sintió compelido a encontrar, ¡rápido!, al responsable de sus tristezas y desgracias.

Revisó en su mente la balumba de proyectos de ley, decretos y actos administrativos que pasaron por su corrección. Hizo énfasis en los que, una vez promulgados, según su parecer, contribuyeron, incidieron, con mayor impacto, en su actual y precaria situación económica, laboral y social. Encontró un abultado listado. Entre estos seleccionó los que le significaron a él, a su familia y círculo hasta el tercer nivel de su entorno social, la mayor merma o pérdida de derechos laborales, asistenciales y económicos. De igual forma, tamizó el cúmulo de personajes que tuvieron de forma directa, o en representación de otros, las respectivas iniciativas legislativas y ejecutivas con las cuales, según su abochornada concepción, aquellos buscaban satisfacer sus inicuos intereses.

Con el listado mental de normas y personajes seleccionados hizo una nueva depuración. Se detuvo, por largo rato, en la obra oficial y peculiar manejo burocrático y electorero del entonces gobernante del país: el doctor Abelardo Uribia Morales. Mandatario quien casi una vez por mes; por conducto, desde luego, del padre Alirio; le hacía llegar para que se los corrigiera, discursos, frases para sus memorias, secretos proyectos de ley que presentaría al Congreso vía algún parlamentario afecto a su política de seguridad democrática... Olegario Arturo, además, le llevaba corregidos al señor presidente Uribia, antes de salir al aire, cerca de quince radiotelevisadas alocuciones en directo. Fue cuando, y para su inmediato infortunio, Olegario Arturo lo tuvo acaloradamente claro. Concluyó que el mayor causante de su actual tragedia laboral, económica, social y familiar era él: ¡Uribia Morales!

Según su tocada concepción, él era el gestor, en su época de congresista, de la ley que mercantilizó y deshumanizó la salud en el país. El mismo de las nefastas reformas laborales y pensionales para los menos afortunados; es decir, para el ochenta por ciento de la clase obrera, la de los empleados. El artífice de los cierres de hospitales públicos y la privatización de empresas estatales productivas. *El causante de la aberrante disminución de la inversión social para favorecer el gigantismo de la organización de defensa nacional y la infraestructura requerida, ¡exigida!, por los grandes capitales internacionales para explotar las más rentables actividades industriales y comerciales nacionales y extraer, sin conmiseración alguna, los vernáculos recursos naturales renovables; eso sí, con mínimos riesgos para ellos y casi cero índices de reinversión y transferencias para el saqueado país*, pensó y sintió asfixiarse.

Creía Olegario Arturo que Uribia Morales era, no solo el aliado de la banca privada y sus onerosos intereses para las clases menos favorecidas, sino el que incrementó los impuestos, en especial el IVA, a la canasta familiar, y logró los más altos e irreversibles índices de pobreza, miseria y desigualdad social en todo el territorio patrio. Estas eran algunas, entre muchas otras circunstancias adversas, las que Olegario Arturo le endilgaba a ese político. *Gobernanzas y actos privados de su autoría que afectaron e impactaron mi vida de forma directa e inexorable...Y no solo a mí, también a mi familia y a los ubicados hasta el tercer círculo de mi entorno social*, comenzó a concluir, con recóndito odio. Ajenjo que amarga las pupilas gustativas de los sin nada, agravándoles su heredada nostalgia social que les enferma el alma. El doctor Uribia, lo culpó, juzgó y condenó, era, a su vez, el responsable de que Gilda, su madre, careciera de la asistencia y atención médica adecuada, oportuna; como tampoco, del suministro completo de medicamentos. Él era el responsable de la angustia que le agudizaba la depresión a esa pobre mujer de setenta y dos años, ante la incertidumbre política, administrativa y económica de lo que iba a pasar con su pensión, con su servicio médico, con sus fórmulas y medicamentos. *Ahora que*

Uribia decidió el cierre y trasteo inconsulto de sus afiliados y beneficiarios, y nadie sabe ni da razón alguna para dónde, ni cuándo, ni cómo, seguía elucubrando, cada vez con mayor e incendiario ardor en sus vísceras.

Lo cierto era que cada día cerraban más centros básicos de atención, mientras que en la Clínica Clavel se recibían, de manera muy complicada, apeñuscada, regular e inhumana, las urgencias de los millones de afiliados y beneficiarios. Además, la gente que allá ingresaba, mucha moría por la desatención, falta de medicamentos esenciales, cuando no por las malas, descuidadas o mal diagnosticadas intervenciones. Como fue el caso de Alcira… Y eso que su hija Gilda, como todos los pensionados y afiliados, cotizó por mucho más de mil semanas, en su calidad de empleada, y aún, por derecha, le descontaban dicho servicio de su por demás pequeña y agrietada mesada.

Para Olegario Arturo, Abelardo Uribia Morales era el responsable, estaba más que convencido, dolido, de lo que, con toda seguridad, le iba a pasar a Gilda, a su inerme madre. A ella, como en el caso de su abuela Alcira, él no tenía la forma, el modo económico para darle, para proporcionarle lo pertinente, ni para evitarle caer en la encerrona, en la fabricada trampa social de la extrema pobreza y, con ello, el incumplimiento en el pago del arriendo del siguiente mes. Vicisitud que aumentaba el riesgo de un inminente lanzamiento.

Olegario Arturo, en ese momento, ni después tampoco, podía garantizarle a su madre Gilda la posibilidad de seguirle comprando los cada día más costosos medicamentos que, o no daba, o no formulaba el Seguro Social. No podía seguirlo haciendo. Su última fuente de recursos: «mi leonino», así le decía, «crédito rotativo para libre inversión otorgado por el Banco Capital», el mes anterior llegó a su tope y la amenaza del incumplimiento del pago de las cuotas mensuales era evidente y a inmediato plazo. Calamitosa situación, aún más dramática, sobre todo ahora que su enflaquecida paga correspondiente al fraccionado e intermitente contrato de prestación de servicios con la editorial, y las dádivas extras del padre Alirio, no le alcanzaban para el cada día mayor y más exigente gasto en su casa. Pero él no le iba a pedir favores a nadie. Nunca lo hizo. Ni lo haría. Reconocía lo tonto y absurdo de tal orgullo. Tal vez era lo único que le quedaba. Y no lo iba a abandonar ahora, pese a las circunstancias. *Quizá mi tonto orgullo sea lo único que me lleve a la tumba*, pensaba y se recreaba morbosamente con ello.

La noche de aquel martes; y durante su desvelo que se prolongó hasta muy cerca del alba del siguiente día, 4 de julio de 2007, cuando cumplió cuarenta y nueve años; en la intimidad de su alcoba, y mientras su esposa dormía con placidez, Olegario Arturo tuvo la certeza de haber encontrado al principal responsable de sus flaquezas. O, por lo menos, a quien desplazarle, endilgarle, la razón de sus fracasos. Y aunque Uribia Morales no era el único responsable de sus culpas, era a quien intentaría castigar.

Desde cuando el padre Alirio, en 1989, por la época del presidente Bárcenas Vargas, empezó a llevarle proyectos de ley, borradores de decretos y directivas presidenciales para su corrección y revisión;

comenzó a pensar, a mascullar; sin jamás comentarlo con nadie, menos con su jefe; que: *Siempre que el Legislativo o el Gobierno expide una nueva norma o modifica alguna, muy poco y en nada benefician al común de la gente, a las mayorías sociales, a las clases menos favorecidas, a los trabajadores, indistintamente sean públicos o privados*, lo pensaba con tocada reiteración. Para él, todas, o casi todas, o les recortaba, disminuía o suspendía a los más necesitados derechos adquiridos, beneficios conquistados o antiguas reivindicaciones laborales. O les imponía nuevas cargas, mayores pagos o álgidas y soterradas talanqueras para acceder, para obtener o disfrutar lo que, de tajo, no era muy popular erradicar. Fue la interpretación que Olegario Arturo hizo para todos aquellos proyectos que tuvo a su alcance, y que meses después se volvieron normas.

Hasta entonces, sus fieras como inéditas conjeturas se quedaban ahí, sin repercusión alguna, sin pasar a mayores ni trascender. Permanecían en su conciencia, latentes, indiferentes; pese al impacto que, sobre su existencia y situación laboral, económica y, por ende, familiar, y hasta afectiva, estas fueron, de manera paulatina, causando, cada día con mayor, dramática y corrosiva incidencia. Sin embargo, el objetivo de aquella noche de frenesí y desvelo fructificó. Cosechó infectas bayas. Olegario Arturo necesitaba un responsable, un culpable. Y lo encontró en la persona del entonces mandatario de los republicanos. En consecuencia, por primera vez en su vida sintió odio por alguien, por demás recalcitrante. Deseos irrefrenables de causarle daño, de procurarle el mal. Saboreó ese desconocido, reprimido y agridulce placer social de pensar en causarle la muerte al creado causante de sus fracasos. De verlo morir, y ojalá por su propia cuenta y manos.

De repente, un escalofrío recorrió su desnudo ser. Sintió terror, miedo de sí mismo. Lo asustó y conmovió develar, correr el antifaz que cubría la feroz y criminal bestia social que se hospedaba, agazapada, en su alma Mencino. Aquel engendro que corría montaraz por sus venas; que abrazaba su espíritu compungido.

Iban a ser las cuatro de la mañana. Lo observó en el reloj digital del VHS colocado frente a su cama, en el mueble en el que estaban el televisor y el DVD. A esa hora dio por terminada su labor de investigación y juzgamiento contra el responsable de sus culpas. Entonces, arropó su enfriada humanidad, cubrió con la almohada su cabeza y se durmió.

El arsenal

Ese día, en su aniversario número cuarenta y nueve, Olegario Arturo tampoco fue a trabajar. No asistió a la editorial, ni al sótano de la Capilla Pureza de María, sitio en el cual ejecutaba su febril proyecto. El padre Alirio sabía que el duelo por su abuela seguía vigente, aunque intuía, también, que se le prolongaría de manera perenne. Por ello, tras la muerte de Alcira, lo autorizó para que se tomara entre quince y veinte días de descanso y reflexión.

—Yo lo cubro, Olegario Arturo, en lo que se requiriera de manera urgente —le dijo por teléfono tras el funeral —. Le solicito que vaya, a las cinco de la tarde, a la capilla… el día de su cumpleaños, para partirle, como siempre, una torta.

El 4 de julio de 2007 Olegario Arturo almorzó al filo de las 12:20. Lo hizo solo, en una mesa, en el costado más alejado y menos concurrido de un restaurante popular, ubicado en pleno centro de la ciudad capital, sobre la calle 12, abajo de la carrera Sexta, a menos de tres cuadras de La Moderna.

Editorial en la cual trabajaba desde 1980 cuando se graduó en el SENAT como tecnólogo en redacción, letras y sociales. No quiso almorzar con su esposa, quien lo invitó para celebrarle el cumpleaños, ni con su madre, quien hizo lo propio. La soledad entre la estridente y anónima multitud del centro de la capital sería su mejor aliada para organizar sus ideas. Era la cómplice perfecta para fraguar sus reivindicaciones contra el identificado causante de su tragedia. Hasta entonces no tenía claro dónde ni cómo llevar a efecto sus planes. ¡Solo sabía que lo tenía que hacer! También decidió esa mañana que, en el mismo acto, además de causarle la muerte a su objetivo, tendría que fallecer él, como una víctima circunstancial. *Esa es la única forma para que las aseguradoras desembolsen las pólizas a favor de mamá y mis hijos*, pensó.

Desde el mes de marzo de ese año, días después de la partida inesperada de Magnolia, Olegario Arturo comenzó a transitar la fatídica senda de su destino. Cada mes, y cuando La Moderna le consignaba en su cuenta corriente lo correspondiente al pago parcial de su fraccionado contrato, destinaba cincuenta mil pesos para ir adquiriendo su arsenal. Compra que venía haciendo en la Calle del Bronce, al costado sur de la iglesia donde fue consagrada la patria al Sagrado Corazón de Jesús. En ese, socialmente condenado sector, compró unas viejas y obsoletas granadas de fragmentación MK7. Lo único que le ofrecieron, correspondiente a tan bajo presupuesto disponible, los desesperados y menesterosos habitantes de tan deprimida zona; típica representación del lumpen republicano.

Desgraciadas personas, solía rumiar, pensar y criticar Olegario Arturo, *a quienes la sociedad insta esconder, y si es posible desaparecer, para que no avergüencen ni afecten la imagen de la ciudad. Para que no molesten con su sucia e incómoda presencia a los demás habitantes, a "los normales... a los ciudadanos de bien".*

Desarrapados e indeseados personajes aquellos, cada día más numerosos, y a quienes; en la ciudad capital, y con tal propósito; se les desplazó ocho cuadras hacia occidente, por la fuerza y con desproporcionado exceso de violencia oficial, de su tradicional y colonizado sitio. ¿La razón de tal desplazamiento urbano? «Esos harapientos personajes desentonaban por ahí con sus vecinos: los de la Casa de Gobierno, el Congreso, la curia, el reconstruido Palacio de Justicia, la alcaldía capital y, desde luego, los de la aristocrática e histórica zona de San Agustín», solía mascullar Olegario Arturo.

En mayo, alguno de aquellos desarrapados comerciantes de la muerte le ofreció a Olegario Arturo que, si se conseguía setenta mil pesos, en junio le llevaría una ganga: ¡un cartucho de dinamita! En su cumpleaños biológico número cuarenta y nueve ya contaba con un arsenal de tres, tal vez inservibles, granadas de fragmentación MK7, y un petardo explosivo. Pertrechos que él ignoraba cómo operar. Eso sí, todo estaba muy bien guardado en su húmeda y oscura oficina de la editorial, entre una caterva de papeles y cosas que mantenía en el viejo escritorio de nogal que por veintisiete años lo había acompañado y servido de soporte para ejercer su función de corrección, y mimetizar en sus pesados y seguros cajones gran parte de su triste historia.

Ahí escondía, no solo el viejo e inédito manuscrito de Bernardo y el copiado poema de *La Gran Tristeza* que este le diera a su hija Alcira, sino una fotocopia sin autenticar de las escrituras de El Salado, así como la libreta de papel periódico, llena de apuntes e historias que Gilda le venía contando desde hacía unos meses. Material e información con lo cual fundamentó el diseño y montaje de su herramienta metodológica de trabajo.

Ya en el restaurante, ubicado sobre la calle 12 con carrera Sexta, Olegario Arturo se situó para almorzar dándole la espalda al televisor empotrado en la pared cerca al techo. No le gustaba ver televisión y comer al mismo tiempo. De por sí no gustaba de la televisión, e incluso menos, ver los manipuladores noticieros. Pero, esa vez, abandonó sus fatídicas reflexiones y se interesó en lo que el noticiario de las 12:30 informaba respecto de la marcha contra el secuestro que al siguiente día, el 5 de julio, al mediodía, el país entero, "unido", llevaría a efecto para exigirle a la guerrilla la liberación de los secuestrados, el no al secuestro y la devolución de los cadáveres de unos políticos plagiados cinco años atrás en el sur del país, los que, al parecer, murieron en cautiverio. Los laboralmente encanijados presentadores del noticiario también anunciaron la celebración de una misa en la catedral, «con presencia, tal vez, del presidente Uribia, quien lo hará con el propósito de respaldar la manifestación de toda la sociedad», reiteró el locutor.

¡A la fija Uribia va a esa misa! El mandatario de los republicanos no desaprovechará esta ocasión para hacer presencia proselitista y acercársele a la multitud, la cual, con toda seguridad, lo vitoreará, se dijo Olegario Arturo.

Aunque le parecía muy pronto, repentino y sin tiempo para detallar la ejecutoria de su acción reivindicatoria, consideró que esa era una oportunidad que debía aprovechar. Desde luego, siempre y cuando se dieran los objetivos subsecuentes que se proponía, además de propiciarle el castigo que se merecía el principal responsable de sus problemas y culpas. ¡Sí!, necesitaba acallar con su partida final la angustia de su existencia y, a la vez, que en tal acción apareciera como si él tan solo fuera una víctima casual de las circunstancias… por aquello de los seguros de vida. *Ahora bien, de no ser posible la ejecución en esta oportunidad, asumiré ese ejercicio como un primer ensayo; como una prueba para la próxima, para la inexorable siguiente vez*, también lo pensó. Sin terminar su almuerzo se levantó de la silla, pagó y se dirigió a la oficina en la editorial. Quería pasarle revista a su arsenal, para después hacer un sigiloso y secreto recorrido por los pasadizos que conducen desde la oficina del padre Alirio, en la editorial, hasta la capilla privada, anexa a la catedral.

Iba a inspeccionar el sitio en el cual, al siguiente día, se celebraría la misa a la que el presidente Uribia, «siempre en campaña», masculló con sorna el atormentado hombre, «acudirá para mostrarse; para saludar a su electorado: el fijo, el pagado y, desde luego el potencial. Esa caterva política, informe de ciudadanos que se agolparán en las bancas de la catedral, en las naves o a la salida del templo, a lado y lado de las barandas; o afuera, en el atrio y en las gradas que dan a la carrera Central», prosiguió con su tocada elucubración. Barandas aquellas que, para ese tipo de ceremonias, espectáculos y eventos políticos, la casa militar y la respectiva seguridad presidencial solían colocar para mantener al mandatario candidato a distancia de la muchedumbre. Sin lograrlo del todo. Él, pese a las recomendaciones de su jefe de seguridad, por lo general rompía el protocolo y arriesgaba su integridad en procura de cosechar fanáticos adeptos y potenciales votantes con su física presencia y mágico tacto presidencial. Con tal objetivo, el menudo mandatario, siempre, así fuera por escasos minutos, se dirigía de manera instintiva e inconsciente, no solo a saludar a las delirantes personas apretujadas en el costado derecho de la improvisada tribuna, sino a responderle a la prensa las preguntas electoralmente productivas, y a eludir con maestría las contrarias. Casi siempre formuladas, estas últimas, por los periodistas de los medios en manos de la disminuida y amostazada oposición gubernamental. Desde luego que el presidente lo hacía, juntarse con la masa informe, y por ende la guardia de seguridad se lo permitía, toda vez que al menos cincuenta agentes encubiertos constituían, dentro de aquella, un efectivo cordón de protección física.

Mientras caminaba de norte a sur por la carrera Sexta, rumbo a la editorial, Olegario Arturo recordó tales escenas, muy comunes, de entre las pocas veces que lo había visto en los noticieros que cubrían su perenne gira electoral por todo el país.

Una vez cerrada y trancada la pesada puerta de su oficina, verificó el arsenal. Ahí estaban las tres granadas y el explosivo, debajo de los dos manuscritos de Bernardo, al lado de una fotocopia simple de la escritura de El Salado y de la libreta de papel periódico, tamaño carta, que contenía los datos básicos de la historia contada por su progenitora. Ahí mismo guardaba al menos siete escarapelas (ficheros) diferentes de identificación con su foto, un brazalete de seguridad de la curia y otros accesorios para los mismos fines de acceso a esas entidades del Estado ubicadas en las inmediaciones de la Plaza del Libertador.

Tomó en su mano una de las granadas MK7. De inmediato percibió un olor a rancio, como a pólvora mohosa, a cosas guardadas... o, simplemente, a viejo. Intentó recordar las precarias, fragmentarias y muy incompletas e incoherentes instrucciones que para efectos de activarlas le proporcionó el haraposo vendedor. Aquel pobre hombre decía ser un oficial de la Armada Nacional, caído en la droga y refugiado allá, con su botín de guerra tomado en su huida del Batallón de Infantería de Marina al occidente de la capital, nueve años atrás, cuando iba a ser detenido por presuntos delitos contra la administración pública. Pertrechos que venía vendiendo de manera estratégica, táctica y despacio para mantener su vicio.

De lo poco que Olegario Arturo entendió en relación con las instrucciones recibidas para detonar esos artefactos bélicos, era algo así como de un lapso de siete segundos para la explosión, una vez retirado el seguro. Coligió, al revisar la granada, que tras quitar aquel gancho metálico de esa especie como de manija que tenía en la parte superior, la detonación se efectuaría siete segundos después. Si de activarlas se trataba, eso era, o al menos parecía, muy simple. Sin complicaciones. Nada complejo. El problema, especuló, consistía en que estas deberían explotar muy cerca, tanto del culpable de sus tristezas y aciaga vida, como de él. Tenía que asegurar que los tres objetivos se cumplieran. Que los dos murieran en la acción: él y Uribia Morales. Que la llevada, colocación y detonación de aquellos artefactos no fueran relacionadas con él y, en consecuencia, que el desembolso de los sesenta y cinco mil dólares de las pólizas de seguros que pretendía le fueran pagados por su vida a su familia, se hiciera sin complicaciones.

Absorto, dejó la granada junto a las otras dos y tomó el paquete que contenía el explosivo. No encontraba una estrategia que le permitiera satisfacer por completo los objetivos propuestos, incoados en su pobre alma inyectada de nostalgia social y rabia ajena. Recordó que el personaje que se lo suministró solo le resaltó que ese explosivo era de muy buena calidad, y que, si necesitaba más, que le avisara, pero que el precio, en adelante, por la misma cantidad, se doblaba. En ese momento reconoció, malhumorado por su torpeza, que olvidó preguntarle cómo hacerla detonar. Y él no tenía la más mínima idea al respecto. Intuía que eso debía ser muy simple; parecido a las granadas. Pues, al ser un poco de pólvora entubada, comprimida, bastaba una fuente de calor. Pero ¿exactamente cómo?, lo ignoraba. Reconoció que carecía de la información necesaria, así como de la experticia requerida. Pensó que tal vez en la Internet algo podría encontrar. Guardó el petardo en el mismo sitio de donde lo sacó. Cerró con seguro las gavetas y se dispuso a desplazarse por los secretos pasadizos.

Su objetivo era ir hasta la capilla anexa a la catedral, antes de hacerlo hasta el sótano de la Capilla Pureza de María. Le tocaba, a las cinco de la tarde, cumplirle la cita al padre Alirio. Sí, «para lo de la bendita torta aquella», y muy a su pesar. Le disgustaban esos tipos de manifestaciones de afecto y, más, aún, celebraciones insulsas de esa índole. Miró de soslayo su reloj Q&Q, comprado tres años antes a un vendedor ambulante por cinco mil pesos en la esquina de la carrera Central con calle 11, frente a la histórica Casa De Las Flores. Tenía tiempo para el encuentro con el padre Alirio, casi cuatro horas, y él quería hacerle un reconocimiento al campo de juego en donde mañana, seguramente, haría su debut. Donde, tal vez, llevaría a efecto su reivindicativa y dual acometida.

El Corrector había cruzado por aquellos intrincados caminos y vericuetos varias veces, en especial, en los últimos meses, muy a menudo, casi a diario, desde cuando iniciaron con el padre Alirio el secreto proyecto de construcción de la herramienta metodológica de trabajo. La oscuridad, olor enrarecido, propios del encierro y la falta de ventilación del lugar, así como el efluvio de la ignominiosa historia patria allí amordazada, poco y nada le incomodaban ni le dificultaban el desplazamiento.

El recorrido lo iniciaba en la oficina del viejo padre editor de La Moderna tras hacer girar una pesada cómoda con libros antiguos y archivos empolvados que nadie leía. Luego, empujaba con suavidad y secuencialidad, en tres ocasiones, una especie de ladrillo que sobresalía en la esquina norte de esa pared; tras lo cual una puerta falsa incrustada entre un muro de bahareque y la gruesa pared de adobes del costado occidental de la habitación, si la clave se ejecutaba con la frecuencia de tiempo establecida, dejaba escuchar un chirrido lúgubre de un pesado aldabón, en alguna parte, y esta, entonces, se abría con pasmosa y tétrica lentitud; como si la pared cediera para dejar entrever la penumbra que vomitaba un rancio perfume de aire encerrado. Una vez la puerta falsa era abierta por completo, con la ayuda adicional del caminante de turno, se advertía la oscuridad reinante en los socavones del pasadizo de comunicación con la Catedral Primada. El recorrido que Olegario Arturo solía hacer, por espacio de unos ciento cincuenta metros después de cerrar y dejar en su sitio la cómoda, lo llevaba hasta el sótano del altar mayor de la catedral. En aquel socavón el camino se bifurca hacia el norte y el sur. En ese sitio hay otra puerta que comunica con una capilla privada, anexa a las litúrgicas cavas de la catedral. Acceso disimulado y mimetizado por antiquísimos toneles empotrados sobre una plataforma engranada a unos vetustos piñones, que, al ser empujados por una especie de palanca escondida entre los muros de piedra, se abren con sutileza para permitir el ingreso a la capilla privada.

Ese bifurcado camino fue readecuado y ampliado durante los tortuosos años cincuenta para darles paso a los Todoterreno Willys. Vehículos que solían usar algunas personalidades gubernamentales para sus secretos desplazamientos. Oficiales, unos; privados, la mayoría. Al cual más, pletóricos de ignominia nacional.

Olegario Arturo casi siempre tomaba por la senda que conduce hacia el sur, con rumbo al sótano de la Capilla Pureza de María, a unos setecientos cincuenta metros. Allá, junto con el padre Alirio, tenían el cuartel de sus ocultas operaciones y tertulias. Por el ramal del norte se va hacia la capilla del Colegio Mayor y, hacia los sótanos de las carreras Sexta y Central con avenida San Francisco. Ahí vuelve y se bifurca: uno hacia La Victoria, con derrotero a la estación central del tren y el complejo administrativo nacional, con destino final en el aeropuerto internacional de la capital. El otro ramal, más amplio que el anterior, hacia el Colegio Las Mercedes y el edificio en el cual funcionó alguna vez el periódico *La Época*.

Los pasadizos del norte, algún día, siete años atrás, y por curiosidad histórica, o tal vez meramente de humanos, él y su capellán amigo los transitaron como dos niños traviesos, preñados de fisgón interés. Allá encontraron macabros y oficialmente mimetizados vestigios de la oculta e ignominiosa historia nacional, en especial, de la segunda mitad del siglo XX, así como de los aún supurantes primeros años del XXI.

Pero ese día Olegario Arturo no iba a coger por ninguno de los ramales. Se detuvo en la entrada de las litúrgicas cavas. Miró por el visor oculto que permite verificar si hay o no personas al otro lado, en la capilla privada. Al comprobar que no había nadie, activó la escondida palanca mecánica que desplaza la plataforma con los tres toneles y que deja una abertura de cuarenta y cinco centímetros, suficiente para que una persona de contextura normal cruce por ahí. Una vez abierto el acceso, sacó de uno de los bolsillos de la chaqueta el brazalete de identificación, controlado desde el panel central de la oficina de seguridad de la catedral. Se lo colocó en su antebrazo derecho e ingresó a la también subterránea y sencilla capilla privada.

—Aquí solo celebramos servicios exclusivos para hombres de iglesia —le dijo el padre Alirio cuando le enseñó el camino—. Desde aquí, por esa escalera de piedra, en caracol, que es muy angosta, se accede a la sacristía general, contigua al altar principal de la catedral.

Camino que siguió hasta llegar a pocos pasos del altar del inmenso y suntuoso templo. A esa hora la monumental construcción eclesiástica, bellamente ornada con obras alegóricas al más allá y al más acá, estaba vacía. Solo se oía el trepidar del corazón de aquel hombre solitario y triste, así como el perenne gorjeo de las palomas apostadas en los dinteles exteriores de la gran cúpula. Olegario Arturo se sentó en la primera banca de la nave central. Miró hacia el púlpito, muy cerca, tal vez, de donde al día siguiente, a eso del mediodía, se sentaría el presidente Uribia Morales. Examinó con minucia el escenario. Intentó recordar la ubicación de los escoltas de cada una de las personalidades que asistieron las dos veces anteriores; cuando el padre Alirio lo llevó, por aquel camino, a participar de unos actos litúrgicos. Especial énfasis hizo para rememorar el sitio que, en esas oportunidades, ocupó el mandatario y su séquito de seguridad. También ubicó el lugar en el cual, si él fuera al evento presidencial agendado, podría estar más cerca de su objetivo. Calculó la distancia a la cual, tal vez, podría aproximarse sin ser advertido, sin llamar la atención; pero, en especial, para que de llegar a activar las granadas y hacer estallar su arsenal, la acción resultara eficaz.

La última vez, para la misa de acción de gracias del año anterior, él y el padre Alirio estuvieron a dieciséis metros del sitio que ocupó el presidente la mayor parte del tiempo, y a cuatro, cuando aquel, tras finalizar la liturgia, se acercó al cardenal para agradecerle y despedirse, muy cerca al humilladero. *Si mañana Uribia Morales hace lo mismo... a esa distancia: ¡cuatro metros!, o quizá algo menos, con toda seguridad lo conseguiré... coronaría mi fatal industria*, pensó.

Pero, era posible que a esa misa no asistiera el cardenal. Entonces, con seguridad, el presidente, al finalizar la ceremonia religiosa, simplemente se levantaría y saldría, escoltado, por la puerta del costado derecho, para saludar a la multitud apostada en el atrio. O por la lateral, directamente sobre la calle 11, para montarse en su vehículo y dirigirse a la Casa de Gobierno.

Olegario Arturo estaba inseguro. Quizá mañana algo le podría impedir llegar y estar, sin la presencia del padre Alirio, a quien, desde luego, evitaría involucrar en esa fatal misión, hasta el sitio donde asistió, gracias a él, en dos oportunidades anteriores, a eventos de esa naturaleza. Tampoco estaba confirmado que Uribia asistiera. Y, si lo hacía, *Nadie me garantiza que se acerque al humilladero*, se dijo. Reflexionó sobre estos dos aspectos, ahí, sentado, sin moverse, sin hacer ruido. Daba la impresión de no querer ser descubierto, a pesar de llevar, y él lo sabía, puesto el brazalete de identificación y acceso que lo registró en el panel de control de la central de seguridad de la catedral desde el momento que ingresó a la sacristía. Acción que habría, con toda seguridad, activado, también, las cámaras de monitoreo remoto.

Como en efecto aconteció. Además de las cámaras, y casi imperceptible, un minuto después de haber ingresado a la nave central, un integrante de la seguridad se hizo presente y observó todo lo que El Corrector hizo durante el rato que estuvo ahí. Olegario Arturo no lo vio… o no quiso verlo. Estuvo ahí sentado por espacio de una hora y decidió, mejor, optar por la opción de intentarlo en el atrio, entre la multitud que se agolparía para saludar al presidente a la salida de la misa.

Cumpleaños

Olegario Arturo llegó al prohibido y secreto sótano de la Capilla Pureza de María hora y media antes de lo acordado con el padre Alirio. Para su sorpresa, este se encontraba en el lugar. Estaba ejecutando el programa de su herramienta metodológica de trabajo... y, ¡en la opción de inferencias! Sin embargo, no le dijo nada. Al fin y al cabo, él era su jefe, antes que su amigo y cofrade. Tenía todo el derecho de trabajar y revisar el equipo cuando a bien tuviera. El padre Alirio no le tenía que pedir permiso a nadie, menos a él, para operarlo. No lo dejó de preocupar, eso sí, sin dejar traslucir demasiado tal sentimiento, la inquietante emoción expresada por el sacerdote una vez se percató de la temprana y sorpresiva presencia suya en el sótano. El padre, incluso, le dio explicaciones no solicitadas, que no venían al caso, mientras su rostro dejaba evidenciar sobresalto y sonrojo, y sus dedos intentaban pausar el programa, con disimulo y nerviosismo.

La noche del 20 de junio de 2007 Olegario Arturo y el padre Alirio corrieron por primera vez la aplicación e hicieron inferencias con respecto al futuro de Alcira Mencino. Y aunque sus interpretaciones fueron dispares; en esa oportunidad no se pusieron de acuerdo; lo que concluyó Olegario Arturo fue más acertado, cercano a la verdad, y ubicado en el tiempo, que lo vaticinado por el padre Alirio. Este quiso ser más conservador, más aplomado, menos tremendista en aquel asunto. Sin embargo, la contundencia de los hechos: el accidente de Alcira y su muerte, y demás sucesos, al parecer les daban mayor razón a las conclusiones de Olegario Arturo.

Quizá ese sea el motivo para que el padre esté revisando con minucia el programa. Tal vez, para, en lo sucesivo, entenderlo mejor e interpretar con mayor acierto los pronósticos... y no volverse a equivocar, y menos, en mi presencia, pensó y justificó Olegario Arturo.

Después de la mutua sorpresa, y tras infinitos diez segundos de callada y reservada cavilación, se saludaron con un fraterno abrazo y cariñosas palmadas en la espalda. El padre Alirio se disculpó, aunque ya lo había hecho por teléfono, por su inasistencia al funeral de Alcira, debido, le justificó de nuevo, a compromisos ineludibles, previos y eclesiásticos.

—Olegario Arturo, lo felicito de corazón por su cumpleaños... por favor, espéreme aquí unos cuantos minutos mientras voy hasta la editorial por la torta y un vino especial, californiano, que tengo para esta ocasión.

Al quedarse solo, Olegario Arturo se dirigió hacia el portátil. Tras vacilar unos segundos lo activó. En efecto: el programa estaba en la opción de inferencias. Además, tenía activado su código genealógico en la variante inherente a su descendencia; es decir, a sus hijos: los Mencino Durán. Con extrañeza observó que la máquina pronosticaba el futuro, no de tres, sino de seis hijos suyos. *Esto, con toda seguridad, es un grave error en la programación. Un dato errado... ¡Eso es!*, pensó y se dispuso a verificar las fuentes de información.

Pero, no. Al parecer, y tras la rápida inspección, comprobó que todo estaba correcto. Ahí figuraban, confirmado, la entre incierta y fatídica premonición de los tres Mencino Durán, los de su matrimonio con Adelaida, y el extraño designio para los tres Chauta: los ilegítimos, y por nacer, hijos de Magnolia.

—¡Totalmente absurdo y por demás imposible! —gritó en silencio Olegario Arturo.

Él, desde los veintiocho años, tras nacer su tercero y último hijo del matrimonio, se mandó a hacer la vasectomía. Aún conservaba en su billetera aquel carné: el de color verde que le dieron en esa oportunidad. *Y Magnolia, quien se marchó de mi lado a comienzos de este año, no me dijo nada al respecto. Ni mucho menos que estuviera embarazada. Tampoco se le notaba*, reflexionó. Desde su desaparición en febrero no sabía de ella, ni de su paradero. *Se esfumó en la quimera de un amor perdido. Entre los grises y trémulos adioses del olvido, la indiferencia... ¡la ingratitud!*, justificó para sus atribulados adentros.

Reflexionar así logró disiparle, de manera momentánea, más no con suficiencia, la amargura y el desasosiego que le causó la premonición que aquel programa mostraba para los Mencino Durán. *Si esta bendita máquina falla con lo de mis supuestos tres hijos con Magnolia, ¡error inferido por el programa!,* insistía mentalmente a título de consuelo e inútil esperanza, *desde luego que no le puedo dar crédito respecto a lo inferido para mis tres ciertos hijos: los Mencino Durán*, se dijo. Sin embargo, la curiosidad y la fatalidad de la duda hicieron, en ese preciso momento, que él aprovechara, no solo de la demora del padre Alirio, ya que el programa estaba activado, para ingresar el código genealógico de Gilda, sino que también intentaba ver las inferencias que respecto a su progenitora llegara a presentar la máquina, su herramienta metodológica de trabajo.

Mientras se procesaba la información, y para instar calmar el nerviosismo que le causó lo de sus seis hijos, activó el Real Player. Buscó en la lista de archivos el bolero *En el juego de la vida*, en la voz de Daniel Santos. Seleccionó ese tema y le dio al reproductor la opción de repetir, mientras en la pantalla comenzaba a mostrarse lo inherente... Momento preciso cuando volvió el padre Alirio con un pequeño ponqué de cumpleaños, un vino espumoso californiano, dos copas vineras y elementos para partir y repartir el pudín.

Al percatarse de la presencia del padre, pausó el programa. No quería que su amigo se diera cuenta de lo que estaba haciendo, y menos de lo que allí comenzaba a figurar respecto a Gilda. Tampoco quería que el padre se enterara del craso error de la bendita máquina aquella, en relación con tres supuestos hijos suyos con Magnolia, "la ingrata", le dolió recordarla.

Durante la celebración con vino espumoso y torta, el padre Alirio le propuso a Olegario Arturo dejar lo de la herramienta metodológica de trabajo así. No ahondar en ese aciago asunto. Renunciar a profundizar en aquello que, con toda seguridad, los conduciría a ignoto y fatídico lugar. Le sugirió borrarlo y destruir el material bibliográfico y magnético utilizado. Además, le tenía como regalo de cumpleaños lo que se merecía y que tanto esperaba, pero que hasta ahora había logrado que le autorizaran:

—Un contrato anual de trabajo de corrección de textos escolares, a nivel subcontinental, de ocho horas diarias y por doce meses, prorrogable año tras año, con la Editorial La Moderna —le manifestó el padre Cifuentes—. Y por tres veces más de lo que en la actualidad recibe. Esto, sin perjuicio de las extras por los trabajos de corrección encargados desde la Presidencia, el Congreso y otros tantos clientes —le reiteró el padre Alirio.

Sin embargo, Olegario Arturo ahora cocinaba en su confundida y febril mente la idea de castigar al culpable de sus culpas, además de profundizar en lo que alcanzó a vislumbrar en su herramienta metodológica, respecto al futuro de sus hijos… los que tuvo con su esposa Adelaida Durán.

No solo iba a indagar, corregir y aclarar el seguro error relacionado con los otros tres supuestos hijos, los de Magnolia, sino que continuaría en forma paralela su tentativa de ejecución de sus vindicadores planes. No iba a claudicar, tampoco a dejar inconcluso el castigo para el responsable de sus fatalidades. Entonces, ante la sorpresa y el controlado enojo del padre Alirio, le rechazó, con sutileza, agradecimiento y cariño, tanto la oferta del contrato, como la propuesta de destruir su herramienta metodológica de trabajo y sus respectivos archivos y fuentes.

Esa tarde, mientras celebraban el cumpleaños, aquellos dos hombres revisaron e interpretaron, a su manera, las inferencias mostradas por el programa; desde luego, sin estar de acuerdo respecto del posible futuro de los Suescún Mencino y los Bríñez Mencino, los sobrinos maternos de Olegario Arturo. Al acabarse el vino espumoso; ya calmado ante el inesperado y reiterado «no» que obtuvo de Olegario Arturo como respuesta a sus dos ofertas, antes de despedirse, el padre Alirio le preguntó:

—Olegario, ¿me podría colaborar con las correcciones del sermón que va a leer mañana el cardenal en la misa que se ofrecerá, sobre las once, en la catedral, y a la cual asistirá el presidente?

—Padre Alirio, ¡será un honor hacerlo! —respondió de inmediato, preso de la emoción y el agazapado miedo social que rasguñaba sus entrañas.

—Es una misa en solidaridad con el clamor de los republicanos contra el secuestro —le explicó el padre Alirio a su amigo y subalterno—. Ceremonia a la que asistirá, con toda seguridad, el señor presidente —insistió el presbítero.

Olegario Arturo aceptó de inmediato, pero le hizo dos solicitudes:

—Debido al tiempo, padre, pues esta noche no pienso trabajar, permítame que revise y corrija el escrito solo hasta mañana en la mañana, bien temprano. Le garantizo, padre —se comprometió—, que le entregaré el documento corregido al cardenal antes de iniciar la misa, allá mismo, en la sacristía de la catedral.

—Muchacho, ¡claro!, entendido, me parece lo justo. Hoy es su cumpleaños, váyase para su casa a pasarla rico con su esposa e hijos.

—Padre… para que usted también descanse mañana, no es necesario que asista a la misa —era su segunda solicitud—. Yo me encargo de los requerimientos del señor cardenal… ¡Permítamelo, por favor! Sabré representarlo bien.

El padre Alirio tenía otras actividades, a esa hora, lejos de la catedral y de la editorial, por lo que le pareció más que oportuna la propuesta. Él pensó en Olegario Arturo para aquel trabajo, pues era muy común que el cardenal hiciera cambios a último momento. Ello lo obligaba, si este no le colaboraba en esa oportunidad, a suspender aquellas por estar allá, atento a las modificaciones.

—Sabía que podía contar con usted, Olegario Arturo —le respondió el padre Alirio, muy agradecido—. Entonces, ahora les aviso al cardenal y a la seguridad de la catedral. En cuanto a los accesos, recuerde usar siempre el brazalete. Así podrá asistir y desplazarse sin ser molestado por nadie… entre otras ventajas que se adquieren al ser el corrector oficial del señor cardenal.

Olegario Arturo lo escuchaba atento, tratando de que el corazón, que le comenzó a latir con fiereza, no se le fuera a salir por la boca.

—Recuerde el sitio que debe ocupar durante la misa —continuó el padre Alirio enumerando las instrucciones—. Es el mismo en el que estuvimos en las dos anteriores oportunidades. En cuanto a los desplazamientos e ingresos, no se vaya a complicar haciéndolos por las vías públicas. Use los pasadizos y la clave para acceder desde aquellos a las cavas, y de allá, a la capilla anexa y, por ende, a la sacristía.

Era lo que él quería, lo que necesitaba, lo que esperaba escuchar. Recibió el manuscrito y lo guardó en el bolsillo exterior izquierdo de su *blazer* azul. Luego, apagó el portátil y salió del sótano por la puerta trasera, junto con el padre Alirio, directo al despacho parroquial y de allá a la calle Décima, tras despedirse y agradecerle a su amigo por la velada.

Se dirigió al parqueadero ubicado en la calle 12 con carrera Sexta, sitio en el cual guardaba su Fiat UNO, modelo 97, estrato plata. Ya en el interior de su carro, tomó rumbo al sur por la carrera Cuarta en busca de la calle Primera. Una vez sobre esa arteria se encaminó hacia el barrio La Fraguita.

Iba a visitar a Gilda antes de proseguir hacia el occidente en el barrio Bosque Popular, donde vivía en arriendo en una vieja casona de tres pisos. Desde luego que pasaría antes, como todas las noches desde el pasado febrero, por la abandonada y empolvada pieza del barrio Gaitán. Allá el rancio perfume del olvido de su amada Magnolia cada vez embriagaba con mayor letal nostalgia su desapacible vida.

Magnolia

Fueron casi diez años de aquella catártica y difícil relación con Magnolia Chauta, nunca programada… ¡menos proyectada! Olegario Arturo la conoció en octubre de 1997 en la Barra Santafereña. Era mesera en ese establecimiento ubicado al interior de un pasaje comercial entre las carreras Quinta y Sexta, cerca al Museo Precioso, arriba del Parque Santandereano. Solía ir a ese establecimiento, a veces a almorzar, o a comer empanadas, cuando todavía tenía contrato indefinido con la Editorial La Moderna, y por ende aún gozaba de una relativa estabilidad salarial y económica.

Hasta entonces; y pese a las complejas dificultades en su relación matrimonial con Adelaida Durán, y por su conducto, contradictoria y compleja influencia con sus hijos adolescentes; Olegario Arturo en aquellos casi dieciocho años de matrimonio jamás acarició la idea de la infidelidad. No estaba en sus concepciones, mucho menos en su presupuesto. El sexo no era, ni lo sería jamás, una de sus prioridades, pese a los más que atados, amordazados, encrisnejados e inconfesos fantasmas que lo rondaron y atacaron con gran ferocidad, sin lograr jamás aflorar ni imponerse sobre su externa sexualidad. Aquellos solo existieron, y lo gobernaron, en su atormentada como callada intimidad.

Con Magnolia todo comenzó cuando sus tristes, pequeños y pardos ojos se encontraron con la sonrisa de aquella exquisita y exótica trigueña bella, ocho años menor que él, pero, con una historia afectiva por demás dura, vacía y triste. Ese mediodía de un lluvioso octubre, sin haberlo premeditado, menos pensarlo y, por supuesto, sin calcular las consecuencias, al cancelarle los dos mil quinientos pesos del precio del almuerzo, él le propuso salir. Ella ni siquiera lo dudó. Aceptó de inmediato. Esa tarde la recogió en su acabado de comprar Fiat UNO PIU. Una hora después estaban haciendo el amor en uno de los moteles vía al aeropuerto de la ciudad capital.

Ninguno de los dos lo asumió, al comienzo, como algo serio, ni mucho menos duradero y, por supuesto: nada comprometedor. Era solo eso: Un momento de prodigado, mutuo, mundano y pasajero placer; tras lo cual, cada uno proseguiría su camino, su respectivo derrotero; sus correspondientes, ajenas y diferentes vidas. Y, ¿por qué no?, después de aquella entretenida y por demás satisfactoria primera vez, para cuando se volvieran a dar las circunstancias; así lo pensaron y creyeron los dos. Y así lo pactaron en silencio para que aquello fuera algo pasajero, sin compromiso alguno. Él era casado, y ella una mujer, como su nombre: bella, fragante, solitaria y libre; poco dada a las relaciones complicadas, duraderas, problemáticas, menos difíciles. Para entonces ella sostenía dos, o tal vez tres, idilios similares.

Sin decirlo con torpes palabras sus conciencias pactaron, en consecuencia, una relación esporádica… y solo para eso: para la satisfacción de exclusivo carácter sexual. ¡Para el placer! Sin más ataduras que la autonomía y la libertad de cada cual. O eso era lo que ellos creían. O por lo menos lo que durante un año y medio procuraron mantener, muy a pesar de esa inevitable, inexorable e invisible fuerza que comenzó a enredarles, desde la madrugada de tal aventura, sus ocultos e inconfesos instintos, pasiones y sentimientos. Impulso que los fue arrastrando, sobre todo a él, a verse, a llamarse, a poseerse cada vez con mayor e incontrolada intensidad, frecuencia e impacto emocional. ¿La razón? Innumerable cantidad de veces Olegario Arturo se cuestionó aquella sufrida-gozada relación con Magnolia.

Buscó a toda costa encontrarles respuestas a sus atarugadas preguntas: Y yo, ¿qué necesidad tenía para involucrarme con esta mujer? ¿Qué fuerza activó y arrastró mis instintos y humanas pasiones, ya cansadas, débiles y golpeadas, para emprender tan tormentoso viaje sin retorno posible?, ¿para embarcarme en tan inicuo y corrosivo adulterio? No solo se preguntaba, también se reprochaba y fustigaba muy seguido. Pese a ello, esgrimía esquemas mentales para responderse. Tal vez a título de fútil justificación consideró que era consecuencia del incontrolado impulso masculino, asociado con el hostigamiento hormonal, atizado en aquel atardecer bajo el sol de los venados.

Hasta esgrimió, como falaz compensación, correlacionada con su escasa y casi nula gobernabilidad familiar, la ausencia de referentes paternos pertinentes en su niñez y juventud. Los que, de haberlos tenido, visto y vivido en su hogar, le hubieran permitido, quizá, establecer un modelo para ser padre, esposo y, por ende, blandir, cuando se requirió, la respectiva autoridad y el liderazgo en la construcción y solidificación de su propio hogar. *De haber tenido tales referentes habría, quizá, evitado*, colegía, *el oscuro viaje a la deriva... al mando del libertinaje, de la adolescencia de cada uno de mis tres hijos*. Artera situación que con irresponsabilidad consintió con su neutral, sometida y taciturna postura. También se fustigaba por ello.

Llegó a pensar que lo hizo, involucrarse con Magnolia, tal vez compelido por su tenue y voluble carácter; muy fácil de doblegar por la fuerte y áspera personalidad de su esposa. Ella en todo lo marginaba, desplazaba, sometía y avergonzaba; en especial ante sus conocidos y familiares; además de desautorizarlo frente a sus hijos. Situación que él toleraba bajo el argumento de la «no confrontación, en aras de la convivencia pacífica, perdurabilidad del matrimonio... y mi palabra de esposo empeñada». Solía concluir y libar el diario acíbar de su frágil personalidad en la infecta copa de su inseguridad, de su irresolución; en particular, cada vez que atormentaba su espíritu con tales elucubraciones; o cuando intentaba justificar su relación con Magnolia como la consecuencia lógica de la mezcla fatal de todos aquellos aspectos que caracterizaron su dubitativa esencia humana. Sobre todo, en ese entonces, cuando era más vulnerable y fácil víctima del influjo que arroba a los hombres durante las frágiles calendas de los cuarenta. Momento preciso cuando por maligno capricho de la vida Magnolia y él se cruzaron y ensortijaron, de manera inexorable, sus miradas, destinos y sentimientos. Él quería y necesitaba creerlo así. Tal vez por mera y anodina justificación.

Tres años después de iniciada esa catártica relación, se les convirtió, en especial para él, en un placentero oasis de inevitable y agridulce tormento. ¡Se enamoraron! Primero fue él. Después, algo ella. No pudieron, o tal vez no lo intentaron con decisión, encontrar una salida, un vericueto para escaparse de la red que ató con filosos y enconosos abrojos sus frágiles e indefensas existencias.

Era la primera vez que ella encontraba a un hombre decente… quien, además de amarla y protegerla, la respetaba y propugnaba por su superación y crecimiento como persona. Alguien quien por primera vez le hizo fijar metas y objetivos por los cuales luchar y encontrarle sentido a la vida. Alguien por quien valía la pena batallar para tenerlo en exclusiva… Aunque, y Magnolia lo supo desde el primer momento, él tenía una impresionante talanquera que impedía que ella lograra o alcanzara a su lado, por completo, su proyecto de vida como mujer: ¡Era un hombre casado! ¡Ajeno! Le pertenecía a otra mujer. Y, peor aún: no estaba dispuesto a renunciar, a dejar su hogar, esposa e hijos… pese a las adversas circunstancias que allá él padecía, según le decía.

Olegario Arturo se lo dejó muy claro desde el inicio, y se lo reiteró en cada oportunidad que tuvo. Sin embargo, Magnolia, objeto del exquisito placer de la contradicción, se propuso conquistarlo de manera paulatina con aquella estrategia femenina fundamental… e intentar satisfacer el innato sentimiento materno. Por tal razón dejó de planificar. Él le confesó que, años atrás, le hicieron la vasectomía. Por lo tanto, le era imposible tener más descendencia. Pese a esto, Magnolia continuó en su empeño de tenerlo solo para ella; así tuviera que esperar el tiempo que fuera necesario. Guardaba la inútil esperanza de hacerlo solo suyo, tarde o temprano. ¡Así fuera sin hijos! O tal vez lo convencería para que adoptaran al menos uno.

Para Olegario Arturo el amar, el tener dos mujeres, porque pese a todo hasta el último día amó a su esposa más que a ninguna, era un dilema que laceraba, que le quemaba su alma a fuego intenso. Sabía que eso no estaba bien. Que no era justo para ninguna de las dos. Tampoco para él. Todavía así, no encontró, o tal vez no intentó con fuerza encontrar una salida. O no le convenía hallar la forma o los medios para resolver el problema y quedarse con tan solo una de ellas. Cada una tenía, en sus particulares formas de amar y ser, algo que él no podía, o no quería, o no le convenía dejar. Se le dificultaba hacerlo. Eso y aquello de que la una y la otra complementaban su existencia, su razón de vivir; y de llegar a perderlos, o a dejarlos, lo subyugaba, mortificaba y asfixiaba. Además, *de hacerlo*, pensaba, *alguna de ellas sufriría de manera injusta y fatal*. Entonces, comenzó a odiarse. A no quererse. A repudiarse por ello. Desde luego, sin estar dispuesto a resolver tan ambiguo asunto, como tampoco a compartirlo, ni mucho menos a buscar ayuda de alguien. Ni siquiera la del padre Alirio, quien en varias oportunidades se la sugirió, con disimulo, frente a la angustia que, muy seguido, Olegario Arturo dejaba asomar a sus ojos y volar en lánguidos e involuntarios suspiros.

Tampoco compartió su dilema con Gilda, quien lo sabía, gracias a la lectura que hacía en los cunchos de la taza del chocolate. Pero, ella tampoco se atrevía a decirle algo al respecto, aunque se le partía el alma verlo sufrir en silencio por tan intrincada situación. Gilda quería evitar magnificar y adelantar la inexorable tragedia de su hijo, como se lo advirtió Zoila, la adivinadora de su infancia, allá, en El Fresnal.

Para octubre del 2002 aquello que comenzó como una fugaz tarde de sensuales desfogues, como una inofensiva, pasajera y divertida aventura, a Olegario Arturo se le convirtió en un laberinto viscoso e insoluble. En un romance pegajoso, sufrido y más que vivido, dentro de un sexo dependiente y vedado. Una escondida y poderosa red tejida con invisibles cordeles de inevitables sentimientos, de deseos inconfesables y borrascosas pasiones encontradas. Era un placentero padecimiento insufrible y agónico.

Lastre ineludible para la vida de Olegario Arturo, cada día más complicada en todo aspecto. Arrebol de invierno que anunciaba, de manera mancomunada con la llegada del doctor Uribia Morales al Gobierno nacional, el atardecer de sus tristes días, el ocaso de sus intenciones, la pérdida de sus logros laborales y económicos y, con ello, su capacidad adquisitiva. Adicionado y empeorado, no solo con el inicio del declive de algunas de sus físicas y mentales funciones vitales, sino con el incremento de los exigentes requerimientos y peticiones para satisfacer las desbordadas necesidades en su hogar. Y otras tantas situaciones concomitantes, como lo de su abuela Alcira, al final internada en el hospicio; lo del avance de las crónicas patologías de Gilda y, desde luego, con lo requerido para oxigenar, y por lo menos mantener, el nivel de aquella inexorable, corrosiva y nociva, pero exquisita relación extramatrimonial con Magnolia. En lo más profundo de la conciencia de Olegario Arturo el peso de esa avasallante situación de infidentes y duales sentimientos compartidos deleznaba su tranquilidad. Por tal razón, comenzó a buscar alternativas para salir de ese infecto valladar.

Pero, él sabía, como nadie, que concluyera lo que concluyera, esgrimiera lo que esgrimiera, tampoco resultaría. Con seguridad, no lo iba a poder poner en práctica. Se conocía bien. En especial, en sus perennes e incorregibles debilidades humanas. Más, aún, si se trataba de afectar a alguna de ellas: a su esposa Adelaida o a Magnolia; sus dos amadas mujeres. Sin embargo, y según lo que le imponía su conciencia y lógica social, de tener que sacrificar a una de las dos, la víctima tendría que ser Magnolia: la deliciosa intrusa en su corazón. Tendría que respetársele el estatus y la preeminencia que como esposa y madre tenía más que ganados Adelaida Durán. De llegar a ser inexorable una decisión en ese sentido, Adelaida tendría que salir incólume de tal lid, sin consideración de ninguna índole. Ni siquiera había que mirar, al respecto, su forma de ser; tampoco que era ella, Adelaida, la gran causante de muchas de sus tristezas y flaquezas. Olegario Arturo encontró, en teoría, sobre quién comenzar su estrategia para salir del complicado camino en el que entró sin siquiera proponérselo. *La gran afectada tiene que ser Magnolia*, pensó.

El asunto, ahora, era establecer las tácticas pertinentes para llevar a cabo la estrategia de darle motivos para que fuera ella, y no él, quien tomara la iniciativa y lo dejara de manera paulatina o repentina. Esgrimiría efectivas tácticas. Aquellas que cansan, aburren y afectan toda relación, en especial a la mujer: los celos, la intensidad y el olvido o ausencia de detalles. Hubiera podido acudir a otra mujer. Pero, esa táctica era demasiado peligrosa y podía resultar más nefasta que lo pretendido. Además, ya tenía bastante con esos difíciles diez años de aventura, por lo que era, esa sí, su inalienable voluntad y decisión: no volvería, jamás, a tener nada afectivo, y menos, aún, de carácter sexual, con otra mujer que no fuera su esposa… o su amante. Ello era un capítulo cerrado. El epitafio de su existencia sentimental.

Con lo que no contaba Olegario Arturo para llevar a buen término sus deleznables tácticas y estrategias, era con los sentimientos, pensamientos y expectativas de Magnolia. Él, ahora y siempre, era para ella su inquebrantable y exclusivo proyecto final de vida. La razón de su existencia. El todo por el todo de sus alternativas y por quien estaba dispuesta a lo que fuera con tal de conservarlo… Lo iba a defender hasta con su propia vida, le tocara hacer lo que fuera, o someterse a las condiciones que tuviera que someterse. Lo tenía irrevocablemente definido y decidido e iba a seguir usando, entre otras, su más efectiva estrategia, con su ineludible táctica, imposible de soslayar por parte de Olegario Arturo. ¡Sí!, ¡esa!... con la cual lo cautivó en su esencia desde la primera vez: su mansa y angelical ternura fraguada con delicada, exquisita y refinada sensualidad destilada en pequeñas dosis de plenitud y entrega en la intimidad. Precursoras estas de la inminente e imparable explosión de placer que le causaba cada vez que lo hacía suyo.

En esa guerra de estrategias y tácticas se fue pasando el tiempo, mientras las certeras y gubernamentales medidas económicas, laborales, sociales, políticas y fiscales del doctor Uribia Morales cosechaban logros con sabor a ajenjo. *Bayas infectas*, solía pensar Olegario Arturo. Providencias estas cada vez más incidentes, de forma negativa, en sus finanzas privadas, que afectaban y menguaban, no solo los recursos para sus dos hogares, sino, también, la salud, el bienestar, la estabilidad y vidas de Alcira y Gilda.

Magnolia, contrario a lo buscado por Olegario Arturo, se aferró, adaptó, asimiló y manejó a su favor todas y cada una de las estratagemas que él fue esgrimiendo para que lo dejara. Para él, en cambio, le fue imposible eludir la certera y sensual estrategia de Magnolia. Llegó, incluso, al borde de la esclavitud y la absoluta dependencia de ella en ese sentido: ¡el placer!

Rédito a perpetuidad

Durante el 2006 Olegario Arturo alcanzó la cúspide de sus tristezas, flaquezas y dificultades. De toda su vida activa, en cuanto a lo laboral y económico, ese año obtuvo el más bajo ingreso promedio mensual, muy cerca al salario mínimo oficial, pese al incremento desmedido en la carga de trabajo, tanto en la editorial como en los encargos extras de la presidencia, el Congreso, la curia, la alcaldía capital y otros entes gubernamentales y privados. A mayor trabajo, menor paga, parecía la constante laboral que lo marcaba y que se imponía desde la primera magistratura del Estado por parte del próximo a reelegirse: Uribia Morales, candidato a presidente. Sin embargo, no se lo dijo a nadie. No reclamó ni se lo comentó a persona alguna. Ni siquiera al padre, su jefe y amigo. Tampoco a su esposa, ni a sus hijos, ni a Gilda, mucho menos a Magnolia.

Pese a su adversa y afligida situación económica, a nadie le pidió favores, ni préstamos... excepto al Banco Capital, en mayo, para que le duplicara el cupo de su crédito rotativo. Esto, porque durante todo ese año su nivel de gastos fue mayor que en 2005, cuando sus ingresos llegaron a ser tres veces el salario mínimo. En 2006, en lo único que restringió gastos fue para él. Ni siquiera se compró un par de calcetines.

Durante aquella vigencia fiscal, por iniciativa del Ejecutivo nacional, se aprobó otra reforma pensional. Medida que lo alejó, de un solo tajo normativo, de ese medianamente, hasta entonces, alcanzable privilegio social. Con el anterior régimen solo le quedaban siete años para pensionarse. Ahora tendría que trabajar y aportar al menos durante trece más, y por un 12.75% menos de mesada.

En ese 2006 Alcira quedó casi inválida y medio ciega por la caída que tuvo en la casa de su hija Eneida del Pilar. Al comprobar que su gratuita colaboradora doméstica dejaba de serle útil, y además se le convertía en una carga, en un lastre, y ante la negativa de los familiares más cercanos de colaborarle para el pago de dos empleadas de servicio, la internó en un albergue de ancianos en el barrio Galán.

Gilda, afectada tanto por lo de Alcira como por las noticias de liquidación del Seguro Social que le proveía el servicio de salud y la pensión, aumentó su sintomatología depresiva, le avanzó la osteoporosis, le diagnosticaron otros tantos malestares, le intervinieron el colon para extraerle un pequeño tumor benigno y tuvo sus primeras y nocturnas dos urgencias por arritmia.

Pero, quizá, ninguna de estas vicisitudes fue la causante capital de la laceración que sufrió el dominio y la compostura de Olegario Arturo. Es posible que el único motivo, tal vez sin proponérselo, provino del abandono prodigado por Magnolia. Y ello, a pesar de que durante todos esos últimos cuatro años él buscó de ella su inducida partida, para lo cual trabajó a diario y con obstinación para lograrlo. No obstante, estaba convencido de que su amada no lo haría… que jamás le faltaría; que no podría dejarlo nunca. O, más aún, que, si lo intentaba, como en algunas tenues oportunidades acaeció, al cabo de pocos días, casi horas, y no pocas veces tan solo minutos y hasta segundos, ella, o él, o los dos, reencontrarían o recompondrían, y si fuera necesario inventarían uno nuevo, el camino maltrecho que los pondría en la senda del inexorable reencuentro, prodigado perdón, regocijante reconciliación e inminente olvido de los motivos de la disputa y breve separación.

Tal bulto de vicisitudes ahincó para que una inefable y escurridiza sombra se enquistara con insania en el alma de Olegario Arturo. Lobreguez que comprometió en su letal e infectante tránsito su vulnerable juicio. Insano enquiste que inició metástasis desde cuando, no solo creyó percibir una muy disimulada actitud evasiva por parte de Magnolia hacia él, sino respuestas elusivas a preguntas inherentes a tal o cual actitud y, en especial, sospechosas salidas, a horas inusuales, a no sabía qué sitios, ni a qué; así como la no aceptación y menos justificación de esas creídas actitudes por parte de ella.

Situación ahondada a partir de junio del 2006 cuando las finanzas de Olegario Arturo tocaron fondo y el Banco Capital le comunicó la negativa para el aumento de su crédito rotativo de libre inversión. La razón de la negativa bancaria: porque el monto de los intereses de su crédito duplicaba el capital hasta entonces desembolsado, pese a la automática y elevada cuota mensual que esa entidad financiera le debitaba de su cuenta, tan solo alimentada por los cada vez más flacos emolumentos que le depositaba, con gran irregularidad, la eclesiástica Editorial La Moderna.

Así operaba, esa era la lógica, en ese entonces, del sistema financiero en el país, avalado con patrocinadas legislaciones. El total de lo descontado en forma automática por el banco hasta la fecha equivalía a dos veces y media la cantidad desembolsada y usada por Olegario Arturo. Todavía así, por conceptos de intereses y gastos financieros, salía a deberle al banco un poco más del doble de la cantidad total por él disfrutada… cual rédito a perpetuidad.

Concepción y desaparición

Si bien era cierto que para Olegario Arturo la escabrosa situación por la que atravesaba constituía motivo de desequilibrio, el enfrentarse a una posible separación con Magnolia terminó por horadar la poca paz que le quedaba. El miedo que le producía el solo pensar que la podría perder le diezmó su confianza. Pese a ser consciente de que si ella se iba de su lado era consecuencia de las estrategias y tácticas por él aplicadas durante esos últimos cuatro años para allanar el buscado camino de la separación y finalización de la encardada relación.

Fiel a sus rasgos de comportamiento introvertido, tampoco se lo dijo a nadie, menos a ella. Se encerró en sus concepciones e hilvanó en su imaginación toda suerte de conjeturas. Una vez obradas aquellas fantasías en lo recóndito de su mente, las creyó una realidad. En consecuencia, como tal, actuó durante ese segundo semestre, aunque con algo de disimulo. Hasta llegó a seguirla y verla, evaporada y difusa, al parecer, en brazos de otro hombre. Luego, así como llegaba su infundada aparición, se le desaparecía entre penumbras, tras lo cual volvía a la realidad, y solo recordaba incoherentes y mínimos fragmentos de su fatal construcción y acción.

Magnolia se percató, en parte, de los nuevos y extraños comportamientos de su amado. Pensó que esa era otra de sus tácticas para cansarla y motivarla a tomar la iniciativa de abandonarlo. Ella tenía una férrea disposición de seguir con él hasta las últimas consecuencias y, llegado el caso, apoyarlo, no solo como su compañera de intimidad, sino como amiga, consuelo, respaldo y, desde junio, lo decidió, se dispuso a encontrar un trabajo, contra la posición al respecto de Olegario Arturo. Quería que ella estuviera en la casa, que no trabajara, que lo atendiera solo a él.

Magnolia era consciente de la precaria y vertiginosa disminución de ingresos por la que pasaba Olegario Arturo. Mientras ella estuviera aún en condición de aportar, lo iba a hacer. Se lo diría hasta obtener un empleo. Coordinaba sus citas y entrevistas de trabajo para cuando él estuviera en la editorial. Esto le facilitaba que al llegar él a la pieza que le pagaba en arriendo en el barrio Gaitán, antes o después de pasar por donde su madre, ella se encontrase ahí.

Durante ese semestre fueron muy pocas las opciones laborales que se le presentaron, por su edad, en particular. Tuvo algunas ofertas que rechazó porque eran para, o fuera de la ciudad, o en horario nocturno, y otras constituían una física explotación, auspiciada y protegida por la ley y las políticas gubernamentales, tras la aprobación de la reforma laboral del reelegido presidente Uribia Morales. Reforma que, paradójicamente, afectaba con descarada extracción, condenándolas a mayor pobreza y desigualdad social, a las paupérrimas masas que lo reeligieron y apoyaban con mesiánica e inoculada pasión. Síndrome subcontinental.

A finales del 2006, entre noviembre y mediados de diciembre, Olegario Arturo se tornó irascible y hasta violento. Comenzó a reclamarle, celosamente, por las citas clandestinas que ella, al parecer, mantenía con varios hombres. Magnolia, entonces, tuvo nuevos y preocupantes motivos para sospechar respecto de la extraña actitud de su amado. Si bien era cierto que iba a entrevistas de trabajo sin avisarle, desde hacía más de seis años que le era única e íntegramente suya. En un lapso de cuarenta y cinco días tuvieron fuertes y agresivas discusiones al respecto.

El 18 de diciembre ella decidió viajar a su pueblo: a Guática, en el departamento de Risaranda. Fue a pasar Navidad, Año Nuevo y Reyes con su madre y hermanas, para volver el 20 de enero de 2007 a continuar su búsqueda de trabajo. Viajó, de nuevo en contra de la voluntad de Olegario Arturo, quien, una vez más, le endilgó y reclamó que ella se iba para encontrarse por allá con alguna de sus nuevas y furtivas conquistas.

Fue una despedida triste, pero, final y resignadamente aceptada por Olegario Arturo. Ese día, el 18 de diciembre de 2006, antes de acompañarla a la terminal de buses, él volvió a disfrutar con intensidad y gran placer de sus encantos de mujer; como al principio de la relación. Ella no dudó en aplicar, una vez más, su fundamental y efectiva estrategia y tácticas de hacerlo muy feliz… y suyo. En esa oportunidad, como pocas veces, no tuvo necesidad de simular, en tres ocasiones, el clímax de su pasión.

Magnolia regresó de Guática el 22 de enero de 2007, un mes y cuatro días después de su partida. Llegó muy preocupada. Presentaba un retraso en el período. Nada común en ella. Durante la estadía en su casa materna experimentó algunas molestias. Por aquella razón, su madre y hermanas se mofaron y le dijeron:

—Esperaste a cumplir los cuarenta años para encargar un Olegarito. Al fin vamos a conocer un retoño tuyo, Magnolia, La Bella —como le decían con cariño todos en su humilde y buena familia campesina, por ser la más agraciada, sensual y bonita, a pesar de sus ciento sesenta y cuatro centímetros de estatura.

Sabía que era improbable que estuviera embarazada. A Olegario Arturo, con el único hombre que desde hacía seis años mantenía relaciones sexuales, le hicieron la vasectomía. Estaba más que comprobado. En todo ese tiempo de permanente y continua actividad sexual con él, sin planificar, nunca quedó en cinta. ¿Por qué ahora iba a suceder? Le pareció prudente, a su regreso, no comunicarle nada al respecto. *Y, ¿cómo se lo voy a decir?, si durante todo el semestre anterior, en los últimos días y, en especial, antes de mi partida, estuvo celándome con sus creados fantasmas y extraordinarias historias de haberme visto con tal o cual hombre*, se dijo.

Olegario Arturo llegó a imaginarse y enrostrarle semejante monstruosidad de que ella se iba para Guática, como lo hacía con regularidad cada fin de año:

—A verse con algún nuevo amante —le manifcstó esa vez.

Entonces, sin más alternativa, decidió, antes que nada: *Iré al médico y le consultaré... después miro qué hago*, se dijo. El 31 de enero de 2007 verificó su embarazo. Por coincidencia, ese día le confirmaron a él su contrato por otros tres meses con la Editorial La Moderna, con un incremento del cuarenta por ciento con respecto al anterior; casi un salario y medio mínimo legal vigente mensual. El resultado de los exámenes y el retraso de dos períodos así lo sentenciaron. El pánico estremeció su humanidad. ¡Estaba en cinta!

—Pero ¿y de quién?, será del Espíritu Santo —se preguntó en voz alta—. ¿Y qué le voy a decir ahora? Mínimo me va a enrostrar que era cierto lo de mi aventura con alguien... así como la historia de irme para Guática, no a ver a mi familia, sino a estar con otro hombre.

El ginecólogo que le practicó el primer chequeo, y a quien le participó su angustia, le esgrimió una fantástica posibilidad, si era cierto que solo había estado con la persona que ella decía.

—A ciertos hombres a los que se les practica la vasectomía, con una probabilidad de una en un millón, se les recanalizan los conductos deferentes. Pero, esto ocurre, por lo general, durante el siguiente año a la intervención. Después de tanto tiempo... no he escuchado casos similares. Pero, podría ser —insistió el doctor, tratando de animarla—. Dígale que consulte con su médico y le solicite la orden para practicarse un examen de recuento de esperma.

Lo conozco bien, este no es un argumento válido para él, pensó apabullada ante la incertidumbre de no saber qué hacer. Además, estaba arrobada y preocupada por las indicaciones del ginecólogo que le anunció:

—Según los primeros exámenes clínicos y la revisión que le acabo de efectuar, su embarazo tiende a ser de alto riesgo, mucho más a tener cuidado en consideración a su edad. Por ello, debe practicarse estos otros exámenes y venir a control, ¡infaltable!, cada veinte días, así como, en lo posible, guardar reposo permanente.

Para Magnolia, esos veintidós días de febrero, antes de tomar aquella dolorosa decisión, fueron insufribles. Además del enajenamiento de su embarazo y de no saber cómo decírselo a Olegario Arturo sin causar una calamidad, la actitud y el trato de aquel hacia ella empeoraron. Se agravaron. En tres oportunidades terminaron en leves agresiones físicas. Él no le aceptaba ninguna explicación o justificación de por qué no estaba cuando la llamaba al fijo de su casa. O, por qué ahora andaba diciendo que tenía citas tan seguidas con el médico… peor, aún: el por qué se inhibía y cohibía cuando él quería intimar, cosa que antes no sucedió.

Las historias fantásticas brotadas de sus cada vez más atormentantes celos se hicieron presentes en su imaginación y creída realidad. Hasta llegó a asegurarle que no era, sino que él saliera a las diez de la noche rumbo a su casa, para que ella, de inmediato, le avisara a su rival y este llegara a estar con ella. La noche del 21 de febrero de 2007, unas horas antes de su fatal partida, Magnolia le pidió:

—Amor, por favor escúcheme sin interrumpirme hasta que termine.

—Espero que ahora sí tenga el valor de confesarme su vil traición —le increpó mientras comía la ración de melón que ella le servía cada vez que él llegaba—. Y, no se preocupe: la amo tanto que, si me reconoce en este momento su error, su canallada, estoy dispuesto a perdonarla y a comenzar de nuevo, como de cero.

Cuando Magnolia quiso contarle lo de su embarazo, tal y como, al parecer, pudo suceder, según se lo explicó el ginecólogo, él, sin dejarla avanzar en su comentario, se despachó con tan ofensivos, injustos y humillantes reclamos, que ella decidió marcharse, para siempre, de su lado. No sabía en ese preciso instante para dónde. Pero, lo iba a hacer, y así lo hizo. Entonces, en lugar de compartirle su estado gestante, le habló sobre la Virgen de Guadalupe.

—Olegario Arturo, recuerda siempre aquella imagen que, con sus brazos abiertos, desde lo alto de la montaña que enmarca el oriente de la ciudad, nos brinda su protección, amparo y esperanza a todos y cada uno de los habitantes de esta gran capital...

Olegario estaba tan ofuscado que no entendió, o tal vez ni siquiera escuchó, lo que su amada le quiso decir

—La Virgen, con el poder que Dios la facultó, me concedió mi más preciada súplica... —continuó Magnolia—. Ese preciado y sagrado ruego que le pidiera desde cuando te conocí y decidí que tú serías el hombre, el único, para el resto de mi vida.

Confundido por aquellas palabras la increpó. Él solo esperaba la confesión de su traición, no palabrerías insulsas.

—Magnolia, ¡hable claro… y sin rodeos! Dígame sin más charlatanería de qué se trata el asunto. De qué súplica habla.

—Amor de mi alma… con el tiempo todo te será claro —le respondió Magnolia—. Por ahora, confórmate con saber sobre la ocurrencia de aquel prodigio divino que nos involucraba felizmente a los dos.

Cegado por la ira no entendió lo que ella le quiso decir, y la volvió a ofender:

—Con historias tontas no va a tapar la culpa que se asoma, ¡inocultable! a sus ojos.

De inmediato Olegario Arturo Mencino salió de la pequeña y pobre habitación, tras un portazo, y sin siquiera un adiós… menos un beso de despedida. Ahí, en ese preciso momento, la perdió para siempre. Esa noche Magnolia empacó sus pocas pertenencias. Antes del alba se marchó, dejándole todo lo que él le había comprado en esos últimos seis años. Incluso la argolla de compromiso y el celular. Se marchó, y nunca más volvió a ver a ese hombre, al cual murió amando y evocándole, entre llanto y dolor, su disonante pero idolatrado nombre. A la siguiente noche, como lo haría sin falta en lo sucesivo, Olegario Arturo pasó por la solitaria pieza. En cada oportunidad tan solo encontraba su ebúrneo recuerdo, así como la inexorable realidad: Magnolia, su amor del alma, lo había abandonado. Se fue. Desapareció. Cada noche el olor del olvido ululaba por la nave en penumbra de aquel cuarto solitario, mudo testigo de su infecto pero ardoroso amor. En ese ambiente aquel golpeado y diezmado hombre se contagió de febril nostalgia e incurable desesperación. Sin embargo, siguió pagando la habitación… allá, en el barrio Gaitán, con la inútil esperanza de que Magnolia volviera, que apareciera algún día.

Irresolución

Esa noche, al llegar Olegario Arturo a su casa, después de ir a visitar a Gilda y pasar por la solitaria y empolvada alcoba de la cual partió Magnolia aquel 21 de febrero, sabía que tampoco podría dormir. Desde cuando el padre Alirio le entregó el manuscrito para que corrigiera el sermón, el que leería el cardenal al siguiente día en la misa contra el secuestro, se enquistó en su mente una mortífera dualidad. Se le estaban facilitando los medios para llevar a efecto sus planes vengadores contra Uribia Morales, el imaginado gestor de la mayoría de todas sus culpas.

Aquella era, quizá, una oportunidad que tal vez no se le volvería a presentar, y en tales circunstancias. Sin embargo, ganaba, cada segundo que pasaba, un irrefrenable ímpetu la inquietud por saber e interpretar las causas de las cosas; las consecuencias; los efectos; el destino, ahora guardado en su herramienta metodológica de trabajo, respecto a su familia. En especial, el devenir de Gilda, el de sus hijos: los que tenía con Adelaida, así como el de su esposa... y, también, de una vez, aclarar lo del error relacionado con los otros tres hijos. Los que supuestamente tendría con Magnolia. Sí, le tocaba esclarecer lo relacionado con el mañana de sus ascendientes y descendientes. Predicción que tan solo alcanzó a otear de soslayo esa tarde en la pantalla del portátil antes de que volviera el padre Alirio con el vino espumoso y la torta para su cumpleaños cuarenta y nueve.

Él no se debía ir con esa perpetua duda. En lo poco que vio respecto a sus hijos, los que tenía con su esposa, existía gran incertidumbre. Cosas como que sí, o como que no eran, o no sucederían. Como si dependiera de algo o de alguien para su realización. Como si existiera la oportunidad de interceder para suavizar, o al menos dilatar lo malo y magnificar o apresurar lo bueno. *Y quién lo va a hacer, a quién le va a importar si mañana, en la misa de once, parto victorioso al lado del (creado) causante de mis tristezas y flaquezas, el culpable de mis culpas...* se dijo a título de insulsa justificación.

Logró conciliar el sueño sobre las 3:48 de la madrugada. Se tomó casi toda la noche para decidir que ese día: 5 de julio de 2007, llegaría temprano a su oficina, transcribiría el manuscrito y le corregiría algunos gazapos, arreglaría una que otra frase, incluiría otras tantas que él sabía que al purpurado le gustaría decir, imprimiría el documento y, luego, empacaría su arsenal en el bolso de mano que usaba los viernes cuando iba con ropa deportiva a trabajar. Bolso en el cual, lo había verificado, cabían las granadas y la dinamita que, decidió, tal vez, haría detonar en cadena.

Consideró, recreó en su mente, que una vez él estuviera a distancia prudente de su objetivo, se inclinaría un poco y, con impavidez, le quitaría el seguro a una de aquellas granadas. Luego, depositaría el bolso en el suelo, lo más próximo posible a Uribia Morales. Se retiraría con disimulo y calma… o buscaría la mano del presidente para saludarlo, instantes antes del estallido, siete segundos después de quitado el seguro. Lo que haría, suponía, que las otras dos granadas y la comprimida pólvora reaccionaran en cadena… y, misión cumplida.

Sin embargo, durante el trayecto entre su casa y la oficina, Olegario Arturo modificó, en parte, su elucubrado plan. El cambio consistía en que una vez llegara a su trabajo, y tras corregir y completar el documento del cardenal, empacaría aquellos artefactos en el bolso y se iría de inmediato con su letal arsenal por entre los sacros pasadizos. Lo dejaría muy cerca de los toneles de vino, tal vez debajo de estos, donde nadie los pudiera detectar, y seguiría hasta el sótano de la Capilla Pureza de María. Una vez allá, revisaría el programa computacional, las respectivas inferencias relacionadas con sus hijos y madre, así como la de sus tres supuestos hijos con Magnolia. Corregiría lo que hubiera necesidad y, dependiendo de lo que entonces se proyectara, dentro del rango de incertidumbre, estadísticamente aceptado, sabría si valía la pena postergar la ejecución de la misión contra el culpable de sus culpas o si, por el contrario, reanudaría el proceso de ejecución para ese día.

Tal y como lo planeó la noche anterior, a las 7:30 de la mañana, del 5 de julio de 2007, tras digitar, corregir e imprimir el documento, sacó la carga letal de su oficina y la dejó estacionada en un oscuro rincón, a un lado de la palanca que hace girar la base dentada en la cual se hospedan los tres viejos toneles de vino que permiten, una vez movidos, el acceso a la capilla anexa a la catedral. Minutos después llegó por entre los secretos y mohosos pasajes hasta el sótano de la capilla. Se sentó frente a la pantalla del portátil. Lo prendió y programó para que reprodujera, en la opción de repetir, la canción interpretada por Daniel Santos: *En el juego de la vida*. Luego, observó con delirio infantil, como, una vez digitado el único e irrepetible código genealógico de cada uno de sus hijos, los suyos con Adelaida, así como el de ella, su esposa, en cada caso el respectivo futuro de estos se recreaba de manera documental, estadística, pictórica y animada. Con un común denominador: que según lo que él hiciera, dijera e indujera en los próximos tres meses, de ello podría depender la senda, correcta o incorrecta, sobre la cual trasegarían sus hijos durante los próximos treinta y tres años. Gestión por demás ardua, compleja y con innumerables obstáculos. Y no necesariamente con el aseguramiento de la fortuna y el logro de los objetivos. Si él hacía lo inferido, podría, muy probable también, lograr lo contrario. Nada estaba asegurado, según la predicción de la herramienta metodológica de trabajo. Existía otro agravante: el contador de datos, con el plazo de los tres meses, exactamente noventa días, comenzó a correr el día anterior, el 4 de julio de 2007, a las cinco de la tarde.

En las inferencias de cada uno de sus hijos, los suyos con Adelaida, estaba claro que el único que podría reencausarles sus destinos era él; quien, además, tenía libre albedrío de hacerlo o no. Pero, si escogía la primera opción, el horizonte de su existencia no triplicaría el plazo que tenía para la reconversión. Si optaba por la segunda, no hacerlo, tendría una prolongada, insana, triste, menesterosa y sufrida existencia... con un desenlace solitario y dramático a manos de indolentes extraños.

Según aquellas inferencias, el destino de su prole, ahora en sus manos, tomara él la opción que tomara, impactaría de manera directa e inexorable, durante los siguientes treinta y tres años, al menos a treinta y tres millones trescientos treinta y tres mil trescientos treinta y tres republicanos, ubicados dentro del tercer anillo de su entorno social, con tríada tendencia espiral en el subcontinente. Olegario Arturo percibió una salobre angustia. Le dolió sentir que la impotencia dominaba su carácter, doblegaba su voluntad y ahincaba su indecisión. Pero, al proyectar el video inferido de su solitario y dramático final, cercano a los noventa y nueve años, la salobre angustia giró con brusquedad hacia el amargo pavor. La maldita máquina aquella infería que tenía tres escasos meses para hacer lo que debió haber hecho durante los anteriores veintisiete, desde cuando nació su primera hija. Sin embargo, por ninguna parte estaba incluida en la herramienta metodológica la forma ni el vínculo que mostrara cómo hacerlo. Todo le indicaba que debía extraerlo de su interior. De su innata naturaleza de persona, de hombre, de padre; de su racionalidad.

Tal vez, si le pido ayuda al padre Alirio..., pensó. Pero, desechó la idea. O lo asumía ahora, sobreponiéndose a su pusilánime posición de desplazar los problemas y las dificultades que cada día le presentaba la vida, o se condenaba a una heredada vejez, por demás complicada, y de la cual no podría escapar. Quizá como le pasó a su abuela materna Alcira.

Frente a tan terrible porvenir, pensó optar por su táctica de fantasear sobre la realidad. La misma que le sirvió, final como dolorosamente, para alejar de su lado a Magnolia. En esa ocasión no tenía a quien engañar, más que a él mismo. «Razón tenía el padre Alirio», reconoció al recordar sus palabras con las que el día anterior le propuso destruir el programa para que se dedicara de lleno al contrato con los salesianos.

En ese momento sintió su presencia. Ahí estaba el anciano sacerdote, tal vez desde hacía rato. Llegó bajo el abrigo del silencio. Lo estaba observando correr el programa de su existencia, sin decirle nada; presto a apoyarlo, a ayudarlo cuando él quisiera; cuando él lo dispusiera o solicitara. Como lo estuvo siempre, y estaría durante el poco tiempo que le quedaba de vida a su sobrino...

Faltaba un cuarto de hora para las diez de la mañana. Olegario Arturo suspendió su labor, apagó el portátil y saludó a su jefe y amigo y, sin saberlo, ¡su tío segundo!

—Buen día, padre Alirio, ya tengo listo el sermón. ¿Quiere revisarlo y llevárselo usted mismo al cardenal?

—Te está esperando en la catedral —le respondió el anciano jesuita.

Sin decirse nada más, emprendieron el recorrido de los casi ochocientos intrincados, oscuros y subterráneos metros de distancia entre aquel sitio y la capilla anexa a la catedral. Distancia que hicieron los dos hombres despacio y en silencio por entre aquellos asfixiantes y proscritos vericuetos republicanos.

Olegario Arturo tenía decidido qué hacer en relación con su misión vengadora contra el presidente Uribia Morales, al menos durante el evento de ese día. Acudiría, como lo previó, y haría justo lo planeado... excepto que no llevaría su arsenal en el bolso, sino sus documentos de identidad. Lo iba a asumir, en esa ocasión, como un entrenamiento, como el primer ensayo. Había postergado la ejecución del presidente Uribia Morales, el presunto responsable de sus rumiadas culpas.

La feroz bestia social, agazapada en su alma Mencino, aún era cachorra y no podía, todavía, valerse por sí sola. Tenía, encontró, diseñó la disculpa perfecta para no hacerlo en esa ocasión... y tal vez nunca.

Al llegar a la bifurcación de los pasadizos, Olegario Arturo haló la palanca y el padre Alirio cruzó en dirección a la capilla anexa, una vez abierto el acceso, tras el giro de los tres toneles.

—Padre, por favor siga —le manifestó Olegario Arturo—, ya lo alcanzo.

Olegario Arturo se dirigió hasta el sitio en el cual guardaba su arsenal. Una vez allí, tomó el bolso de mano, sacó las tres granadas y la dinamita, deslizándolas entre uno de los oscuros socavones. Introdujo en el bolso sus papeles y billetera. Lo cerró y prosiguió con el reverendo, quien lo esperó con paciencia, sin preguntarle la razón del receso, en el tercer escalón dc la acaracolada escalera que conduce a la sacristía.

Al encontrarse de nuevo, el padre Alirio le recordó a su acompañante que no olvidara colocarse el brazalete que le permitiría moverse por toda la sede de la catedral y recintos anexos sin ser molestado por los hombres de seguridad. Estos controlaban cada uno de aquellos sitios mediante circuito cerrado de televisión, sensores electrónicos y radio frecuencias emitidas por las escarapelas y brazaletes oficiales autorizados. Cada uno de estos elementos de control, con un único y definido código de identificación, incorporado en un microchip.

El cardenal los esperaba en su oficina. Recibió de manos de Olegario Arturo el sermón. El purpurado lo leyó y sonrió en señal de aceptación y agradecimiento. Esta vez no le hizo objeciones ni adiciones y lo colocó en la carpeta episcopal; momento que aprovechó el padre Alirio para disculparse por no poder asistir al sacro oficio.

—Excelencia, me esperan en el norte de la ciudad para ultimar los detalles de la corrección y posterior edición de los primeros textos escolares para el subcontinente.

También le dijo que en su reemplazo Olegario Arturo se iba a quedar y a estar pendiente, por si se presentaba algo. El cardenal lo escuchó, muy sereno, y lo autorizó.

Una vez a solas con Olegario Arturo, el cardenal le preguntó:

—Hijo, ¿cómo van las correcciones de las memorias del señor presidente Uribia Morales que le hice llegar la semana pasada?

—Están al día, su excelencia. Cada vez que me llegan, les doy la prioridad y reserva que me encomendó el padre Alirio.

Antes de irse a ataviar para la celebración e indicarle que estuviera disponible y listo para ingresar con él y todos sus colaboradores al certamen, el cardenal le comentó, con socarrona infidencia:

—Uno de estos días lo voy a molestar para que inicie la corrección y el mejoramiento de estilo de las mías... las que vengo escribiendo desde hace unos años. Le pido el favor, eso sí, que guarde la reserva debida. Estas no deben ser conocidas, ni mucho menos publicadas, antes de mi muerte.

—Así será, su excelencia, cuente con ello y, muchas gracias por darme el honor y privilegio de hacerlo.

A la misa asistió el presidente Uribia Morales. Olegario Arturo ocupó, durante el transcurso de la celebración, el sitial propio para laicos cercanos, de gran confianza o muy serviciales para la Iglesia. Estuvo todo el tiempo a escasos veinte metros del responsable de sus culpas. Una vez finalizó el servicio, Uribia Morales se desplazó hasta el humilladero, rodeado por los hombres de su seguridad personal. Hasta ese mismo sitio también se dirigieron el cardenal y su séquito, incluido el penúltimo de los Mencino. En aquel lugar, unos y otros se saludaron y agradecieron de manera mutua y protocolaria

—Dos de los representantes de los cinco ultra poderes nacionales —rumió Olegario Arturo al verlos.

Ahí, ahora, a tan solo escaso metro y medio, se encontraban probables víctima y victimario. Olegario Arturo, como lo decidió horas antes, aprovecharía esa ocasión para practicar y efectuar un simulacro. Para medir tiempos y conocer reacciones; para sondear el terreno… ¡Para no hacerlo! Olegario Arturo concluyó que en ese sitio había muy poca gente para mimetizarse. Ahí estaba expósito, no solo ante las cámaras de la televisión de los diversos medios locales y extranjeros asistentes al evento, sino de las fijas del circuito cerrado de seguridad de la catedral, que en efecto grabaron todos sus movimientos. Esa variable afectaba el segundo objetivo de su fatal proyecto: el reconocimiento del seguro de vida para sus beneficiarios, por consiguiente, el pago de los sesenta y cinco mil dólares. Al quedar grabado, de manera fácil se comprobaría que se habría tratado de un atentado perpetrado por el tomador de las pólizas. Las aseguradoras aplicarían, sin duda y con severidad, la cláusula de exclusión, por suicidio, o por ser causante, artífice o responsable directo de su fallecimiento. O por las dos causales. Entonces, procedió con el simulacro, con la práctica para perfeccionar detalles, tal vez a título de preparación para la siguiente oportunidad. De haberla, quizá.

Cuando el menudo mandatario estuvo próximo a Olegario Arturo, este se agachó con impavidez. Llevaba abierta la cremallera del bolso, en el cual introdujo su mano. Tomó y soltó la billetera y, sin sacar nada, lo dejó en el piso con frío disimulo, tras lo cual se levantó, en el preciso momento cuando el presidente estaba frente a él. Al reconocerlo como el corrector de sus memorias, discursos televisados, decretos y otros escritos; cuatro segundos después de que Olegario Arturo dejara el bolso en el piso; le sonrió y extendió su mano, saludándolo y agradeciéndole por sus servicios. Olegario Arturo calculó que en ese momento estallaría la primera granada. Por el efecto de la adrenalina que invadió su trémulo cuerpo, apretó con fuerza la frágil y tersa extremidad superior presidencial, reteniéndosela por tres o cuatro segundos más. *Por si la reacción en cadena llegara a tardarse*, pensó, a la vez que le respondía:

—¡Siempre a sus gratas órdenes, señor presidente!

En ese momento uno de los escoltas presidenciales tomó a Olegario Arturo del brazo y lo separó del mandatario, mientras un segundo escolta le hizo entrega del bolso con sus pertenencias adentro, diciéndole:

—Señor Corrector, dejó sus papeles y billetera en el piso.

Aquel hombre, integrante del séquito de escoltas, no solo había vigilado con detenimiento cada movimiento del Corrector desde cuando este se acercó al humilladero, sino que diez segundos después de estar el bolso en el piso, lo recogió y, tras pulsarlo y revisarlo con rapidez, borró de su pensamiento la horrenda sospecha de una posible bomba.

El presidente Uribia prosiguió su ronda de estratégicos y electorales saludos antes de dirigirse hacia la entrada principal. Allá, por espacio de siete minutos, atendió la multitud agolpada en el atrio, sobre el costado derecho, que lo vitoreaba y se apretujaba con subcontinental delirio. Anónimas personas que buscaban, así fuera por enésimas de segundos, el mágico tacto presidencial, sin importarles que los fornidos hombres de seguridad las jalonearan y estrujaran apenas lograban rozarlo. El séquito de la escolta trabajaba con nerviosismo y desconfianza debido a la alarma interna desatada por la inusual actitud del Corrector. La cual despertó y ahincó de forma instintiva la neurolingüística reacción de defensa de aquellos hombres formados para disparar y matar sin discreción, y, llegado el caso, morir por… la causa, como lo aprendieron en sus respectivas escuelas de formación castrense.

El grito del recuerdo

Hacia la 1:20 de la tarde Olegario Arturo entró y almorzó en el Restaurante Andante Ma Non Troppo. Establecimiento este que, desde mediados del 2001, no solo cambió de propietario y razón social, sino que modernizó, tal vez para mayor eficacia mercantil, tanto la añeja y romántica mueblería, como el acabado y emblemático decorado de las paredes de la tradicional y popular Barra Santafereña. De aquel viejo y capitalino rincón, fuera del local, solo quedaba, aunque cepillada, restaurada, lacada y reforzada con ferrosos ornamentos, la hermosa y fina escalera central elaborada con cedro amarillo. Aquel lugar era ahora frecuentado por comensales de diferentes raleas a las que Olegario Arturo solía ver antes, y con las que se sentía social y económicamente más familiar.

Hasta allí lo llevaron, de forma tal vez inconsciente, sus cansados pasos luego de la misa. Entró y ordenó el plato del día ofrecido en la elegante carta, pese al recóndito disgusto que le causó el cambio y precio del almuerzo ejecutivo, por el triple de lo que tenía presupuestado. En aquel restaurante, antes de ser reformado y elevados de categoría, y de costes sus menús ejecutivos, había conocido a Magnolia.

Llegó hasta el restaurante después de salir tras el presidente al finalizar la misa. Caminó por el costado oriental de la carrera Central, de sur a norte, desde el atrio de la catedral hasta el Parque Santandereano, por entre una multitud estridente y vestida de blanco que instaba hacerse sentir con pitos y arengas contra el secuestro. Los manifestantes también gritaban, a favor unos y en contra otros, tanto del acuerdo humanitario que permitiría la liberación negociada y no armada de los secuestrados por la guerrilla, como del presidente Uribia Morales y sus controversiales políticas gubernamentales.

Ni entre la anónima, emotiva y socialmente fragmentada muchedumbre, como tampoco en el ahora suntuoso y en ese momento poco concurrido restaurante, Olegario Arturo halló vestigio alguno de su desaparecida amada. Solo encontró, a su alrededor, el silente, doloroso y fatal grito de su recuerdo, el cual instó nublar su afligido corazón y atribulada mente, apartándolo por un momento de sus no compartidos planes de venganza contra el culpable de sus pecados.

Con adolescente justificación le reiteró a su pensamiento que, dentro de la catedral, aunque era factible realizar la *vendetta*, era inviable por la afectación negativa en cuanto al segundo objetivo perseguido: los sesenta y cinco mil dólares de su seguro de vida. Entonces, decidió que, si se le presentaba la oportunidad de ejecutar primero a Uribia Morales, sin que él, Olegario Arturo, muriera en el evento, así lo haría.

También, ya se había decidido por la primera opción que le proyectó su herramienta metodológica. Por el reencauzamiento de sus hijos dentro de los siguientes ochenta y nueve días, y en contraprestación por su partida casi inminente, en un lapso que no triplicaría el plazo que tenía para la reconversión.

Opción esta más generosa que la otra que le pronosticaba su herramienta metodológica computacional de trabajo, la cual le implicaba la temible y precaria longevidad... *Hasta los noventa y nueve años*, le generó escalofrío el solo pensarlo.

En cuanto a la ejecución de su venganza encarnada en la persona de Uribia Morales, el responsable de sus errores, como lo asumió, concluyó que tenía que encontrar otro escenario, desde luego sin descartar el de la catedral, que ofreciera mayor factibilidad operativa y total viabilidad en cuanto al cobro de su seguro de vida por parte de sus beneficiarios.

Almorzó y salió del pasaje comercial en el cual estaba ubicado el restaurante, por el costado que lleva a la carrera Quinta, media cuadra abajo del Ministerio de la Vigilancia Pública (MINVP), frente al Hotel Regina.

En ese momento el alboroto de los sociales reclamos contra el secuestro y sus máximos perpetradores: la insurgencia, comenzaban a apaciguarse y empezaban a enfriarse y disiparse en el deleznable recuerdo colectivo. El histórico centro de la ciudad volvía a su vacía cotidianidad e individual insolidaridad, acariciada por la frialdad de las primeras brisas del julio capitalino que invitaban a elevar frágiles cometas con recónditos sueños e incumplidas promesas.

Viento que por ahora revolcaba por su cuenta, de andén a andén, en orgía de inútiles lamentos, no solo las pisoteadas, tiradas, caídas y abandonadas banderitas; unas del país, las otras de color blanco como íconos de paz; sino aquella vorágine de confetis que unos cuantos minutos antes, con incoada soberbia y emoción pasajera, fueron lanzados desde las oficinas del Banco Central y el edificio de *El Periódico*, para ese entonces sede de una programadora de televisión de la misma casa editorial, engalanado para la ocasión con otros símbolos de la paz y la convivencia fraternal de los connacionales.

Igual paisaje y efímera acción sociopolítica afectaba a casi todos los otros edificios altos sembrados al lado y lado de las carreras Quinta, Séptima, Sexta, Octava, Novena y Décima, y sus respectivas calles de interceptación.

Olegario Arturo, agobiado por las fuerzas de sus debilidades; que como letal veneno corrían por sus venas hasta infectar de inconfeso rencor su alma; decidió bajar hasta la Plazoleta Rosarina y tomar luego por la carrera Sexta hasta la entrada principal de la editorial.

Al llegar a su oficina recordó que debía recoger, antes del regreso del padre Alirio, las tres granadas y la dinamita que dejó en el oscuro socavón. Fue y lo hizo. Al volver con su arsenal lo depositó en su original y discreto sitio.

Tenía duda, o tal vez desasosiego, para ir hasta el sótano y continuar el trabajo con su herramienta metodológica... Pero, de nuevo, un feroz, inhumano e incontrolado impulso lo arrastró por entre los pasadizos, de tal forma que a las 2:48 de la tarde tenía prendido el portátil, con el programa aquel en plena ejecución.

Estaba dispuesto a escudriñar, a partir del respectivo código genealógico, las inferencias correspondientes a cada uno de sus hijos, los suyos con Adelaida. *Si voy a iniciar la reconvención de sus vidas, debo llenarme de argumentos sólidos para actuar en cada caso*, se justificó.

Consideraba que para hacerlo con cada hijo requería de argumentos diferentes. Sin embargo, y según lo proyectado por su herramienta metodológica, y a pesar de ser códigos únicos e irrepetibles para cada descendiente, por lo tanto, inferencias diferentes; en el caso de sus tres hijos, los suyos con Adelaida; por coincidencia, probabilísticamente verificado, probado; eran simétricas e idénticas a partir del momento cuando ellos cumplieran veintisiete, veinticinco y veintitrés años.

En septiembre y octubre del 2007, y en enero del 2008, sus hijos, los que tenía con Adelaida, enfrentarían una serie de fatalidades, desgracias, vicisitudes, calamidades, pobreza e infortunios, a no ser que él, desde ese momento y durante los próximos ochenta y nueve días; ya había perdido uno y casi dos con ese; hiciera lo conveniente para torcer o enderezar, quizá, la senda de sus destinos.

Aquella tarde, tras confirmar los datos ingresados al sistema y corregir algunos pocos errores en cuanto a fechas; las que verificó contra documentos y apuntes tomados durante las charlas con Gilda; Olegario Arturo confirmó que la fatal coincidencia seguía inalterada. La herramienta seguía mostrando la igualdad matemática, conceptual y cualitativa. Con la dualidad hacia el futuro de que parte de la posible solución y corrección del destino trágico de sus ascendientes y descendientes, y de sus allegados hasta el tercer nivel social de influencia, dependía, ahora, de la eficacia de su gestión paterna. Si acaso él estaba dispuesto a llevarla a término.

El padre Alirio se hizo presente en el sótano sobre las cinco de la tarde, sin decirle nada. Lo dejó trabajar sin interrumpirlo. Solo quiso que este supiera que estaba ahí, por si lo llegaba a necesitar. El religioso se ubicó en un cómodo y antiquísimo sillón, y continuó la lectura de los libros viejos, en latín, todos relacionados con el irrefrenable e incorregible dual comportamiento y ambiguos pensamientos del ser humano, con independencia del tiempo y del lugar en donde este hubiese actuado, o fuese a hacerlo. De vez en cuando el sacerdote oteaba de soslayo a su sobrino nieto. Olegario Arturo, al notar la presencia del sacerdote, siguió embebido en su trabajo, mientras escuchaba en el reproductor del portátil su música preferida interpretada por Darío Gómez, María Dolores Pradera, Amalia Mendoza, el Charrito Negro, Carlos Gardel y, desde luego, Daniel Santos. Una vez terminó el pico y placa vehicular capitalino, a las siete de la noche, Olegario Arturo apagó el portátil y se dispuso a salir.

—Padre Alirio —le manifestó—, le agradezco por el encargo que me hizo. Este me permitió asistir a la misa con el cardenal.

—Olegario Arturo —le comunicó el religioso—, de ahora en adelante el cardenal dispuso que usted le siga corrigiendo sus sermones y escritos, además del otro encargo que le confió.

—Usted sabe, padre Alirio, que lo haré con gusto y eficacia.

—Sí, de ahora en adelante —le aseveró el padre Alirio—, le tocará asistir a muchas de esas privilegiadas misas con personajes de la vida pública nacional.

Olegario Arturo salió temprano para alcanzar a visitar a Gilda, en La Fraguita, y pasar luego por la abandonada pieza en el barrio Gaitán. Quería saber, como todas las noches desde finales de febrero, si alguien tenía noticias de Magnolia. Después se regresaría en su Fiat UNO, modelo 1997, hacia el sur por la avenida Circunvalar de Occidente (ACO) hasta la calle 63. De allí cogería hacia occidente hasta el barrio Bosque Popular donde quedaba la casa que habitaba con su esposa y sus tres hijos.

Decidió comenzar esa misma noche el diálogo con ellos. Estaba dispuesto, entonces, a retomar el papel que diez años atrás casi que abandona por completo. En esa oportunidad se amparó, se auto justificó, por la difícil y complicada actitud de Adelaida, en especial, por ese inexplicable espíritu de contradicción que la caracterizaba y con el cual lo doblegaba. Sobre todo, cuando de reprender, corregir, orientar o aconsejar a sus hijos se trataba. O, por lo menos, esa fue la excusa que le dio a su conciencia para no hacerlo, para eludir aquella realidad que laceraba su espíritu y, por ende, para dedicarse, casi que, en exclusiva, a su trabajo, a Gilda, y, desde luego, para distraer tiempo, *mucho tiempo, ¡demasiado tiempo!*, lo reconoció, para refugiarse entre los ardientes y pródigos brazos de Magnolia.

Sus hijos ya no eran adolescentes. Estaban imbuidos en la inoculada y letal filosofía nacional de la desesperanza, el descomedimiento, la irreverencia y los resultados fáciles. Podría decirse que tenían definidas sus vidas a su acomodo, a su mediático y alienado, pero constitucional, libre albedrío. Se proyectaban, y por largo tiempo, para seguir dependiendo de aquel hogar en cuanto a su subsistencia, de las menguadas finanzas paternas, con el pretexto de: «No les solicité a ustedes que me trajeran a este mundo de lágrimas», frase disuasiva y evasiva de cada uno de ellos. Ninguno tenía la más mínima intención de aportar algo a cambio y, por supuesto, tampoco permitían que se les exigiera o hiciera efectiva alguna responsabilidad o regla de hogar. Posturas apalancadas, con tenacidad y desde niños, por Adelaida. Ella los respaldó, alcahueteó y ahincó para que fueran de esa forma… para que desde antes de los dieciocho años: «disfruten de los fines de semana, de la vida, a plenitud», le enrostraba a su esposo cuando algo al respecto le decía. «Para eso es la juventud», sostenía.

Y hasta la Constitución y la ley los amparaba. *Típica gobernanza subcontinental*, pensaba Olegario

Arturo. A pesar de ello, y de lo tarde, lo reconocía, Olegario Arturo echó a rodar su decisión de hablarles, de llegarles a sus hijos, pasara lo que pasara; lograra o no sus objetivos. Lo hizo fundamentado, no necesariamente, en la imagen paterna. La carencia de ese referente era la que, casi que, en forma inconsciente, marcaba su débil, deleznable y permisiva aptitud paterna. Competencia que hasta entonces también les inoculó a sus hijos. Para contrarrestar tal falencia tomó, entonces, de forma inconsciente, otros tres referentes: el de Gilda, su madre. Ella, con su esfuerzo, carencias, soledad y sufrimientos logró lo que logró, hizo lo que hizo. En especial con él y sus dos hermanas. Tomó, también, el ejemplo del padre Alirio. Él, por más de quince años se convirtió, en secreto, sin confesárselo a nadie, en su guía, en su apoyo. «Hasta parecemos ser de la misma familia», solía decírselo. Este hombre de sotana no necesitaba de muchas palabras, ni siquiera de imponer su voluntad para que Olegario Arturo, o cualquiera de sus dependientes, supieran en seguida qué hacer o no. También esgrimió como férreo referente conceptual su experiencia, conocimiento, innumerables fracasos y pocos éxitos y, en particular, las enseñanzas que le prodigaron las lecturas sobre literatura universal, cosechadas desde joven en la Biblioteca Nacional.

Recordó con reprimido rencor social y lastre emocional que nunca tuvo la más mínima oportunidad de ahorrar, «ni siquiera para la cuota inicial de una casa». Siempre vivió al día, y en los últimos seis, desde la llegada del doctor Uribia Morales al poder, sobrevivió con onerosos créditos comerciales y bancarios. Antes de llegar a la puerta del garaje de su casa en el populoso barrio en el cual vivía desde hacía veinte años, tenía la solución para comunicarse con sus hijos. Estructuró una sólida argumentación para emprender su objetivo, fundada en principios tan sencillos como efectivos cuando de solidificar las pautas de conducta para los hijos se trata, independientemente de las edades de estos. Decidió acudir a una precursora y amorosa sonrisa, gestora de un tranquilo, pausado y diálogo continuo. *"Acción de oír y decir, de forma alternada, las ideas y los afectos de las partes"*, recordó haber leído esa frase alguna vez. No precisaba en qué parte.

Lo haría sin imposiciones, sin recriminaciones ni cuestionamientos. Tampoco con indiligencia o alcahuetería. Quería que una vez se concluyera o se pausara la conversación con sus hijos, brillara la esperanza, hubiera una razón de cambio favorable, un valor agregado en el ambiente conceptual y de comportamiento de aquellos, por pequeño o remoto que este pareciera. ¡Y así lo hizo! Les demostró y enseñó a sus tres hijos lo maravilloso, complejo y necesario que son, así como lo que significan, valen y sirven para el ser humano, el verdadero amor, el cariño, en especial: «el respeto por sí mismo y, en consecuencia, para con los demás», les inculcó.

Les mostró lo importante que es para la vida de cada persona el aprender a oír y a escuchar, y a decir lo que se siente y lo que le afecta a cada cual. Así como el tolerar, saber pedir, saber dar, siempre agradecer y, sobre todo, la solidaridad que conlleva a compartir con equilibrio, no solo la carencia, sino la abundancia. Esta fue la estrategia que usó Olegario Arturo con sus hijos, los suyos con Adelaida. Y aunque el plazo era perentorio, emprendió aquella familiar industria con calma, prudencia y certeza desde esa noche, y con cada uno de sus hijos.

Los Mencino Durán, bajo un manto, al comienzo, de escepticismo, después de sorpresa y, al final de agradecimiento y respaldo, se fueron acercando cada vez más a su viejo. Hasta lo involucraron, en particular dos de ellos, para que los acompañara, por aparte, a conciertos de sus artistas predilectos; a la discoteca con sus amigos; a otros tantos eventos similares, no siempre del gusto, predilección y agrado de Olegario Arturo. Pero, a los que fue sin reparos. Por el contrario, con gratitud hacia ellos al permitirle acompañarlos y estar a su lado, aunque fuera a la vera de sus complejas vidas.

El objetivo de los Mencino Durán era muy simple: «Que el cucho conozca nuestro mundo, para que entienda un poco sobre nuestro libre albedrío». ¡Y los guiara!, ya que lo necesitaban a gritos, aunque les era difícil reconocer tal penuria. Mucho más pedirla.

En esos escasos tres meses Olegario Arturo se convirtió en un valioso apoyo para uno de sus hijos en materia de orientación académica y profesional. Encontró siempre en algunos de sus autores preferidos un relato, una situación propia o ajustada a lo que aquel requería. El acercamiento a sus hijos le sirvió, incluso, para recibir, sin sobresalto ni manifiestas sorpresas o desagrado, menos aspavientos, aunque lo intuía, la confidencia de otro de ellos en relación con su abierta sensibilidad sexual.

—Papá, ¡desinhibida, moderna, variada! —así la calificó su descendiente al compartírsela y descargar en su padre el peso de su secreto.

Aquel fantasma, en Olegario Arturo, también estaba latente y represado en lo más recóndito de su ser, y nunca le permitió exteriorizarse, mucho menos lo compartió con nadie. Ante esta confesión, Olegario Arturo, antes que reprimir, avergonzar, estigmatizar; tampoco con ánimo de afianzar, magnificar ni enaltecer tal inclinación sexual; le manifestó que ello hacía parte de su libre expresión y desarrollo de su inalienable personalidad.

—Recuerda que se trata de tu vida privada, de la cual eres responsable —precisó Olegario Arturo—. Debes tener en cuenta que al ser una inclinación *sui géneris*, tal autónoma conducta es condenada, atacada y perseguida, por lo general descomedida y arbitrariamente, pese a ser constitucional y legalmente aceptada —le recomendó—. Por lo tanto, debes tener muy claro, y estar siempre alerta, ya que, sabiéndose de ello, tendrás que entender, a veces esquivar, y en muchas enfrentar de manera legal, a los que continua e inexorablemente van a generarte y propiciarte situaciones complejas, comprometedoras, ignominiosas y riesgosas.

La propia Adelaida, tras dos semanas de inútiles ataques al extraño y raro compartimiento de su esposo con sus hijos, *y hasta lo comenzaron a escuchar y a respetar*, se decía, observó durante esos casi tres meses cómo aquella estrategia lograba en los muchachos, pequeños pero dicientes avances en sus formas de ser, comportarse y hasta tratarlos a ellos dos. Ella siempre lo quiso así. Siempre anheló que sus hijos fueran y se comportaran de la forma como tímidamente ahora lo empezaban a hacer. Sin embargo, su contradictorio espíritu se impuso a su voluntad materna y terminó, en todas las anteriores ocasiones que Olegario Arturo intentó conducirlos por esa misma senda, anteponiéndose con locuacidad y agresividad. Actitudes avivadas y enardecidas por la poca y casi nula, además de inútil, resistencia de Olegario Arturo. Sobre todo, en los últimos años, desde cuando dejó, incluso, de insinuar palabra alguna.

—Como si no le importara en absoluto su hogar, su esposa, ni mucho menos sus hijos —Adelaida solía quejarse de manera justificativa y reiterada. Al parecer, sentir y decir de Adelaida, a su esposo solo le preocupaban tres cosas—. Vive solo para su trabajo en la editorial, donde le pagan un sueldo miserable —sostenía y además le gritaba a menudo—. ¿Cómo le van a alcanzar esas migajas para mantener dos hogares? —se refería, además del suyo, al de Gilda. Aunque siempre intuyó, sin poderlo explicar ni haberlo comprobado, una segunda mujer en la vida de su marido.

La segunda preocupación de Olegario Arturo, según Adelaida, era su carro: el Fiat UNO PIU, modelo 1997.

—Ese chéchere que cada día está más viejo… y no hace otra cosa más que pedir repuestos y gasolina.

La tercera, y última preocupación de su esposo, murmuraba Adelaida, era la salud y situación de Gilda. Su nunca y menos aún aceptada ni querida suegra.

Sin perfil ni agallas

Aunque Olegario Arturo nunca firmó el contrato para la corrección de los textos escolares de los salesianos, el padre Alirio se las ingenió para que trabajara de manera indirecta, y bastante, en ese proyecto. Desde luego, sin abandonar las otras actividades laborales. En consecuencia, se le mejoró, de forma significativa, el ingreso, además de mantenerlo muy ocupado. Adicional al trabajo en la editorial, las extras presidenciales, con memorias incluidas, las del Congreso, las de la alcaldía capital, las memorias y sermones del cardenal y, desde luego, los cinco textos salesianos, también estaban las labores relacionadas con las predicciones de la herramienta metodológica de trabajo, así como lo pertinente al encausamiento de sus hijos, los suyos con Adelaida. Cúmulo de trabajo que lo obligó a llegar a su oficina, durante esos casi tres meses, antes de las seis de la mañana, así como a laborar desde esa hora hasta cerca de las cuatro de la tarde cuando los dos hombres, tras almorzar con el enfriado domicilio servido desde la una, cruzaban los pasadizos hasta el secreto sótano de la Capilla Pureza de María.

Allá, por espacio de tres y a veces cuatro horas, Olegario Arturo trabajaba en su herramienta metodológica, mientras su guía espiritual lo observaba desde el cómodo y viejo sillón donde hacía sus clásicas lecturas, sin abandonarlo en ningún momento. Aquel presbítero sabía que en cualquier instante tendría que intervenir.

Por tal cantidad de trabajo, Olegario Arturo postergó su acción vengativa contra el responsable de sus culpas. Acumulación procurada de manera intencionada por el padre Alirio para intentar aislarlo del proyecto con el que aquel otro Mencino pretendía desentrañar y contrarrestar la maldición del tres.

Postergación de venganza, también, quizá, debido a las infaltables visitas diarias a su madre en La Fraguita, después de las siete de la noche, y posterior, fugaz y doloroso paso por la solitaria, empolvada y oscura alcoba en el barrio Gaitán. Allá, el vacío, la ausencia de Magnolia, le causaba cada noche mayor tormento y frío de olvido. Olegario Arturo postergó, al menos mientras duraron sus actividades y diálogos con sus hijos, su intencionalidad letal contra el culpable de sus pecados, el doctor Uribia Morales. Aletargó su quimerino plan, pese a haber tenido inmejorables y reiteradas oportunidades para ejecutarlo de forma más que certera, y sin testigos.

El cardenal le solicitó a Olegario Arturo que redactara, en adelante, todos sus sermones, y que lo acompañara a las respectivas liturgias. Una de ellas, el funeral de Estado que el 13 de julio de 2007, a las once de la mañana, se le ofrendó al expresidente Alfonsino Lopera Michelén. O a la de acción de gracias, aquel nacional atardecer del 20 de julio de ese mismo año. Así como a otras tantas homilías de patriótica trascendencia.

Actividades eucarísticas todas realizadas, desde luego, en la Catedral Primada. Ahí, a menos de veinte metros de distancia, aquel atormentado hombre veló, con reprimido rencor, a su potencial víctima: al presidente Uribia Morales, mientras rumiaba y regurgitaba sus tristezas, penas, frustraciones y odios, propios y ajenos.

Olegario Arturo también tuvo a su merced al mandatario en varias ocasiones cuando fue hasta la Casa de Gobierno, al propio despacho presidencial, a recibirle instrucciones directas, y a entregarle los avances de los borradores corregidos de sus memorias, así como discursos radiotelevisados. Oportunidades, casi en todas, cuando por espacios de hasta veinte minutos estuvieron a solas. Solos los dos. Potenciales víctima y agresor tan cerca el uno del otro.

El irresoluto eventual victimario priorizó la actividad de reorientar a sus hijos. Por ello dejó la acción reivindicatoria contra el responsable de sus faltas en un segundo plano... o, mejor sería decir: la esquivó, como era costumbre en él, copiando tantas veces la nacional conducta elusiva. Desplazó esa intención por esta otra que le justificaba dejar de hacer aquella por ahora, tal vez para más tarde, para cuando se dieran todas las circunstancias que garantizaran la ejecución, sin fallar... O, quizá, para nunca hacerla, como desde el principio lo consideró. Como desde siempre lo tuvo decidido. Él sabía que carecía del perfil, así como de las agallas, para perpetrar tal vindicación... pese a tener los suficientes creados motivos.

Alirio Cifuentes

El padre Alirio Cifuentes se propuso desde el 4 de julio anterior no volver a interactuar ni a correr el programa. Ni siquiera quería enterarse de los vaticinios que pudiera hacer la herramienta computarizada, y por ellos dos diseñada, construida y alimentada. Tenía la certeza de que, en su esbozo, construcción, en los datos ingresados, y, por ende, en sus predicciones o "inferencias", como las llamaba Olegario Arturo, el sesgo humano siempre estuvo presente. Además, sabía que las fuentes y datos usados eran incompletos, como para hacer más confiables los pronósticos y darles plena credibilidad... ¡Tal vez!

Desde luego que el presbítero tenía otros, inconfesos, argumentos para considerarlo de tal forma. Por él hubiera destruido todo, junto con los antecedentes, después de lo de Alcira Mencino Arellano. Con mayor razón, al otear lo que el programa arrojó cuando lo hizo correr a la siga de la pertinente inferencia, no solo con el código genealógico de su compañero y cómplice, antes de que este llegara a celebrar su cumpleaños cuarenta y nueve, sino con el suyo, con el propio, así como con el de otras personas durante el lapso que duró el duelo de Olegario Arturo, tras la muerte de La Gardela.

Por lo que allí leyó, vio y escuchó, el sacerdote dejó varios días sin ir al escondido y prohibido sótano. Él, durante la ausencia de su discípulo y amigo, sacó y usó información de allá; de lo más privado, de la intimidad de su estridente secreto, y con ello alimentó las bases de datos del programa aquel... Y, ahí, en la pantalla del portátil, se mostraron, con escalofriante nitidez, algunas proyecciones de su fatal inherencia, así como del país.

Sin embargo, el anciano sacerdote, por lealtad hacia su colaborador y cómplice en aquella peligrosa pilatuna, decidió permitirle, por un tiempo, que le diera rienda suelta a su fantasía de explicarse metodológicamente las causas de sus tristezas y falencias. Para que intentara entender el sino trágico, suyo, de sus descendientes y coterráneos ubicados hasta el tercer anillo del entorno Mencino, a partir de la compilada y documentada historia de sus ascendientes.

El jesuita guardaba la inútil esperanza de que una vez Olegario Arturo lo hiciera... de que una vez hubiera encontrado las respuestas a sus inseguridades humanas, a sus no aceptadas condiciones sociales y familiares; de que una vez encontrados y castigados, en su mente, en la cárcel de sus rencorosos pensamientos, a los culpables de sus yerros; quizá volviera a la cordura y se dedicara, de lleno, al trabajo que hacía como ningún otro hombre que él conociera: la prodigiosa productividad inherente al oficio de corrección de estilo y redacción de prosa que tanto prestigio le otorgó, no tanto a Olegario Arturo, sino a él: al padre Alirio Cifuentes, quien era, además de un gran filósofo, un excelente y oportunista gerente en esas lides. Al fin y al cabo, por sus venas también corría la sangre de Bernardo Mencino.

El padre Alirio Cifuentes, a su llegada a la editorial, le descubrió a Olegario Arturo su talento para revisar, corregir y redactar, con gran facilidad y efectividad, todo tipo de escritos. Supo, de inmediato, que había encontrado un diamante en bruto que no debía, por nada del mundo, perder, ni mucho menos tallar ni subastar en el mercantilista, sucio y absurdo mundo de las letras y las empresas editoriales; como para entonces él consideraba el trabajar con tales artes, bajo las comerciales condiciones imperantes.

Él quería, o tal vez necesitaba, conservar esa gema en su estado montaraz, y de esa forma, aquella familiar capacidad, inédita para el mundo, seguiría iluminando las sombras de su recluida existencia religiosa. Eclesiástica profesión que constituyó su vocación filosófica desde joven descubierta y disfrutada hasta cuando cumplió los cuarenta años. Sacramental proyecto de vida alterado y afectado por su también inexorable inclinación literaria, heredada, tal vez, por vena Mencino... Secundaria vocación, la literatura universal, que lo relegó en el primer peldaño de la jerarquía y el poder eclesiásticos. El padre Alirio Cifuentes nunca pudo escalar en la «por demás escabrosa, compleja, poderosa y próspera, como excluyente, multinacional católica», como solía comentar al referirse a la congregación de la que él hacía parte y a la que le dedicó toda su vida. Este 'bendito' quehacer, la religión —lo consideraba también el sacerdote, sin confesarlo de manera abierta— al relacionarse en lo fundamental con la mercancía más sencilla, explotable, económica, maleable, rentable y frágil: la fe, es incompatible con la literatura.

Según su muda concepción: El verdadero oficio literario implica que el individuo que a este se dedique, además de gozar de plena independencia mental para contar la historia de la humanidad, tal cual es, sin manipulación política, económica o religiosa, debe tener la facultad para imaginar, crear y cuestionar con libertad.

El padre Alirio creía, y así se lo dijo algún día a Olegario Arturo:

—El escritor, al describir el paisaje de su realidad, así lo haga con el sutil pincel de la ficción, debe garantizar que llegue a la retina del lector con fidedigna nitidez. El escritor libre tiene que ser un escéptico y un contestatario social; un ser sensible, sincero y honesto consigo mismo y con los demás. De lo contrario, tan solo será un agente útil del sistema dominante al que le servirá; al que se venderá por unas cuantas monedas de fútil y turbio éxito comercial. Contrario al quehacer literario, tal macana y sus respectivos mercaderes —se refería el padre Alirio a la fe religiosa y al clero, respectivamente— se apalancan con el escaso y casi nulo conocimiento técnico y científico que sobre todas las cosas suelen tener, o se les permite tener, o se les suministra, a las gigantescas, desposeídas, sometidas, crédulas, somnolientas y dóciles masas sociales subcontinentales y tropicales donde impera y se proyecta, bajo tales condiciones, y por muchos siglos, este lucrativo y excluyente negocio.

Consideraba el padre Alirio, y algún día también se lo compartió a Olegario Arturo:

—Por tal razón, la persona que se dedique al no vendido oficio de las letras, con mayor razón si hace parte del clero, suele ubicarse, o es compelido a hacerlo, con el paso del tiempo, en un corredor distinto, antagónico, al que lleva al poder. Tal y como le sucedió a este servidor de Dios, por su fatal debilidad: ser un amante de las letras.

Así pensaba y sentía, esa era la concepción que al respecto movía al muy capitalino y religioso septuagenario hombre… Primero y por siempre ignoto nieto de Bernardo Mencino, mayor tres meses de Gilda. El padre Alirio Cifuentes era hijo de la verdadera, y por supuesto también desconocida, primogénita de Bernardo, nacida un año antes de Alcira; es decir: en marzo de 1917, allá, en El Aserrío. Ese sitio era, para esas calendas de la segunda década del siglo XX, un hospicio administrado por monjas. Allá recibían a las señoritas que por aquellas circunstancias de la vida resultaban embarazadas.

Allá, en ese entonces, "las caídas en desgracia", como eran llamadas las jóvenes de la sociedad capitalina que llegaran a incurrir en tal situación humana, pasaban su grávida temporada hasta dar a luz. Luego, desembarazadas, volvían sin nada, sin problema, sin mancha alguna, inmaculadas, al hogar, para proseguir sus vidas sociales, de alta alcurnia. Por su parte, las monjas entregaban en adopción a los neonatos, a las más que comprobadas familias católicas que por cualquier razón Dios no les hubiera bendecido con esa biológica posibilidad.

Para el 2007, aquel establecimiento tenía signada la nomenclatura correspondiente a la calle Once sur con carrera Octava. Era administrado por la misma congregación de religiosas, muy próspera para entonces. Pero, ya solo operaba como albergue y residencia para señoritas que llegaban a la capital en busca de empleo o estudio, recomendadas por algún párroco municipal, por lo general de algún pueblo del departamento Central.

Hasta El Aserrío llegó Azucena de las Casas, la abuela materna del padre Alirio Cifuentes, a finales de 1916. Fue llevada en secreto por una de sus tías. Nadie más de su entorno familiar quiso saber al respecto, después de conocerse la génesis de su vergonzoso e inaceptable embarazo.

La rebelde joven, en contradicción con las ortodoxas reglas hogareñas, accedió a viajar con su primo, a sus quince años, hasta una hacienda en un municipio del centro-occidente departamental: a La Guasimalera, en Oroguaní. En esa paradisiaca y ubérrima finca, ese fin de semana, estuvo muy a gusto y bien atendida por el joven, rico, consentido, bien hablado, de finos modales y esbelto: ¡Bernardo Mencino! Delfín quien no dudó en retribuirle sus delicados y núbiles favores con dos morrocotas de oro, adicionales a la tarifa establecida por su primo, el proxeneta, la oveja negra, el descarriado de su familia. Este se dedicaba a proveer servicios sexuales a todos aquellos que estuvieran dispuestos a pagar las altas tarifas que cobraba para poder disfrutar de su variado y bello portafolio de niñas y jóvenes mujeres.

La recién nacida y futura madre de Alirio corrió con la suerte de ser adoptada por una muy piadosa y medianamente acomodada familia capitalina: los Mancera Acosta. Ellos cuidaron y criaron a la criatura con las comodidades propias de su nivel socioeconómico, hasta cuando, en 1933, esta, la primera hija de Bernardo Mencino, se casó con el abogado Cifuentes. Con él tuvo, muy joven, un solo hijo: el ahora padre Alirio, quien a su vez fue educado como su madre, bajo dos dogmas nacionales: conservadurismo y religiosidad. Fue así como Alirio cultivó, sobre todo por injerencia materna y genes Mencino, el gusto por las letras y la filosofía. Esta última disciplina lo guio y llevó a su vocación sacerdotal.

A los catorce años; dos años después de morir sus dos padres en una incursión de la delincuencia común en su casa ubicada en el barrio Santa Bibiana, muy cerca de la Editorial La Moderna; Alirio le comunicó a su albacea, un padre jesuita, que él había escuchado el llamado de Cristo.

Respecto a la muerte de los padres del reverendo Alirio Cifuentes la prensa amarillista, la de entonces, publicó que ese doble asesinato fue un ajuste de cuentas por la mala repartición de una herencia. Pleito en el que, como en otros tantos, el doctor Cifuentes era abogado de una de las partes; por mera casualidad, de la que pese a tenerlo legal y todo a su favor, terminó sin nada; muy por el contrario de lo que sacó, con lo que se quedó el afamado abogado.

Desde muy joven, antes de tomar la decisión de hacerse sacerdote, el joven Alirio escuchó de boca de compañeros de colegio, y de uno que otro entrometido e imprudente vecino, que la esposa del doctor Cifuentes, es decir, su madre, era «hija de El Aserrío». Versión que también solía aparecer en la prensa amarillista que, además, le endilgaba a su padre, no comprobados, judicialmente, desde luego, indelicados trabajos con sus representados y apoderados en pleitos civiles y comerciales, en especial cuando de jugosas herencias se trataba.

Muchos años después de haber sido ordenado sacerdote, al padre Alirio le encomendaron la iglesia de la parroquia de San Javier, al sur de la ciudad. También, por mera casualidad, la que tenía, en esa época, jurisdicción episcopal sobre el albergue femenino de la calle Once sur con carrera Octava. Tras unos sondeos preliminares, Alirio Cifuentes descubrió que, a ese establecimiento, hasta los años cincuenta, se le conocía y era llamado: El Aserrío. El mismo apelativo despectivo con el que sus compañeros se burlaban de él y la prensa amarillista sacaba caricaturas y hasta insultantes titulares vespertinos inherentes a sus padres. Con esa facilidad y cercanía procedió a investigar con disimulo y mayor detenimiento, hasta hallar en empolvados, muy reservados y roídos archivos, los nombres de sus abuelos: los Mancera Acosta y, desde luego, el acta de adopción de su madre, así como la correlación y contacto con la familia de Azucena de las Casas y su tía. Al consultarla, la anciana tía de Azucena aún recordaba ignominiosos fragmentos de esa historia familiar, intentada más nunca posible de olvidar.

De ahí en adelante le fue mucho más fácil, gracias a su investidura clerical, investigar, enterarse y establecer su descendencia y correspondencia con Bernardo Mencino: El Depredador del centro-occidente del departamento Central de aquella subcontinental nación. Así como encajar en la matriz cabalística con el código: 1.2.01.3.1.1.

Cuando fue nombrado, a finales de los 80, editor de La Moderna, y al encontrarse con aquel fiel, introvertido y complejo, pero juicioso, productivo y buen dependiente, es decir, con Olegario Arturo, estableció, a partir de la coincidencia de su apellido, que por las venas de aquel también corría, sin duda alguna, su sangre: la de los Mencino. Además de su semejanza con él en ciertos rasgos físicos como la estatura, el pelo y color de la piel, a los dos los caracterizaban algunos ademanes particulares, así como la oscura y compleja estructura de sus pensamientos y sentimientos… y ese heredado halo trágico, casi visible, de color magenta, que arropaba todas y cada una de sus acciones, producto de la imprecación vertida a comienzos del siglo de la ignominia nacional sobre la persona de Bernardo Mencino y todos sus relacionados hasta el tercer nivel consanguíneo, afectivo, político y social.

Pero el padre Alirio no se lo dijo a Olegario Arturo, ni a nadie. Ni siquiera cuando este le comenzó a compartir la historia de su familia, en busca de un aliado para sobrellevar sus culpas ajenas, o por lo menos, establecer las causas de su desventurado destino. Historia que, una gran parte, el padre Alirio había investigado, conocía y le venía haciendo seguimiento, de manera callada; preocupado desde cuando se enteró de la maldición del poderoso tres: ¡la tríada maldita!, que, sobre los Mencino, por la línea de Bernardo, su abuelo materno, impartió el español padre Sarmiento, ochenta y siete años atrás, allá, en Oroguaní.

Reconvención

Gilda Mencino nunca le manifestó a su hijo Olegario Arturo nada respecto a Magnolia. Tampoco lo relacionado con sus otros tres hijos. Mucho menos lo de su destino inminente. Nada de lo que predestinaban los cunchos en la taza en la cual ella le servía y él libaba el chocolate. Temía apresurar y magnificar las consecuencias funestas que una anticipada revelación llegara a causar. Como se lo advirtió Zoila, la adivinadora de su infancia, allá, en El Fresnal, departamento de El Tomima.

Tampoco lo hizo el padre Alirio. Él tenía la certeza de que ello acaecería en el momento preciso: ni antes ni después. El sacerdote no quería hurgarle la panza al oso.

Los dos esperaban, Gilda y Alirio, por senderos y razones distintas, que Olegario Arturo encontrara su destino, que lo atisbara por su cuenta. Gilda, en la ineludible y artera realidad, *quizá un poco tarde para entonces*, pensaba. El padre Alirio consideraba que, al ser el momento, lo proyectara en su herramienta metodológica de trabajo, y lo interpretara de entre las muy obvias inferencias que él a finales de junio visualizó en la pantalla del portátil. Descubrimiento que hizo el padre Alirio, solo, durante los días de duelo que su subalterno, pariente y amigo se tomó tras la muerte de su abuela Alcira. Revelaciones que al reverendo le parecieron más evidentes y aterradoras que lo que aquel programa computacional les indicó a los dos en la víspera de la muerte de Alcira Mencino Arellano, su tía.

Por tal razón, el jesuita no lo dejaba solo después de las cuatro de la tarde cuando Olegario Arturo usaba el ordenador portátil, allá, en el prohibido y secreto sótano. El resto del día el religioso instaba mantenerlo muy ocupado con lo correspondiente al aumentado trabajo de corrección.

Aunque el anciano sacerdote sabía que el desenlace tendría que iniciarse en la fecha coincidente con las calendas de la tríada maldita. Él, más que nadie, era conocedor de la maldición del tres… Oráculo que en secreto estudió desde los años setenta al comprobar sus lazos de sangre con Bernardo, tras lo cual develó, paso a paso, su particular historia, concomitante con la de los Mencino, y la de los cuestionados Uribia Morales, entre otros tantos importantes, influyentes y determinadores personajes de la vida republicana.

El inicio del desenlace de Olegario Arturo tenía una fecha marcada. Según las rigurosas investigaciones del padre Alirio, y las predicciones de Gilda, sería el 8 de septiembre de 2007: el día de la natividad de la Virgen. ¡Un día santo!, coincidente con el inicio del final del plazo dado, marcado, sentenciado por el padre

Sarmiento a comienzos del siglo XX, el siglo de la ignominia nacional, allá, en Oroguaní. Por ello, *Olegario Arturo no debe intervenir antes de tiempo*, creía el padre Alirio, y auguraba Gilda. De hacerlo, ponía en riesgo una de las posibles condicionantes para lavar, atenuar o instar desaparecer la mancha que ya cubría un alto porcentaje del ropaje de la geografía humana nacional y subcontinental.

De no lograr Olegario Arturo atenuar o disipar tal mácula, el sacerdote lo sabía, y Gilda lo intuía, se perpetuarían y magnificarían por toda la nación los arteros alcances de la maldición. Ya no solo estarían involucrados, de manera directa, los marcados Mencino, sino que lo estarían, entonces, también… serían objetos de sus implicaciones e imprecaciones, todos y cada uno de los connacionales que de alguna manera interactuaron, estuvieron en contacto, se influenciaron, o se vincularon durante todo el periodo inicial de la maldición, con alguno de los infectos, incluidos hasta los del tercer nivel de su círculo afectivo, económico, social y político.

Los que, para entonces, y por proyección geométrica, con la ayuda de la herramienta aquella, el padre Alirio calculó que podrían ser unos treinta y tres millones trescientos treinta y tres mil trescientos treinta y tres connacionales. Dispersos, dos terceras partes, a lo largo y ancho de la geografía nacional, mientras que la otra tercera parte trascendió e inficionó a otros tantos, más allá de las fronteras patrias.

Hecatombe adicional al avivamiento del efecto fatal del depredador estelar, vaticinado por el padre Sarmiento para, tal vez, el tercer día, del tercer mes, de aquel año cuya suma de sus tres primeros dígitos sea tres, o múltiplo de tres; coincidente con el cuarto; al que, si se le resta su anterior, vuelve al número inicial; de la misma forma como lo haría el destructivo e inexorable pulso celestial...

El padre Alirio sabía que no debía intervenir, así Olegario Arturo se anticipara o retrasara en su gestión. O lo hiciera bien, regular o mal. Si ello así acaeciera, implicaría impedir el inicio oportuno del fin. Él tenía la certeza de que con la decisión que su sobrino tomó respecto a instar torcer o enderezar el destino de sus tres hijos; los suyos con Adelaida, y por sobre la férrea voluntad y espíritu contradictor de su esposa; había demostrado un gran avance en ese sentido.

Olegario Arturo prefirió ofrendar su vida al finalizar el periodo de tres veces el plazo de reconversión, antes que seguir padeciendo, pese a su gran talento corrector, y hasta los noventa y nueve años, ¡media centuria más!, con su oscura, endeble, nociva, irresoluta, riesgosa y permisiva personalidad.

Esa era una buena señal en el proceso de finalización de la maldición de la tríada, ya que los hijos de Olegario Arturo, los concebidos con Adelaida, eran los últimos portadores puros y directos de la contaminada marca Mencino, en primer apellido, y con posibilidad aún de engendrar y perpetuar descendencia. Tal y como lo indicaban las raíces de sus proyectados códigos genealógicos.

La reconvención la tendría que llevar a efecto su padre biológico: Olegario Arturo, antes del 8 de septiembre de 2007, a pesar de saber que, en esa lid, su vida trascendería, inexorable.

Olegario Arturo, durante esos siguientes tres largos, casi cuatro meses, contados a partir de su cumpleaños cuarenta y nueve, se dedicó, religiosamente, de lunes a sábado, y uno que otro domingo, a sus extenuantes labores de corrección en la editorial, entre las seis de la mañana y las cuatro de la tarde. Hora esta última cuando medio tomaba, con premura, algo de su enfriado, económico y médicamente proscrito almuerzo, llevado desde la una de la tarde del restaurante ubicado en la calle 12 con carrera Sexta.

A esa hora, en algunas oportunidades con el padre Alirio; quien muchas veces se le adelantaba; recorría los intrincados pasadizos hasta el secreto y prohibido sótano de la Capilla Pureza de María. Una vez allá, volvía a estudiar, volvía a analizar e interpretar otra, y otra, y otra vez, las proyecciones, las inferencias relacionadas, bien con Gilda, bien con sus hermanas, y por lo general: con sus hijos, los suyos con Adelaida. En otras pocas veces, con cada uno de sus sobrinos: los hijos de sus dos hermanas.

Eso sí, no lo intentaba hacer con su código genealógico: 1.2.1.3.1.4.2. Le interesaba, de manera más que obsesiva, garantizar que lo que venía haciendo con sus tres hijos, los suyos con Adelaida, mostrara visos de mejoría. Como fue sucediendo de manera paulatina, pero según su concepción y forma de ver los resultados, «muy tenue y por demás despacio», se cuestionaba.

No le angustiaba lo inherente a Gilda. Se infería, al ingresar con el código de ella, el 1.2.1.3.1, que en su relativa poca vejez que le quedaba, no iba a estar sola, como tampoco desprotegida, ni mucho menos entre extraños. Aparecía siempre en compañía, al parecer, de seres fraternos que le proporcionaban gratos y cómodos momentos, pese a no verse él a su lado. Lo cual asociaba con su decisión de haber optado por no esperarse hasta los noventa y nueve años.

Una vez Olegario Arturo salía del secreto y prohibido sótano, iba y dejaba al padre Alirio en sus habitaciones ubicadas en el tercer piso de la editorial. De inmediato cumplía su rutina de pasar por La Fraguita a visitar por espacio de treinta minutos a Gilda. Luego se desplazaba, raudo, hasta el barrio Gaitán. Una vez allí, en la casa que habitó Magnolia, entraba por espacio de cinco minutos a la sucia y oscura habitación. Esta, cada noche, olía más a rancio olvido sentimental. Luego, salía para su alquilada casa en el Bosque Popular donde hablaba por espacio de hasta dos horas con alguno de sus hijos que lo llegara a estar esperando para decirle, para compartirle, o para pedirle algún consejo. Sobre las 11:30 de la noche se acostaba. A las 4:30 de la mañana el timbre programado de su celular lo despertaba. Se levantaba, sin incomodar demasiado a la adormilada Adelaida; se bañaba, vestía y salía hacia el centro, a donde llegaba por lo general sobre las 5:45.

Dejaba su vehículo en el parqueadero, pasaba siempre por la cafetería de la esquina de la calle 11 con carrera Sexta, a escasa media cuadra de la entrada de la editorial. Tomaba agua café con leche, acompañado con galletas integrales y se disponía a trabajar hasta las cuatro de la tarde.

Revelación

Ese anochecer del tan capitalino, lluvioso y gélido miércoles 10 de octubre de 2007; un mes y dos días después del nacimiento de sus tres ignorados hijos; al pasar por donde su madre, esta le preguntó por Magnolia. Gilda no lo hacía desde cuando su hijo decidió contarle, a mediados de agosto, que: «Ella se esfumó, me abandonó... y prefiero no saber nada, nunca más...», soltándose a llorar.

Esa mañana, al leer los cunchos de la taza en donde tomó su chocolate, Gilda creyó haber visto una señal que le indicaba que le debía preguntar a Olegario Arturo por el amor oculto que le destrozaba su vida. Lo hizo, porque, así lo interpretó en esa ocasión. Era el momento para que él se enterara y enfrentara, de una vez por todas, a las dos contradictorias situaciones que marcarían el ícono final de la historia Mencino; esta, correlacionada con la de su patria.

Olegario Arturo, pensativo, como ido, al terminar de comer la mandarina que siempre su madre le tenía lista, le respondió:

—Madre, no sé nada de Magnolia. Al parecer, se la tragó la tierra...

Respuesta a la que, sin que su rostro se perturbara, y mirándolo maternal pero fijamente a los ojos, Gilda le reiteró:

—Sí, hijo, así fue: ¡la tierra se la tragó! Pero, la Santísima Virgen de Guadalupe los perpetuó, a usted y a ella.

En ese momento un transparente rayo, emitido desde el profundo centro de la mágica laguna del Cerro Con Oro, en Oroguaní, llegó hasta donde se encontraba Olegario Arturo. Resplandor que estremeció, no solo su cada día más famélico cuerpo, sino su capacidad de discernimiento. Fue cuando lo tuvo claro, de forma premonitoria y trágica. Le encontró, por fin, sentido a las últimas, e ignoradas por él, torpemente cegado por los celos, palabras de Magnolia aquella estéril noche del 21 de febrero de ese mismo año. Sí, la vez que ella intentó explicarle lo del prodigio divino, como resultado de su súplica ante la Virgen de Guadalupe.

En ese momento, y, en consecuencia, Olegario Arturo, de muerte herido y enojado ante su torpeza y larga latencia de entendimiento, hilvanó aquel infausto recuerdo con las inferencias de su herramienta metodológica de trabajo en relación con los otros tres hijos, diferentes a los suyos con Adelaida, que "aparecieron" al atardecer del 4 de julio pasado. Aquellas proyecciones que de forma infructuosa luchaba por olvidar, por hacer omiso caso. Pero, que cada vez que prendía el portátil en el secreto y prohibido sótano de la Capilla Pureza de María, mordían con ferocidad su inquietud, causándole mortal sangrado interno a su tranquilidad… Angustia evidente en esa moribunda huella que ahora dejaba, tras cada paso que daba con su cada día más débil integridad física.

Inferencias que, gracias a su enconada indecisión, o tal vez miedo por afrontar otra inaguantable verdad, no volvió a ver, ni a revisar, ni a negar. Ni siquiera intentó comprobar.

Entonces, lo entendió con inefable ardor en su alma hecha briznas, en especial al pensar en la angustia… en la difícil e insufrible situación por la que tuvo que pasar su amada Magnolia para tratarle de explicar, para decirle lo de su estado gestante… *¡Y cuánto habría sufrido durante el embarazo! ¡Y cómo estaría padeciendo ahora!, sin yo saber dónde, ¡ni menos en qué penosas circunstancias!… ¡y con sus hijos, nuestros hijos!*, se recriminó.

Por lo menos no era en Guática, hasta donde fue tres veces en esos últimos ocho meses, sin encontrarla, sin obtener respuesta ni indicio alguno de su paradero y suerte por parte de sus parcos e introvertidos familiares.

Pero, no dijo nada.

Un frío de olvido heló sus venas, ahora infectas, no solo por el veneno de su biológico contagio, sino por el dolor, por la tristeza, por la rabia y la impotencia que horadaba inmisericorde su frágil existencia.

Ahí, en ese momento, Olegario Arturo Mencino sintió que comenzó a morir. Aunque muerto en vida estaba desde ese 22 de febrero pasado.

Con el magenta perfume de la muerte impregnado en su ser se despidió de su madre. Luego, procedió con su rutina nocturna. Esta vez se detuvo por espacio, no de cinco, como solía hacerlo, sino por cuarenta y cinco minutos, en la oscuridad del cuarto habitado tan solo por el recuerdo y los abandonados corotos de su por siempre inolvidable amante. Ahí, sin poder soportar su pena, lloró y le gritó en silencio que sentía su partida. Que le perdonara su torpeza. Que lo llevara con ella adonde estuviera... pues sin ella, él ya no podía estar un día más.

En ese momento el magenta olor de la muerte invadió susurrante la escena, mientras robustas e inútiles lágrimas de desesperado amor besaron el reseco y empolvado piso de la lúgubre habitación.

Antes de irse, Olegario Arturo habló con el dueño de la casa. Le pagó dos meses por anticipado y le indicó que, si no volvía al transcurrir ese tiempo, que por favor dispusiera de la pieza, con todo y enseres.

Fuga de vida

A las siete de la mañana del siguiente día, jueves 11 de octubre, Olegario Arturo Mencino llegó a bordo del servicio masivo de trasporte hasta el Instituto de Protección Familiar. Ahí, veinte años antes, le efectuaron la vasectomía. Una vez la enfermera lo atendió, solicitó, carné en mano, que le hicieran un examen de recuento de esperma.

—Al parecer —argumentó—, causé un embarazo, pese a la intervención que aquí me practicaron.

Dos horas después de realizado el examen, el propio urólogo, director del servicio, salió con los resultados de la prueba y la historia clínica de Olegario Arturo, confirmándole:

—En efecto, don Olegario Arturo, usted es uno, entre más de veinticinco millones de hombres, en los que después de más de diez años la prodigiosa naturaleza, la imparable y arrolladora fuerza de la vida, se impone a la ciencia... Pero, no se preocupe, ya que, en primer lugar, la recanalización, al parecer, es ínfima, aunque suficiente para dejar pasar un mínimo porcentaje de esperma. En segundo lugar, la clínica está a sus órdenes para corregir, mediante una muy rápida, ambulante y totalmente gratuita intervención, esa inoportuna fuga de vida.

Olegario Arturo rechazó una nueva intervención quirúrgica. Se marchó a pie hasta la Capilla Pureza de María. Subió por la calle 32 hasta la carrera Central y, una vez allí, en sentido de norte a sur, se encaminó hacia su pensado y final destino.

Iban a ser las once de la mañana cuando Olegario Arturo Mencino entró en el secreto sótano de la capilla. Ahí lo esperaba el padre Alirio, quien, al notar que no se hizo presente esa mañana en la editorial, a la hora acostumbrada, de inmediato supo que había llegado el día.

Por tal motivo, el sacerdote dispuso y ordenó lo correspondiente y pertinente para el desarrollo de las actividades diarias a ser ejecutadas por los demás empleados, y se fue para el sitio al cual, con toda seguridad, más tarde, su sobrino haría presencia.

El padre Alirio confirmó su vaticinio al leer en el fatigado y demacrado rostro de ese despojo de hombre carcomido por sus angustias, que aquel estaba a punto de develar su fatal tragedia.

Olegario Arturo, tras saludarlo, de inmediato se dirigió al portátil, lo prendió y digitó, sin vacilación, su código genealógico: 1.2.1.3.1.4.2.

Su acompañante acercó el viejo sillón hasta donde estaba Olegario Arturo. En silencio observó y apoyó con su por demás cercana presencia lo que aquel hacía.

Olegario Arturo direccionó las inferencias hacia el icono que titilaba en relación con los tres hijos suyos, diferentes a los que procreó con Adelaida. Ahí, entonces, se proyectó, con angustiante claridad, sin mayor necesidad de interpretaciones, su historia con Magnolia.

Se mostraba en aquel sistema de información desde cuando él la conoció, diez años atrás, en La Barra Santafereña, hasta la madrugada del 22 de febrero cuando Magnolia salió, con tan solo dos mudas de ropa, rumbo al barrio San Luis, a cuatro cuadras al occidente de la avenida Carabobo, sobre la calle 65. Ahí quedaba un albergue al cual ella solía ir antes con alguna frecuencia y en donde se reunía con otras mujeres para hacer oración y reposo espiritual. En aquel refugio se ofrecía, para las que lo llegasen a requerir, algunos mínimos cuidados y atenciones, en especial para mujeres solas, abandonadas, embarazadas o desesperadas.

Hasta ese refugio llegó el padre Alirio, un mes después, durante la acción pastoral que realizaba los días domingo por esa zona. Aún no conocía a Magnolia, pero, al enterarse de su estado crítico, ya que su situación era de alto riesgo, no solo para la vida de sus trillizos, sino para ella, por una extraña corazonada le recomendó a su directora Lorenza que la trasladarla al albergue de la carrera Octava con calle 11 sur… Sí, al Aserrío.

Allá la atendieron durante los primeros cuatro meses, por caridad, y después del 4 de julio, con cargo a la pensión mensual que le dispuso el padre Alirio, una vez concluyó, gracias a las inferencias de la herramienta metodológica, que ella era la compañera perdida de Olegario Arturo Mencino, y que sus hijos serían, entonces, la alternativa probable para finiquitar la tríada maldita en contra de los Mencino... y de la patria. Tal y como lo presintió el día que la conoció y supo de su situación.

En ese refugio estuvo Magnolia, muy delicada de salud y sin poder hacer mayores esfuerzos diferentes a levantarse, ir al baño y permanecer acostada. Además, decidida a que nadie: ni su familia, ni sus pocas amistades, y desde luego, tampoco Olegario Arturo, de quien nunca quiso hablar con nadie, ni siquiera con el padre Alirio, supieran de su situación y paradero.

La herramienta metodológica también le mostró a Olegario Arturo que Magnolia estuvo en aquel lugar hasta el miércoles 5 de septiembre de 2007. Ese día se complicó su estado de salud. Por tal razón, las encargadas del albergue, en atención a las orientaciones del tocólogo, la llevaron a la Clínica San Otoniel, siete cuadras al sur.

Los galenos de aquel centro asistencial intentaron, por todos los medios disponibles, y durante tres días más, salvar las cuatro vidas. Sin embargo, tan solo lograron el triunfo para los trillizos, quienes, a las once de la mañana del 8 de septiembre, el día de la natividad de la Virgen: ¡un día santo!, mientras Magnolia moría víctima de un paro bronco-respiratorio, daban su primer grito de existencia, tras lo cual fueron llevados a la sección de incubadoras... Sí, se trataba de los tres últimos e ilegítimos Mencino.

De las exequias y demás fúnebres diligencias el padre Alirio se encargó. Lo hizo por voluntad expresa de Magnolia, comunicada a él instantes antes de morir.

El padre Alirio también cumplió lo solicitado por la atormentada mujer, no solo en el sentido de no intentar buscar ni informarle a ninguno de sus familiares o conocidos sobre su triste final, sino que sus trillizos, a los que alcanzó a ver, tocar, besar y bendecir, se los entregaba a la Iglesia:

—Padre, para que esta institución, y por su conducto, ya que fue usted quien nos salvó de morir en el refugio de Lorenza, se encargue de su destino… y los coloque en la senda del servicio de Dios... —fueron las últimas palabras de Magnolia.

Magnolia fue incinerada en el Cementerio de Occidente, y sus cenizas llevadas y esparcidas, ocho días después, por el propio padre Alirio, en las catacumbas de la catedral.

Los trillizos: Joaquín, el mayor; María Victoria, la segunda, y Roxana, la menor; no solo fueron adoptados por el padre Alirio, sino bautizados con su apellido: el Cifuentes. Su intención era que aquellos crecieran, estudiaran y dedicaran su vida al servicio de Dios, así como al de la sentenciada sociedad subcontinental.

El padre Alirio sabía de esta y de otras tantas como inesperadas verdades, producto de su secreta investigación; corroborada al correr el programa computacional en el engendro que diseñó y creó con su sobrino nieto. Las inferencias le señalaron que aquellos tres infantes eran, tal vez, los elegidos, la esperanza para instar limpiar, durante al menos los siguientes treinta y tres años, la maldita mancha Mencino que para entonces ya había contagiado y corroído con aquella infectiva maluquencia, no solo a los Mencino y a sus allegados hasta el tercer círculo de injerencia, sino que pendía sobre la cabeza de la sociedad subcontinental. Encanijada población que marchaba, con precipitado delirio y trémulo paso, hacia la inexorable hecatombe económica, social, moral y política. Como aquel anciano jesuita, a solas, lo vio proyectar en el telón, días antes... igual que, también días antes, y a solas, lo hizo el propio Corrector al desarropar en las inferencias de aquel sistematizado engendro, no solo el manchado vínculo de sangre entre él, el padre Alirio y el menudo presidente Uribia Morales, sino, lo más impactante e inexorable: el cúmulo de inicuas vicisitudes que todavía, y por un buen tiempo, este sempiterno mandatario, junto con su inficionada como voraz progenie y frondío círculo cercano de deletéreo poder, les tenían guardado a sus connacionales. Presagios que Gilda Mencino oteó a partir de las lecturas en las manchas de chocolate y café dejadas en las tazas usadas por las personas a quienes ella les ofreció y dio a beber tales ambrosías, allá, en Oroguaní, al comienzo, y luego en la fría y caótica ciudad capital. Vaticinios, de alguna manera, pegados a la realidad, plasmados en parte por el propio Bernardo en su manuscrito.

El sacerdote Alirio Cifuentes, tras la muerte de su sobrino, buscó un lugar en donde, tanto la infancia como la juventud de sus sobrinos nietos, se pudiera desarrollar, en lo posible, de forma blindada. Para ello escogió los campestres jardines y predios de su congregación, ubicados al norte de la ciudad capital, por la carrera Central, muy cerca del albergue para los ancianos de la misma comunidad adonde el clérigo llevó a Gilda, a su prima, pocos meses después. De esta forma le cumplió a Olegario Arturo otra parte de su última voluntad, en el sentido de que cuidara y acompañara a Gilda hasta el momento de su exhalo.

A las 3:33 de la tarde de aquel santo día, 11 de octubre de 2007, Olegario Arturo Mencino, entre los brazos de su presbítero tío segundo, expiró por un ataque a su débil y colmatado corazón, causado al develar en su herramienta metodológica de trabajo la dolida verdad relacionada con Magnolia... así como esos inesperados vínculos de sangre con el actual mandatario, el supuesto responsable de su actual precaria situación socioeconómica: doctor Uribia Morales. Personaje a quien, pese a haber tenido, varias veces, la oportunidad de castigar, jamás lo hizo... o algo le impidió hacerlo. Como muy bien lo sabía el padre Alirio, tal y como se lo confirmó durante su lenta agonía.

Ese mismo día, a esa hora, un huracán emergido de las entrañas del Cerro Con Oro desraizó la envejecida ceiba, que llegó a alcanzar veintinueve metros de altura, y que en su estruendosa caída pulverizó los pedazos de escaño que aún persistían a su alrededor. Público sitial aquel colocado por Sánchez Mendoza, allá, en la esquina nororiental de la plaza parque de Oroguaní, exactamente sobre el sitio en donde, por los años 60, Gilda y Olegario Arturo colocaban el tenderete para vender cerveza, con el objetivo de arañar algunos centavos adicionales para sobrevivir y darle vía a su complejo y difícil proyecto de vida.

Postrer instante

Para asegurarle a Gilda una vejez sin las penurias económicas que sufrió Alcira, Olegario Arturo dispuso a nombre del padre Alirio, dos meses antes y cuando tuvo certeza de su presto desenlace, el cincuenta por ciento de los sesenta y cinco mil dólares, correspondiente a las pólizas de seguros de vida que venía pagando tiempo atrás. El otro cincuenta por ciento lo destinó para que Adelaida Durán comprara o diera parte del precio de un apartamento, en el que pudiera vivir con solvencia durante el resto de su vida, sola o con sus medianamente reorientados hijos.

Días después de fallecido Olegario Arturo, el padre Alirio le solicitó a monseñor su retiro y autorización para irse a consolar a los ancianos en el albergue, al norte de la capital; en el mismo sitio que seleccionó para pasar en paz sus últimos años, y al cual llevó a Gilda con el propósito de hacerse fraternal y postrer compañía en la inexorable y solitaria senectud.

Pero, como todo aquello, incluida la crianza y educación de los trillizos, implicaba elevados costos, creados intereses y humanos dividendos, el padre Alirio Cifuentes luchó, en procura de aquellos objetivos, contra todo legal obstáculo e inconsciente, egoísta, interesada y terca actitud empresarial.

Pese a la influencia eclesiástica que tenía, o tal vez que creía tener, no le quedó otra alternativa que endosarle a la cristiana comunidad a la que pertenecía, y a la que dedicó toda su vida, no solo sus derechos de presbítero retiro, sino el cincuenta por ciento del seguro de vida que le transfirió su sobrino nieto, así como la totalidad de sus ahorros personales, gran parte de los cuales ganó durante los últimos veinte años, gracias al apalancamiento laboral de Olegario Arturo.

Al final, y tras muchos ruegos, uno de los fondos de pensiones de aquella caritativa y humanitaria hermandad recibió la sumatoria de aquel capital y dispuso, no de muy buena gana, a través de una de sus financieras filiales, dos básicas rentas: una con la cual se cubrirían los gastos de albergue y de colegios, instituciones estas de la misma congregación, tanto del padre Alirio y su sobrina Gilda, como de los trillizos, hasta culminar la educación secundaria de cada uno de estos.

La otra renta, correspondiente a uno y medio salario mínimo legal vigente, para Adelaida, la viuda del Corrector. Esta última también fue parte de la solicitud del moribundo, dicha al oído del padre Alirio, instantes antes de trocar sus débiles palabras por una infantil y eterna sonrisa, producto del final pensamiento que hospedó en su mente a la hora de fallecer.

La última voluntad de Olegario Arturo hecha a su tío abuelo Alirio Cifuentes, además de lo inherente a la custodia de Gilda, fue que no les colocara a sus hijos, a los suyos con Magnolia, la marca Mencino. A su vez, que se los encargaba para que los guiara por la senda que les permitiera y garantizara, hacia el 2013, ¡tal vez!, comenzar a erradicar de la patria la trágica tríada, pese a los vaticinios ambiguos que mostraba al respecto la herramienta metodológica de trabajo. Sobre todo, lo relacionado con el doctor Uribia Morales, quien, según lo que allí aparecía, también llevaba el tan lamentable estigma Mencino en sus venas, con el código: 1.2.15.3.3.3.3, como se lo explicó someramente en esos fugaces momentos el anciano sacerdote.

—Sí, sobrino, así es —le dijo, tomándole sus manos con cariño fraternal, percibiendo la inexorable llegada del postrer instante de su sobrino nieto—. Para colmo de nuestros pecados, el señor presidente Uribia Morales resultó ser pariente nuestro. Como tantos connacionales más, que ni nos imaginamos, casi todos de mala prosapia. ¡Qué gran calamidad nacional! Lo de la parentela con el presidente desde hace tiempo lo sospeché, tanto por el parecido físico entre nosotros, aunque él es un poco más blanco por línea materna, como por su taimado comportamiento y soberbia en sus acciones. Además, la maldición del padre Sarmiento no solo se hizo efectiva durante su primer lapso, el cual está en proceso de culminación, sino que se va a repetir, y no solo a nivel de pueblo, en Oroguaní, ni afectando en exclusiva a los que carguen el Mencino de una u otra manera, o en alguna escondida parte del alma. Parece que lo hará, al menos por dos periodos más, de igual duración cada uno, dándole alcance a casi todos los connacionales, con o sin la tal marca aquella encima. Con solo ser habitante de este país y respirar su contaminado ambiente de miseria, es más que suficiente para ser objeto de la acción y contagio de la mandinga tríada que cabalga indómita en la nostalgia social que a todos nos afecta, sin lenitivo alguno a la vista que la contrarreste.

—Tío... —le dijo, comenzando a sentir dificultad para pensar y hablar—, lo del parentesco con Uribia Morales... algo así descubrí vagamente, no solo por algunas inferencias que alcancé a revisar, también por ciertos esquivos detalles que encontré en los borradores de sus memorias, así como en las cortas charlas que con él tuve en Palacio, hace poco... Sin embargo, no le di mayor importancia. Mi madre jamás me refirió algo así, tampoco aparece referencia alguna en el manuscrito de mi bisabuelo Bernardo... Tal vez ese lazo de sangre con él fue el que me impidió ejecutarlo en su momento... como se lo merecía, ¡y merece!, tío.

—Lo sé, Olegario Arturo. Pero, no te recrimines por eso. El que no lo hayas hecho obedeció a varios factores. El primero, a la acción de las custodias patrias, con Zoila Abigail a la cabeza, así como a los genes Mencino que te lo impidieron. Además, porque a Uribia Morales todavía le falta mucho daño por hacerle a esta atembada sociedad... como él dice: «camino a la hecatombe».

—Sin embargo, tío Alirio, la herramienta vaticina para él algo inusual, en lo poco que vi, pues me pareció terrible su final, aunque tardío, por lo que decidí suspender la proyección, la vez que lo intenté...

—Proyección que también vi, sobrino. Según nuestro engendro estadístico-metodológico, su triste final será en una misa de Estado, en plena elevación… horas después de enterarse de que su frondío poder comienza a deleznarse y la justicia, ciega, coja y maniatada, al fin tocará a su puerta. Como dices, algo tarde para el país, que para entonces cabalgará en la agonía social…

—Nada más explosivamente volátil, dañino e infiel que el poder en manos de gente enferma, de enfermos del alma, tío… Pero, cómo es que él y nosotros resultamos de la familia. Por ningún lado me aparecen los Uribia Morales en el árbol genealógico.

—Olegario Arturo, en su revisión genealógica usted enfatizó en una sola rama del árbol. Se aferró de la que estaba más a su alcance, y de su mamá, es decir, de la de Bernardo-Tránsito-Alcira-Gilda, la 1.2.1.3, sin profundizar en las otras y descuidando por completo las demás; las que, o no conocía, o no les dio importancia. Como todo en la historia de los países, en particular en los subcontinentales como este, en donde se resalta lo que el historiador considera que es de mayor interés para él, su familia, sus mandantes o amos laborales; cuando no es que, para aparentar o quedar bien, le da por inventar cosas, gracias a la prolija imaginación que casi todos tenemos por estas aladas tierras.

—Tío Alirio, me imagino que usted profundizó más en la historia de los Mencino… y alimentó nuestra herramienta computacional con información que desconozco. Por eso, en esta se advierten lamentables vaticinios para el país en los próximos tiempos, casi todos por obra y gracia de los Uribia Morales y su gente de mala prosapia. Vicisitudes que tendrá esta sociedad por lo menos hasta, como allí también se infiere, muy probable, a partir del 8 de mayo de un año que al dividir el producto de sus dos primeros dígitos con el de los dos últimos conlleva a la nada matemática. O uno, si a la suma de los dos primeros se le divide por la resta de los dos últimos. O dos, si a la suma de los dos últimos se le divide con el producto de los iniciales. O tres, si al producto de los dos primeros se le suma el de los últimos. O cuatro, si al producto de los dos primeros se le suman los siguientes. O cinco, si a la suma de los dos primeros se le adiciona el producto de los finales. O seis, al sumarlos todos… Si es que para entonces sigue ausente, avizor, el destructivo pulso celestial del que habló el padre Sarmiento, allá, en Oroguaní, aquel Sábado Santo a comienzos de los años veinte del siglo XX, el de la ignominia nacional. Celeste acción que la herramienta la da por veraz e inexorable.

—Así es, sobrino. Así lo vaticina el engendro que creamos.

—Y al que usted, tío, le adicionó más datos, por lo que veo y me cuenta.

—Eso también es cierto. Información que recopilé juicioso y callado durante unos cuantos lustros, sobrino. Por ello alimenté la herramienta con datos de otras cuantas ramas del árbol Mencino, diferente a la suya por línea materna. Por ejemplo, con la de Mamá Mina y los Riveneira, de una parte, y las enmarañadas de las otras tantas concubinas que tuvo el abuelo Bernardo… en especial, para el caso de nuestro pariente Abelardo Uribia Morales: la rama 1.2.15.3, la de Ederminia Sanmiguel y su hijo Abraham… el verdadero, terrible y promiscuo abuelo del señor presidente.

—Ederminia Sanmiguel… ¡claro que la recuerdo! Mi madre algo mencionó de ella. Era una de las concubinas urbanas de Bernardo… la del chisme por el cual dinamitaron, en puente Amarillo, al inocente Erasmo Chiguasuqui… ¿Qué pasó con Abraham, tío?

El padre Alirio, al notar que su sobrino Olegario Arturo estaba por trascender, lo que debió haber pasado minutos antes, pero, que solo la inquietud de esta última revelación era la responsable de mantenerle aquel hálito de vida, procedió a comentarle, a grandes rasgos, la triste y calamitosa historia de Ederminia y su hijo, tan pronto Bernardo decidió dejarla definitivamente, además de negarle su apellido al niño y amenazarlos de muerte, dándoles un par de días de plazo para que desaparecieran de Oroguaní y nunca más volvieran por allí.

Ederminia se fue de su Oroguaní del alma, como se lo exigió aquel intocable, temido y poderoso gamonal. Se fue muy lejos, al otro lado del Magdala, hacia el noroccidente, en el piedemonte cafetero. Por aquellas tierras madre e hijo vivieron en la miseria hasta cuando Abraham creció y se convirtió en un recio y atractivo jornalero, en una de las fincas de los terratenientes de aquel montañoso departamento. Su atractivo y encanto Mencino: físico, hablado y escrito, pronto lo hicieron popular entre las agraciadas mujeres de aquella próspera región. Algunas de estas le pagaban a Abraham por sus recónditos, pero más que disfrutados favores sexuales. En especial, las niñas de bien, de la alta sociedad, incluida la hija mayor del patrón en donde Ederminia logró colocarse como camarera, y él de recolector de grano. Esta joven, la hija del patrón, se casó con uno de los hijos del mayor potentado de aquellas labrantías, muy influyente en la política nacional. Sin embargo, los tres hijos de aquel matrimonio, todos llevaron los genes, y la marca, de aquel chusco mocetón oroguanense, los mismos de su padre Bernardo. Esos tres pimpollos fueron Mencino, y al menos veintiocho más de por allá, de los que él llevaba cuenta en una protegida libreta. Esta, antes de él enrolarse en una fatídica como tenebrosa organización de criminales a sueldo, los que casi acaban con medio país a punta de bombazos, y como era muy católico, para lograr el anticipado perdón (y la bendición) por lo que se proponía hacer, según consignó ahí, y fue lo último que escribió, se la entregó al padre de la iglesia a la que solía ir, en La Ceja. Por caprichos del sinuoso destino, este era un jesuita cercano y muy amigo del padre Alirio Cifuentes. Los dos fueron compañeros entrañables en el seminario, durante su formación religiosa; y lo siguieron siendo durante toda la vida.

—Entonces, tío Alirio, ¿su compañero de hábitos fue quien le contó la historia de Abraham y su libreta?

—Él, el padre Marco, nunca habló con nadie, menos conmigo, sobre ese vedado y espinoso tema. Él tampoco supo cuándo ni quién le tomó prestada aquella libreta que escondía con recelo en su cómoda... Sí, solo la tomé en préstamo, por curiosidad, hasta cuando, muchos años después, fui desenredando la piola e hilvané que el tercer hijo de aquella joven era el papá del doctor Uribia Morales. Aquel, otra de las calamidades que ha tenido este gran país, sobrino; y que, por más mandas protectoras y guardianas como Zoila, Bermina o Gilda, está condenado a repetir su triste historia de pobreza, desigualdad y desapego patrio, una, y otra, y otra vez.

—Tío, me imagino que se refiere… a las terribles inferencias de la… herramienta metodológica en… cuanto al… futuro… inmediato de… este país, casi todas… provocadas por nuestro pariente… el presidente… Uribia —resumió con gran dificultad y con palabras entrecortadas, como si le comenzara a faltar el aire.

—Sí, en este aspecto el engendro que creamos parece infalible —le confirmó el jesuita, consciente del poco tiempo que le quedaba a su sobrino—. Como consecuencia de las acciones extractivas, abrasivas y depredadoras de personajes como el finado papá del actual presidente; y de este y de otros tantos más de tan mala calaña social, sangre Mencino, al fin y al cabo; la gente de este esquinero país, pese a vivir en un rincón del mundo, pletórico de recursos, como ningún otro sobre la faz de la tierra, sobrelleva su agonía, sin importarle siquiera que cada día que pasa alguien corrompa sus riquezas, entre estas la hídrica, y exponga y deje al alcance de foráneas y rapaces manos los filones de oro que soportan la estabilidad de la nación… aquellos tres que pasan, unos por La Guasimalera, y el otro por Planadas, hasta converger en la laguna encantada del Cerro Con Oro, la de los patos preciosos, como lo contaba Mamá Mina.

El padre Alirio, al sentir casi sin aliento a su sobrino, calló y se dispuso a escucharle sus últimas, entrecortadas y muy débiles palabras, casi balbuceos.

En ese conclusivo instante, Olegario Arturo Mencino recordó el paso de los trolebuses guiados por las «eléctricas calzonarias», como las llamaba, cuando tan solo tenía nueve años y acababa de llegar de Oroguaní. El padre Alirio algo de aquel balbuceo alcanzaba a escuchar y a entender. Aquellos vehículos subían por la calle 31 sur y giraban hacia el norte por la carrera 22, cerca de la casa de la tía Alondra, de donde él se escapaba para ir a presenciar aquel espectáculo, allá, sentado por horas en la esquina del costado oriental de la iglesia del barrio Quiroga.

Olegario Arturo Mencino, antes de morirse, colocó una sonrisa en los labios al evocar el intenso disfrute que le causaba ver que, al girar los buses por aquella esquina, algunas veces una, y en otras oportunidades las dos calzonarias, se soltaban de los cables guías. Situación que producía ese gran chispazo eléctrico que le hacía estremecer toda su infantil humanidad… de lo que pronto se reponía para gozar de nuevo, instantes después, cuando el conductor, de muy mal humor, se bajaba del trolebús y mediante unos lazos adheridos a las tirantes metálicas, luchaba y maldecía hasta cuando las volvía a colocar en su respectivo sitio. Luego sí murió, viendo que aquel pequeño, escondido y prohibido sótano de la Capilla Pureza de María se inundaba con el volátil y pegajoso néctar combinado entre vainilla, chocolate y caramelo caliente. Tangible y alienante aroma proveniente de las exclusivas, bellas y exquisitas orquídeas doradas del Cerro Con Oro. Soporífero bálsamo patrio emparentado con una transparente brisa gélida que presto se apoderó, inexorable, de todos y de cada uno de aquellos rincones desde donde emergía y se esparcía la sonora voz de Gilda, con los fragmentos más tristes de todas aquellas canciones que de niño él le escuchó a su madre con poética nostalgia, allá, entre los floridos cafetales, en Oroguaní. Allá, en aquel teatro de miseria social en el cual Gilda Mencino cantó su dolorosa historia de amor, con más que sentida y expresa pasión, bajo esa atmósfera que contagiaba, que castigaba, que laceraba la desnuda piel de su hijo, solo abrigada por aquel frío del olvido… el mismo que a Olegario Arturo Mencino, según recordó en aquel postrer instante, siempre lo conmovió, siempre le aterró su angustiada y compungida alma.

Conmoción, mas no tan incisiva como la angustia que se llevó al más allá al evocar en ese infinito momento las dos últimas imágenes que días antes proyectó su herramienta metodológica de trabajo. Una de estas, la del inesperado final de su primo lejano Uribia Morales durante aquella misa de Estado, celebrada en la catedral, en presencia del frondío y enconchado poder nacional de entonces, durante el momento cuando el cardenal elevó la hostia y el anciano expresidente emitió un macabro como estridente berrido al imposibilitársele respirar y darse cuenta, con inocultable rabia, de que se estaba muriendo y no lo podía evitar. Reacción tardía por la noticia que horas antes le dio su abogado, en el sentido de que ese día, o al siguiente, sería notificado de un auto de detención en su contra, por la muerte de al menos cuatrocientos cincuenta connacionales suyos.

La segunda imagen que abrazó en su memoria durante aquella fúnebre despedida fue aún más dramática y triste que la anterior. Esta la había proyectado, días antes, la herramienta metodológica de trabajo cuando Olegario Arturo intentó saber la suerte cercana de su amado país. Entonces, apareció en el telón el imponente Cerro Con Oro, pero, siendo objeto de la acción depredadora de innumerables buldóceres de empresas extranjeras, unas, y nacionales, otras, escarbando en sus entrañas; contaminando con cancerígenas sustancias color sangre las aguas de las cinco cantarinas quebradas que irrigan a Oroguaní. Propios y extraños andaban en busca desaforada de aquellos filones de los que hablaban Mamá Mina, Zoila Abigail, Valentino, don Abduliano Arellano Ospina, así como las madres de estos dos últimos patriarcas de aquel bucólico pueblito del centro-occidente del departamento Central. Hacienda que aquellos decían que había que proteger hasta con la vida, si a la vida en algo apreciaban; que era, tal vez, en lo único que aquellos furibundos rivales, de origen español y cruces genéticos con sangre indígena subcontinental, estaban de acuerdo: preservar con entereza el vernáculo patrimonio de la patria.

www.ingramcontent.com/pod-product-compliance
Lightning Source LLC
Chambersburg PA
CBHW020244030726
47499CB00001B/49